U0124520
4710841108266

2008
8 林
10 佩儒

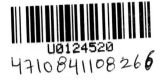

詩經評註讀本（下）

裴普賢　編著

三民書局

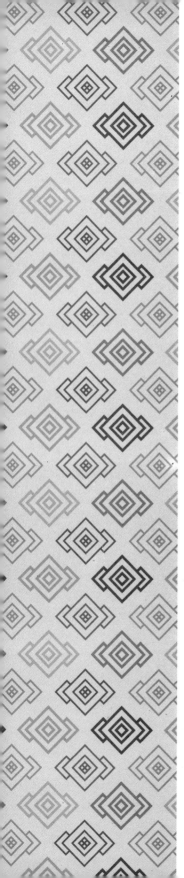

三民網路書店　http://www.sanmin.com.tw

© 詩經評註讀本（下）

編著者　裴普賢
發行人　劉振強
著作財產權人　三民書局股份有限公司
臺北市復興北路386號
發行所　三民書局股份有限公司
地址／臺北市復興北路386號
電話／(02)25006600
郵撥／0009998-5
印刷所　三民書局股份有限公司
門市部　復北店／臺北市復興北路386號
重南店／臺北市重慶南路一段61號
初版一刷　1983年1月
初版八刷　2001年2月
重印二版一刷　2006年6月
編　號　S 820060
基本定價　玖　元
行政院新聞局登記證局版臺業字第○二○○號

有著作權・不准侵害

ISBN　4710841108266　（平裝）

詩經評註讀本（下）

目次

小雅

鹿鳴之什十篇

南有嘉魚之什十篇

鴻鴈之什十篇

節南山之什十篇

谷風之什十篇

生民之什十篇

蕩之什十一篇

周頌

清廟之什十篇

臣工之什十篇

閔予小子之什十一篇

魯頌四篇

商頌五篇

附錄

詩經圖片

二　雅

雅詩的主體是燕享朝會公卿大夫之作。所以稱雅者，意謂中夏之正聲。蓋雅字含二義：於地為中夏，於聲為正聲。

雅與夏古音相近，往往通用。《墨子・天志》下引〈大雅・皇矣〉，謂之大夏，即其明證。夏即中夏，指文化較高的黃河流域一帶地方而言。國風既為各國流行的土樂樂調，而雅乃中夏所流行雅正之音樂，為王朝所崇尚者，故曰正聲。故雅者，中夏之正聲也。

至於小雅大雅之分，朱熹《詩集傳》曰：「正小雅者，宴饗之樂也；正大雅者，會朝之樂，受釐陳戒之辭也。詞氣不同，音節亦異。」大小雅中，固然多半是士大夫的作品，但〈大雅〉三十一篇，並非全為朝會之詩；而〈小雅〉七十四篇，也非全是宴饗之詩，更不乏類似國風的吟詠性情，勞人思婦之作。只因樂調不同，所以被列入雅詩而已。

小雅

鹿鳴之什十篇

雅頌無國別，但依其次第，編十篇為一什。

鹿鳴

這是一篇燕饗群臣嘉賓的詩。

呦呦鹿鳴❶，食野之苹❷。我有嘉賓❸，鼓瑟吹笙。吹笙鼓簧，承筐是將❹。人之好我❺，示我周行❻。（一章）

【注釋】

❶呦：音攸ㄧㄡ。呦呦：鹿鳴聲。❷苹：音平ㄆㄧㄥˊ，草名，一名藾蕭。❸嘉賓：即指所宴之群臣。❹承：奉。將：進奉。此句謂盛禮物於筐中以進奉賓客。❺好：音號ㄏㄠˋ，愛好。❻行：音杭ㄏㄤˊ。周行：大道，此指治國之大道。

【評析】

⑴王逸曰：鹿得美草，口甘其味，則求其友而號其侶也。（注《楚辭・七諫・哀命》篇之「鹿鳴求其友」句）

(2)王肅曰：飲食以饗之，瑟笙以樂之，幣帛以將之，則能好愛我；好愛我，則示我以至美之道矣。

(3)程頤曰：鹿，食則相呼，故以興燕樂。和聲相呼，共食野之草，物情相樂也。君臣賓主相樂如此。我有嘉賓，鼓瑟吹笙，言其相樂。又以幣帛將其誠意，故云「承筐是將」。承以藉之，筐以貯之，既有誠樂之厚意，則人心感悅而相好，故人勸而得盡其懽心。

(4)朱熹曰：蓋君臣之分，以嚴為主；朝廷之禮，以敬為主。然一於嚴敬，則情或不通，而無以盡其忠告之益。故先王因其飲食聚會，在制為燕饗之禮，以通上下之情，而其樂歌，又以鹿鳴起興。

(5)牛運震曰：①呦呦字傳響入神。②乞言為燕賓正義，只此一點已足。後又但敘燕樂殷勤，更不再露，故妙。③樸至婉切，氣象自然宏闊，無英主籠絡之習。

呦呦鹿鳴，食野之蒿。我有嘉賓，德音孔昭❶：「視民不恌❷，君子是則是傚❸。」我有旨酒，嘉賓式燕以敖❹。（二章）

【注釋】

❶德音：尊重他人之語言曰德音。孔：甚。昭：明，此謂高明。❷視：對待。恌：音挑ㄊㄧㄠ，同佻，鄙賤。此句謂「看待人民不輕賤」，即尊重人民。❸則：以之為法則。傚：效法。❹式：語詞。燕：同宴。敖：舒暢。

【評析】

(1)范祖禹曰：式燕以敖，言其禮之從容也。夫莊而不至於矜，和而不至於流，此其德之純也。

(2)牛運震曰：視民不恌，是則是傚，此示我周行之本也。

呦呦鹿鳴，食野之芩❶。我有嘉賓，鼓瑟鼓琴。鼓瑟鼓琴，和樂且湛❷。我有旨酒，以燕樂嘉賓之心。（三章）

【注釋】

❶芩：音琴ㄑㄧㄣˊ，一種蔓生之草。❷湛：音沉ㄔㄣˊ，樂之久。

【評析】

(1)毛萇曰：夫不能致其樂，則不能得其志；不能得其志，則嘉賓不能竭其力。

(2)曹粹中曰：君臣相勉以善，故久而不荒。

(3)輔廣曰：此章再言樂之以樂，以見其所以和樂之意，永久無斁。有旨酒以燕樂其心，則又不止於養口體，為觀聽之美而已。其所以望於嘉賓教示之意，益深至而無窮矣。

(4)牛運震曰：旨酒燕賓常事常語，說到燕樂其心，便自深至入神。〈序〉亦以為忠臣嘉賓得盡其心是也。

【總評】

(1)孔穎達曰：作〈鹿鳴〉詩者，燕群臣嘉賓也。言人君之於群臣嘉賓，既行其厚意，然後忠臣嘉賓，佩荷恩德，皆得盡其忠誠之心以事上焉。明上隆下報，君臣盡誠，所以為政之美也。

(2)嚴粲曰：古者上下交而為泰，於〈鹿鳴〉諸詩見之。謂群臣為嘉賓，以禮待臣之厚也。詩中求規益，謂忠告無隱也。上下之情不通，則忠臣嘉賓雖欲盡心以告君，而其勢分隔絕有不可得者，非為必待燕而後盡其心也。

(3)牛運震曰：式燕以敖，燕樂其心，皆欲其示我周行也。詩旨只是乞言一事，寫得綢繆盡致。

(4)方玉潤曰：嘉賓即群臣，以名分言曰臣，以禮意言曰賓。文武之待群臣，如待大賓，情意既洽而節文又敬，故能成一時盛治也。至其音節，一片和平，盡善盡美。

(5)普賢曰：第二章的「視民不恌，君子是則是傚」，舊解為「示萬民使不偷薄，而君子可以此為法則而傚之」。現據高本漢之解釋「視民不恌」為「看待人民不輕賤」，亦即「尊重人民」。此詩的第一章是主人希望嘉賓「示我周行」，第二章就說出嘉賓所示之周行（治國之大道）即在於「視民不恌」。所以「我有嘉賓，德音孔昭：『視民不恌，君子是則是傚。』」的意思應是：「我的嘉賓所說的話很高明，（即所示之周行）就是要『尊重人民，這一點是在上者所應當取法倣效的。』」這樣解詩，意義顯豁而全篇貫通。而這種「看人民不輕賤」的觀念，可說是孟子民貴思想的先聲。因而〈鹿鳴〉篇的地位，在《三百篇》中也就顯得更為重要了。

四牡

這是服役者久不得歸而念其父母的詩。

四牡騑騑❶，周道倭遲❷。豈不懷歸？王事靡盬❸，我心傷悲。（一章）

【注釋】

❶牡：雄馬。騑：音非ㄈㄟ。騑騑：行不止貌。❷周道：大路。倭：音微ㄨㄟˊ。倭遲：路途迴遠彎曲之貌。❸王事：天王之事，即國家之事。靡：無。盬：音古ㄍㄨˇ，止息。

【評析】

(1)呂柟曰：私恩公義之說，可以竝行不悖之義求之。蓋君子以忠為孝也。傷悲之意，其在斯乎！

(2)牛運震曰：①但寫道遠馬勞，意思便含蓄。②「豈不」二字委曲伸訴，的妙。③「我心傷悲」，語極蘊蓄，公事私恩俱有。④血誠苦衷，惻然寫出。

四牡騑騑，嘽嘽駱馬❶。豈不懷歸？王事靡盬，不遑啟處❷。（二章）

【注釋】

❶嘽：音貪ㄊㄢ。嘽嘽：馬奔騰時所發之聲。駱：音洛ㄌㄨㄛˋ，白馬黑鬣。❷不遑：不暇，即來不及。啟處：安居。此句謂無平靜安居從容之生活。

【評析】

(1)輔廣曰：「我心傷悲」，既述其私恩之不能忘；「不遑啟處」，又述其公義之不可已也。此所謂天理人情之至也。

翩翩者鵻❶，載飛載下❷，集于苞栩❸。王事靡盬，不遑將父❹。（三章）

【注釋】

❶翩翩：飛貌。鵻：音椎ㄓㄨㄟ，鵓鳩鳥。❷載：則。❸苞：茂盛。栩：音許ㄒㄩˇ，木名，橡櫟樹。❹將：養。

【評析】

(1)蘇轍曰：鵻，祝鳩，孝鳥也。《春秋傳》曰：祝鳩氏司徒也，謂其孝故爾。是以孝子不獲養而稱焉。鵻之飛也，則亦下而集于栩，不若使者之久行不返，不獲養父母也。

翩翩者鵻，載飛載止，集于苞杞❶。王事靡盬，不遑將母。（四章）

【注釋】

❶杞：音起ㄑㄧˇ，木名，即枸杞。

【評析】

(1)朱公遷曰：此兩章乃言所以懷歸之故。先言公義，後言私恩。而私恩乃所歸重也。

(2)牛運震曰：「不遑將父」「不遑將母」，此「我心傷悲」之實也。一篇真情本意至此方點出，詩意正極深厚。

駕彼四駱，載驟駸駸❶。豈不懷歸？是用作歌❷，將母來諗❸。（五章）

【注釋】

❶驟：疾馳。駸：音侵ㄑㄧㄣ，疾馳貌。❷是用：是以，所以。❸諗：音審ㄕㄣˇ，念。

【評析】

(1)孔穎達曰：母以恩意偏多，故再言之。

(2)牛運震曰：①「豈不懷歸」咽住，妙。「是用作歌」一直接下，卻自與上句不連，尤妙。②末二句語拙聲低，十分婉厚。

【總評】

(1)范祖禹曰：父，至尊也；母，至親也。知母之親，則知父之尊矣。卒章再言母，本其恩所起以教愛也。愛母則敬父；敬父則尊君矣。未有愛其親而不愛其君者也。

(2)謝枋得曰：聖人以孝治天下，聞有以養母來告者，安得不俞其請乎？此蓋設言，欲使人臣忠孝兩全也。

(3)牛運震曰：①意思慘切，音節舒婉。②〈東山〉專言私情，〈四牡〉兼言公義。〈東山〉之私，單指室家；〈四牡〉之私，單指父母。三軍使臣，身分不同，使民禮臣，故應分別如此。

(4)方玉潤曰：詩之所以次〈鹿鳴〉者，以上章君之待臣以禮，故此章臣之事君以忠。上下交感，乃成泰運。然勤勞王事，固人臣所當忠；而不遑將母，又人子所宜孝。故不敢以將母之情而來告，然後忠孝可以兩全。

(5)普賢曰：詩〈序〉：「〈四牡〉，勞使臣也。」細讀此詩，無勞使臣之意，而是出征者自咏勞苦，念其父母之作，而用為勞使臣之詩也。

皇皇者華

黽勉從公的使臣，誠惶誠恐，到處奔波請教，以匡不逮。忠勤之情，令人感動。

皇皇者華❶，于彼原隰❷。駪駪征夫❸，每懷靡及❹。（一章）

【注釋】

❶皇皇：猶煌煌，燦爛貌。華：花古字。❷原：高平之地。隰：音昔ㄒㄧˊ，下濕之地。❸駪：音心ㄒㄧㄣ。駪駪：眾多疾行之貌。❹此句謂每每擔心趕不及。

【評析】

(1)毛萇曰：忠臣奉使，能光君命。無遠無近，如華不以高下易其色。

(2)程頤曰：天子遣使四方，以觀省風俗，采察善惡，訪問疾苦，宣道化於天下。皇華之光明於野，猶王澤之流布，光華天下，使人惟恐不能宣達，是「每懷靡及」也。

(3)牛運震曰：「每懷靡及」意思深至，慰藉責成俱有。

我馬維駒❶，六轡如濡❷。載馳載驅，周爰咨諏❸。（二章）

【注釋】

❶駒：馬少壯也。❷六轡：見〈秦風・駟驖〉注。濡：音儒ㄖㄨˊ，鮮澤。❸周：遍。爰：於。諏：音謅ㄗㄡ。咨諏：訪問。

【評析】

(1)歐陽脩曰：二章以下，戒其調御車馬，雖有馳驅之勞，不忘國事，周詳廣問，因以博采廣聞，不徒將一事而出也。

(2)朱熹曰：使臣自以每懷靡及，故廣詢博訪，以補其不及而盡其職也。

我馬維騏❶，六轡如絲。載馳載驅，周爰咨謀❷。（三章）

【注釋】

❶騏：馬之青黑者。❷咨謀：猶咨諏。

【評析】

(1)牛運震曰：「如絲」字細秀。

我馬維駱❶，六轡沃若❷。載馳載驅，周爰咨度❸。（四章）

【注釋】

❶駱：黑鬣白馬。❷沃若：潤澤貌。❸度：音墮ㄉㄨㄛˋ。咨度：咨商。

我馬維駰❶，六轡既均。載馳載驅，周爰咨詢❷。（五章）

【注釋】

❶駰：音因ㄧㄣ，馬之淺黑色而有白雜毛者。❷咨詢：詢問。

【總評】

(1)黃佐曰：首章興其勤使役，而常懷不及之心；下詳其服使役，以補其不及之職。首章述其心，後四章述其事。蓋推其有是心而後有是事。惟其事之敏，則其心之勤益可知矣。

(2)牛運震曰：諏謀度詢四節皆「每懷靡及」之旨也。一篇意思結構貫串如此。

(3)姚際恆曰：大抵「諏」為聚議之意；「謀」為計劃之意；「度」為酌量之意；「詢」為究問之意。

(4)方玉潤曰：使臣一人知識有限，故戒以「每懷靡及」之心。於是周諮博訪，乃無負職，庶可副朝廷望耳。夫天下至大，朝廷至遠，民間疾苦何由周知？惟賴使者悉心訪察，以告天子。故膺茲選者，凡修廢舉墜之在所當議，邊防水利之在所當籌，興利除害之在所當酌，遺逸耆舊之在所當詢者，莫不殷殷致意。上之德欲其宣，下之情欲其達，故不可以不重也。

常棣

這是一篇強調兄弟之情應相親愛的詩。孔《疏》：「周公閔傷管蔡二叔之不和睦而流言作亂，用兵誅之，致令兄弟之恩疏，恐天下見其如此，亦疏兄弟，故作此詩以燕兄弟，取其相親也。」朱《傳》亦云：「此詩蓋周公既誅管蔡而作。」姚際恆也說：「此周公既誅管蔡而作，後因以為燕兄弟之樂歌。」此詩之為周公作，本《國語》；而《左傳》以為召穆公作。其說不一，後人以主周公作者為多。

常棣之華❶，鄂不韡韡❷。凡今之人，莫如兄弟。（一章）

【注釋】

❶常：借為棠。棣：音地ㄉㄧˋ。常棣：即棠梨樹，果如櫻桃可食。華：花古字。❷鄂：音餓ㄜˋ，借為萼，即花托。不：音夫ㄈㄨ，當作柎，萼足。韡：音韋ㄨㄟˇ。韡韡：光明貌。

【評析】

(1)鄭玄曰：承華者鄂，鄂足得華之光明，則韡韡然盛。興弟以敬事兄，兄以榮覆弟，恩義之顯，亦韡韡然。

(2)王安石曰：華鄂之相恃，不可須臾離者，以天屬故也；兄弟，天屬也，其相承覆相恃而不可離如此。

(3)牛運震曰：平常語最厚，讀之可涕。

死喪之威❶，兄弟孔懷❷。原隰裒矣❸，兄弟求矣。（二章）

【注釋】

❶死喪：指死喪之人。之：是。威：畏。❷孔：甚。懷：念。❸原隰：見〈皇皇者華〉一章❷。裒：音抔ㄆㄡˊ，聚。此言屍體裒聚於原野。

【評析】

(1)何楷曰：此就常情而言，上章所謂「莫如兄弟」者，於此驗之最為親切。《莊子》所云：「以利合者，迫窮禍患害，相棄也；以天屬者，迫窮禍患害相收也。」

(2)牛運震曰：兩「矣」字，黯然惻然。

脊令在原❶，兄弟急難。每有良朋❷，況也永歎❸。（三章）

【注釋】

❶脊令：鳥名，今寫作鶺鴒。飛則共鳴，行則搖尾，有急難相共之意。故借以喻兄弟有急難，必能互相救助。❷每：雖，下同。❸況：語詞。或釋為滋，多也。永歎：長歎，即多次長歎。

【評析】

(1)牛運震曰：良朋永歎，正是平心厚語，言其恩義不過如此，卻襯得兄弟急難意思出。

兄弟鬩于牆❶，外禦其務❷。每有良朋，烝也無戎❸。（四章）

【注釋】

❶鬩：音系ㄒㄧˋ，鬥狠。牆：家牆之內。❷務：侮。❸烝：語詞。或釋為久。戎：助。

【評析】

(1)朱熹曰：言兄弟設有不幸鬭狠于內，然有外侮，則同心禦之矣。雖有良朋，豈能有所助乎？

(2)牛運震曰：內鬩外禦，真血性中事。說與村夫野人皆解。此有感動處。

喪亂既平，既安且寧。雖有兄弟，不如友生❶。（五章）

【注釋】

❶生：語詞。

【評析】

(1)蘇轍曰：人居平安之世，不知兄弟之可恃，而以至親相責望，則兄弟常多過失，易以生怨，故有以朋友為賢於兄弟者。

儐爾籩豆❶，飲酒之飫❷。兄弟既具❸，和樂且孺❹。（六章）

【注釋】

❶儐：音賓ㄅㄧㄣ，又讀去聲鬢ㄅㄧㄣˋ，陳列。爾：語詞。籩：盛乾肉水果之食器，竹製。豆：盛肉菜之食器，木製。❷之：是。飫：音育ㄩˋ，飽足。❸具：俱，謂俱在。❹孺：朱《傳》：「小兒之慕父母也。」屈萬里疑為濡之假借，謂滯久。

【評析】

(1)謝枋得曰：凡人飲燕，待親戚朋友之禮常盛，待兄弟之禮常簡。愛有餘者，敬或不足；顏情稔熟者，禮文有時而脫略也。籩豆畢陳，飲酒而至於饜飫，亦可樂矣；何如兄弟無故，飲酒於家庭之間，不惟和樂，其親情義厚，無異於孺子嬉戲之時乎！

妻子好合，如鼓瑟琴。兄弟既翕❶，和樂且湛❷。（七章）

【注釋】

❶翕：音系ㄒㄧˋ，合也。❷湛：音沉ㄔㄣˊ，深也。或訓為久。

【評析】

(1)蘇轍曰：妻子以好合耳，及其和也，如鼓瑟琴，況於兄弟之以天屬也哉！特患不親之耳。苟其親之，其樂豈特妻子而已。

(2)《朱子語類》：問：六章七章就它逸樂時良心發處指出。蓋居患難則人情不期而相親，故天理常易；復處逸樂，多為物欲所轉移，故天理常隱而難尋，反覆玩味，真能使人孝友之心，油然而生也？曰：此所謂生於憂患，死於逸樂，那二章正是遏人欲而存天理。須是恁地看。

(3)牛運震曰：極歡愉和雅之詞，言外似有一段說不出的苦衷，所謂喜中含悲，政復藏涕為笑也。

宜爾室家❶，樂爾妻帑❷。是究是圖❸，亶其然乎❹？（八章）

【注釋】

❶宜爾室家：謂兄弟相處和諧得宜。❷帑：音奴ㄋㄨˊ，子也。❸究：推究。圖：圖謀，考慮。❹亶：音膽ㄉㄢˇ，誠也，信也。

【評析】

(1)黃佐曰：此章承上二章而言，欲人驗其信然，所以致丁寧之意也。蓋死喪患難之時，天理真情發見，不待究圖，自知兄弟之重；至此安寧之時，人欲易溺，蔽於不知，必待究圖而後信其重也。

(2)牛運震曰：終篇收結處，低徊纏緜，不徒作喚醒之筆。

【總評】

(1)程頤曰：此詩句少而章多，章多所以極其鄭重；句少，則各陳一義故也。

(2)朱善曰：自三章至五章，皆舉朋友以明兄弟之當親。自六章至八章，復舉妻子以明兄弟之當厚。薄於兄弟而厚於朋友者，不知親疏之殺者也；薄於兄弟而厚於妻子者，不知尊卑之等者也。故必厚於兄弟，而後朋友之好愈篤；尤必厚於兄弟，而後妻帑之樂可久。苟兄弟鬩于牆內，則不惟朋友不得以盡其情，而妻帑且不得以久其樂矣。

(3)牛運震曰：①一篇中凡八言兄弟，一聲一淚。②一章各有一義，一篇直如一章。淺而真，慘而厚。怨慕曲折，惻怛團結。朱子以為垂涕泣而道者得之。

(4)方玉潤曰：是詩為周公作，詩云「喪亂既平」，則明是誅管蔡後語，非周公境地則不合。《集傳》云：「首章略言至親莫如兄弟之意。次章乃以意外不測之事言之，以明兄弟之情，其切如此。三章但言急難，則淺於死喪矣。至於四章則又以其情義之甚薄而猶有所不能已者言之。不幸而至於或有小忿，猶必共禦外侮，兄弟之義益深且切矣。」若夫五章則姚氏云：「喪亂既平，而安寧矣。乃雖有兄弟，反不如友生。何哉？蓋此時兄弟已亡，所與周旋者，唯友生而已，故為深痛，皆反覆明其莫如兄弟之意。」六七八章姚氏又云：「追思兄弟之宜和樂也，上以良朋陪說，此又以妻子陪說。」總之，良朋妻孥未嘗無助於己，然終不若兄弟之情親兩相愛也。蓋良朋妻孥皆以人合，而兄弟則以天合。以天合者，雖離而實合；以人合者，雖親而實疏。故曰「凡今之人，莫如兄弟」，豈不益信然哉！周公深有悔於管蔡之禍，恐兄弟情由此疏，故不厭委曲詳盡，極言異形同氣之恩以申告之，使其反覆窮究而驗其信然，不得以管蔡故遂自損其天倫之樂。其用心亦可謂苦矣。

(5)王靜芝曰：此詩或是詩人感管蔡失道，傷兄弟之相殘，乃為此詩，以勸兄弟親愛和睦者。然只是近似，非必然者。因詩中固未曾著管蔡字樣，僅後世緣其情理，猜度之而已。

伐木

這是一篇燕饗朋友故舊的樂歌。

伐木丁丁❶，鳥鳴嚶嚶❷。出自幽谷❸，遷于喬木。嚶其鳴矣，求其友聲。相彼鳥矣❹，猶求友聲；矧伊人矣❺，不求友生❻？神之聽之❼，終和且平❽。（一章）

【注釋】

❶丁：音爭ㄓㄥ。丁丁：用刀斧伐木之聲。❷嚶：音英ㄧㄥ。嚶嚶：鳥鳴聲。❸幽谷：深谷。❹相：視。❺矧：音審ㄕㄣˇ，況。伊：是。❻生：語詞。❼神之：慎之。聽之：從之。聽從勸告。此句謂交友之道，在於慎敬與聽從忠告。❽終：既。

【評析】

(1)程頤曰：山中伐木，非一人能獨為，必與同志者共之。既同其事，則相親好，成朋友之義。繼言鳥鳴嚶嚶，又以物情興朋友之好，視鳥如是，豈人而不求友乎？

(2)牛運震曰：伐木鳥鳴二語幽靜之極，空山無人讀之，始見其妙。

(3)方玉潤曰：佳句極為閒雅。

伐木許許❶，釃酒有藇❷。既有肥羜❸，以速諸父❹。寧適不來，微我弗顧❺。於粲洒掃❻，陳饋八簋❼。既有肥牡❽，以速諸舅❾。寧適不來，微我有咎❿。（二章）

【注釋】

❶許：音虎ㄏㄨˇ。許許：用鋸伐木之聲。❷釃：音思ㄙ，濾酒。藇：音序ㄒㄩˋ，美好。有藇：藇然。❸羜：音住ㄓㄨˋ，羔羊。❹速：邀請。諸父：朋友之同姓而尊者。❺微：非。❻於：音烏ㄨ，歎詞。粲：鮮明。❼陳：擺設。饋：食物。簋：音鬼ㄍㄨㄟˇ，盛食物之圓形器皿。天子宴客八簋。❽牡：雄性牲畜。❾諸舅：朋友之異姓而尊者。❿咎：音救ㄐㄧㄡˋ，過錯。

【評析】

(1)范祖禹曰：寧適不來，微我勿顧者，豈必期其至哉？不來在人，弗顧在我，躬自厚而不責於人也。

(2)牛運震曰：兩「寧適不來」故作疑辭，妙。正唯恐其人不來也。微我云云，平心自問，極有謙厚若不及光景。

伐木于阪❶，釃酒有衍❷。籩豆有踐❸，兄弟無遠❹。民之失德❺，乾餱以愆❻。有酒湑我❼，無酒酤我❽。坎坎鼓我❾，蹲蹲舞我❿。迨我暇矣⓫，飲此湑矣。（三章）

【注釋】

❶阪：音板ㄅㄢˇ，山坡。❷衍：音眼ㄧㄢˇ，多。❸見〈豳風．伐柯〉注。❹兄弟：朋友之同輩者，兼同姓異姓而言。❺失德：失和。❻餱：音侯ㄏㄡˊ。乾餱：食之薄者。愆：音千ㄑㄧㄢ，過錯。❼湑：音許ㄒㄩˇ，濾酒。湑我：我湑。下

三句句法同。❽湑：買。或釋「湑」為一宿酒。言雖一宿之酒，亦可飲我，不在酒之新陳也。❾坎坎：擊鼓聲。❿蹲蹲：音存ㄘㄨㄣˊ。蹲蹲：舞貌。⓫迨：音殆ㄉㄞˋ，及。

【評析】

(1)蘇轍曰：民之失德也，有以乾餱相譴，故君子於其朋友故舊，無所愛者，有則湑之，無則酤之，不以有無為辭也。奏之以鼓，重之以舞，盡其有以樂之也。

(2)輔廣曰：此章蓋極道和樂而不變之意。言細民之相失，或以薄乎飲食而不以相分之故。蓋前章既言其厚，故此章又以薄言之。且乾餱之愆，亦微過耳，於微過而猶不敢不謹，則其大者可知矣。

(3)胡紹曾曰：尊者不敢必其來，兄弟則言無遠，立言之法。

(4)牛運震曰：①乾餱失德，極鄙瑣事，肯如此說，正極質厚。②疊四「我」字，淋漓恣肆。③宕筆作結，雋逸耐人諷思。唐人詩「數甕猶未開，來朝能飲否」亦以拖宕之筆收結成趣。

【總評】

(1)朱善曰：伐木以燕朋友，而篇中有諸父、諸舅、兄弟之辭，何也？曰：人之所資乎朋友者，以明道也，以進德也。貴之而為天子，賤之而為庶人；尊之而為父兄，卑之而為子弟；親之而為同姓，疏之而為異姓。其分雖不同，而其可友則如一。故以賤交貴而不為諂，以貴交賤而不為屈；以卑就尊而不為僭，以尊就卑而不為貶。內取之同姓而不為昵，外取之異姓而不為泛。道之所存，德之所存，即吾友之所存也。而何貴賤親疏之間哉！

(2)真德秀曰：〈鹿鳴〉之詩，以臣為賓；〈伐木〉之詩，以臣為友。以臣為賓，敬已至矣；以臣為友，敬益至焉。玩〈伐木〉之詩，止見為人之求友而不見為君之求臣。蓋先王樂道忘勢，但知有朋友相須之義，而不見有君臣相臨之分也。

天保

這是臣下祝福君上的詩。

天保定爾❶，亦孔之固❷。俾爾單厚❸，何福不除❹？俾爾多益❺，以莫不庶❻。（一章）

【注釋】

❶保：安。爾：汝，指君。謂天安定你。❷亦：語詞。孔：甚。❸俾：音必ㄅㄧˋ，使。單：《說文》：「大也。」厚：謂福祿厚。❹除：高本漢謂儲之同音假借，謂儲備。❺多益：益多，謂福祿多。❻庶：眾。此句謂「以是之故，無不眾多也」。

【評析】

(1)曹粹中曰：保則不危，定則不傾。

(2)朱公遷曰：無時而不受福，則積之也極厚，故以單厚言；無事而不受福，則得之也極多，故以多益言。何福不除，以莫不庶，正以申言單厚多益之意。

天保定爾，俾爾戩穀❶。罄無不宜❷，受天百祿。降爾遐福❸，維日不足❹。（二章）

【注釋】

❶戩：音剪ㄐㄧㄢˇ，福。穀：祿。❷罄：音慶ㄑㄧㄥˋ，盡。❸遐：大。❹此句形容福祿之多，唯感接受時日之不足也。

【評析】

(1)歐陽脩曰：既曰何福不除矣，又曰俾爾戩穀，又曰無所不宜而受天百祿，又曰降爾遐福，其所以殷勤重複如此而猶曰維日不足也。

(2)牛運震曰：語意重沓疊複，極殷勤篤摯之旨，細按之卻自有條理次第。

天保定爾，以莫不興❶。如山如阜❷，如岡如陵❸。如川之方至，以莫不增❹。（三章）

【注釋】

❶此句謂「無不興盛」。❷阜：高平曰陸，大陸曰阜。❸陵：大阜曰陵。以上二句謂其福祿累積高大而永固。❹以上二句謂其福祿如川之方至，源遠流長，氣勢充沛，無不增盛，其盛長未可限量也。

【評析】

(1)呂大臨曰：上章言受百祿降遐福，其莫不庶也。既庶矣，則欲積累至於崇高，故曰以莫不興。如山阜岡陵，言其興也。既興矣，欲增益而不絕，故曰以莫不增。如川方至，言其增也。

(2)牛運震曰：山阜岡陵，莫不興也；川之方至，莫不增也。對分兩段，卻有顛倒錯綜之妙。「如川」獨說方至，妙有深理。句法亦錯落。

吉蠲為饎❶，是用孝享❷。禴祠烝嘗❸，于公先王❹。君曰：「卜爾❺，萬壽無疆。」（四章）

【注釋】

❶吉：善。蠲：音娟ㄐㄩㄢ，潔。饎：音斥ㄔˋ，酒食。言擇吉日齋戒沐浴以潔身，為酒食以祭祀。❷享：獻。祭祀祖先乃對祖先孝敬，故曰孝享。❸禴：音越ㄩㄝˋ，夏祭。祠：春祭。烝：冬祭。嘗：秋祭。❹此句謂祭於先公先王。❺君：先君。此指代表先君之尸。卜：賜給。爾：你。

【評析】

(1)歐陽脩曰：非惟天之福我君如此，至於四時豐潔酒食，祀其先公先王，而神亦降之福。

(2)朱公遷曰：此言祖宗降福之故，必述嘏詞以祝之者，明其出於神意，而非無徵之言也。將祭而先盡其誠，則致祭而必受其福矣。

神之弔矣❶，詒爾多福❷。民之質矣❸，日用飲食。群黎百姓❹，徧為爾德❺。（五章）

【注釋】

❶弔：至。❷詒：音義同貽ㄧˊ，給予。❸質：安定。❹群黎：眾民。❺此句謂普遍受汝之德。

【評析】

(1)彭執中曰：上有多福之君，則下受多福之庇。始言民，繼言群黎百姓，廣而言之，正修己安人安百姓之意也。

(2)牛運震曰：寫出太平風景，如此說福，高極真極。

如月之恆❶，如日之升❷。如南山之壽，不騫不崩❸。如松柏之茂，無不爾或承❹。（六章）

【注釋】

❶恆：上弦月，漸圓。❷日初升漸高漸明。❸騫：音牽ㄑㄧㄢ，虧損。崩：倒塌。❹承：繼承。松柏之屬，新葉既出，舊葉始落，承繼不斷。謂永無凋零之象。

【評析】

(1)呂大臨曰：上言神享之矣，民服之矣，福祿無以加矣。又欲常享是福，有進而無退，有成而無虧，相承而無衰，故以日月南山松柏喻焉。

(2)牛運震曰：承前四「如」，引伸贊颺，堅凝高騫，格意絕勝。

(3)糜文開曰：〈小雅〉多帶國風疊詠格調，此篇三六兩章之連用「如」字句格，始見其獨特有力之活潑丰姿。而三章五「如」與六章四「如」，又各呈其錯落之致，各極其妙矣！

【總評】

(1)季本曰：人君能以德及民，宜享多福，故其臣美之。蓋欲其德之有常也。雖稱頌之而歸於有德，則責難之意寓焉。

(2)朱謀㙔曰：人臣將以福祿祝其君，不敢自為之詞，必稱天保之，天定之，先公先王以詒之，尊敬之義也。

(3)牛運震曰：一篇祝頌之詞中有規勸之旨。章法奇正相錯。

(4)姚際恆曰：篇中多用「爾」字：天爾之；先王爾之也。忠愛之至，故多複辭。山、阜、岡、陵，無大異，又云「如南山之壽」皆涉複也。

(5)方玉潤曰：全詩以「德」字為主。臣之祝君，非但君也，實為民耳。蓋君之福民，即民之福君。一人受天地神祇之福，即天下臣民億萬眾同享天地神祇之福，其所係不綦重歟！故詩又曰：「群黎百姓，徧為爾德。」

是必在上有多福之君，然後在下有受福之民。特民在福中，日用飲食皆君福所庇而不自知其所以然耳。前後雖極言天神降福無所不至，其實以「德徧群黎」一句為主。夫使君德未徧，天雖有福而不降，神又豈肯受其享哉！是知君福，君自致耳，非民所能祝也。臣以頌君，臣不過盡其心所欲而已，故極其頌禱不為諛，反覆譬喻而非夸。

采薇

北伐玁狁的戰士，歸途中抒懷之作。

采薇采薇❶，薇亦作止❷。曰歸曰歸，歲亦莫止❸。靡室靡家❹，玁狁之故❺。不遑啟居❻，玁狁之故。（一章）

【注釋】

❶薇：野菜名，俗謂之野豌豆。❷作：生。止：語已詞，下同。❸莫：同暮。❹靡：無。戍守在外，是無室無家。❺玁：音險ㄒㄧㄢˇ。狁：音允ㄩㄣˇ。玁狁：北狄之名，即殷周間之鬼方，西周中葉以後稱玁狁，即秦漢時之匈奴。❻不遑：無暇。啟居：安居。

【評析】

(1)牛運震曰：重提玁狁之故，嚴重國事，邊備偬急如見。

采薇采薇，薇亦柔止❶。曰歸曰歸，心亦憂止。憂心烈烈❷，載飢載渴❸。我戍未定❹，

靡使歸聘❺。（二章）

【注釋】

❶柔：始生而莖柔也。❷烈烈：憂貌。❸載：則。❹謂戍守之地不定。❺歸：使也。聘：問也。謂（因自己戍守之地不定，）家中無法使使者前來慰問。

【評析】

(1)輔廣曰：凡人在道路時，飢渴固有所不免。故卒章言其歸路之情，亦曰載渴載飢。戍者勤苦之情，大概最切者有四：一則有舍其室家之悲，二則有不遑啟居之勞，三則有載飢載渴之苦，四則有不得其家音信之憂。故此詩於首兩章，備道此四事。

(2)牛運震曰：我戍未定，悲而不怨，極含蓄。

采薇采薇，薇亦剛止❶。曰歸曰歸，歲亦陽止❷。王事靡盬❸，不遑啟處❹。憂心孔疚❺，我行不來❻。（三章）

【注釋】

❶謂薇已壯而莖剛勁也。❷陽：十月為陽。❸王事：天王之事，即國家之事。盬：音古ㄍㄨˇ，止息。❹啟處：即啟居，安居也。❺孔：甚。疚：病。❻來：音賴ㄌㄞˋ，慰勞。此句謂自戍邊以來無人慰勞。

【評析】

(1)牛運震曰：薇言剛柔，有意味。

彼爾維何❶？維常之華❷。彼路斯何❸？君子之車❹。戎車既駕❺，四牡業業❻。豈敢定居？一月三捷。（四章）

【注釋】

❶爾：華盛貌。❷常：棠棣。華：古花字。❸路：車大之貌。❹君子：將帥。❺戎車：兵車。❻業業及下文之騤騤、翼翼，皆形容馬壯盛之貌。

【評析】

(1)鄭玄曰：言彼爾者，乃棠棣之華。以興將率車馬服飾之盛。

駕彼四牡，四牡騤騤❶。君子所依❷，小人所腓❸。四牡翼翼，象弭魚服❹。豈不日戒❺？玁狁孔棘❻。（五章）

【注釋】

❶騤：音奎ㄎㄨㄟˊ，見前章注。❷君子：將帥。依：猶倚，倚於車中也。❸小人：士卒。腓：音肥ㄈㄟˊ，避也。謂士卒用以避護。❹弭：音米ㄇㄧˇ，弓兩端受弦之處。象弭：用象牙所製之弭。魚：獸名。服：為箙字之假借，箭囊。魚服：用魚皮裝飾的箭囊。❺日戒：天天戒備。❻孔：甚。棘：急。

【評析】

(1)陳祥道曰：古者之用兵也，險野，人為主；易野，車為主。則險野非不用車，而主於人；易野非不用人，而主於車。車之於戰，動則足以衝突，止則足以營衛。將卒有所芘，兵械衣裘有所齎。詩曰：「君子所依，小人所腓。」則車之為利大矣。

(2)鄒泉曰：駕彼二句，言駕車之馬，甚強也；君子二句，言所乘之車，利用也；四牡句，言行列整治也；象弭句，言器械精好也。「豈不日戒」，總承車馬行伍器械如此。豈可恃此而不日相警戒乎？玁狁孔棘，即警戒之辭。

(3)牛運震曰：車制兵律，儼然如畫。「玁狁孔棘」，迴應篇首有力。

昔我往矣，楊柳依依❶。今我來思❷，雨雪霏霏❸。行道遲遲❹，載渴載飢。我心傷悲，莫知我哀！（六章）

【注釋】

❶依依：柔拂貌。❷思：語詞。❸雨：音玉ㄩˋ，落。霏霏：雪盛貌。❹遲遲：緩慢。

【評析】

(1)曹粹中曰：往時楊柳依依，則與首章薇作之候同。來時雨雪霏霏，則遲於三章陽止之候矣。

(2)牛運震曰：感慨往復，閒婉生動。依依字寫楊柳有情。

【總評】

(1)牛運震曰：悲壯淒婉，全以正大之筆出之。結構用意處，更極渾成。後世〈出塞曲〉傷於慘而盡矣。

(2)姚際恆曰：此戍役還歸之詩。〈小序〉謂「遣戍役」非。詩明言「曰歸曰歸，歲亦莫止」，「今我來思，雨雪霏霏」等語，皆既歸之詞。豈方遣即已逆料其歸乎！又「一月三捷」亦言實事，非逆料之詞也。

(3)方玉潤曰：（以上）五章皆追述之詞。末乃言歸途景物。並回憶往時風光，不禁黯然神傷。絕世文情，千古常新。

(4)糜文開曰：《毛詩・序》：「〈采薇〉，遣戍役也。文王之時，西有昆夷之患，北有玁狁之難，以天子之命，命將率遣戍役，以守備中國，故歌〈采薇〉以遣之，〈出車〉以勞之，〈杕杜〉以勤歸也。」此篇之非遣戍役，而係戍役者還歸之詩，姚際恆已校正之。並曰：「謂文王，文王無伐玁狁事，辨說已駁之。」近人屈萬里《詩經釋義》亦曰：「此當是戍役者所自作。又按：玁狁一名，西周中葉以後始有之，殷末及周初稱鬼方。(王國維有說，見所著《鬼方昆夷玁狁考》)詩中屢言玁狁，知此乃西周中葉以後之詩；舊謂作於文王時者，非也。以〈出車〉及〈六月〉諸詩證之，此詩蓋作於宣王之世。」

此詩末章真情實景之筆，尤以「昔我往矣，楊柳依依；今我來思，雨雪霏霏」之句，最為膾炙人口，眾所推崇。曹植的〈朔風〉詩，便曾刻意模仿。

《世說新語》卷二〈文學〉第四載：「謝公(安石)因子弟集聚，問《詩》何句最佳。遏(謝玄小名)稱曰：『昔我往矣，楊柳依依；今我來思，雨雪霏霏。』公曰：『訏謨定命，遠猷辰告。』謂此句偏有雅人深致。」

謝公所言，自是宰相口吻，但後世詩人，卻都對謝玄投贊成票。清人沈德潛便說：「昔人問《詩》句何句最佳？或曰『楊柳依依』，此一時興到之言，然亦實是名句。」我們試將「描寫」「感情」「想像」所形成的文學作品的真善美三要素來衡量，這四句可稱三者兼具，而且真善美全備的了。對的，這四句描寫真切，感情洋溢，已臻情景交融之境。但善在那裡？想像在那裡？有去無還，往而不復是不完善，歸來即善；「楊柳依依」看似寫情，實係想像之辭。蓋征夫離家依依不捨者，人也，非物也。詩人以物擬人，想像其依依不捨耳！

出車

這是一篇征伐玁狁的將佐，歸來後自敘的詩。《漢書‧匈奴傳》以此為宣王時詩。

我出我車❶，于彼牧矣❷。自天子所，謂我來矣❸。召彼僕夫，謂之載矣❹。王事多難，維其棘矣❺。（一章）

【注釋】

❶上「我」字指我國家，下「我」字指我之軍隊。❷于：往。牧：遠野。❸謂：使。❹謂：告語。告以將軍需各物載之於車。❺維：語詞。棘：急。

【評析】

(1)鄭玄曰：王命召己，己即召御夫，使裝載物而往。王之事多難，其召我必急，欲疾趨之，此序其忠敬也。

(2)謝枋得曰：此章有尊敬王命之禮，有憂勤王事之志，有整暇勇決之材，有奔走犯難之忠。

(3)鄒泉曰：自天子所二句，蓋語其人以見王命之重。與三章「天子命我，城彼朔方」意不類。此是在郊外時事，彼是至朔方時事；此是表其出有所自，彼欲振作士卒之氣耳。

(4)牛運震曰：直從大將受命出征敘起，紆徐安雅。

(5)方玉潤曰：將出征先寫車旂僕從之盛，是一篇點兵行。

我出我車，于彼郊矣。設此旐矣❶，建彼旄矣❷。彼旟旐斯❸，胡不旆旆❹！憂心悄悄❺，

僕夫況瘁❻。（二章）

【注釋】

❶旐：音兆ㄓㄠˋ，旗上畫龜蛇者。❷旄：音毛ㄇㄠˊ，旗竿頭曲，上飾犛牛尾之旗。犛牛即旄牛。❸旟：音余ㄩˊ，畫鳥隼之旗。斯：語詞。❹胡不：好不。旆：音沛ㄆㄟˋ。旆旆：飛揚貌。❺悄悄：憂貌。❻瘁：音翠ㄘㄨㄟˋ。況瘁：病也。

【評析】

(1)程頤曰：既受命而行，有旗章之盛，見付與之重，憂勞其事也。

王命南仲❶，往城于方❷。出車彭彭❸，旂旐央央❹。天子命我，城彼朔方❺。赫赫南仲❻，玁狁于襄❼。（三章）

【注釋】

❶南仲：大將名。❷城：築城。方：地名，即〈六月〉「侵鎬及方」之方。❸彭：音邦ㄅㄤ。彭彭：車馬眾多貌。❹旂：音其ㄑㄧˊ，旗之畫交龍者。央央：鮮明貌。❺朔方：北方荒遠之地。❻赫赫：威嚴貌。❼于：是。襄：除。

【評析】

(1)程頤曰：指元帥之名，以顯其功。

(2)呂祖謙曰：大將傳天子之命以令軍眾，於是車馬眾盛，旂旐鮮明。威靈氣焰，赫然動人矣。兵事以哀敬為本，而所尚則威。程子曰：城朔方而玁狁之難除，禦戎狄之道，守備為本，不以攻戰為先也。

(3)范祖禹曰：往城于方，所以守衛中國也。非取玁狁之地而城之。

(4)蔣悌生曰：「王命南仲，往城于方」國人之辭也。「天子命我，城彼朔方」南仲之辭也。由國人觀之，則軍之甚盛不可當；自南仲論之，則制戎之長策不可易。誠以戰而勝之，不若不戰而屈人兵之為愈。勝而滅之，孰若兵不血刃而戎患自息之為長。此明良之定策，馭戎之要術，出自王言，而入乎南仲之耳。所謂神武而不殺者歟！

(5)姚舜牧曰：說「王命南仲，往城于方」，見上所云出車建幟以急難者，蓋承此命耳。故南仲始出令軍中，以振厲士卒之氣。士卒皆用命，而玁狁于襄焉。其出也有名，其作也有勇，而其往也無敵，此之謂王者之師，此之謂王者之將。

(6)牛運震曰：①兩提天子，鄭重得體。②城朔方為安邊要策，特筆點明。③聲勢雄厲，沉而不浮。

(7)方玉潤曰：①王命仲，言仲傳王命。兩命互寫，鄭重之至，赫奕之至，是全詩警策處。「赫赫南仲，玁狁于襄」寫大將威靈，所向克捷。②以上了一事，此下又生一事，以事之曲折，為文之波瀾。

昔我往矣，黍稷方華❶；今我來思❷，雨雪載塗❸。王事多難，不遑啟居❹。豈不懷歸？畏此簡書❺。（四章）

【注釋】

❶方華：方盛。❷思：語詞。❸雨：音玉ㄩˋ，落。載：則。塗：泥。或云同途，路也。載：滿。此句謂落雪滿路途。❹不遑啟居：謂不暇安息。參〈采薇〉篇注。❺簡書：策命。天子遣師之命。猶今言公文。

【評析】

(1)曹粹中曰：南仲既襄玁狁，則思歸矣。繼得伐西戎之命，不敢或違，故曰畏此簡書。

(2)嚴粲曰：言我昔自朔方而往伐西戎，當黍稷方華，六月時也。今我自伐西戎歸而在道，雪釋為塗泥，春初時也。初謂止伐玁狁，期於歲末，可以畢事而歸。因有西伐之命，遂致遷延，春初猶在道也。

(3)牛運震曰：此段感慨容與，中間過度文字。「王事多難」暗伏西戎。

喓喓草蟲❶，趯趯阜螽❷。未見君子❸，憂心忡忡。既見君子，我心則降❹。赫赫南仲，薄伐西戎❺。（五章）

【注釋】

❶喓：音夭ㄧㄠ。喓喓：蟲鳴聲。草蟲：蝗屬，俗呼紡織娘。❷趯：音替ㄊㄧˋ。趯趯：跳躍。螽：音終ㄓㄨㄥ。阜螽：草蟲同類，善跳。❸君子：指出征之人。❹降：心安，即放心。❺薄：語詞。西戎：西方昆夷。崔述《豐鎬考信錄》以為西戎即玁狁之別名，乃變其文以叶韻耳。

【評析】

(1)朱熹曰：此言將帥之出征也，其室家感時物之變而念之。以為未見而憂之如此，必既見後心可降耳。

(2)牛運震曰：①忽插入一段室家之思，婉媚有情。②伐西戎為斷玁狁右臂，想見用兵機宜。

(3)普賢曰：《詩經》不以套用現成詩句為病，故多相同句，而以此篇多達十六句，最為發達，其中第五章僅八句，而前六句均與國風〈草蟲〉第一章相同，尤為特出。後世集句詩，即由《詩經》套用詩句之風發展而成。余撰有《詩經相同句及其影響》、《集句詩研究》等書詳論之。

春日遲遲，卉木萋萋❶。倉庚喈喈❷，采蘩祁祁❸。執訊獲醜❹，薄言還歸❺。赫赫南仲，玁狁于夷❻。（六章）

【注釋】

❶卉：音會ㄏㄨㄟˋ，草。萋萋：榮茂。❷倉庚：黃鸝，即黃鶯，與黃鳥有別。喈喈：鳥鳴聲。❸蘩：白蒿，幼蠶所食。祁祁：眾多貌。❹執：擒。訊：可審訊之活口，即俘虜。獲：義同馘，馘音國ㄍㄨㄛˊ，殺之而取其左耳。醜：惡。謂捉獲惡類（指敵人）。或訓醜為眾。獲醜：謂殺死眾多敵人。亦通。❺薄言：語詞。還：音旋ㄒㄩㄢˊ。還歸：謂勝利而歸也。❻于：是。夷：平。

【評析】

(1)嚴粲曰：上章言其未歸也，室家望之；此章言其既歸也，室家喜之。敘景物之暄妍，稱將率之功伐，皆喜而道之也。蘩以生蠶，婦人之事，述其所見，知為室家之言也。獨言玁狁，不言西戎者，舉出師所主也。

(2)牛運震曰：①太平春色如畫。②此凱旋圖也。卻借卉木倉庚點染，春光滿目，筆端最閒最雅。③獨以平玁狁作結，極得要領。正見伐西戎為制玁狁之要策也。

【總評】

(1)輔廣曰：行師之道，始出則尚嚴肅，既歸則尚和樂。故出則有誓，而歸曰凱還。前三章則如秋霜之肅；後三章則如春風之和。如此，然後謂之王者之師。

(2)牛運震曰：①前三章意思肅重，後三章風致委婉。以整以暇，各有其妙。②每章結得忠奮壯武，是待大將身分。三「赫赫南仲」，尤覺氣燄奪人。

(3)方玉潤曰：此詩以伐玁狁為主腦，西戎為餘波，凱還為正意。出征為追述征夫往來所見為實景，室家思念為虛懷，頭緒既多，結體易於散漫。觀其首二章先敘出軍車旂之盛，旟旐飛揚，僕夫況瘁，已將大將征伐聲勢赫赫寫出。驚心動魄，照人耳目。次又言王之命仲，仲之承王，愈加鄭重。義正詞嚴，聲靈百倍，早使敵人喪膽，玁狁攝服。故不煩一鏃一矢，但城朔方而邊患自除。非赫赫南仲上承天子威靈，下同士卒勞苦，何能收功立效之速如是哉！全詩一城玁狁，一伐西戎，一歸獻俘，皆以南仲為束筆。不唯見功歸將帥之美，而且有製局整嚴之妙。此作者匠心獨運處，故能使繁者理而散者齊也。

(4)竹添光鴻曰：句句是大將舉止。出師尚嚴：讀首三章，便凜如秋霜；凱歸貴和：讀後三章，便藹如春露。其間有整有暇，有勤有慎，有威有斷。我出我車，責任專也；自天子所，寵命渥也；憂心悄悄，臨事懼也；執訊獲醜，恩威著也。全是專閫氣象。

杕杜

這是征人思歸的詩。而假借家人思念征夫的語氣，以抒其懷歸之情。

有杕之杜❶，有睆其實❷。王事靡盬❸，繼嗣我日❹。日月陽止❺，女心傷止❻，征夫遑止❼。（一章）

【注釋】

❶杕：音地ㄉㄧˋ，孤特貌。有杕：杕然。杜：果木名，即赤棠。參〈唐風・杕杜〉篇。❷睆：音晚ㄨㄢˇ。有睆：睆然，果實渾圓貌。❸參〈唐風・鴇羽〉注。❹嗣：續。言繼續我出征之日（而不能止也）。❺陽：十月。止：語已詞，下同。❻此句謂征夫想像其家室之悲傷。❼遑：暇。以上二句言時已屆冬令，室人念征夫而傷悲，征夫應該有暇可歸

了吧！（思念之意也）

【評析】

(1)毛萇曰：杕杜猶得其時蕃滋，征夫勞苦，不得盡其天性。

(2)牛運震曰：繼嗣我日，撰句奇秀。

(3)王靜芝曰：敘閨人思征夫之情，由有杕之杜起興，言彼孤特之赤棠，已睆然結其果矣，因以興時序之變，而亦聯想遠役之人，孤特無依。故興歎王事之無能止息，而繼續征夫行役之時日。而今時日已到十月矣，彼仍未能歸來，故女之心中悲傷之至。蓋以為此時征夫宜已有暇矣，而竟未能歸也。

有杕之杜，其葉萋萋。王事靡盬，我心傷悲。卉木萋止，女心悲止，征夫歸止❶。（二章）

【注釋】

❶此句言征夫此時當歸，而實未歸也。

【評析】

(1)輔廣曰：王事靡盬者，公義也；我心傷悲者，私情也。雖其室家，亦情義竝行而不相悖也。

(2)鄒泉曰：杕杜有實，是去年十月秋冬之交，戍畢之期也，故念其當暇；杕杜有葉，是今年二月春之將末，至家之期也，故念其當歸。

(3)方玉潤曰：兩章落筆，均望征夫之歸，而各極其變。

陟彼北山❶，言采其杞❷。王事靡盬，憂我父母。檀車幝幝❸，四牡痯痯❹，征夫不遠❺。

（三章）

【注釋】

❶陟：音至ㄓˋ，升也。❷言：語詞。杞：枸杞。❸檀：木名，質堅實宜為車。幝：音產ㄔㄢˇ。幝幝：破敝之貌。❹痯：音管ㄍㄨㄢˇ。痯痯：疲憊貌。❺不遠：者言其將至也。

【評析】

(1)朱熹曰：登山采杞，則春已暮而杞可食矣，蓋託以望其君子。

(2)方玉潤曰：思而不歸，則代憂其父母，且慮及車馬疲敝。深情無限。

匪載匪來❶，憂心孔疚❷。期逝不至❸，而多為恤❹。卜筮偕止❺，會言近止❻，征夫邇止❼。（四章）

【注釋】

❶載：乘車。言征夫不乘車而歸來。❷疚：病。❸逝：往，猶過也。言已過期而人不至。❹而：乃。恤：憂。❺卜筮參〈衛風・氓〉篇注。偕：俱，謂既卜且筮也。❻會：合，言卜筮之辭相合。近：謂征夫距家已近。❼邇：近。此家人盼望之辭，言卜筮皆謂征夫已近，征夫已近了吧！

【評析】

(1)王炎曰：「而多為恤」：饑渴歟？疾病歟？死傷歟？是何期逝不至也。

(2)輔廣曰：歸期近而思愈切者，人情也；期逝不至，然後憂傷孔疚焉。行者過期而不至，則居者之憂百端矣。

(3)方玉潤曰：再期不至，卜筮兼詢，情切可知。

【總評】

(1)方玉潤曰：此詩本室家思其夫歸而未即歸之詞，故始則曰征夫遑止，言可以暇矣，曷為而不歸哉？繼則曰征夫歸止，言計其歸期實可歸也。既又曰征夫不遠，言雖未歸，其亦不遠矣。終則曰征夫邇止，言歸程甚邇，豈尚誑耶？始終望歸而未遽歸，故作此猜疑無定之詞耳。然期望雖殷，而終以王事為重，不敢以私情廢公義也。此詩人識見之大，詎得以尋常兒女情視之耶？

魚麗

這是周代燕饗通用的樂歌。

魚麗于罶❶，鱨鯊❷。君子有酒❸，旨且多❹。（一章）

【注釋】

❶麗：罹，遭遇。罶：音柳ㄌㄧㄡˇ，捕魚之竹籠，長筒形。❷鱨：音嘗ㄔㄤˊ，黃頰魚。鯊：一種名鮀之小魚，常張口吹沙，故名吹沙，簡稱鯊。❸君子：指宴客之主人。❹旨：美。

【評析】

(1)何英曰：古人燕饗，物致盛備。蓋無非以寓其誠敬，而賓亦樂其優勤之意也。

魚麗于罶，魴鱧❶。君子有酒，多且旨。（二章）

【注釋】

❶魴：音房ㄈㄤˊ，鯿魚。鱧：音禮ㄌㄧˇ，即鮦魚，俗名黑鯉魚。

【評析】

(1)季本曰：多旨即上章之意，取協韻，故覆言耳。

魚麗于罶，鰋鯉❶。君子有酒，旨且有❷。（三章）

【注釋】

❶鰋：音晏ㄧㄢˋ，即鮎魚，體滑無鱗，俗稱黏魚。❷有：猶多。

【評析】

(1)牛運震曰：（以上三章）促節別調。

物其多矣，維其嘉矣❶。（四章）

【注釋】

❶嘉：美善。

【評析】

(1)季本曰：物謂水陸之羞，嘉即旨也。本前章多且旨而言。

物其旨矣，維其偕矣❶。（五章）

【注釋】

❶偕：齊，言各物皆齊陳於前。

【評析】

(1)呂祖謙曰：物雖嘉旨，然陸產或不如水產之盛；澤物不如山物之蕃，猶未可以言偕也。

(2)季本曰：偕即多也，言水陸之物皆備也。

物其有矣，維其時矣❶。（六章）

【注釋】

❶時：得其時。

【評析】

(1)程頤曰：盛而及時也。

(2)呂大臨曰：物常有而不乏，則可以待時而取之。故曰維其時矣。物不常有，不可必其時也。

(3)呂祖謙曰：物雖盛多而偕有，必適當其時，然後盡善。所謂時者，不專為用之之時也。苟非國家閒暇，內外無故，則物雖盛，不能全其樂矣。

(4)方玉潤曰：重重再描一層，是畫家渲染法。

【總評】

(1)孔穎達曰：作〈魚麗〉詩者，美當時萬物盛多，能備禮也。

(2)季本曰：前三章皆言有酒，乃置酒之通名也。後三章皆言物，則其所謂旨，所謂多者，皆以殽言矣。雖用字不同，其實嘉與時，皆所以言旨也；有與偕，皆所以言多也。不過即旨多二義，反覆歎詠，以見主人禮意之殷勤耳。如此賢者豈不樂就哉！

(3)牛運震曰：不必侈陳太平之盛，只就物產點逗自見，自是高手。連紆疊複，若不可了，別是一格。

南陔、白華、華黍

此三篇但存篇目而無詩。詩〈序〉謂「亡其辭」；朱《傳》云：「此笙詩也，有聲無辭。」姚際恆《詩經通論》，以《史記》言三百五篇，王式曰：「臣以三百五篇諫」，漢世從無三百十一篇之說，《儀禮》六笙詩本不在三百篇中，概從刪去。今本書依《毛詩引得》例，僅照《毛詩》篇次附錄其篇名於兩處。

南有嘉魚之什十篇

南有嘉魚

這也是燕饗通用的樂歌。

南有嘉魚❶，烝然罩罩❷。君子有酒❸，嘉賓式燕以樂❹。（一章）

【注釋】

❶南：南方。嘉：美，或謂魚名。❷烝：眾。罩罩：眾魚游水之貌。❸君子：指主人。❹式：語詞。

【評析】

(1)姚舜牧曰：讀其詞，似以有魚興有酒，然其意實以嘉魚興嘉賓也。觀下章甘瓠翩鵻自見得。

南有嘉魚，烝然汕汕❶。君子有酒，嘉賓式燕以衎❷。（二章）

【注釋】

❶汕：音扇ㄕㄢˋ。汕汕：魚游水貌。❷衎：音看ㄎㄢˋ，樂也。

南有樛木❶，甘瓠纍之❷。君子有酒，嘉賓式燕綏之❸。（三章）

【注釋】

❶樛木：見〈周南・樛木〉篇。❷瓠：音戶ㄏㄨˋ，胡蘆。甘瓠可食。纍：音雷ㄌㄟˊ，繫。❸綏：安。

【評析】

(1)蘇轍曰：瓜蔓於地，然其遇樛木也，未嘗不纍之而生。物之相從，物之性也。豈有賢者而不願從人者哉！獨患不之求耳！

(2)黃佐曰：樛木興君子，甘瓠興嘉賓。綏之，自我燕賓而言。纏綿殷勤以安其心也。

翩翩者鵻❶，烝然來思❷。君子有酒，嘉賓式燕又思❸。（四章）

【注釋】

❶語見〈四牡〉。❷烝：眾。思：語詞，下同。❸又：同侑，勸酒。

【總評】

(1)牛運震曰：次第甚明，亦見款至。

(2)方玉潤曰：此與〈魚麗〉意略同，但彼專言餚酒之美，此兼敘賓主綢繆之情。

南山有臺

這是祝福有德有位者之詩，也引用為燕饗通用的樂歌。

南山有臺❶，北山有萊❷。樂只君子❸，邦家之基。樂只君子，萬壽無期❹。（一章）

【注釋】

❶臺：通薹，莎草，可製蓑衣。❷萊：草名，嫩葉可食。❸只：語詞。❹無期：無盡期。

【評析】

(1)朱公遷曰：山有臺，又有萊；君子有德，又有福。其所有者，皆不一也。美者，即其所有而美之；祝者，期之於後來。君子之福無窮，則邦家之基亦永永無窮矣。

(2)輔廣曰：首章邦家之基，美其可以為邦家之基本，所謂治生乎君子，賢者為國之楨幹也。

南山有桑，北山有楊。樂只君子，邦家之光。樂只君子，萬壽無疆。（二章）

【評析】

(1)輔廣曰：次章言邦家之光，美其可以為邦家之顯榮，所謂儒者在朝，則美政；在位則美俗也。既足以為邦家之基本與顯榮，故因祝其壽之無期限而無疆界也。

南山有杞，北山有李。樂只君子，民之父母。樂只君子，德音不已❶。（三章）

【注釋】

❶德音：聲譽。不已：不止，不盡。

【評析】

(1)程頤曰：杞、李可食之物，興君子養人如父母。德音不已，言令聞無窮。

南山有栲❶，北山有杻❷。樂只君子，遐不眉壽❸？樂只君子，德音是茂❹。（四章）

【注釋】

❶❷栲、杻：見〈唐風・山有樞〉。❸遐：何也，下同。謂何能不眉壽？❹茂：盛也。

【評析】

(1)朱公遷曰：享眉壽而德音又加茂焉，則年彌高德彌劭矣。一章二章則有是德而願其有是福也；此章則有是福而尤願其有是德也。

南山有枸❶，北山有楰❷。樂只君子，遐不黃耇❸？樂只君子，保艾爾後❹。（五章）

【注釋】

❶枸：音舉ㄐㄩˇ，木名，枳枸，亦名木蜜。❷楰：音余ㄩˊ，木名，亦名苦楸。❸黃：黃髮。老人髮白而復黃。耇：音苟ㄍㄡˇ，老也。❹保：安。艾：音愛ㄞˋ，養也。後：後人。

【評析】

(1)朱道行曰：爾後，指君子後人。培養厚則流澤長；淑氣鍾則賢才出。惟有此後，方可撫我子孫黎民，邦家之基永固。而無期無疆之祝不虛矣。

(2)牛運震曰：結到保艾爾後，思遠意厚。

【總評】

(1)輔廣曰：後二章言「遐不眉壽」「遐不黃耇」，與首章次章末句相應。「萬壽無期」「萬壽無疆」者，願之之辭也。「遐不眉壽」「遐不黃耇」者，必之之辭也。「德音是茂」，言不但不已而已，而又愈益茂盛也。「保艾爾後」則不但為今日計，而又願其安養其後世子孫也。

(2)牛運震曰：「德壽」二字作關目，章法整而錯。

由庚、崇丘、由儀

此三篇亦但存篇目而無詩，與〈南陔〉、〈白華〉、〈華黍〉同。《毛詩》附錄篇名於此。

蓼蕭

這是天子燕饗諸侯的詩。

蓼彼蕭斯❶，零露湑兮❷。既見君子❸，我心寫兮❹。燕笑語兮❺，是以有譽處兮❻。（一章）

【注釋】

❶蓼：音路ㄌㄨˋ，長大貌。蕭：蒿也。斯：語詞。❷零：落。湑：音許ㄒㄩˇ，露珠清明貌。❸君子：指諸侯。❹寫：舒暢。❺燕：燕飲。❻譽：通豫，安也。譽處：猶言安樂。

【評析】

(1)朱善曰：心之輸寫，鬱結之散於中也；燕且笑語，和樂之見於外也。譽則善聞之著於人，處則樂意之在乎己。又兼內外而言之。

(2)王靜芝曰：述天子接見諸侯，䢣而美之。由蓼彼蕭斯起興，言彼長大之蒿，其上湑然沾露，茂盛潤澤之狀也。以喻諸侯承天子之澤，而滋榮也。天子既見諸侯來朝，而承天子之澤，各呈其英發之態，故天子之心為之舒暢。於是於䢣樂之間，天子笑語歡娛，而諸侯各得其安樂也。

蓼彼蕭斯，零露瀼瀼❶。既見君子，為龍為光❷。其德不爽❸，壽考不忘❹。（二章）

【注釋】

❶瀼：音壤ㄖㄤˇ。瀼瀼：露盛貌。❷龍：寵也。龍光：光榮。❸爽：差失。❹考：老。不忘：不已。

【評析】

(1)輔廣曰：天子以得見諸侯為寵光，則諸侯之德之美可知矣。故因以戒之曰：其德不爽，壽考不忘。言使其德常如此不爽，則當享壽考而永不忘矣。

(2)朱公遷曰：我以為寵，我以為光，則中心之喜可見。與「我心寫兮」相應，德無差失，則長久安寧，為龍為光，可保其終。

蓼彼蕭斯，零露泥泥❶。既見君子，孔燕豈弟❷。宜兄宜弟，令德壽豈❸。（三章）

【注釋】

❶泥泥：濡濕貌。❷孔燕：甚樂。豈：音慨ㄎㄞˇ。弟：音替ㄊㄧˋ。豈弟：同愷悌，和樂平易。❸令：美。豈：音慨ㄎㄞˇ，樂。壽豈：長壽而和樂。

【評析】

(1)濮一之曰：甚萁而情樂易，則知其宜兄弟而德可久也。

蓼彼蕭斯，零露濃濃❶。既見君子，鞗革沖沖❷。和鸞雝雝❸，萬福攸同❹。（四章）

【注釋】

❶濃濃：厚貌。❷鞗：音條ㄊㄧㄠˊ，轡首之飾，以金屬為之。革：轡首，以皮為之。沖沖：下垂貌。❸和鸞：皆鈴也。在軾曰和，在鑣曰鸞。雝：音雍ㄩㄥ。雝雝：聲音和諧。❹攸：所。同：聚。

【評析】

(1)賈誼曰：言動以紀度，則萬福之所聚也。

(2)朱公遷曰：諸侯之福，天子之所賜也。車馬如此，而沖沖雝雝然從容自得，其安樂也甚矣。非萬福之所聚乎？又以終首章譽處之意。

(3)鄒泉曰：鞗革以飾轡服，沖沖以垂，有順適之意，而忠順之度形矣；和鸞以飾車馬，雝雝以和，有協應之意，而和敬之德形矣。皆見其謹侯度處。

【總評】

(1)輔廣曰：一章「萁笑語兮，是以有譽處兮」，通上下而言之。天子與諸侯皆然也。下三章則專美諸侯，二章三章則又因以勸戒而警教之也。

(2)許謙曰：見君子而心寫笑語，固備其謙接之語。至曰為龍為光，則又其卑孫之極者也。上之人禮容揖孫乃如此，而為下者，所以承順悅服，又當何如耶？

(3)鄒泉曰：此詩見至治之世，諸侯之朝有常期，而天子之禮遇有常典，又拳拳惟德之勸戒，此周道之所以為泰也。

(4)牛運震曰：高朗和平，頌諷合併，淵然含蓄。

(5)方玉潤曰：此蓋天子燕諸侯而美之之詞耳，然美中寓戒，而因以勸導之。曰德曰壽，有是德乃有是壽，固也。諸侯之易於失德，則尤在兄弟爭奪之間，與鄰國侵伐之際，故又從令德中特言宜兄宜弟。夫必內有以和其親，然後外有以睦其鄰。諸侯睦而萬國寧，乃真天子福也。故更曰萬福攸同。是豈徒為諸侯頌哉！古人立言，各有體裁，以上頌下，當以此種為得體。

湛露

這也是天子燕饗諸侯的詩。

湛湛露斯❶，匪陽不晞❷。厭厭夜飲❸，不醉無歸。（一章）

【注釋】

❶湛：音站ㄓㄢˋ。湛湛：露盛貌。斯：語詞。❷匪：同非。陽：陽光。晞：音希ㄒㄧ，乾。❸厭厭：安也。

【評析】

(1)歐陽脩曰：露以夜降者也，因其夜飲，故近取以為比。云湛湛之露，潤沾於物，非至曙則不乾。厭厭之飲，恩被於諸侯，非至醉則不止。

(2)曹粹中曰：不醉無歸，則其醉乃出於天子眷顧勤厚之意。

湛湛露斯，在彼豐草。厭厭夜飲，在宗載考❶。（二章）

【注釋】

❶宗：宗室。載：則。考：成也，謂成其飲之禮。

【評析】

(1)范祖禹曰：王者天下之宗，諸侯之所主也。在宗載考，禮成而恩洽也。

(2)朱公遷曰：露在豐草則膏澤深；飲在宗室則恩意厚。故以為興。

湛湛露斯，在彼杞棘❶。顯允君子❷，莫不令德❸。（三章）

【注釋】

❶杞、棘：皆木名。❷顯：明。允：信。❸令：善。

【評析】

(1)謝枋得曰：顯者，其心明白洞達；允者，其心忠信誠慤，無一毫可疑也。

其桐其椅❶，其實離離❷。豈弟君子，莫不令儀❸。（四章）

【注釋】

❶桐、椅：皆木名，見〈鄘風・定之方中〉。❷離離：下垂貌。❸儀：威儀。

【評析】

(1)歐陽脩曰：桐、椅，木之美者，其實離離然。亦喻諸侯在燕有威儀耳。
(2)陸佃曰：杞、棘，剛木，故詩以況令德；椅、桐，柔木，故詩以況令儀。

【總評】

(1)朱公遷曰：前二章見親愛之至情；後二章有戒飭之微意。

(2)姚舜牧曰：露必待陽而晞，飲必至醉而歸，期其饗也。露必濡於豐草，飲必設於宗室，隆其禮也。杞棘承湛湛之露，桐椅生離離之實。君子承燕而不喪其令德，不失其令儀。此天子所樂予，而錫之燕饗之隆禮也。詩敘燕飲於前，而推本於君子之德儀，旨深哉！

(3)牛運震曰：①格調淡遠，意思濃厚。②說到有節不亂，是燕飲詩占身分處。③和暢歸於莊雅，老甚潔甚。

(4)方玉潤曰：夜飲至醉，易於失儀。故必不喪其威儀而後謂之禮成。其威儀之所以醉而不改乎其度者，則非有令德以將之也不可。故醉中可以觀德，尤足以知蘊蓄之有素。況天子夜宴而曰不醉無歸，君恩愈寬，臣心愈謹，乃可免愆尤而昭忠敬，詎可恃寵以失儀乎？詩曰「莫不令儀，莫不令德」者，蓋美中寓戒耳。外雖美其德容之無不善，意實恐其德容之或有未善，則未免有負君恩而虧臣職，其所係非淺鮮也。

彤弓

這是天子歡燕有功諸侯而賜之弓矢的詩。

彤弓弨兮❶，受言藏之❷。我有嘉賓❸，中心貺之❹。鐘鼓既設❺，一朝饗之❻。（一章）

【注釋】

❶彤：音同ㄊㄨㄥˊ，朱紅色。弨：音超ㄔㄠ，放鬆弓弦，蓋賜弓不張。❷言：語詞，猶「而」。❸嘉賓：指諸侯。❹貺：音況ㄎㄨㄤˋ，善也。❺天子大饗諸侯，用鐘鼓。❻一朝：一旦，即刻，言其速也。或謂一朝為同一日，亦通。下同。

【評析】

(1)呂祖謙曰：受言藏之，言其重也。弓人所獻，藏之王府，以待有功，不敢輕與人也。中心貺之，言其誠也。中心實欲貺之，非由外也。一朝饗之，言其速也。以王府寶藏之弓，一朝舉以畀人，未嘗有遲留顧惜之意也。

(2)輔廣曰：守之者不重，則得之者亦輕；予之而不誠，則其感之也亦淺。畀之而不速，則其視之也亦玩而不以為恩也。然其所以重，所以誠，所以速者，非懼其得之輕，感之淺，視之玩也，盡吾之理而已。

(3)嚴粲曰：彤弓，非常賜也；鐘鼓，大樂也；饗，盛禮。設盛所以重彤弓之賜也。

(4)牛運震曰：①受言藏之，正極鄭重，不是輕賚濫賞。②「一朝」字寫得精神聳動。

彤弓弨兮，受言載之❶。我有嘉賓，中心喜之。鐘鼓既設，一朝右之❷。（二章）

【注釋】

❶載：載之以歸，亦收藏之義。❷右：通侑，勸酒。

彤弓弨兮，受言櫜之❶。我有嘉賓，中心好之❷。鐘鼓既設，一朝醻之❸。（三章）

【注釋】

❶櫜：音高ㄍㄠ，收藏弓矢等物之囊。此作動詞用。❷好：讀去聲，音號ㄏㄠˋ，悅之也。❸醻：同酬，報也。

【評析】

(1)曹粹中曰：其藏之也，必載之於高燥之處；其載之也，必櫜之以韜鞬之物。蓋言其甚寶惜之也。

(2)謝枋得曰：饗之未足而右之；右之未足而醻之。此亦中心喜好之實也。

(3)牛運震曰：後二章不說貺字，更深更含蓄。

【總評】

(1)呂大臨曰：天子賜有功諸侯，必曰中心貺之、喜之、好之者，言是錫也，非以為儀也，出於吾情而非勉也。饗之、右之、醻之者，言功之大者情必厚，情之厚者賜必多，賜之多者儀必盛。所謂本末情文，無所不稱者也。

(2)曹居貞曰：王者於賞功之物，始而不知重其物，則必有輕視之心，而人亦褻之矣；終而不出於誠心，又吝而不果，則人雖得之，亦不以為異矣。故未有功之時，則藏之也不敢輕；既有功之時，則誠心與之而無所惜。王者賞功之大權，當如是矣。

(3)方玉潤曰：是詩之作，當是周初制禮時所定，其詞甚莊雅而意亦深厚。曰一朝饗之者，謂錫弓之日，非但錫弓且並饗之，同在一朝也。既重其典，又隆其燕，禮之甚盛者耳。

菁菁者莪

這是人君喜見賢者的詩。

菁菁者莪❶，在彼中阿❷。既見君子❸，樂且有儀❹。(一章)

【注釋】

❶菁：音精ㄐㄧㄥ。菁菁：茂盛貌。莪：音鵝ㄜˊ，蘿蒿。❷阿：山曲處。中阿：阿中。❸君子：指賢者。❹儀：禮儀。

【評析】

(1)輔廣曰：既見君子，則我心喜樂而有禮儀。夫見賢而樂，禮或不足，則愛心雖至，而敬心不至也。樂且有儀，則愛敬之心兩盡矣。

菁菁者莪，在彼中沚❶。既見君子，我心則喜。（二章）

【注釋】

❶沚：音止ㄓˇ，小渚，水中可止息之地。中沚：沚中。

【評析】

(1)輔廣曰：我心則喜，則又獨言其樂之意也。

菁菁者莪，在彼中陵❶。既見君子，錫我百朋❷。（三章）

【注釋】

❶陵：丘阜。中陵：陵中。❷錫：賜。朋：古者以貝為幣，五貝為一串，兩串為一朋。

【評析】

(1)朱熹曰：錫我百朋者，見之而喜，如得重貨之多也。

(2)鄒泉曰：常情好貨，錫百朋則喜。今我得見君子，其喜之之情有如是。此以形容得見而喜之之情，非以得重貨形容得賢也。

汎汎楊舟❶，載沉載浮❷。既見君子，我心則休❸。（四章）

【注釋】

❶汎汎：漂盪不定貌。楊舟：楊木為舟。❷載：則。❸休：喜也。

【評析】

⑴朱熹曰：載沉載浮，以比未見君子而心不定也。

【總評】

⑴朱公遷曰：首章喜樂有禮儀，近乎外貌。故次章以我心則喜，言見其由中達於外也。三章錫我百朋，則甚遂其所欲。四章言昔憂今喜，則大遂其所願。皆以見其真誠之心非偽也。

⑵牛運震曰：較〈彤弓〉更和藹，報功禮賢之別。

⑶王靜芝曰：按詩〈序〉云：「菁菁者莪，樂育材也。君子能長育人材，則天下喜樂云矣。」與詩中所言不合。朱《傳》云：「亦燕飲賓客之詩。」然未見詩中一字言燕飲者。姚際恆云：「大抵是人君喜得見賢人之詩。其餘則不可以臆斷也。」愚意此說與詩中所言可以相符，今采之。

六月

這是讚美尹吉甫征伐玁狁有功的詩。

六月棲棲❶，戎車既飭❷。四牡騤騤❸，載是常服❹。玁狁孔熾❺，我是用急❻。王于出征❼，以匡王國❽。（一章）

【注釋】

❶棲棲：行不止。❷戎車：兵車。飭：整飭。❸騤：音奎ㄎㄨㄟˊ。騤騤：馬強壯貌。❹載：以車載之。常服：戎服。❺孔熾：甚盛。❻用：以。急：緊急。❼于：曰。王于出征：王曰出征，下同。❽匡：救。

【評析】

⑴鄭玄曰：記六月者，盛夏出兵，明其急也。

⑵朱善曰：玁狁內侵，不得已而應之。雖六月出師，而人不以為暴者，知其過之不在於君上，蓋以為所以勞我者，乃所以安我也。

比物四驪❶，閑之維則❷。維此六月，既成我服❸。我服既成，于三十里❹。王于出征，以佐天子❺。（二章）

【注釋】

❶比：齊同。物：毛物，此指馬而言。比物：馬力齊等。驪：音離ㄌㄧˊ，黑色毛之馬。❷閑：熟習。則：法則。維則：謂有法則。❸服：戎服。❹于：往。謂師一日行三十里。❺出征之人輔佐天子。

【評析】

⑴王安石曰：「比物四驪，閑之維則」者，既言四牡騤騤矣，又追本其比物而閑之事以美之也。「維此六月，

既成我服」者，既言載是常服矣，又追本其成服之時以美之也。

(2)輔廣曰：馬之有餘，教之有素，則軍實之強可知矣。六月成服，行止有度，則軍制之嚴又可知矣。以佐天子，則不止於正王畿而已。

(3)鄒泉曰：上六句言行師之善，下則表其出師之意也。此章與上章，本是一時事，互見之也。

四牡脩廣❶，其大有顒❷。薄伐玁狁❸，以奏膚公❹。有嚴有翼❺，共武之服❻。共武之服，以定王國。（三章）

【注釋】

❶脩：長。廣：大。❷顒：音庸ㄩㄥˊ，大貌。有顒：顒然。❸薄：語詞。❹奏：作也，成也。膚：大。公：功。❺嚴：威嚴。翼：護持。有嚴有翼：即嚴然翼然，威嚴謹慎之意。蓋行軍用兵不敢有絲毫疏忽也。❻共：古通恭。服：事。言敬謹於武事。

【評析】

(1)曹粹中曰：修以言其身之長，廣以言其腹背之充，顒以言其首之大。三者相稱，所以成其大也。

(2)方玉潤曰：前三章皆閒寫車馬旂服之盛及車行紀律之嚴，而未及戰事，是文章中展局法。

玁狁匪茹❶，整居焦穫❷。侵鎬及方❸，至于涇陽❹。織文鳥章❺，白旆央央❻。元戎十乘❼，以先啟行❽。（四章）

【注釋】

❶匪：同非。茹：柔。❷整：齊。穫：音戶ㄏㄨˋ。焦穫：地名。❸鎬、方：均地名，二地當距不遠。鎬非周京之鎬。❹涇：音經ㄐㄧㄥ，水名。涇陽：涇水之北，指涇水下游入渭處言。❺織：同幟。鳥章：鳥隼之花紋。謂旗幟之花紋是鳥章。❻白：即帛。旆：音佩ㄆㄟˋ，旗下之飄帶。白旆：以帛做之飄帶。央央：鮮明貌。❼元：大。戎：兵車。❽行：音杭ㄏㄤˊ。啟行：開道，即作開路先鋒。

【評析】

(1)朱善曰：玁狁惟不自度量，故其大眾整齊，既盤據於焦穫之間；其輕軍掩襲，復時出入乎鎬方之地，且遠及乎涇水之陽焉，可謂熾矣。於是建旗旐，選鋒銳以攘之。所以然者，惟其辭直，故其氣壯。惟其用之以律，故每事而盡善。彼雖眾且盛，又烏足以敵王者之師哉！

(2)牛運震曰：寫得旐旗動色，是文家點染法，諸戰征詩往往有此。

(3)方玉潤曰：至此乃入戰事，寫得賊焰甚熾而迫。然我軍出敵，一戰而勝，所謂以逸待勞也。

戎車既安，如輊如軒❶。四牡既佶❷，既佶且閑❸。薄伐玁狁，至于大原❹。文武吉甫❺，萬邦為憲❻。（五章）

【注釋】

❶如：或也。輊：音至ㄓˋ，車後低下。軒：車前高起。如輊如軒：謂或低或高。❷佶：壯健貌。❸閑：嫻熟也。❹大：音太ㄊㄞˋ。大原：地名，在山西西部，但非今山西省會太原，崔述以為即今陝西固原，或云乃今甘肅之平涼。❺吉甫：周宣王時卿士尹吉甫，伐玁狁之大將。亦即〈大雅．崧高〉、〈烝民〉兩篇之作者。王國維以為即作兮甲盤之兮甲（字伯吉父），說詳其〈兮甲盤跋〉。文武吉甫：即能文能武之吉甫。❻憲：法。

【評析】

(1)輔廣曰：此言其車之適調而安穩，馬之壯健而閑習，逐出玁狁至于大原而已。則吉甫之文武兼資，德威竝用，進止有度，縱舍有法，可謂全才矣。萬邦安得不以之為法哉！

(2)朱公遷曰：上章歷數玁狁之罪，則殄殲之不為過也。況車馬整飭如此，誅鋤翦滅，乃其餘事。今則薄伐之，追至大原而已，又不專稱吉甫之武而先美其文。見其能協人心以禦侮，非迫人強戰而取勝於敵也。此章見用兵之道。

(3)牛運震曰：①車安馬閑，寫王者之師，從容有制。②正寫伐玁狁止兩句，亦見王師節制處。③歸美吉甫作收筆，意和大春容。

(4)方玉潤曰：①好整以暇，是大將身分。②窮寇毋追，深得禦邊之法。

吉甫燕喜❶，既多受祉❷。來歸自鎬，我行永久。飲御諸友❸，炰鱉膾鯉❹。侯誰在矣❺？張仲孝友❻。（六章）

【注釋】

❶燕：樂。❷祉：福，此謂所得之賞賜。❸御：進，指飲食言。❹炰：音袍ㄆㄠˊ，煮。膾：音快ㄎㄨㄞˋ，細切肉。❺侯：維，語詞。❻言既孝敬父母又友愛兄弟之張仲。

【評析】

(1)輔廣曰：此吉甫私自與朋友燕飲而已，非宣王燕之也。

(2)王安石曰：忠也者，移孝以為之者也；順也者，移友而為之者也。故言忠順之臣，必及孝友之友。

(3)牛運震曰：①五章正文已畢，結處別從飲御生情，筆意閒暇有餘。②一篇戰伐文字，以孝友二字作結，正有深意可思。③煞得輕逸飄雋，不料作如此煞。

(4)方玉潤曰：結似閒而冷，其實借孝友以陪文武，求忠臣必於孝子，是作者深意。

【總評】

(1)呂大臨曰：上三章言自治之備。四章言玁狁來侵，從而禦之。五章言治戎有備，車馬安閑，驅之出境，不窮追也。六章言休兵飲至，樂與孝友之臣，同其燕樂，則窮兵黷武之意銷矣。

(2)謝枋得曰：一章曰戎車既飭，四牡騤騤；二章曰比物四驪，閑之維則；三章曰四牡脩廣，其大有顒；五章曰戎車既安，如輊如軒；四牡既佶，既佶且閑：西北平原廣野，舉目千里，利於車戰，故此詩以車馬為重。

(3)鄒泉曰：此詩之詞，雖是稱美吉甫之功，要歸美宣王能命將以成中興之業。首二章，原王命北伐之由也；中三章，敘將帥所以成功也；末章言旋師之樂也。

(4)方玉潤曰：寇追不欲窮追，此吉甫安邊良謀。非輕敵冒進者比。故當其乘勝逐北也，車雖馳而常安，馬雖奔而恆閑，何從容而整暇哉！及其回軍止戈也，不貪功以損將，不黷武以窮兵，又何其老成持重耶！所謂有武略者尤須文德以濟之，非吉甫其孰當此？宜乎萬邦取以為法也。

(5)普賢曰：〈六月〉是一篇最可寶貴的史詩，宣王征伐玁狁為周室中興大事，賴有此詩，將當時作戰的時、地等都有清楚的記載留下。用典雅的文字，寫出了主將吉甫的風度，更令後世的讀者對允文允武為民族文化立下典範的吉甫，油然生出無限的景仰之心。吉甫可說是我國歷史上第一位有史實可考的文武兼備的儒將，他勤王禦侮，維護中原文化，而又充分表現了我民族愛好和平，反侵略禦強蠻的偉大精神。這精神灌輸在我們民族的命脈裡，造成歷史上若干可歌可泣，感天地動鬼神的壯烈事蹟，和一些保國衛民，為正義、為自由而發動的神聖戰爭。因此在精神上，我們和二千七百多年前的吉甫，又是多麼接近啊！

采芑

這是讚美方叔征伐荊蠻的詩。

薄言采芑❶，于彼新田❷，于此菑畝❸。方叔涖止❹，其車三千，師干之試❺。方叔率止，乘其四騏❻，四騏翼翼❼。路車有奭❽，簟茀魚服❾，鉤膺鞗革❿。（一章）

【注釋】

❶薄言：語詞。芑：音起ㄑㄧˇ，苦菜。❷新田：新墾二歲之田。❸菑：音茲ㄗ。新墾一歲之田曰菑畝。❹方叔：大將名。涖：音立ㄌㄧˋ，臨也。止：語詞，下同。❺師：眾。干：盾。之：是。試：練習，即演習。❻乘：駕。騏：青底黑紋之馬。❼翼翼：壯盛貌。或行列整治之狀。❽路車：戎車。奭：音士ㄕˋ，赤紅色。有奭即奭然。❾簟：音店ㄉㄧㄢˋ，竹席。茀：音扶ㄈㄨˊ，車蔽。魚服：以魚獸皮做成之箭袋。參〈采薇〉篇。❿膺：音英ㄧㄥ，胸部。鉤膺：馬腹之帶，用鉤拘之，施之於膺。鞗：音條ㄊㄧㄠˊ，轡首之金飾。革：轡首，即御馬之皮索。鞗革：謂以金屬飾於皮革所製之轡首。

【評析】

(1)朱熹曰：南征蠻荊，想不甚費力，不曾大段戰鬬，故只極稱其軍容之盛而已。

薄言采芑，于彼新田，于此中鄉❶。方叔涖止，其車三千，旂旐央央❷！方叔率止，約

軝錯衡❸，八鸞瑲瑲❹。服其命服❺，朱芾斯皇❻，有瑲葱珩❼。（二章）

【注釋】

❶鄉：田野。中鄉：鄉中，謂田野之中。❷旂：音其ㄑㄧˊ，旗之畫有交龍者。旐：音兆ㄓㄠˋ，旗之畫有龜蛇者。央央：鮮明貌。❸約：約束。軝：音祁ㄑㄧˊ，長轂。戎車轂長，故以皮纏轂以保護鞏固之。錯：文彩。衡：轅前端之橫木。錯衡：謂橫木有文彩。❹鸞：鈴之在鑣者。馬口兩旁各一，四馬故八鸞。瑲：音槍ㄑㄧㄤ，鈴聲。❺命服：天子所命之服。❻芾：音扶ㄈㄨˊ，同韍，皮製蔽膝。斯：語詞。皇：猶煌，煌煌：鮮明貌。❼瑲：玉聲。有瑲：瑲然，狀葱珩之聲。葱：蒼色。珩：音杭ㄏㄤˊ，雜佩上端之橫玉。葱珩：蒼色之橫玉。

【評析】

(1)程頤曰：旂旐央央，言整肅。首章言肄習，次章言整肅。蓋其序也。其行也，受服章之尊美，言付之重。

(2)彭執中曰：荀子云：「錯衡以養目，和鸞之聲以養耳。」則錯衡八鸞，皆以為耳目之懽也。此與上章言方叔率兵之時，其精神氣焰，見於旌旗車馬佩服之間，有以聳人觀聽，其勝敵也必矣。

(3)牛運震曰：寫得方叔雅甚。儼然雍容禮將。

鴥彼飛隼❶，其飛戾天❷，亦集爰止❸。方叔涖止，其車三千，師干之試。方叔率止，鉦人伐鼓❹，陳師鞠旅❺。顯允方叔❻，伐鼓淵淵❼，振旅闐闐❽。（三章）

【注釋】

❶鴥：音玉ㄩˋ，疾飛貌。隼：音準ㄓㄨㄣˇ，鷹類猛禽。❷戾：至。❸亦：語詞。集：鳥落於樹木。爰止：於是休止。❹鉦：音征ㄓㄥ，樂器名，即鐃鈸。古時軍中擊鼓以進軍，鳴鉦以止兵。伐：擊。鉦人伐鼓：乃鉦人鳴鉦，鼓手伐鼓

之省略語。此描寫操練時之進止有序。❺陳：列。鞫：告。二千五百人為師，五百人為旅。言陳其師旅而告誓之。❻顯：顯赫。允：誠信。❼淵淵：鼓聲。❽振旅：整飭師旅。舊謂「出曰治兵，入曰振旅」，殆非古義。闐：音田ㄊㄧㄢˊ。闐闐：亦鼓聲，較淵淵為壯盛。

【評析】

(1)程頤曰：此章言將之才，士之眾且勇，進退得宜，趣舍有節。

(2)曹粹中曰：王師勇捷無敵，而進退作止則惟方叔之命也。

(3)輔廣曰：上二章但言其車馬服飾之盛美而已。故此章又以鳥之急疾，興其猛鷙。又以亦集爰止，興其進退有節也。其進退之有節者，蓋以將戰而誓眾有法。既戰而鼓聲不暴，戰罷振旅而入，則又齊一而無先後也。

(4)牛運震曰：沉雄不浮，正自淵淵有金石聲。

蠢爾蠻荊❶，大邦為讎❷！方叔元老，克壯其猶❸。方叔涖止，執訊獲醜❹。戎車嘽嘽❺，嘽嘽焞焞❻，如霆如雷。顯允方叔，征伐玁狁，蠻荊來威❼。（四章）

【注釋】

❶蠢：愚蠢。蠻：周人對南方民族之蔑稱。荊：古代楚國之別稱。❷大邦：中國。❸克：能。壯：大。猶：謀略。❹見〈出車〉篇。❺嘽：音貪ㄊㄢ。❻焞：音推ㄊㄨㄟ。嘽嘽焞焞：皆狀車盛聲。❼來：是。威：畏。

【評析】

(1)程頤曰：卒章言成功，因言其致伐之由。方叔克壯其猶，故征而執獲。戎車之盛，如雷霆。方叔之明信，自伐玁狁時，聞於四方。故荊蠻畏威來服。

(2)鄒泉曰：來威非必不戰而服。雖嘗用戰，然以其名望之隆，遽爾來服，有不專主乎戰鬪之功矣。

(3)牛運震曰：克壯其猶，寫出方叔精神本領。

【總評】

(1)朱公遷曰：①一章二章，啟行在道時也。三章戰而獲勝時也。四章則成功之後，而言其獲勝之故也。②玁狁匪茹，犯義者也；蠢爾蠻荊，無知者也。非文武之吉甫，無以卻玁狁；非顯允之方叔，無以威蠻荊。二詩皆美當時將帥。而因可以見宣王中興之功也。

(2)牛運震曰：前二章從容詳雅；後二章雄武沉厲。軍容將略，一一俱見。〈六月〉先敘玁狁，後點吉甫；此篇先寫方叔，後點蠻荊。格法變換。

(3)方玉潤曰：觀其全詩，題既鄭重，詞亦宏麗。如許大篇文字，而發端乃以采芑起興，何能相稱？蓋此詩非當局人作，且非王朝人語。乃南方詩人從旁得覩方叔軍容之盛，知其克成大功，歌以誌喜。如杜甫〈觀安西兵過〉及〈聞官軍收河南河北〉諸詩，故先從己身所居之地興起。及入題，乃曰方叔涖止。以下即極力描寫軍容之盛，紀律之嚴，早已為攝服蠻荊張本。其人必流寓蠻荊者，素必熟稔荊楚情形，知其不臣已久，而又不能力請王師以討之。一旦得覩大將軍威，元老雄略，不覺深幸南人之得覩天日，而已身亦與有餘慶焉。故末一章，振筆揮灑，詞色俱厲，有泰山壓卵之勢，又何患其不速奏膚功也耶！

(4)普賢曰：南征北伐，乃宣王中興大業，詩人皆有詩記其事，成為《詩經》中重要史詩的一部分。其中有宣王親征者，有命將討伐者；有列入〈大雅〉者，有入於〈小雅〉者。此〈采芑〉詩即命將討伐而列入〈小雅〉的一篇。前三章以起興的方式描寫方叔的威武，訓練士卒的成就，只是戰爭的前奏。而末一章以賦體敘及戰爭，又只說執訊獲醜的勝利結果。詩人用總括的筆墨抒寫，既不記戰陣的形勢，又不把勝利品一一說出，僅點到為止，這正是詩人的手法。正因為這是詩，又是頌揚方叔的詩，與軍事史大有不同的緣故。我們推想當時，方叔雖先聲奪人，足令蠻荊聞名威服，但詩中既言執訊獲醜，一定也經過一番戰陣的格鬪，然後才使其威服的。詩人予以簡略，就在強調蠻荊的威服一層也。按「執訊獲醜」為此詩與〈出車〉篇的相同句，〈出車〉篇既言「執訊獲醜，薄言還歸」，非不戰而勝玁狁，乃殺敵致果而凱旋，則此詩亦非不戰而服荊楚也。全詩進展有序，虛實有法，寫得極為成功。

車攻

這是讚美宣王大會諸侯而田獵的詩。

我車既攻❶，我馬既同❷。四牡龐龐❸，駕言徂東❹。（一章）

【注釋】

❶攻：音義同鞏，堅固。❷同：齊同。謂馬行速度相同。❸龐：音龍ㄌㄨㄥˊ。龐龐：強盛貌。❹言：語詞。徂：音殂ㄘㄨˊ，往。

【評析】

(1)嚴粲曰：宣王中興，為東都之會，詩人喜於復見威儀之盛，車既堅緻，馬既齊力。四牡皆龐龐而充實，將駕之以往東都，言初發車徒而往東都，未言所為事也。

(2)朱善曰：車攻馬同，泛言其軍實之盛也。四牡龐龐，則自君子所乘者言之也。軍政脩治於閑暇之時，而四牡充實於啟行之日，則可以駕言而徂東矣。

田車既好❶，四牡孔阜❷。東有甫草❸，駕言行狩❹。（二章）

【注釋】

❶田車：田獵之車。❷孔：甚。阜：大。❸甫：大。甫草：大草原，或謂甫草為甫田之草，鄭有甫田，在今河南省中牟縣西。❹狩：音守ㄕㄡˇ，冬獵。

【評析】

(1)嚴粲曰：此行以會同為主，因講田獵耳。詩先言行狩者，序事當自內始，故先言田獵車馬器械之備，而從往行狩。其實先會同而後田獵也。

之子于苗❶，選徒囂囂❷。建旐設旄❸，搏獸于敖❹。（三章）

【注釋】

❶之子：此人，指宣王。于：往。苗：狩獵之通名。❷選：數。囂：音敖ㄠˊ，即囂字。囂囂：人數眾多而聲盛。選徒囂囂：謂數車徒者其聲囂囂，則車徒之眾可知。且車徒不譁，而惟數者之聲，故下云「有聞無聲」。❸旐：畫有龜蛇之旗。旄：以犛牛尾飾於旗竿之首。❹搏獸：搏取野獸。敖：山名，在今河南省滎澤縣西北。

【評析】

(1)輔廣曰：選徒囂囂，言其眾且肅也。既選其車徒矣，則建設其旗旄焉。見其序且整也。方選徒以獵而遽曰搏獸于敖，言其士眾之勇而氣大事小也。

駕彼四牡，四牡奕奕❶。赤芾金舄❷，會同有繹❸。（四章）

【注釋】

❶奕奕：盛大貌。❷芾：音扶ㄈㄨˊ，蔽膝。舄：音細ㄒㄧˋ。金舄：有金飾之鞋。赤芾金舄：皆諸侯之服。❸會：時見，諸侯無定期朝見天子曰時見。同：殷見，諸侯合其眾同時朝見天子曰殷見。有繹：繹然，盛多聯屬之貌。

【評析】

(1)劉彝曰：赤芾金舄者，服其命服以見王也。來會同之國非一，故絡繹不絕也。

(2)朱善曰：諸侯之來朝也，其來也非一方；其止也非一所。先後之不同，遠近之或異，此其所以連絡而布散也。及其會同於斯也，五等各以其爵，兩階各以其班：尊卑之有其序，貴賤之有其等。此所以陳列而聯屬也。讀是詩者，可以想見當時朝會之盛矣。

(3)徐鳳彩曰：天子將行狩獵，則同軌畢至，故田獵未行，朝會之儀先舉。

(4)牛運震曰：①「會同有繹」古句法，令人想見中興朝官威儀。②通篇田獵，中間插入會同一段，錯隔成章。布置既妙，局仗一新。

(5)方玉潤曰：諸侯來會，是全詩主腦。

決拾既佽❶，弓矢既調。射夫既同❷，助我舉柴❸。（五章）

【注釋】

❶決：象骨所製之扳指，著於右手拇指，以鉤弓弦。拾：以皮為之，著於左臂，即射韝，類今之套袖。佽：音次ㄘˋ，助。❷射夫：指諸侯。同：會合。❸柴：積禽，言獵獲之多。

【評析】

(1)謝枋得曰：弓既上弦，必審視之，端正則可用。微有偏斜，必加矯揉。此弓之調也。矢之輕重，必視弓力之強弱。弓強而矢輕，則不中；弓弱而矢重，亦不中，此矢之調也。

(2)輔廣曰：此章專言夫射。田獵以射為主也。射夫言諸侯，獵則諸侯皆射也。助我舉柴，不惟見其獲之多，又見其王師自足以辦事，而諸侯但助之而已。

四黃既駕❶，兩驂不猗❷。不失其馳❸，舍矢如破❹。（六章）

【注釋】

❶黃：黃而雜赤之馬曰黃。❷驂：四馬之靠外面左右二馬曰驂。猗：音義同倚，謂偏倚不正。❸謂不失其驅馳之法。❹舍：捨，放出。如：猶而。破：謂射中獸。

【評析】

(1)毛萇曰：言習於射御法也。

(2)鄭玄曰：御者之良，得舒疾之中；射者之工，矢發則中，如椎破物也。

(3)王安石曰：向曰四牡，既言力之強；今曰四黃，又言色之純也。兩驂不猗，御能正其馬也；不失其馳，車行節而法也；舍矢如破，矢行巧而力也。

(4)牛運震曰：射御最精妙語。

(5)方玉潤曰：五六二章皆言獵事，極力描寫射御之善，而獲禽之多，不言自見。

蕭蕭馬鳴❶，悠悠旆旌❷。徒御不驚❸，大庖不盈❹。（七章）

【注釋】

❶蕭蕭：馬鳴聲。❷悠悠：長貌。旆旌：旗子。❸徒：徒步者。御：乘車者。不驚：不喧嘩致驚動居民。❹庖：音袍ㄆㄠˊ。大庖：君之庖廚。不盈：不滿。蓋獵獲雖多，多分與同射者，故君庖不盈滿。

【評析】

(1)輔廣曰：蕭蕭馬鳴，悠悠旆旌，見其整暇，無始終之異也；徒御不驚，見其卒事而不驚擾也；大庖不盈，見其循禮守法，而不從欲以取也。夫力足以多取，而不盡用焉，此所以為王者之事也。

(2)朱公遷曰：行事從容，馭軍整肅；處己儉約，待人周徧，即此章可知也。

(3)牛運震曰：①寫紀律閑靜處，沖穆入神，開後人田獵詩賦多少意想。②杜詩「中天懸明月，令嚴夜寂寥」、歐詩「萬馬不嘶聽號令」，皆同此詩之旨而詞句工拙不同。

(4)方玉潤曰：馬鳴二語寫出大營嚴肅氣象，是獵後光景。杜詩「落日照大旗，馬鳴風蕭蕭」本此。

之子于征❶，有聞無聲❷。允矣君子❸，展也大成❹。（八章）

【注釋】

❶之子：見三章❶。征：指東行。❷聞：音問ㄨㄣˋ。此句謂人們只聞打獵之事，不聞行軍喧嘩之聲。❸允：信。允矣：猶言信哉。君子：指宣王。❹展：誠。展也：猶言誠然。大成：所成者大。

【評析】

(1)朱善曰：存於中而有興衰撥亂之志，施於外而有內修外攘之事。如此得不謂之君子乎？靜治於往狩之初，嚴肅於旋歸之際，如此得不謂之大成乎？此王道之所以為大而詩人所以贊美之也。

(2)方玉潤曰：八章贊美作結，仍帶定軍行嚴肅，乃是王者之師。

【總評】

(1)李樗曰：〈車攻〉之詩，其形容宣王之美，可謂備矣。既見其車馬之脩，又見其器械之備，與夫諸侯之服，射御之良。此詩人之善形容也。

(2)高葆光曰：周朝厲王以後，諸侯不朝，外夷侵犯，幸有宣王繼起，運用他的雄才大略，重整山河，驅逐蠻夷，威震諸侯，文武舊業，重新恢復，國人能不歡欣鼓舞？詩人親逢天子朝見諸侯，及田獵修武的盛典，真有重見漢官威儀的感慨，因此他不惜舖張揚厲地譜出他贊頌的謳歌。全篇詩是以嚴肅二字作骨子，反映出偉大及雄武場面。

吉日

這是讚美宣王田獵的詩。

吉日維戊❶，既伯既禱❷。田車既好❸，四牡孔阜。升彼大阜，從其群醜❹。（一章）

【注釋】

❶戊：剛日也。天干之奇數為剛日，偶數為柔日，剛日宜外事，出獵為外事，故剛日之戊為吉日。❷伯：馬祖。既伯：既祭馬祖。田獵用馬，故祭之。禱：祝禱。❸田車：田獵之車。❹從：跟蹤。醜：謂禽獸之眾。此句謂跟蹤禽獸之群而追逐之。

【評析】

(1)范處義曰：將用馬之力，必祭馬之祖，謹其事也。車攻而馬壯，則升陵阜而從禽獸之醜類，無不獲矣。
(2)姚舜牧曰：獵與狩，皆賴車牢馬健以為用。故〈車攻〉、〈吉日〉皆有「田車既好，四牡孔阜」句。

吉日庚午❶，既差我馬❷。獸之所同❸，麀鹿麌麌❹。漆沮之從❺，天子之所❻。（二章）

【注釋】
❶庚午：亦剛日。❷差：選擇。❸同：聚。❹麀：音攸ㄧㄡ，牝鹿。麌：音雨ㄩˇ。麌麌：鹿群聚貌。❺漆沮：水名。❻以上二句謂：從漆沮之水所流經之處，皆為天子田獵之所。

【評析】
(1)黃佐曰：天子之田，或奉宗廟，或進賓客，或充君庖，非禽獸之多不可，此漆沮所以宜田獵也。

瞻彼中原❶，其祁孔有❷。儦儦俟俟❸，或群或友❹。悉率左右❺，以燕天子❻。（三章）

【注釋】
❶中原：原中。❷祁：大。孔有：很多。謂禽獸之體大而多也。❸儦：音標ㄅㄧㄠ。儦儦：疾走貌。俟俟：緩行貌。❹獸三隻以上在一起為群，兩隻為友。❺謂盡率左右隨從之人。❻燕：樂也。

【評析】
(1)牛運震曰：①或群或友，寫出野獸情性。②只悉率左右二語，便寫出師律精嚴，人心和同氣象，正非泛泛夸美田事也。③歸重天子得體。

既張我弓，既挾我矢；發彼小豝❶，殪此大兕❷。以御賓客❸，且以酌醴❹。（四章）

【注釋】

❶發：發矢。豝：音巴ㄅㄚ，牝豕。❷殪：音意ㄧˋ，死也。兕：音四ㄙˋ，野牛。❸御：進也。謂進奉飲食。❹酌：以勺取酒。醴：音禮ㄌㄧˇ，酒名。

【評析】

(1)謝枋得曰：田而得禽，天子不以自奉，故大庖不盈，命有司以進賓客，且以酌醴，燕諸侯及群臣也。先王體群臣，懷諸侯，常有恩惠，其用心公溥而均齊，常以一人養天下，不以天下奉一人也。

(2)朱公遷曰：〈車攻〉，終於頒禽；〈吉日〉，終於酌醴。王者之田獵，豈為口腹計哉！

【總評】

(1)范處義曰：詩人之美人君，多舉一事終始言之，以見其餘可知也。田非重事也，既謹日而祭馬祖，又謹日以差我馬，則必能致謹於國事矣。因田而得禽，非厚獲也，猶為醴酒以御賓客，則必能與之食天祿矣。虞人既聚獸，必於天子之所；左右皆取禽，共天子之燕，則他日必能用命矣。

(2)蔣悌生曰：〈車攻〉、〈吉日〉，雖皆田獵之詩，〈車攻〉會諸侯於東都，其禮大；〈吉日〉專田獵，不出西都畿內，其視〈車攻〉差小，故二詩之辭，其氣象大小詳略，亦自不同。

(3)糜文開曰：〈吉日〉篇所表現天子田獵所注重的是：一、吉日的選擇，二、馬神的祭祀，三、馬匹的挑選，四、獵車的美好，五、田獵的場所，六、弓箭的技術，七、獵獲物的宴饗。首次兩章均以吉日二字開頭，氣勢便見雄壯。於是一路歌唱，就順流而下，毫不費力。詩中用字，以「既」字為最突出，首章連用三「既」字，末章連用二「既」字，構成了本篇的獨特風格，其餘三個「之」字，三個「以」字，三個「彼」字和

「麌麌」「儦儦俟俟」等疊字，都對完成音調的節奏，旋律的進展，很有貢獻。而以「既張我弓，既挾我矢；發彼小豝，殪此大兕」四句的描寫最為精彩。〈吉日〉詩的確算得上〈小雅〉中的一篇傑作。

鴻鴈之什十篇

鴻鴈

這是歌詠使臣安撫流民之勞苦的詩。

鴻鴈于飛❶，肅肅其羽❷。之子于征❸，劬勞于野❹。爰及矜人❺，哀此鰥寡❻。（一章）

【注釋】

❶鴻鴈：均鳥名，大者曰鴻，小者曰鴈。于飛：在飛。❷肅肅：羽聲。❸之子：指安撫流民之使臣。于征：行也。❹劬：音渠ㄑㄩˊ。劬勞：勞苦。❺矜：苦也。謂可憐之人，指流民而言。❻鰥：音官ㄍㄨㄢ，老而無妻者。寡：婦喪夫曰寡。

【評析】

(1)蘇轍曰：民人離散，如鴻鴈之飛，四方無所不往。徒聞其羽聲肅肅，未知所止也。

鴻鴈于飛，集于中澤❶。之子于垣❷，百堵皆作❸。雖則劬勞，其究安宅❹。（二章）

【注釋】

❶中澤：澤中。❷于垣：築牆。❸堵：牆，一堵長一丈高一丈。❹究：終也。安宅：安居。

【評析】

(1)鄭玄曰：鴻鴈之性，安居澤中。今飛又集于澤中，猶民去其居而離散，今見還定安集。

(2)蘇轍曰：流民反其都邑，築其墻垣而安處之，然後民知所止，雖勞不怨，曰其終將安宅矣。

鴻鴈于飛，哀鳴嗸嗸❶。維此哲人❷，謂我劬勞。維彼愚人，謂我宣驕❸。（三章）

【注釋】

❶嗸嗸：愁苦聲。❷哲人：明哲之人。❸宣驕：示人以驕慢不恭。

【評析】

(1)黃洪憲曰：說愚人，正見感哲人之意；言哲人洞悉民隱，故謂我劬勞。彼愚人者，慮不周於民瘼，且謂我宣驕矣。欲如哲人之知我得乎？

【總評】

(1)鄒泉曰：一章追言在昔離散之苦；二章述言今日還集之樂；末章言由勞以逸，是以作詩以述其慶幸之意，感慨之情也。

(2)沈守正曰：詩作於安定之日，痛定思痛，其志則喜，其情則哀，故劬勞凡三見之。

(3)徐光啟曰：此詩之作，所謂沐浴膏澤而歌詠勤苦者也。

(4)麋文開曰：也許是由於戰亂，也許是由於暴政和災荒，大批的難民流亡到荒野裏去，遍地哀鴻，無處棲身，於是貴族中有人前去救濟安撫，就地築城拓荒，難民得以安居、生息。詩人即詠其事成詩二章以美此貴族。而此貴族詠第三章以為答謝。

庭燎

這是讚美君王早朝勤政的詩。

夜如何其❶？夜未央❷。庭燎之光❸，君子至止❹，鸞聲將將❺。（一章）

【注釋】

❶其：音基ㄐㄧ，語詞。❷央：盡也。未央：言未盡，時間尚早也。❸庭燎：大燭。❹君子：指諸侯。止：語詞。❺鸞：鈴也，鈴繫在鑣者。將：音槍ㄑㄧㄤ。將將：鸞鈴響聲。

【評析】

(1)季本曰：庭燎之光，謂始然而有光也。將將：眾集遠聞之聲。夜當未央時，則來朝者未至君門，其鸞聲大而遠聞也。

夜如何其？夜未艾❶。庭燎晣晣❷，君子至止，鸞聲噦噦❸。（二章）

【注釋】

❶艾：音易ㄧˋ。未艾：同未央。❷晣：音至ㄓˋ。晣晣：明也。❸噦：音會ㄏㄨㄟˋ。噦噦：響聲。

【評析】

(1)嚴粲曰：晣晣然其光漸小。

夜如何其？夜鄉晨❶。庭燎有煇❷，君子至止，言觀其旂❸。（三章）

【注釋】

❶鄉：同向。鄉晨：近曉也。❷煇：音輝ㄏㄨㄟ，光亮。有煇：即煇然。❸言：語詞。旂：音其ㄑㄧˊ，旗上繪有交龍者。

【評析】

(1)蘇轍曰：夜聞其鸞聲而已，晨則見其旂矣。

【總評】

(1)許謙曰：此固王者勤於視朝之詩。而左右之臣，設言以述王之意也。蓋王勤於政事，及時視朝，而號令嚴肅，執事者恪恭陳列以時，百官之入朝者，亦皆先時而至。而車服威儀，莫不和整以俟聽朝，終篇未嘗言王之勤，而勤勞之意自見於言外。

(2)劉瑾曰：《列女傳》云宣王嘗晏起，姜后脫簪珥待罪於永巷。宣王感悟，於是勤於政事，早朝晏退，卒成中興之名，以此說之，或果宣王詩也。

(3)牛運震曰：三「夜如何其」，冷然而入，精神警策。詩有通首平敘而一筆便靈動者，此類是也。

沔水

這是一篇憂亂傷讒的詩。

沔彼流水❶，朝宗于海❷。鴥彼飛隼❸，載飛載止❹。嗟我兄弟，邦人諸友，莫肯念亂❺，

誰無父母？（一章）

【注釋】

❶沔：音免ㄇㄧㄢˇ，水滿貌。❷朝：歸。宗：向。言小水必就大海，此世事自然之理也。❸鴥：音玉ㄩˋ，疾飛貌。隼：音準ㄓㄨㄣˇ，鷹屬猛禽。❹載：則。❺念：憂念也。亂：禍亂。

【評析】

(1)謝枋得曰：一身之遇亂不足惜，父母之遇亂深可憂。誰無父母？不為一身謀，獨不為父母謀乎？為父母謀則當念亂，則必思所以救亂也。

(2)牛運震曰：朝宗于海，有所歸也；載飛載止，無定止也。雙興最飄宕，末句結得骨痛。

沔彼流水，其流湯湯❶。鴥彼飛隼，載飛載揚。念彼不蹟❷，載起載行❸。心之憂矣，不可弭忘❹。（二章）

【注釋】

❶湯：音傷ㄕㄤ。湯湯：水流盛貌。❷不蹟：不循道而行之人，謂製造禍亂者。❸行：音杭ㄏㄤˊ。載起載行：則起則行，謂為所欲為也。❹弭：音米ㄇㄧˇ，止也。不可弭忘：謂欲忘而不能也。

【評析】

(1)牛運震曰：「不蹟」二字，渾厚得妙。

鴥彼飛隼，率彼中陵❶。民之訛言❷，寧莫之懲❸？我友敬矣❹，讒言其興❺？（三章）

【注釋】

❶率：循。中陵：陵間。❷訛：音鵝ㄜˊ，偽也。訛言：即今語謠言。❸寧：乃。懲：止。❹敬：通儆，戒慎。❺此為疑問語氣。謂謗言其能興乎？

【評析】

(1)朱熹曰：隼之高飛，猶循彼中陵；而民之訛言，乃無懲止之者！然我之友，誠能敬以自持矣，則讒言何自而興乎？

(2)許謙曰：末章憂而戒之之辭也。讒言固可憂，惟敬足以勝之。知所本矣。

【總評】

(1)陳櫟曰：始念亂而憂及父母，終憂讒而敬以反身。憂念之中，不忘孝敬，詩人忠厚之意也。

(2)牛運震曰：慘悽離亂，沉寂深遠。一部〈離騷〉神理在內。

(3)方玉潤曰：〈小序〉謂規宣王，《集傳》謂憂亂之詩。案宣王初政，多亂定歸來之詩，後皆美詞，無所謂憂亂也。詩前云念亂，後言讒興，分明亂世多讒，賢臣遭禍景象，而豈宣王世乎？此詩必有所指，特錯簡耳。況卒章亦脫二句，則此中不能無誤也。

鶴鳴

這是一篇招隱的詩。

鶴鳴于九皐❶，聲聞于野❷。魚潛在淵❸，或在于渚❹。樂彼之園，爰有樹檀❺，其下維

蘀❻。它山之石，可以為錯❼。（一章）

【注釋】

❶九：有高義。皐：陵，岸。九皐：猶言高陵，高岸。❷聞：音問ㄨㄣˋ，聲之所達。❸潛：沉。❹渚：音主ㄓㄨˇ，水中小洲。❺爰：乃。樹檀：所種之檀木。❻蘀：音拓ㄊㄨㄛˋ，樹木枯落之皮葉。或讀為擇ㄓㄜˊ，木名。❼錯：礪石，可以磨治美玉。

【評析】

⑴牛運震曰：幽怳動盪，起筆極高騫。雜引不倫，正自錯綜入妙。魚潛在淵二語，諷王之審幾察變也。其下維蘀單拖一筆，連下一韻，錯落。

鶴鳴于九皐，聲聞于天。魚在于渚，或潛在淵。樂彼之園，爰有樹檀，其下維穀❶。它山之石，可以攻玉❷。（二章）

【注釋】

❶穀：音古ㄍㄨˇ，惡木。❷攻玉：磨治美玉。

【評析】

⑴牛運震曰：略易數字，往復咏歎，意味更深。在渚在淵顛倒，意極活妙。

【總評】

⑴朱公遷曰：近則聞於野，遠則聞於天。泛言之，則可以為錯；親切言之，則可以攻玉。教誨之意，以漸而

深。

(2)牛運震曰：調高意遠，一篇寓言隱語，比物連類，妙得諷諫之旨。

(3)普賢曰：方玉潤曰：「詩人平居必有一賢人在其意中，不肯明薦朝廷，故第即所居之園，實賦其景，使王讀之，覺其中禽魚之飛躍，樹木之蔥倩，水石之明瑟，在在可以自樂。即園中人，令聞之清遠，出處之高超，德誼之粹然，亦一一可以並見。則即景以思其人，因人而慕其景，不必更言其賢，而賢已躍然紙上矣。其詞意在若隱若現，不即不離之間，並非有意安排，所以為佳。」這樣是每章前七句詠隱者所居處之風物：園中高岸下有鶴鳥，水中有游魚，地上更有各種的樹木，樹下又是落葉鋪地。已點綴出隱者居處的高雅幽靜，也反映出隱者恬淡閑適的清高操守和自得其樂的物外心境。然而鶴鳥鳴叫，聲聞七、八里；魚兒潛游，有時也會出現在淺水之處：賢者雖隱居幽邃，而其名聲卻仍為外人所聞知；其賢德仍為世人所崇敬。因而詩人有最後兩句以「它山之石，可以為錯」、「可以攻玉」，以諷示招隱之意。蓋人君若得賢者以助己，則豈個人受益，抑亦國家之福也。

祈父

這是軍士怨於久役而不得安居養親的詩。

祈父❶！予❷，王之爪牙❸。胡轉予于恤❹？靡所止居❺？（一章）

【注釋】

❶祈：古通圻，音其ㄑㄧˊ，邊境。父：音甫ㄈㄨˇ，古對男子之尊稱。祈父：官名，即司馬，掌封圻之兵甲，故以為號。❷

予：軍士自謂。❸爪牙：禽獸所用以自衛之武器。王之爪牙：即王之衛士。❹恤：憂。此句謂「為何轉予于憂恤之地？」❺（使我）無所安居也？

祈父！予，王之爪士❶。胡轉予于恤？靡所底止❷？（二章）

【注釋】

❶爪士：爪牙之士。❷底：音止ㄓˇ，定。

【評析】

(1)嚴粲曰：靡所底止，謂遠戍而行役未已。

祈父！亶不聰❶。胡轉予于恤？有母之尸饔❷。（三章）

【注釋】

❶亶：音旦ㄉㄢˋ，誠然，實在的。不聰：不聞，謂不聞己之呼聲也。❷尸：主也。饔：孰食。言不得奉養，而使母反主勞苦之事也。

【評析】

(1)牛運震曰：亶不聰，責得怨道，然愈不堪。

【總評】

(1)鄭玄曰：刺其用祈父，不得其人也。官非其人，則職廢。

(2)劉瑾曰：不斥王而責司馬，此詩人之忠厚也。

(3)輔廣曰：上兩章言自戕其上之衛；末章言不體其下之情。其言之序，亦先公而後私也。

(4)牛運震曰：語急氣咽，故是苦調。

白駒

這是君王惋惜賢者不肯出仕的詩。

皎皎白駒❶，食我場苗❷。縶之維之❸，以永今朝❹。所謂伊人❺，於焉逍遙❻。(一章)

【注釋】

❶皎皎：白貌。馬六尺為駒。白駒：賢者所乘之馬。❷場：園圃。❸縶：音至ㄓˋ，絆也。維：繫。言繫絆其駒不令賢者去也。❹永：猶終。❺伊人：指賢者。❻於焉：於是。逍遙：遊息。

【評析】

(1)朱熹曰：以賢者之去而不可留也，故託以其所乘之駒，食我場苗而縶維之，庶幾以永今朝，使其人得以於此逍遙而不去。

(2)方玉潤曰：愛賢而欲縶其駒，與好客而至投其轄，同一奇想。

皎皎白駒，食我場藿❶。縶之維之，以永今夕。所謂伊人，於焉嘉客。(二章)

【注釋】

❶藿：音霍ㄏㄨㄛˋ，豆苗，此謂草苗。

【評析】

(1)謝枋得曰：賢者高蹈遠引，吾知其不可留矣，猶欲縶維其駒以強留之，雖一朝一夕，亦滿吾志。好德之彝性，尊賢之良心，在人自不能泯沒也。

(2)牛運震曰：縶馬留客，真雅事。

皎皎白駒，賁然來思❶。爾公爾侯，逸豫無期❷。慎爾優游❸，勉爾遁思❹。（三章）

【注釋】

❶賁：古與奔通。賁然：即奔然。或謂光彩之貌。思：語詞。❷逸：安。豫：樂。無期：無盡期。以上二句謂「爾如為公為侯，則永久安樂也」。❸慎：古與順通。優游：閒暇自得。言爾既不欲為公為侯，則順爾優游之志。❹勉：嘉勉。遁：隱遁。思：語詞。言嘉勉爾之隱遁也。

【評析】

(1)牛運震曰：公侯逸豫，此豈賢者胸臆事？歆動得不近理，卻有妙旨。

皎皎白駒，在彼空谷❶。生芻一束❷，其人如玉❸。毋金玉爾音❹，而有遐心❺。（四章）

【注釋】

❶空谷：深谷。❷生芻：新刈之草，用以飼駒。❸謂其人之德如美玉也。❹此句謂「毋珍惜爾之音問如金玉也」。❺遐：遠。而有遐心：謂「而有遠我之心」。盼其常通消息也。

【評析】

(1)牛運震曰：空谷生芻，寫得如此清幽閒遠，令人悠然神往，亦不辨其為招為勸矣。

(2)方玉潤曰：寫出賢人身分，令人神往不置。

【總評】

(1)蔣悌生曰：賢者之用世，豈不欲得君以行其道哉？蓋必義有不可留者，是以見幾而作，不俟終日。而在朝同心同德之才，惜其才而願其留，故其辭如此，非不知其志決而不可留也，乃欲縶其馬以永朝夕；非不知其潔己而輕富貴也，乃欲其賁然來而爵以公侯。及其已去而不可即，其繾綣之情，瞻戀之意，不能已已。

(2)方玉潤曰：此王者欲留賢者不得，因放歸山林而賜以詩也。其好賢之心，可謂切；而留賢之意，可謂殷。奈士各有志，難以相強，何哉？觀其初欲縶白駒以永朝夕，繼則更欲縻以好爵，而不暇計賢者之心不在是也。終則知其不可留而惟冀其毋相絕，時惠我以好音耳。詩之纏綿，亦云至矣。

黃鳥

這是流寓異國者思歸的詩。

（一章）

黃鳥黃鳥，無集于穀❶，無啄我粟。此邦之人，不我肯穀❷。言旋言歸❸，復我邦族❹。

【注釋】

❶穀：音古ㄍㄨˇ，惡木。❷穀：善，謂友善。❸言：語詞。旋：回。❹復：反。邦：故國。族：本族。

【評析】

(1)范祖禹曰：民之去其土，離其親者，不得已也。人不相恤，是以懷其邦族而復之也。
(2)朱公遷曰：以黃鳥之啄粟，比人之害己。

黃鳥黃鳥，無集于桑，無啄我粱。此邦之人，不可與明❶。言旋言歸，復我諸兄。（二章）

【注釋】

❶明：音忙ㄇㄤˊ，盟也，信賴義。

【評析】

(1)呂祖謙曰：人之所以相依者，以其明足以知其緩急休戚故也。不可與明，則不可與處矣。

黃鳥黃鳥，無集于栩❶，無啄我黍。此邦之人，不可與處。言旋言歸，復我諸父。（三章）

【注釋】

❶栩：音許ㄒㄩˇ，木名。

【總評】

(1)范處義曰：適異國之民，而所至之邦，人不能與之相善，不能與之相知，不能與之相安，於是思歸故國，復依族人與諸兄諸父也。國風曰：「豈無他人，不如我同姓。」此之謂也。
(2)輔廣曰：首言復我邦族而已，中言復我諸兄，末言復我諸父，人情困苦之極，則愈益思其親者焉。
(3)牛運震曰：①口硬心酸，愴急之調。②若父兄邦族可依，何至適異國邪？故作強詞，正自可憐。
(4)高葆光曰：詩人對於外邦的虐待，深切痛恨；但他不直接指摘虐待的人，卻把一肚子委屈，移在黃鳥身上，而加以詛咒。這是他極端痛苦後，無可奈何的哀鳴！讀詩的人，自易引起憐憫的心曲！

我行其野

這是一篇描述入贅者不容於女家，而欲歸還故鄉的詩。

我行其野，蔽芾其樗❶。昏姻之故，言就爾居❷。爾不我畜❸，復我邦家❹。（一章）

【注釋】

❶芾：音費ㄈㄟˋ。蔽芾：茂盛貌。樗：音書ㄕㄨ，惡木。❷言：語詞。❸畜：畜養，收容。❹復：返。家：音姑ㄍㄨ。邦家：故鄉之家。

【評析】

(1)嚴粲曰：我從本國而來，經行於野，見有惡木之樗，野中自生，非藉人力種植，而其枝葉，蔽芾然茂盛，我猶得休息於其下；我以爾是昏姻親戚之故，素有恩義交結，非野樗之比也。今來就爾居，爾乃不我養，是無恩之甚，惡木之不如也，我當復反我之邦家矣。與之訣也。

我行其野，言采其蓫❶。昏姻之故，言就爾宿❷。爾不我畜，言歸斯復❸。（二章）

【注釋】

❶蓫：音ㄓㄨˊ，羊蹄菜。❷宿：猶居。❸斯：語詞。言歸斯復：謂歸返家園。

【評析】

(1)范處義曰：我行於野，見采蓫者。雖為惡卉，猶可以療疾。我以昏姻之故，謂可就爾止宿矣，爾既不能養我，故言欲自反，是蓫之不如也。

我行其野，言采其葍❶。不思舊姻，求爾新特❷。成不以富❸，亦祇以異❹。（三章）

【注釋】

❶葍：音福ㄈㄨˊ，古音逼ㄅㄧ，惡菜。❷特：雄也。此謂男性，匹配，指夫婿。❸成：即誠，誠然也。❹異：新異。

【評析】

(1)王安石曰：葍，野菜之惡者也。然尚可采以禦饑。昏姻之相與，固為其窮則相收，困則相恤也。今不思舊姻，而求爾新特，則又葍之不如也。

【總評】

(1)輔廣曰：常人之情，有不得已來依親舊，而不見收卹，則怨怒形於色辭，苛責痛詆，無所不至。而此詩但言爾不我畜，則復我邦家而已。至其末章，則又厚其情實，而歸之忠厚焉。此情性之正，而《詩》之所謂可以怨者，於此可見矣。

(2)糜文開曰：詩〈序〉：「〈我行其野〉，刺宣王也。」說時代為宣王固無據，以為刺宣王，更是小題大做。朱《傳》云：「民適異國，依其昏姻，而不見收卹，故作此詩。」清姚際恆以為於此詩固類似，但仍不能切合，故只說「未詳」。傅恆《詩義折中》遂另找故事以實之。以此乃申侯歸國之詩，為申侯怨幽王也。他說：「幽王初立，申侯以申后之故，留京師以翼王室，所謂『昏姻之故，言就爾居』也。幽王三年，見褒姒而嬖之，生伯服，遂欲廢申后及太子宜臼，所謂『不思舊姻，求爾新特』也。『爾不我畜』，王令申侯歸也，為廢后計也。『言歸思復』，申侯自欲歸也，為救宜臼計也。幽王五年廢申后而立褒姒，宜臼奔申。十年，王求宜臼於申欲殺之，申侯不與，犬戎因是入寇，而西周亡矣。溯亂所自起，始於舍舊而圖新；原亂所從生，由於重色而輕德。〈關雎〉好德，周以之興；〈行野〉漁色，周以之滅。衽席之上，好惡一辟而禍遂至於不救，可不慎哉！」傅恆並以各章前兩句為興，以下為比。蓋君臣之際，有所難言，故託為民間昏姻之辭。此說固可通，但如將此詩解為入贅者之歌，則更為貼切而生動，哀怨而感人。蓋《詩經》國風與〈小雅〉無明顯的界限，此乃風詩之入於〈小雅〉者也。

此詩說：「昏姻之故，言就爾宿」，則已非親戚之寄居，而為夫妻之同宿。「不思舊姻，求爾新特」（雄馬曰牡，雄牛曰特。此如〈鄘風・柏舟〉之特，指男性匹配而言），則為贅壻之妻，另找新夫，實非男子之有新婦也。一個男子因貧窮而入贅為人家的贅壻，降格而為女權家庭的肬贅，其本質已經讓人可憐。既為贅壻，而又為其作為主人的妻所不容，其日子的難過，可想而知。難怪他聲聲訴苦，嚷著要回他故鄉的老家去。這樣解釋，此詩便脫卻政治的教訓，也不帶諷刺的意味，讀來就格外覺得親切而生動，令人賦予無限的同情了。

斯干

這是一篇祝賀新屋落成的詩。

秩秩斯干❶，幽幽南山❷；如竹苞矣❸，如松茂矣。兄及弟矣，式相好矣❹，無相猶矣❺。

（一章）

【注釋】

❶秩秩：澄清貌。斯：語詞。干：澗也。❷幽幽：深遠貌。❸如：與「而」通，下同。或釋為「似」。苞：叢生茂密貌。❹式：語詞。好：和好。❺猶：古通尤，怨尤也。

【評析】

(1)范處義曰：臨水面山，形勢之美。如竹之苞，謂根本固也；如松之茂，謂枝葉密也。宜其聚國族於斯，兄弟和好輯睦，無相圖之事也。

(2)牛運震曰：①開端佈一地勢，極深靜閒遠。②秩秩幽幽，畫水意山色奇絕。③式好無猶，此作室之本也。兄弟和而堂成，此意正有關係。

(3)方玉潤曰：先從形勝起，乃卜築第一要著。然非聚國族於斯，則亦未見其盛也，故首及之。

似續妣祖❶，築室百堵❷，西南其戶❸。爰居爰處❹，爰笑爰語。（二章）

【注釋】

❶似：嗣也。續：繼也。妣：先人之女者。祖：先人之男者。古者祖母以上稱妣，祖父以上稱祖。後始考妣對稱。❷堵：凡築牆一方丈為一堵。百堵：形容其所築房屋之廣且多。❸門戶或向西或向南。❹爰：於是。

【評析】

(1)方玉潤曰：（似續妣祖）承先志，（築室百堵）創新業。

約之閣閣❶，椓之橐橐❷。風雨攸除❸，鳥鼠攸去。君子攸芋❹。（三章）

【注釋】❶約：捆紮。閣閣：猶歷歷，形容築牆時用繩捆紮木板一道一道之狀。❷椓：音灼ㄓㄨㄛˊ，築也，以杵搗土，使堅固。橐：音沱ㄊㄨㄛˊ。橐橐：搗土聲。❸攸：以，下同。❹芋：宇之假借，居也。

【評析】

(1)濮一之曰：此以下，由外而內，由垣牆而堂寢，次第當然也。

(2)方玉潤曰：此下三章皆築室事，先垣次堂次室，層次井然。須玩他鍊字有法：垣則曰攸芋，堂則曰攸躋，室則曰攸寧。一一分貼細膩處。

如跂斯翼❶，如矢斯棘❷；如鳥斯革❸，如翬斯飛❹。君子攸躋❺。（四章）

【注釋】❶跂：音企ㄑㄧˋ，腳抬起上望貌。斯：語詞。翼：恭敬貌。言宮室之大勢，如人企立翼然恭敬。❷棘：急。矢行緩則枉，急則直，此以矢行之直形容角隅之廉正。❸革：古讀如棘ㄐㄧˊ，張翼之狀。❹翬：音輝ㄏㄨㄟ，雉雞。以上二語形容飛簷之狀。❺躋：升。

【評析】

(1)牛運震曰：奇麗古駁，後世宮殿賦祖此。

殖殖其庭❶，有覺其楹❷。噲噲其正❸，噦噦其冥❹。君子攸寧。（五章）

【注釋】

❶殖殖：平正。❷覺：直。有覺：覺然。楹：音盈ㄧㄥˊ，宮室四周有柱，其門前之二柱曰楹。❸噲：音快ㄎㄨㄞˋ。噲噲：明亮。正：向明之處。❹噦：音會ㄏㄨㄟˋ。噦噦：昏暗。冥：謂暗處。

【評析】

(1)董逌曰：噲噲其正，所謂陽室者也。噦噦其冥，所謂陰室者也。古者放陰陽以為宮室，故其正為陽。

下莞上簟❶，乃安斯寢❷，乃寢乃興❸，乃占我夢❹。吉夢為何？維熊維羆❺，維虺維蛇❻。（六章）

【注釋】

❶莞：音官ㄍㄨㄢ，蒲草席。簟：音店ㄉㄧㄢˋ，竹席。蒲席在下，上覆竹席，故云下莞上簟。❷斯寢：乃寢。❸興：起。❹此句謂占夜寢時所做之夢，以下皆假設之辭。❺羆：音皮ㄆㄧˊ，似熊而大。❻虺：音悔ㄏㄨㄟˇ，小蛇。

【評析】

(1)輔廣曰：莞簟安寢，承上章攸寧而言也。其寢既安，然後有夢可占。

(2)牛運震曰：幻想別情。敘作室已畢，卻撰出占夢一事，無中生有，以此為頌禱，極奇。

(3)方玉潤曰：藉夢作兆，文筆奇幻。

大人占之❶，維熊維羆，男子之祥❷；維虺維蛇，女子之祥。（七章）

【注釋】

❶大人：占夢之官。❷祥：先兆。

【評析】

(1)朱熹曰：熊羆陽物，在山，彊力壯毅，男子之祥也。虺蛇陰物，穴處柔弱，隱伏，女子之祥也。

(2)方玉潤曰：再藉占夢男女雙起，開下兩章乃不唐突。此文心結構精密處。

乃生男子，載寢之牀，載衣之裳❶，載弄之璋❷。其泣喤喤❸，朱芾斯皇❹，室家君王❺。（八章）

【注釋】

❶衣：音亦ㄧˋ，穿也。❷弄：玩。璋：半圭。弄璋：預祝其為顯官。❸喤：大聲。❹芾：音費ㄈㄟˋ，蔽膝。斯：語詞。皇：猶煌。鮮明貌。❺猶言一家之主。

【評析】

(1)牛運震曰：和大堂皇，結束處得此真不寂寞。

乃生女子，載寢之地，載衣之裼❶，載弄之瓦❷。無非無儀❸，唯酒食是議❹，無父母詒罹❺。（九章）

【注釋】

❶裼：音替ㄊㄧˋ，裼，包裹嬰兒之小被。❷瓦：紡錘。❸非：違背。儀：專制。❹議：談論。❺罹：憂。

【評析】

(1)鄒泉曰：無非無儀，則女德以修；酒食是議，則婦道以備，其何詒父母之憂乎？

(2)方玉潤曰：生男育女兩大段對寫作，取與篇首聚族承先遙遙相應。非獨卜後之思，亦見文章之美。

【總評】

(1)呂祖謙曰：一章總述其宮室之面勢，而願其親睦。二章三章，述其作室之意，與營築之狀。至於風雨攸除，鳥鼠攸去，則宮室成矣。故四章言望其外則雄壯軒翥如此。五章言觀其內則高明深廣如此：望其外則未入也，故曰君子攸躋，言其方升也；觀其內則已入也，故曰君子攸寧，言其既處也。六章以下，皆禱頌之辭。

(2)牛運震曰：敘作室正身，衹中間四章。前段設景佈勢，後篇撰情生波，極章法結構之妙。篇中有極篤厚語，有極壯麗語，有極奇幻語，錯出不竭，曲盡其妙。

(3)普賢曰：此詩首章先從房屋座落的地勢寫起：近處有清澈的流水；遠處有高大的南山，而水旁有綠竹叢生，山麓有蒼松高聳，真是環境清幽，氣象萬千，正是聚族卜居的好處所。而在這樣一個美好的環境裡，家人必須謙沖為懷，和睦相處，室內人為的和樂氣氛，才能和外界的自然景象相配合，而構成一種和諧的情調。所以第二章就寫出在此居住的人，有承先啟後的責任，使子孫綿延，族人繁殖，房屋自然也就因之而擴建增多，最後兩句更令人有如見其族人和樂融融，如聞其笑語洋溢屋外之實感。

三章描寫建築房屋時之精密認真，所以房屋堅厚牢固。既不怕狂風暴雨之侵襲，野鳥也不能飛來築巢，老鼠更無法穿穴聚居，是為君子所當住的好房屋。

四章形容房屋的外貌：遠看氣勢宏偉，以箭之急逝形容房屋的稜角，用鳥雉展翼形容飛簷之姿態，真是逼真而鮮活，妙絕！最後一句更使我們好像已經看見那彬彬君子在雍容穩重地拾級而上了。前四句是形容房屋之靜態美，加以「君子攸躋」就把這房屋寫活了。好像我們拍風景照，必須有人物在其中，方覺有生氣。

五章是近觀，看到方正平坦的庭院，襯以圓直堅固的楹柱，外廳寬敞明亮，內室幽靜深廣，空氣既暢通，光線又充足，內室更能享幽靜之趣，君子住著，自然寧靜而康泰了。

六、七兩章再進而觀察內室，有舒適的床褥，因而引出下文吉夢與占夢之事：熊羆虺蛇本是可怕的動物，但經占夢官一解說，則熊羆正是雄壯的象徵，宜為生男；而虺蛇則是柔順的象徵，宜為生女。能生男育女，才更增加家庭的生氣與樂趣，而子孫也就代代繁昌了。

八、九兩章分別說明對生男生女不同的待遇，以及不同的期望，此後數千年中國人重男輕女的觀念，及對男女不同的期望，也就植基於此了。

全詩寫來層次分明，由遠而近，由大而小，由外而內，由靜而動，由實而虛。自首章至六章之前半章，皆屬寫實，以後則純屬推想期望之意。而三章寫牆垣堅固，則謂「君子攸芋」，四章寫房屋氣勢，則謂「君子攸躋」，五章寫內室居寢，則謂「君子攸寧」，描寫細緻而生動，用字更是精鍊恰當。各章多用排句，亦本詩之特點。對生男育女的觀念，雖不正確，但這是時代使然，不足為病。

無羊

這是歌詠畜牧有成而牛羊眾多的詩。

誰謂爾無羊？三百維群。誰謂爾無牛？九十其犉❶。爾羊來思❷，其角濈濈❸，爾牛來思，其耳濕濕❹。（一章）

【注釋】

❶犉：音純ㄔㄨㄣˊ，牛七尺為犉。❷思：語詞。❸濈：音吉ㄐㄧˊ。濈濈：眾多聚集貌。❹濕濕：潤澤貌。牛病則耳燥，安則潤澤。

【評析】

(1)牛運震曰：故作詰問，發端輕矯。

(2)方玉潤曰：起勢飄忽，牛羊並題。

或降于阿❶，或飲于池，或寢或訛❷。爾牧來思❸，何簑何笠❹，或負其餱❺。三十維物❻，爾牲則具❼。（二章）

【注釋】

❶阿：大陵。❷訛：出聲。❸牧：牧人。❹何：同荷，讀如賀ㄏㄜˋ，負荷。❺餱：音侯ㄏㄡˊ，乾糧。❻物：雜色牛。❼牲：供祭祀之犧牲。具：備。

【評析】

(1)黃佐曰：或降于阿三句，自物之性而言；何蓑何笠二句，自人之順其性而言。

(2)牛運震曰：宛然畫態。

(3)方玉潤曰：人物雜寫，錯落得妙。是一幅群牧圖。

爾牧來思，以薪以蒸❶，以雌以雄❷。爾羊來思，矜矜兢兢❸，不騫不崩❹。麾之以肱❺，畢來既升❻。（三章）

【注釋】

❶蒸：薪之細者。❷雌雄：指禽鳥言，牧人於暇時所弋者。❸矜矜：矜持。兢兢：戒懼。❹騫：音牽ㄑㄧㄢ，蹎進。崩：離散。此句謂羊群不散亂。❺麾：音義同揮，指揮也。肱：音工ㄍㄨㄥ，手臂。❻畢：一齊。升：升入牢。

【評析】

(1)朱善曰：「麾之以肱，畢來既升」，見人識物情，物解人意，而無事乎奔走追逐之勞也。

(2)牛運震曰：①「以薪以蒸」，點綴有情。②「麾之以肱」，寫生。

(3)方玉潤曰：單寫羊，體物入微，文筆一變。

牧人乃夢：眾維魚矣❶，旐維旟矣❷。大人占之：「眾維魚矣，實維豐年❸；旐維旟矣，室家溱溱❹。」（四章）

【注釋】

❶眾維魚矣：即「維眾魚矣」，夢到很多魚也。❷旐：音兆ㄓㄠˋ，繪龜蛇之旗。旟：音與ㄩˇ，繪鳥隼之旗。此句亦寫夢境。❸魚、餘、裕音近，故釋以豐年之象。❹溱：音珍ㄓㄣ。溱溱：眾也。言人口眾盛，因旐旟所以聚眾也。

【評析】

(1)牛運震曰：①活是夢境。②突接乃夢，奇。說牧人夢，更有本色奇趣。占夢妙在不近理，正不必深求。

(2)方玉潤曰：幻情奇想，深得化俗為雅，變雅成活之法。

【總評】

(1)牛運震曰：一考牧耳，卻畫出中興景象。中間描寫牧事物態，鮮動入神。

(2)普賢曰：《詩經》是周代農業社會的產品，不少描寫農業生活的詩篇。但這篇〈無羊〉，描寫當時畜牧生活，有特殊的成功。不但描寫人畜的動態，刻劃入微，栩栩活現，構成一幅別具風格的圖畫；它的畫面，更像電影一樣在我們眼前移動，逐漸變換！就特別生動而富意義。

節南山之什十篇

節南山

這是賢臣家父刺執政者任用姻小而敗政的詩。

節彼南山❶，維石巖巖❷。赫赫師尹❸，民具爾瞻❹。憂心如惔❺，不敢戲談❻。國既卒斬❼，何用不監❽！（一章）

【注釋】

❶節：高峻貌。❷巖巖：積石貌。❸赫赫：尊顯貌。師：太師。尹：尹氏。皆執政者官名。❹具：俱。此句謂民皆惟爾是視。❺惔：音談ㄊㄢˊ，火焚。❻戲談：隨便談論。❼卒：終於。斬：斷絕。❽監：視，察。謂何以不能察視其害。（謂政治敗壞也）

【評析】

(1)輔廣曰：以南山積石之高峻，興師尹位望之尊崇。以見望既重，則責亦深，固不可以冒處而竊據也。憂心如惔，憂之甚也；不敢戲談，畏其威也。戲談猶且不敢，而況敢正言其失，直指其非乎？小人而居高位，縱欲戕理以致禍亂，其終未有不厲威肆虐，以箝人之口者。然國既終將斬絕矣，汝何用而不察哉？蓋事已至此，而在家父，則又不得而不言者也。

(2)牛運震曰：①開端寫得尊嚴可畏，便有側目重足之勢。②「不敢戲談」，只一語寫出衰世陰慘。

(3)方玉潤曰：起得嚴厲有勢。

節彼南山，有實其猗❶。赫赫師尹，不平謂何❷！天方薦瘥❸，喪亂弘多❹。民言無嘉❺，憯莫懲嗟❻！（二章）

【注釋】

❶實：毛《傳》解為滿，謂滿之使平。有實：實然。猗：音義同阿，山坳曲處。❷不平：謂處事不公平。謂何：奈何。❸薦：重複。瘥：音嵯ㄘㄨㄛˊ，病。❹喪亂：禍亂。弘：大。❺嘉：善。言民眾對師尹之政，已無好話。❻憯：音慘ㄘㄢˇ，曾。懲：戒。嗟：傷歎。言曾不懲改，亦不咨嗟悔悟。

【評析】

(1)鄭玄曰：責三公之不均平，不如山之為也。

(2)嚴粲曰：《禮》言冢宰均邦國，《書》言冢宰均四海，大臣之事，惟在均平公溥也。此詩原幽王之亂，由於師尹。究師尹之惡，在於不平而已。下言秉國之均，昊天不傭，式夷式已，君子如夷，既夷既懌，昊天不平，皆此意也。

(3)蔣悌生曰：南山之高大，則有草木之實，猗猗然而茂盛。而赫赫之師尹，居於高位，乃不能平其政，上則得罪於天，而喪亂薦至；下則得罪於民，而怨讟方興。禍亂之形，若此其著，孰不恐懼？而尹氏曾無懲創之意，咨嗟之聲！可謂空食天祿，居高位也。始則舉其理之當然者以問之，終則指其禍之顯然者以責之。

(4)牛運震曰：語憤苦之極，幾於搔首頓足。

(5)方玉潤曰：首二章皆虛籠全局。

尹氏大師，維周之氐❶；秉國之均❷，四方是維；天子是毗❸，俾民不迷❹。不弔昊天❺！不宜空我師❻。（三章）

【注釋】

❶氐：音抵ㄉㄧˇ，同柢，根本。又解為砥，柱石。皆形容尹氏、大師二人地位之重要。❷秉：掌握。均：平。❸毗：音皮ㄆㄧˊ，輔助。❹俾：使。❺不弔：不善。昊：音浩ㄏㄠˋ，元氣博大之貌。❻空：窮。師：眾。此言上天不宜使我群眾陷於窮困。

【評析】

(1)輔廣曰：此又承上二章，而明言尹氏維周之本。則其所繫者重矣。秉國之平，則其用心不可偏矣。所宜公平其心，以維持四方而不傾，毗輔天子而以正，使民皆曉然知其所以示我者而無所迷惑，則是其宜也。今乃不平其心，一切反是，則必不見愍恤於上天矣，其可久竊其位而不去哉！

(2)牛運震曰：「不宜空我師」五字有拊膺高呼之痛。「不宜」二字氣咽語硬，真有滿腹怨毒。

弗躬弗親❶，庶民弗信❷；弗問弗仕❸，勿罔君子❹？式夷式已❺，無小人殆❻。瑣瑣姻亞❼，則無膴仕❽。（四章）

【注釋】

❶躬：躬行實踐。親：親身去做。❷庶：眾。信：信賴。❸仕：事。❹罔：欺。君子：指君王。❺式：語詞。夷：

平，謂平其心。已：止，廢退，謂廢退小人。❻殆：危殆。謂勿使小人危及國家。❼瑣瑣：小貌。姻亞：婿之父曰姻，兩婿相謂曰亞。姻亞：即今所謂裙帶關係。❽膴：音五ㄨˇ，厚。膴仕：謂高官厚祿。

【評析】

(1)呂祖謙曰：「式夷式已，無小人殆」，謂尹氏所與圖事者也；「瑣瑣姻亞，則無膴仕」，謂尹氏以親暱而置之高位者也。

(2)牛運震曰：①苦口縷陳，幾於剖心瀝誠。②任小人而信姻亞，此正尹氏之不平也。卻說勿用小人姻亞，不欲斥指之也，猶是立言忠厚處。

昊天不傭❶，降此鞠訩❷；昊天不惠❸，降此大戾❹。君子如屆❺，俾民心闋❻；君子如夷❼，惡怒是違❽。（五章）

【注釋】

❶傭：均也，即公平意。❷鞠：窮。訩：凶咎，大災難。❸惠：愛。❹戾：乖違不順。❺屆：至。謂親理政事。❻闋：音缺ㄑㄩㄝ，息，謂民心平息。❼夷：平，謂公平。❽違：離去。

【評析】

(1)輔廣曰：鞠凶大戾，不過如二章所言天怒人怨之事也。然其所以銷去之者，亦在夫人而已矣，故「君子如屆，俾民心闋；君子如夷，惡怒是違」不啻如反手之易。初言天而後止言人者，天人一理，人心悅則天意解矣。

(2)牛運震曰：此節作推盪游漾之筆，文勢寬而不驟。

(3)方玉潤曰：二章（四、五兩章）實寫為政不平，以及信任小人，以見天人交怒之故。然猶望其自懲，不作寫絕之辭。

不弔昊天，亂靡有定；式月斯生❶，俾民不寧。憂心如酲❷，誰秉國成❸？不自為政，卒勞百姓❹。（六章）

【注釋】

❶式、斯：皆語詞。式月斯生：謂按月而生。❷酲：音呈ㄔㄥˊ，病酒。❸成：平也。❹卒：音義同瘁ㄘㄨㄟˋ，勞弊也。

【評析】

(1)輔廣曰：不自為政者，亂之始也；使百姓受勞弊者，亂之終也。

(2)牛運震曰：「式月斯生」寫禍亂最苦語，卻自工妙。

駕彼四牡，四牡項領❶。我瞻四方，蹙蹙靡所騁❷。（七章）

【注釋】

❶項：大。領：頸頸。項領：言馬肥大。❷蹙蹙：縮小之貌。騁：馳騁。

【評析】

(1)范處義曰：此章言亂既靡定，則四方莫不皆然。雖有四牡，且項領肥健，而視四方蹙縮，無有可馳騁之地。亦寓言君子有可用之才，而無所施設也。

(2)徐光啟曰：詩人非果欲去國也，但言天下皆亂，以見致之者之罪耳。

(3)牛運震曰：「我瞻四方」二語沉鬱激昂。

方茂爾惡❶，相爾矛矣❷。既夷既懌❸，如相醻矣❹。（八章）

【注釋】

❶方：當。茂：盛。惡：惡感。❷相：視。相爾矛：言欲相鬥。❸夷：平。懌：音亦ㄧˋ，悅。謂怒氣平息而兩相悅也。❹醻：同酬，謂飲酒相酬酢。

【評析】

(1)呂祖謙曰：私相疾惡，則如矛盾；及其好時，則依舊相醻。或好或惡，皆是私情，更不以國家為意。

(2)牛運震曰：寫小人險躁之態酷肖。

昊天不平，我王不寧。不懲其心❶，覆怨其正❷。（九章）

【注釋】

❶懲：戒也。❷覆：反。正：持正道者。

【評析】

(1)鄭玄曰：師尹為政不平，使我王不得安寧。女不懲止女之邪心，而反怨憎其正也。

(2)牛運震曰：公然誣天為不平，憤甚而無所歸咎也。

(3)方玉潤曰：「王」字輕輕帶出，詩人忠君愛國之心含蓄無限，立辭之妙，可以為法。

家父作誦❶，以究王訩❷。式訛爾心❸，以畜萬邦❹。（十章）

【注釋】

❶父：音甫ㄈㄨˇ。家父：作詩者的名字。舊說以為幽王時大夫，朱熹則疑其為東周桓王二十三年天王使向魯桓公求車之家父。故或斷此詩作於東周初年，因首章且有「國既卒斬」之語也。誦：可誦之詩。❷究：推究。王訩：王政致凶之由。❸式：語詞。訛：變化。爾：謂師尹。❹畜：養。

【評析】

(1)朱善曰：家父作詩，冀其改心易慮，以畜養萬邦者，拳拳愛君之心，不敢謂其必不能而絕望焉。厚之至也。

(2)牛運震曰：①結得和大篤厚，真大臣憂國之體。②直書不諱，以言之者無罪也。③「式訛爾心」，猶庶幾其一悟也。一篇怨刺都成苦口良藥矣。

【總評】

(1)許謙曰：此詩刺王用尹氏。前九章惟極言尹氏之罪，而卒章以一言歸之王心，則輕重本末自見，此家父之善於辭也。其所以刺尹氏者，大要有二事：為政不平而委任小人也。

(2)牛運震曰：①一片血誠，故雖幽憤摯怨，不失為厚。②〈序〉以為刺幽王，以詩考之，殆作於平王時以刺尹氏者爾。一篇本旨總為刺尹氏之不平。任小人而信姻亞，則其不平之大者也。篇中「秉國之均」、「式夷式已」、「君子如夷」、「昊天不平」，總將不平之意，反復申明之。而「弗躬弗親」、「不自為政」，屢指其不平之失。末以「不懲其心」、「式訛爾心」結之。一意分明，貫串脈絡最清。

正月

這是刺責幽王暴虐無道，嚴刑峻法，終致亡國的詩。

正月繁霜❶，我心憂傷。民之訛言❷，亦孔之將❸。念我獨兮，憂心京京❹。哀我小心，癙憂以痒❺。（一章）

【注釋】

❶正月：正陽之月，即夏曆四月。繁：多。四月非降霜之時，而今多霜，是氣候反常。古人認為是上天以此儆戒執政者。❷訛言：謠言。❸孔：甚。將：大。❹京京：憂不去。❺癙：音鼠ㄕㄨˇ，憂也。痒：音羊ㄧㄤˊ，病。

【評析】

(1)輔廣曰：正月而繁霜，則災之降於天者甚矣；訛言而孔將，則亂之起於人者深矣。而當時君臣上下，恬然不以為憂，是皆所謂安其危而利其菑者也。故曰「念我獨兮，憂心京京」。而又自哀我之憂所以如是大者，政緣其小心畏慎，是以幽憂而至於病也。

(2)牛運震曰：氣怯情危，開口便嗚咽可憐。

(3)方玉潤曰：天人交變，亂形已。

父母生我，胡俾我瘉❶？不自我先，不自我後❷。好言自口，莠言自口❸。憂心愈愈❹，是以有侮❺。（二章）

【注釋】

❶胡：何。俾：使。瘉：音愈ㄩˋ，病痛，指遭逢喪亂。❷二句謂禍亂之興，不先不後，適逢其會。❸莠：音有ㄧㄡˇ，

醜惡。❹愈愈：病貌。❺因憂傷時政而為人嫉恨，故遭欺侮。

【評析】

(1)輔廣曰：言，心聲也。言出於心，則有根源，合義理。今言之好醜，皆不出於心，而但出於口，則其為害豈有既哉！夫君子之處亂世，彼以為是，而己以為非；彼以為樂，而己以為憂。動與眾違，此所以反見侵侮也。

(2)牛運震曰：①橫起怨緒，沉痛愴急。②「是以」二字硬接得憤甚。

憂心惸惸❶，念我無祿❷。民之無辜，并其臣僕❸。哀我人斯，于何從祿❹？瞻烏爰止❺？于誰之屋❻？（三章）

【注釋】

❶惸：音瓊ㄑㄩㄥˊ。惸惸：憂思貌。❷無祿：無幸福。❸并：使。古者有罪之人，則沒為臣僕，此無罪之民，使為臣僕，言政亂也。❹言從何而能得幸福耶？❺爰：於何。❻俗謂烏止於富人之屋以求食。今人皆為無祿者，故烏將棲止於何人之屋乎？

【評析】

(1)朱善曰：念我無祿，傷己之不幸也；并其臣僕，傷斯民之俱不幸也。于何從祿，未知其所從之人也；于誰之屋，未見其所止之處也。

瞻彼中林❶，侯薪侯蒸❷。民今方殆❸，視天夢夢❹。既克有定❺，靡人弗勝❻。有皇上

帝❼，伊誰云憎❽！（四章）

【注釋】

❶中林：林中。❷侯：維，語詞。薪：粗柴。蒸：細薪。❸方：正。殆：危。❹夢夢：不明。以上四句謂林中之粗細柴薪可分得清，而民今正危殆，上天卻夢夢然分不出善惡。❺克：能。定：平定亂事。❻靡：無。以上二句謂天如肯定亂，則無人能勝過天意而作亂也。❼皇：大。有皇：皇然。❽伊：語詞。云：是。憎：惡。言天竟不肯定亂，是為憎誰邪？

【評析】

(1)朱公遷曰：人之視物，小大甚明；而天之於人，善惡乃無別。此以人之有見，興天之無知。亦反其意以為興也。

(2)牛運震曰：「有皇上帝」呼得切痛，激音厲響。「伊誰云憎」言天何讎於民乃坐視其殆而不之省救邪！

謂山蓋卑❶，為岡為陵❷。民之訛言，寧莫之懲❸！召彼故老❹，訊之占夢❺，具曰：「予聖❻。」誰知烏之雌雄❼？（五章）

【注釋】

❶蓋：讀如盍ㄏㄜˊ，何也。謂山蓋卑：言山何其卑也。❷岡：山脊。陵：大阜。均有高意。山本高而言其卑，證其言之不實。故下云「民之訛言」。❸寧：乃。懲：禁止，或懲戒。❹故老：年高望重之人。❺占夢：掌占夢吉凶之官。❻具：俱。言皆自謂聖哲。❼烏之雌雄不易辨，此喻故老、占夢之言，也不易辨其是非也。

【評析】

(1)輔廣曰：故老舊臣，可以決事理之是非者也；占夢之官，可以決徵兆吉凶者也。今也不平心據實而言，而但皆自以為聖已耳，誰能別其言之果是果非乎？

(2)唐汝諤曰：「召彼故老」四句，只形容朝廷之上，唯唯諾諾之風如此。同聲附和，莫敢矯上之非，不過聽言則答而已。

「謂天蓋高❶，不敢不局❷；謂地蓋厚，不敢不蹐❸。」維號斯言❹，有倫有脊❺。哀今之人，胡為虺蜴❻？（六章）

【注釋】

❶蓋：同盍，何也。❷局：彎身。❸蹐：音及ㄐㄧˊ，小步。❹號：呼。斯言：指上文局、蹐等語。❺倫：道。脊：理。❻虺：音毀ㄏㄨㄟˇ，蛇屬。蜴：音ㄧˋ，蜥蜴。

【評析】

(1)嚴粲曰：人謂天為高，而我不敢不曲身傴僂而行，懼壓也。人謂地為厚，而我不敢不累足小步而行，懼陷也。天地必無壓陷，喻身處亂世，禍出意外，不可謂必無之事而不懼也。人孰不疑其言之過，然實則有倫有理，何也？蓋當時群小肆毒以害人，無所不至，不可不慮，故言可哀今之人，何故為虺蜴之行，務欲傷害人乎？

瞻彼阪田❶，有菀其特❷。天之扤我❸，如不我克❹。彼求我則❺，如不我得；執我仇仇❻，亦不我力❼。（七章）

【注釋】

❶阪田：崎嶇貧瘠之田。❷菀：音玉ㄩˋ，有菀：即菀然，茂盛貌。特：謂特出之苗。言崎嶇貧瘠之田地，尚有繁茂特出之苗，反襯朝廷中卻無一賢臣。❸扤：音誤ㄨˋ，本義為手持樹振動而搖落其花實，故有危害意。❹克：勝。言天之危害我，有如不我勝者，謂無所不用其極也。❺則：法則。❻仇仇：同抗抗，緩也。❼彼求我則四句：言彼求我之法則，唯恐不能得我，言求我之急也；既得我之後，則緩於用我。

【評析】

(1)鄭玄曰：言其有貪賢之名，無用賢之實。

(2)蘇轍曰：君子仕於亂世而困於群小，故尤之曰：方其求我以為法也，如恐失我耳。及與之終日相執，仇仇相偶，曾不力用我也。《書》曰：「凡人未見聖，若不克見；既見聖，亦不克由聖。」

(3)輔廣曰：無所歸咎，故歸之天。亦窮極而呼天之意也。求之甚艱者，勉強以徇名也；棄之甚易者，其氣象識趣，皆與己不相類，則自然不能用也。

(4)方玉潤曰：前言是非顛倒，此後言用賢不專，政復暴虐。

心之憂矣，如或結之❶。今茲之正❷，胡然厲矣❸！燎之方揚❹，寧或滅之❺？赫赫宗周❻，褒姒威之❼！（八章）

【注釋】

❶結：憂不離心，如物之纏結。❷正：政。❸胡然：何以如此。厲：暴亂。❹燎：火焚田。揚：盛。❺此句謂：如何有人能滅熄它？❻赫赫：顯盛貌。宗周：鎬京。❼褒姒：幽王后，褒國姒姓，幽王寵之以致亂，西周遂為犬戎所

亡。烕：同滅，毀滅。

【評析】

(1)孔穎達曰：詩人明得失之迹，見微知著也。

(2)歐陽脩曰：上七章皆述王信訛言亂政，至此始言滅周主於褒姒者，推其禍亂之本也。

(3)朱熹曰：時宗周未滅，以褒姒淫妒讒諂而王惑之，知其必滅周也。

(4)李樗曰：火燎於原，寧能滅之？今也赫赫之宗周，而乃為褒姒之所滅，誠可駭也。

終其永懷❶，又窘陰雨❷。其車既載，乃棄爾輔❸。載輸爾載❹，將伯助予❺。（九章）

【注釋】

❶終：永久，或釋為既。永懷：長久傷感。❷窘：困。❸輔：車箱。❹輸：墮。因棄其輔，故所載之貨即墮落。❺將：音羌ㄑㄧㄤ，請。伯：長，猶今言大哥。

【評析】

(1)鄭玄曰：以車之載物，喻王之任國事也。棄輔喻遠賢也。棄女車輔，則墮女之載，乃請長者見助，以言國危而求賢者，已晚矣。

(2)牛運震曰：颺開另起，低徊儃爰，真有愁思九迴之神。

無棄爾輔，員于爾輻❶。屢顧爾僕❷，不輸爾載，終踰絕險❸，曾是不意❹！（十章）

【注釋】

❶員：益，加大也。輻：支持輪輞之細柱。❷顧：視。僕：御車者。❸踰：度過。絕：極。❹曾不以此為意。

【評析】

(1)范祖禹曰：治天下者，任重道遠，故以將車為喻。

(2)黃佐曰：上喻棄賢之患，此喻用賢之益。曰「無棄爾輔」者，喻王用賢者以輔國家也。曰「屢顧爾僕」者，喻王先未危而常求賢也。曰「不輸爾載，終踰絕險，曾是不意」者，喻王雖有危難，可免患於既至。賢可不求乎哉？

(3)牛運震曰：「曾是不意」，冷諷之詞。猶言此何等事而不以為意邪？

(4)方玉潤曰：（九、十）二章極言得人者昌，失人者亡。純以譬喻出之，故易警策動人。

魚在于沼❶，亦匪克樂❷；潛雖伏矣❸，亦孔之炤❹。憂心慘慘，念國之為虐❺。（十一章）

【注釋】

❶沼：池沼。❷匪：同非。克：能。❸潛：深，謂深伏於水中。❹孔：甚。炤：音灼ㄓㄨㄛˊ，顯明。❺虐：國家暴虐之政。

【評析】

(1)孔穎達曰：上章教王求賢，而王不能用；故此章言賢者不得其所，莫知所逃，已為之憂而心中慘慘然，言王政暴虐，賢人困厄，已所以憂也。

(2)嚴粲曰：魚相忘於江湖者也，今在于池沼，非其所樂矣。喻君子立於衰亂之朝，亦非所樂也。魚之深潛，雖云藏伏，然沼之水淺，亦甚灼然易見，無所逃於網罟之害。喻君子雖自韜晦，亦未必能避患也。然君子不專為一身之安危，其憂心慘慘然愁戚者，唯念國之行虐政而民罹其害耳。

彼有旨酒❶，又有嘉殽❷；洽比其鄰❸，昏姻孔云❹。念我獨兮，憂心慇慇❺。（十二章）

【注釋】

❶旨酒：美酒。❷殽：同餚。❸洽：融洽。比：親近。❹昏姻：親戚。云：芸之省體，多也。❺慇：音殷一ㄣ。慇慇：痛貌。

【評析】

(1)蘇轍曰：小人以利相求，故其鄰比昏姻，相與膠固為一；而君子孑然無朋也。

(2)輔廣曰：此章則又言彼得志之小人，惟與其姻親鄰里，煦濡以相樂，而我獨憂心至於疾痛。然彼之所以自樂者，亦豈真能長保其樂哉！

(3)牛運震曰：①寫盡燕雀怡堂光景。②但斥朋酒，意自含蓄。此中正有多少不忍言處。

佌佌彼有屋❶，蔌蔌方有穀❷。民今之無祿，天夭是椓❸。哿矣富人❹，哀此惸獨❺。（十三章）

【注釋】

❶佌：音此ㄘˇ。佌佌：鮮盛貌。❷蔌：音速ㄙㄨˋ。蔌蔌：車行聲。方：並也。穀：蔡邕《傳注》作轂。方有穀：謂車輛並轂而行也。以上二句言彼小人既有華麗之屋，又蔌蔌然並轂而行。言其富奢也。❸天夭：《韓詩》作夭夭，是。夭夭：少壯之貌。此謂少壯之人。椓：音卓ㄓㄨㄛˊ，害。言少壯之人都受椓害，老弱者可想而知。❹哿：音可ㄎㄜˇ，

歡樂。❺惸獨：孤獨。

【評析】

(1)牛運震曰：末章結憂民之旨。疊字疊韻，騷亂之調。

【總評】

(1)鄒泉曰：此詩憂訛言之甚大，至於邦國之將亡；傷國政之淫虐，至於周宗之既滅。而斯民之病，賢者之困，又皆有感慨之思焉。可謂以天下之憂為憂者矣。

(2)牛運震曰：憂亂一篇本旨，訛言則亂之階而憂之主也。往復頓挫，騷人哀怨之神。〈節南山〉悲壯，此篇更淒切拗折憂鬱，別是一格。

(3)普賢曰：詩中有「不自我先，不自我後」「民今方殆」「哀今之人」「今茲之正」「民今之無祿」當是傷時而非感舊之作。且根據詩的內容，應係西周末年褒姒禍國，西周滅亡已成定局之際的詩。至此直然揭出罪魁禍首的褒姒，因當時幽王寵信褒姒，欲殺太子宜臼，立伯服，又舉烽火以戲諸侯，朝中佞臣諂上欺下，賢臣疏遠。憂國憂民的詩人，遂發出這無可如何的痛苦呼號。而或以為東遷後詩，姚際恆駁之云：「此詩刺時非感舊也，若褒姒已往，鎬京已亡，言之何益？且與前後文意亦不相類。」方玉潤曰：「然鎬京未亡，何以遽言褒姒威之？古人縱極戇直，亦不應狂誕若此！此必天下大亂，鎬京亦亡在旦夕，其君臣尚縱飲宣淫，不知憂懼，所謂燕雀處堂，自以為樂，一朝突決棟焚，而怡然不知禍之將及也，故詩人憤極而為是詩，亦欲救之無可救藥時矣。」又曰：「此周大夫感時傷遇之作，非躬親其害，不能言之痛切如此。」皆頗有見地。

十月之交

這是刺皇父亂政以致災變的詩。

十月之交❶，朔月辛卯❷。日有食之❸，亦孔之醜❹。彼月而微❺，此日而微❻。今此下民，亦孔之哀❼。（一章）

【注釋】

❶交：日月交會。❷朔月：月朔，即月之初一日。辛卯：古以干支紀日，周幽王六年十月初一日，正是辛卯。❸有：又。食：即蝕。❹孔：甚。醜：惡。謂非吉兆。❺彼：彼時，即過去。微：不明。指日月蝕。❻此日而微：指詩人當時之日蝕現象。❼孔：甚。

【評析】

(1)王安石曰：日月有盈虧，虧則微矣。彼月而微，則固其所，此日而微，則非其常。

(2)徐常吉曰：天象民情，若不相干。天象變於上，而遂思下民之可哀。此詩人之隱憂。

日月告凶❶，不用其行❷。四國無政❸，不用其良❹。彼月而食，則維其常❺；此日而食，于何不臧❻？（二章）

【注釋】

❶告凶：告天下以凶亡之徵兆。❷行：道。不用其行：謂不由其常行之道。❸四國：四方之國，猶言天下。無政：無善政。❹良：賢良人才。❺日食乃常見之現象。故云。❻于何：如何。臧：善。謂已有日食告警，如何還不戒懼悔改而向善？

【評析】

(1)嚴粲曰：日月告以凶證，而不由其道，謂月揜日也。四方無政事，而不用其善，謂暴亂又作也。因天變而修人事，則可以轉災為祥。今天變既如彼，人事又如此，天之所廢，不可支也。

爗爗震電❶，不寧不令❷。百川沸騰，山冢崒崩❸，高岸為谷，深谷為陵。哀今之人，胡憯莫懲❹？(三章)

【注釋】

❶爗：音葉ㄧㄝˋ。爗爗：電光貌。震：雷。❷令：善。❸冢：音腫ㄓㄨㄥˇ，山頂。崒：當讀為猝ㄘㄨˋ，突然也。❹憯：音慘ㄘㄢˇ，曾。懲：懲戒。

【評析】

(1)謝枋得曰：災異如此，幽王之心，曾不懲創。詩人不指幽王而曰「哀今之人」，微而婉也。

(2)牛運震曰：①詩意本刺皇父，開端卻列日食山崩諸異，推本於天變之不虛作，而人事之失其所係者重也。用意自深。②臚列災異，竦詭駭人。

(3)糜文開曰：①「百川沸騰」四句，寫大地震恐怖景象，令人無限震慴，簡單、深刻而生動。②一章言日蝕，三章言大地震，古人以災異為天之示警，今人視之雖屬迷信，但當時以此督天子大臣自省改過，實亦良策。

皇父卿士❶，番維司徒❷，家伯冢宰❸，仲允膳夫❹。聚子內史❺，蹶維趣馬❻，楀維師氏❼，豔妻煽方處❽。(四章)

【注釋】

❶皇父：卿士號石父之字。❷番：氏。維：語詞。司徒：官名，掌天下土地之圖，人民之數。此言有番氏之司徒。❸家伯：人名。冢宰：掌邦治之官。❹仲允：人名。膳夫：官名，掌王之飲食膳羞。❺棸子：人名。內史：官名，掌爵祿廢置生殺予奪之法。❻蹶：音桂ㄍㄨㄟˋ，氏也。趣馬：官名，掌王之馬政。❼楀：音矩ㄐㄩˇ，氏。師氏：官名，掌朝廷得失之事。❽豔妻：謂褒姒，因其美色故云。煽：熾熱。方處：並處。謂與幽王並處。

【評析】

(1)王安石曰：言其勢盛，若火之煽然。

(2)方玉潤曰：小人用事於外，嬖妾固寵於內，所以致變之由。

抑此皇父❶，豈曰不時❷？胡為我作❸，不即我謀？徹我牆屋❹，田卒汙萊❺。曰：「予不戕❻，禮則然矣❼。」（五章）

【注釋】

❶抑：發語詞，抑且。❷時：是。❸作：役使。❹徹：同撤，毀。❺卒：盡。汙：積水。萊：草穢。❻戕：音槍ㄑㄧㄤ，害。❼謂「按禮就當如此也」。

【評析】

(1)孔穎達曰：下田可以種稻，無稻則為池；高田可以種禾，無禾則生草。故下則污，高則萊。

(2)彭執中曰：三代之君，不敢鄙夷其民以從己欲。每有興作，謀及庶民。如盤庚遷殷，登進厥民而告之。三代世守此道，故詩人曰：「胡為我作，不即我謀？」

(3)牛運震曰：末二句尖冷風雋，宛然貪酷人面目聲口。

皇父孔聖❶，作都于向❷。擇三有事❸，亶侯多藏❹；不憖遺一老❺，俾守我王❻；擇有車馬，以居徂向❼。（六章）

【注釋】

❶孔聖：甚聖明。此諷刺語。❷都：城。向：邑名，在今河南省濟源縣境。皇父先作避亂之準備，故詩人諷之曰「孔聖」。❸三有事：三有司，即三卿。❹亶：音膽ㄉㄢˇ，誠然。侯：維，語詞。藏：音ㄗㄤˋ。多藏：多財貨。❺憖：音印ㄧㄣˋ，願，肯。老：謂舊臣。言皇父率舊臣俱去。❻俾：使。❼徂：往。以居徂向：謂「徂向以居」，倒文以取協韻。

【評析】

(1)王安石曰：「擇三有事，亶侯多藏」，則其用人，惟貨其吉也。

(2)朱公遷曰：上章言皇父役以非時而戕其民，此章言皇父動以私事而棄其君，使下不義，事上不忠也。

(3)牛運震曰：「不憖遺一老」句中有淚。

黽勉從事❶，不敢告勞。無罪無辜，讒口囂囂❷。下民之孽❸，匪降自天❹。噂沓背憎❺，職競由人❻。（七章）

【注釋】

❶黽：音敏ㄇㄧㄣˇ。黽勉：努力。❷囂：即囂字，音敖ㄠˊ。囂囂：形容進讒者所發之聲。❸孽：災難。❹匪：同非。❺

噂：音撙ㄗㄨㄣˇ，聚。沓：音踏ㄊㄚˋ，合。謂小人聚則相合，背則相憎。❻職：專主。競：競尚。言下民之遭難，實由於小人專意競尚噂沓背憎所致。

【評析】

(1)顧起元曰：從事即從不時之役。無罪遭讒，即下民之孽。噂沓，諛佞悅人之情狀。背則相憎而譖愬以交構。讒人之反覆如此，用之所以興孽也。

(2)方玉潤曰：至此乃言己之受勞而被讒。

悠悠我里❶，亦孔之痗❷。四方有羨❸，我獨居憂。民莫不逸，我獨不敢休❹。天命不徹❺，我不敢傚我友自逸❻。（八章）

【注釋】

❶悠悠：漫長。里：音里ㄌㄧˇ，同㾖，憂也。❷痗：音昧ㄇㄟˋ，病。亦孔之痗：謂憂愁之極以致疾也。❸羨：餘。此句謂四方有豐餘。（意謂：只有我在憂愁中）或釋羨為欣喜，亦通。❹休：休息安逸。❺徹：道。天命不徹：謂天命不按正道。即二章之「不用其行」也。❻傚：同效。我友：指同在官位者。自逸：自居於安逸。

【評析】

(1)謝枋得曰：君子不以一身之憂勤為賢，亦不以眾人之逸樂為非。凡人命有窮通，我之憂勤，乃天之所付者，如是安之而已。不敢傚我友之自逸也。其辭甚婉，其志堅而不可變矣。

(2)徐光啟曰：凡人之情，己處其樂，不知人之憂；己處其憂，但見人之樂。自傷之至，則視天下之苦，無甚於我者。如〈四月〉篇「民莫不穀，我獨何害」，亦是此意。皆善言哀苦之情者也。

【總評】

(1)胡一桂曰：前三章言災異之變；四章言致災由於小人，而皇父，小人之魁也。故五、六章，專言皇父之惡。七章言小人在位，天降之災。則天變生於人妖也。八章言己之憂勞。而一篇之義終矣。

(2)普賢曰：十月之交指十月之朔，即十月初一日。毛《傳》以此詩為刺幽王，鄭《箋》以為刺厲王。以曆法推之，厲王二十五年十月朔辛卯，及幽王六年十月朔辛卯，皆有日蝕。而幽王二年西周三川皆震，與此詩所詠者合，且史書沒有厲王寵愛豔妻的記載。幽王之寵愛褒姒，史書記之甚詳。以此證之，則此詩當作於幽王之世。阮元《揅經室文集》有〈詩十月之交四篇屬幽王說〉一文，論證甚詳。朱鬱儀曰：「向在東部去西都千里而遙，皇父恃寵請城，規避戎禍，土木繁興，徙世家巨族以實之，人情懷土重遷，傷其獨見搜括，故賦是詩。」按此詩刺皇父等當政之人，所以刺幽王之昏憒，用人不當，致民生困苦，天怒人怨也。

雨無正

西周末年，在上者無道，一般大臣也荒廢職事，人民遭殃，作此詩的近侍小臣，哀傷時政，發出憤慨的呼聲。

浩浩昊天❶，不駿其德❷。降喪饑饉❸，斬伐四國❹。昊天疾威❺，弗慮弗圖❻。舍彼有罪❼，既伏其辜❽；若此無罪，淪胥以鋪❾。（一章）

【注釋】

❶浩浩：廣大貌。昊：音浩ㄏㄠˋ，廣大意。❷駿：長，猶常。不駿其德：猶云不常其德。❸穀不熟曰饑，蔬不熟曰

饉。❹斬伐：傷害。四國：天下四方。❺疾威：暴虐。❻慮、圖：皆謀意。謂當政者不圖謀修明其政。❼舍：猶赦。❽伏：隱藏。辜：罪。❾淪：率。胥：相。以：及。鋪：懲處。或通痡，病苦。

【評析】

(1)輔廣曰：此皆心有所疑，無所歸咎，而訴天之辭也。

(2)方玉潤曰：先寫亂形，見天心之不平。

周宗既滅❶，靡所止戾❷。正大夫離居❸，莫知我勩❹。三事大夫❺，莫肯夙夜❻。邦君諸侯，莫肯朝夕❼。庶曰式臧❽，覆出為惡❾。（二章）

【注釋】

❶周宗：即宗周，指鎬京周宗室。滅：古通蔑。蔑：輕慢。謂周勢衰微，周天子已不被尊重。詳解見與外子糜文開合著之《詩經欣賞與研究》續集〈雨無正篇〉注。❷戾：定。言不得安定。❸正大夫：六卿百官之長。離：離散。居：語詞。❹勩：音亦 ㄧˋ，勞。❺三事：三公。❻夙：早晨。此句謂早晚朝省於王。❼朝夕：亦謂早晚朝省於王。❽庶：庶幾。希望之辭。曰、式：皆語詞。臧：善。❾覆：反。

【評析】

(1)范祖禹曰：「靡所止戾」：未知天之所命，民之所定矣；「莫肯夙夜」：無在公之節也；「莫肯朝夕」：無尊王之禮也。

(2)朱善曰：天變人離，敗亡之兆可見。庶幾王改而為善，乃覆出而為惡，則天意豈可得而回，人心豈可得而挽哉！

(3)牛運震曰：此述幽王犬戎之禍，朝臣解散。為末章伏根。

(4)方玉潤曰：①歷數諸臣離心，匡國無人。時勢如斯，庶幾君心悔悟，乃更為惡。②痛責諸臣。

如何昊天，辟言不信❶？如彼行邁❷，則靡所臻❸。凡百君子❹，各敬爾身❺。胡不相畏？不畏于天❻？（三章）

【注釋】

❶辟言：法度之言。不信：不被採信。❷行邁：邁亦行意。行邁：即行路。❸臻：音珍ㄓㄣ，到。❹凡百君子：指在位者。❺敬：儆，儆戒。❻二句謂天災如此，何能不畏懼？豈並天亦不畏乎？

【評析】

(1)黃佐曰：人與己，一心也。不敬身，不相畏也；天與人，一理也。不相畏，不畏天也。

(2)牛運震曰：①末三句正大肅重，如箴如銘。②各敬爾身，拈出人臣弭亂要訣。

(3)姚際恆曰：「凡百君子」總上章「正大夫」、「三事大夫」、「邦君、諸侯」言之。

戎成不退❶，饑成不遂❷。曾我暬御❸，憯之日瘁❹。凡百君子，莫肯用訊❺。聽言則答❻，譖言則退❼。（四章）

【注釋】

❶戎：兵亂。❷遂：安。❸曾：猶今言「只有」。暬：音泄ㄒㄧㄝˋ。暬御：近侍之臣。❹憯：音慘ㄘㄢˇ，憂貌。瘁：音翠ㄘㄨㄟˋ，病。❺訊：問。謂不肯詢善於人。❻聽言：順從之言。❼譖言：諫言。

【評析】

(1)嚴粲曰：此章言群臣無忠告也。兵戎之禍已成，外患之熾也；饑困之災已成，內憂之迫也。

(2)牛運震曰：寫盡庸臣泄泄情狀。

(3)方玉潤曰：自表己心，獨深憂慮，愈見國之無人也。舉朝如是，為之奈何？可為嘆息！

哀哉不能言！匪舌是出❶，維躬是瘁❷；哿矣能言❸，巧言如流，俾躬處休❹。（五章）

【注釋】

❶匪舌是出：即話未說出口。❷躬：自身，下同。瘁：病。連上句謂：話尚未出口，自身已遭殃。❸哿：音可ㄎㄜˇ，歡樂。❹俾：使。休：美。以上三句謂能巧言者則得歡樂。

【評析】

(1)牛運震曰：陡然痛哭，沉摯入骨。

維曰予仕❶，孔棘且殆❷。云不可使❸，得罪于天子；亦云可使❹，怨及朋友。（六章）

【注釋】

❶予：或作于，往也。❷孔：甚。棘：猶今言棘手之棘，不順也。殆：危險。❸云：如。❹亦：語詞。

【評析】

(1)輔廣曰：直道而盡言者，則得罪於其君；巧言以徇人者，則見怨於其友。蓋朋友以相切磋為道，若枉道以從君，則朋友必見棄絕矣。以是言之，則當時之仕，又豈易為哉！忠言獲罪，而巧言處休；直道見抑，而枉道見容。皆亂世之常事也。

謂爾遷于王都❶，曰：「予未有室家❷。」鼠思泣血❸，無言不疾❹。昔爾出居，誰從作爾室❺！（七章）

【注釋】

❶謂：使。❷此句謂「汝則答以王都未有室家以居也」。以此語拒返王都。❸鼠思：猶言癙憂。泣血：淚盡而繼之以血。❹疾：疾惡。❺言昔爾離去之時，誰從汝去，為汝作室者？謂其以「未有室家」拒之之無理也。

【評析】

(1)輔廣曰：此章則又盡言己意以告諸離居者，使之復反于王都。彼既不從，則又言其痛切之情為可念者，而猶盡言以詰之，而庶其或見聽。可謂既能盡人之情，而又能盡己之志也。然則此暬御之臣，蓋亦非常人矣。

(2)牛運震曰：①首句一篇本意。②突然收轉，奇妙。空中撰出一問一答，更奇。③鼠思泣血，形容庸態可憐。④末二句冷然一詰，正使置對不得。

(3)方玉潤曰：末更望諸臣之來共匡君失，因詰責之，使窮於辭而無所遁，乃作詩本意。

【總評】

(1)牛運震曰：一片篤厚，純以咨嗟怪歎出之。筆勢起落離奇，極瀏亮頓挫之妙。

(2)方玉潤曰：此詩不惟非東遷後詩，且西京未破之作，故望諸臣遷歸王都。若西京已破，王室東遷，則勤王又自有人，豈待贄御相招？且其立言，別是一番建功立業氣象，斷不作鼠思泣血等語。

(3)普賢曰：朱熹《集傳》謂：「正大夫離居之後，暬御之臣所作。」並記元城劉安世之言曰：「嘗讀《韓詩》，有〈雨無極〉篇……比《毛詩》篇首多『雨無其極，傷我稼穡』八字。」屈萬里先生曰：「極，正也。雨無正即雨無極；本篇既名〈雨無正〉，是《毛詩》祖本，亦當有此二句，不知何時逸之。」是以雨無正乃因霪雨成災，當時在上者無道，致政治混亂，人民遭殃，正如雨之無極，我傷稼穡也。

詩中雖然屢責「正大夫」「三事大夫」「邦君諸侯」「凡百君子」，實則無處不映射天子之昏憒無道。六章的「云不可使，得罪于天子」即一語道破。全詩充滿無限憂國憂民之情，雖曰有心，奈勢單力薄，大勢難回矣。

此詩為幽王近侍小臣之作，眼見朝政紊亂，群臣走避，人微言輕，挽救無力，因而憂思泣血，發為詩歌，反覆申述，希冀感動大臣，悔悟王心。其一片忠忱，溢於言表。實在是〈小雅〉中不可多得的好詩。而此小臣，亦可謂後凋之松柏矣。

小旻

邪謀詭計，迷惑王心；正道善謀，反被蔑棄。詩人憂心忡忡，提出警告，希望在上者有所鑒䀢。

旻天疾威❶，敷于下土❷。謀猶回遹❸，何日斯沮❹！謀臧不從❺，不臧覆用❻。我視謀猶，亦孔之邛❼。（一章）

【注釋】

❶旻：音民ㄇㄧㄣˊ，幽遠。疾威：暴虐。高本漢解此句謂「嚴厲的天可怕」。❷敷：音夫ㄈㄨ，布。下土：下地。❸猶：謀，下同。回：邪。遹：音玉ㄩˋ，邪僻。❹斯：乃。沮：音居ㄐㄩ，止。❺臧：善。❻覆：反。❼邛：音窮ㄑㄩㄥˊ，

病。

【評析】

(1)曹粹中曰：王者舉錯移陰陽，動作關盛衰。一顰一笑，尚不可不謹，而況於謀猶乎？謀國之道，正直是與。古人謀及乃心，謀及卿士，謀及庶人，謀及卜筮。公聽並觀，擇善而從之，無敵不用其至。彼小人者，謀止其身而不及國，謀專於利而不顧義。回邪僻遹，不知何時而止也。謀之臧者出於君子而不見從；謀之不臧者出於小人乃反見用。謀國如此，亦甚病矣。

潝潝訿訿❶，亦孔之哀。謀之其臧，則具是違❷；謀之不臧，則具是依。我視謀猶，伊于胡底❸！（二章）

【注釋】

❶潝：音系ㄒㄧˋ。潝潝：相附和。訿：音子ㄗˇ。訿訿：相詆毀。❷具：俱，下同。違：違背不用。❸伊：語詞。于：往。胡：何。底：音至ㄓˋ，到達。

【評析】

(1)輔廣曰：小人為謀相和相詆，是雖常態，然其所以為此者，則有二故焉：一則幸其不成而欲以自解；一則恐其或成而彼有所利。是其為慮亦已深矣。然其皆蔽之極，是非莫辨，則亦終歸於敗亂而已。故我但視其謀猶，則知爾之胡能有定也。

(2)朱善曰：「謀之其臧，則具是違」，即所謂「謀臧不從」也；「謀之不臧，則具是依」，即所謂「不臧覆用」也。但上章指王而言，此章指小人而言。

(3)方玉潤曰：首二章就君臣兩面寫足邪謀惑人之害，將無所止。

我龜既厭，不告我猶❶。謀夫孔多，是用不集❷。發言盈庭❸，誰敢執其咎❹？如匪行邁謀❺，是用不得于道❻。（三章）

【注釋】

❶二語謂因卜太多，龜亦嫌厭煩，故卜兆不再靈驗。蓋小人不尚德而好灼龜求吉，請問過度，媟瀆神靈，故不再告以吉凶之道也。❷集：就。謂所謀無所成就。❸盈：滿。❹執其咎：任其過，謂負其責也。❺匪：彼。行邁：行路之人。意謂如與路人計劃（國事）。❻用：以。是用：即所以。道：正道。

【評析】

(1)曹粹中曰：謀之貴多，斷之在獨。凡謀於眾，惟斷乃成。今謀夫孔多，而事不就者，以其愚而無斷也。

(2)牛運震曰：①一「厭」字寫出靈龜性情來。②長句古勁，一團憤氣攢成拗語。

哀哉為猶！匪先民是程❶，匪大猶是經❷。維邇言是聽❸，維邇言是爭❹。如彼築室于道謀❺，是用不潰于成❻。（四章）

【注釋】

❶程：法。❷經：行。❸邇：近。邇言：淺近之言。❹爭：爭為邇言。謂上好邇言，故下之人爭為邇言。❺如築室而謀於道路之人。❻潰：遂。

【評析】

(1)李樗曰：夫謀之遠者，近於迂闊而難行；謀之近者，近於切要而易用。故近雖有小利而害隨至；遠謀者雖目前未見其利而可以終身無害。自非聽之者明，安能慎擇而用之哉！

（五章）

國雖靡止❶，或聖或否；民雖靡膴❷，或哲或謀，或肅或艾❸。如彼泉流，無淪胥以敗❹！

【注釋】

❶止：定。❷膴：音五ㄨˇ，厚。謂人眾多。靡膴：即不厚。❸肅：恭謹敬肅。艾：音亦ㄧˋ，通乂，治理。❹二句謂無如彼泉流，相率以敗。泉流夾泥沙俱下，以喻善惡同歸於盡。

【評析】

(1)蘇轍曰：政淫則民德無所定。雖世亂民辟，猶有賢者在焉。苟能用之，愚者可賴以皆濟也。苟廢而不用，而使愚者壅之於上，則相與皆敗，無能為矣。譬如泉水，苟疏而流之，則淤腐者從之而行；苟不疏其源而瀦畜之，雖其流者，亦相與陷溺腐敗而已矣。

(2)輔廣曰：子曰：「十室之邑，必有忠信。」天下豈有無才之世哉？故告之以國論雖未定，而人民之中，有聖與否者焉；人民雖不多，而有哲謀肅乂者焉。但患王不能用之耳。王不能用，則雖有是五者之才，皆將如泉流之不反而相與淪陷於敗。故以是戒王，庶其能愛護而扶持之，無使至於此極也。

(3)牛運震曰：末二句黯然一歎，摧挫嗚咽。

(4)方玉潤曰：人雖至愚，言亦可採。

不敢暴虎❶，不敢馮河❷。人知其一，莫知其他❸。戰戰兢兢❹，如臨深淵，如履薄冰❺。

（六章）

【注釋】

❶暴虎：徒手搏虎。❷馮：同憑。馮河：謂徒步涉水。❸人但知暴虎馮河一端之危險，而不知更有其他危險之事。意謂小人禍國而人莫察。❹戰戰兢兢：恐懼戒慎貌。❺蘇轍云：臨淵恐墜，履冰恐陷。

【評析】

(1)朱熹曰：眾人之慮，不能及遠。暴虎馮河之患，近而易見，則知避之；喪國亡家之禍，隱於無形，則不知以為憂也。故曰戰戰兢兢，如臨深淵，如履薄冰。懼及其禍之詞也。

(2)牛運震曰：收處肅重深恬，卻無收煞之痕，特妙。

(3)姚際恆曰：末章別作寓言感歎，真有呻吟不盡之意。

(4)方玉潤曰：若無遠慮，必有近憂。是以戰兢自惕。

【總評】

(1)牛運震曰：借謀猶為感刺，而歸於憂讒懼禍。古勁蒼深，自是奇作。四章結尾俱用喻言，長句拗調，自成結構，詩中亦自創見。

(2)方玉潤曰：夫天下不患無謀，患在有謀而弗用；不患在有謀弗用，而患在用非其謀，謀非所用。則好謀實足以誤事。又況以邪辟之人議之於前，而以多欲之言聽而斷之於後也哉！

小宛

這是詩人生於亂世，懷念父母，告戒兄弟謹慎以免禍的詩。

宛彼鳴鳩❶，翰飛戾天❷。我心憂傷，念昔先人。明發不寐❸，有懷二人❹。（一章）

【注釋】

❶宛：小貌。鳴鳩：斑鳩。❷翰：羽。戾：到達。見〈采芑〉篇注。❸明發：天色將亮而光明開發。❹二人：指父母。

【評析】

(1)黃佐曰：明發謂欲旦而未即旦，欲寐而不能寐。此正夜氣方清之際，好惡未遠之時也。有懷父母，則所以相戒以求無辱之意自不能已矣。

(2)牛運震曰：①開口以憂念父母為言，骨冷魂痛，惻然見孺慕之性。②刺眼觸心，卻在「明發不寐」四字，詩之感人處，正自難言。③思親為相戒以免禍之本，此一篇詩意最篤厚處。

人之齊聖❶，飲酒溫克❷。彼昏不知❸，壹醉日富❹。各敬爾儀❺，天命不又❻。（二章）

【注釋】

❶齊聖：聰明睿智。❷溫：和柔。克：能。此句謂：聰明睿智之人，雖飲酒至醉，猶能溫恭自持，勝其酒力，無失其態也。❸昏：昏聵。知：智。謂彼昏聵不智之人。❹壹醉：一經飲醉。日富：日益盈滿。盈滿：即驕縱之意。此以醉喻不智之人稍有得意即忘形也。❺敬：謹。儀：威儀。❻又：古右字，與佑通，助也。

【評析】

(1)朱公遷曰：此篇以敬威儀為主。溫克，能敬者也；昏而不知，不能敬者也。一善一惡，可以為勸戒。

(2)牛運震曰：①「壹醉日富」句拙古入妙。②「各敬爾儀」一篇之骨，倒綴「天命不又」句，極動盪精神。

中原有菽❶，庶民采之❷。螟蛉有子❸，蜾蠃負之❹。教誨爾子，式穀似之❺。（三章）

【注釋】

❶中原：即原中，原野、田原之中。菽：大豆。❷庶民：眾民。❸螟：音名ㄇㄧㄥˊ。蛉：音零ㄌㄧㄥˊ。螟蛉：桑蟲，桑上小青蟲。❹蜾：音果ㄍㄨㄛˇ。蠃：音裸ㄌㄨㄛˇ。蜾蠃：土蜂，似蜂而小腰。舊說取桑蟲負之於木穴中，七日，而化為其子。實則蜂以螟蛉飼其幼蜂。古人但見幼蜂出穴，誤為此說。❺式：語詞。穀：善。以上四句謂：螟蛉之子，本不似蜾蠃，而教化之使似也。以喻不似者，可以教化而使之似。以興後二句教子似父之義。

【評析】

(1)朱善曰：中原有菽，而庶民采之，斯庶民之有矣；螟蛉有子，而蜾蠃負之，斯蜾蠃之似矣。吾兄弟豈可不思所以善其身，思所以教其子乎？善其身所以繼吾親也；教其子所以繼吾身也。物之在外也，猶可采而有之；況性善本吾心之所有乎？物之不似也，猶可負而化之；況子之性亦吾之性，乃其本似者乎？為此詩者，其於保身教子，可謂兩得矣。

(2)牛運震曰：①兩層興法，深淺遠近，迭逗入妙。②教子正是保家弭禍第一要義，亦從思親得來。

題彼脊令❶，載飛載鳴。我日斯邁❷，而月斯征❸。夙興夜寐，無忝爾所生❹。（四章）

【注釋】

❶題：視。脊令：鳥名，飛則鳴，行則搖，為急難相救之鳥，故用以喻兄弟相助之義。❷邁：行。❸征：行。二句謂：日邁月征，僕僕道路，無休息之時。❹忝：辱。所生：謂父母。二句謂：若能夙興夜寐，雖生此亂世，亦可有所成就，不致遭禍，則無辱父母也。

【評析】

(1)朱善曰：脊令之且飛且鳴，其勢之不能以已也；我兄弟之日邁月征，亦情之不能以已也。夙興夜寐，各務努力，以求無忝於先人可也。

(2)牛運震曰：①篤摯沉動，一篇精神凝聚處。②連用爾我字，呼得熱懇。「爾所生」三字尤骨冷。「我日斯邁」二句非骨肉不能為此語。③此章乃相戒以免禍正意，所以終首章「明發」「思親」之旨。

交交桑扈❶，率場啄粟❷。哀我填寡❸，宜岸宜獄❹。握粟出卜❺，自何能穀❻？（五章）

【注釋】

❶交交：通咬咬，鳥聲。桑扈：鳥名，俗稱青觜，瓦灰色，三、四月間採桑之時常見之。❷率：循。❸填：同瘨ㄉㄧㄢ，病。寡：寡財，謂貧窮。此句謂：可憐我既病且窮。❹宜：二宜字皆「且」字形近之譌。岸：鄉亭（地方）之獄。獄：朝廷之獄。宜岸宜獄：謂多受訟獄之累。❺握一把米出去求人占卜。（以粟米酬謝卜人）❻自：從。穀：善。此句謂從何處能得到吉兆耶？（因我貧苦無依，不能得吉兆也。）

【評析】

(1)牛運震曰：①握粟出卜，寫寒乞之態可掬。②鳴鳩、脊令、桑扈三鳥三興，一層切緊一層。

溫溫恭人❶，如集于木❷。惴惴小心❸，如臨于谷。戰戰兢兢，如履薄冰❹。（六章）

【注釋】

❶溫溫：和柔貌。恭人：和恭之人。❷集：鳥落樹上曰集。此謂如人在樹上，惟恐墜下，言小心也。❸惴：音墜ㄓㄨㄟˋ。惴惴：憂懼貌。❹此數句謂詩人深自警戒，以期免於禍也。

【評析】

(1)曹粹中曰：集木則憂摧敗，臨谷則憂隕越，履冰則憂陷溺。夫溫則不暴以忤物；恭則不慢以侮人。惴惴小心則能下人而事之；戰戰兢兢則又常戒惧而不忽。然其畏禍猶如此，則其危可知矣。

(2)牛運震曰：①三疊三喻，結得肅括邃密。②不更設一字，硬結妙。③此章申儆各敬爾儀之旨。真至性學道人語，免禍不足言矣。

【總評】

(1)許謙曰：此詩遇亂而戒兄弟修德以免禍。修德，當法其親；免禍，則謹其德。前四章修德之事；後二章免禍之意。

(2)牛運震曰：苦心厚衷，妙在以溫婉出之。孝子血性，騷人幽思，乃有一片團結處。

(3)方玉潤曰：〈小序〉謂大夫刺幽王。朱子駁之云：「此詩之詞，最為明白而意極懇至。說者必欲為刺王之言，故其說穿鑿破碎，無理尤甚。」因改為大夫遭時之亂，而兄弟相戒以免禍之詩。今細玩詩詞：首章欲承先志，次章慨世多嗜酒失儀，三教子，四勗弟，五、六則卜善自警，無非座右銘言。固無所謂刺王意，亦何嘗有遭亂詞！岸獄薄冰等字，不過君子懷刑，不能不常作是想。雖處盛世，此心亦終不能無也。

小弁

這是為人子者，不得於父母而憂讒畏禍所作的詩。

弁彼鷽斯❶，歸飛提提❷。民莫不穀❸，我獨于罹❹。何辜于天❺？我罪伊何❻？心之憂矣，云如之何❼！（一章）

【注釋】

❶弁：音盤ㄆㄢˊ，烏飛拍翼之貌。鷽：音玉ㄩˋ，似烏鴉而小，腹下白，好成群。斯：語詞。❷歸飛：飛回來。提提：成群飛貌。❸穀：善。❹于：語詞。罹：憂患。❺辜：罪。此句謂我有何罪於天？❻伊：是。❼云：發語詞。如之何：如何才好。

【評析】

(1)朱善曰：子以父為天，父之不吾愛，即天之不吾與也。「何辜于天？我罪伊何？」自責不知己有何罪而不見愛於父也。

(2)牛運震曰：①「歸飛」二字有情。②「我罪伊何」便有愴急不平之痛。此〈小弁〉之所以為怨也。③「云如之何」搔癢不著神情，白描入妙。

踧踧周道❶，鞫為茂草❷。我心憂傷，惄焉如擣❸。假寐永歎❹，維憂用老❺。心之憂矣，疢如疾首❻。（二章）

【注釋】

❶踧：音敵ㄉㄧˊ。踧踧：平易貌。周道：大道。❷鞫：音菊ㄐㄩˊ，盈滿。鞫為茂草：荒廢之象。❸惄：音溺ㄋㄧˋ，飢

意。謂憂思之甚，如飢餓之難堪也。擣：音義同搗ㄉㄠˇ，搗擊。❹假寐：合衣而臥。永歎：長歎。❺用：以。因憂而老。❻疢：音趁ㄔㄣˋ，熱病。疾首：頭痛。謂如患頭痛之熱病。

【評析】

(1)朱公遷曰：平易之路，一或塞之，則生草；憂傷之事，一或念之，則痛心。是皆先事而致慮之意。

(2)何楷曰：上章怨己之不得於親而思慕；此則憂親之終棄己而自傷也。

(3)牛運震曰：憂字三樣寫法，曲盡騷幽神理。

(4)方玉潤曰：去國景象，觸目傷心。

維桑與梓❶，必恭敬止❷。靡瞻匪父❸，靡依匪母❹。不屬于毛❺？不罹于裡❻？天之生我，我辰安在❼？（三章）

【注釋】

❶《舊五代史》王建立曰：「桑以養生（育蠶），梓以送死（為棺）。」此桑梓必恭之義。❷止：語詞。❸靡：無。瞻：敬仰。此句謂：「未有不敬仰父親者。」❹依：偎依。此句謂：「未有不依偎母親者。」❺屬：音主ㄓㄨˇ，連屬。此句謂：「我與父母豈不毛髮相連？」❻罹：麗，附著。裡：讀為理ㄌㄧˇ。謂腠理，即肌肉。此句謂：「我與父母肌肉豈不相附麗？」即所謂「身體髮膚，受之父母」，己與父母若相連屬附麗者，何竟不為父母所愛也？❼辰：時，謂良時。二句自傷生不逢時也。

【評析】

(1)謝枋得曰：桑梓，父母所植以遺子孫。見其樹則思其人，思其人則愛其樹，所以必恭必敬也。敬其桑梓，豈敢忘其父母乎？父母不我愛，求其說而不可得，於是歸之於天。

(2)牛運震曰：①孺慕婉摯，句句帶血性。一篇意思痛切處。②此章點明父母之恩，嗚咽哀惻，前後憂怨反覆，乃都不嫌戇直，此所以為孝子之詩也。③末二句悲壯，連上亦覺其厚。

(3)方玉潤曰：追慕父母，言極沉痛，筆亦鬱勃頓挫之至。

菀彼柳斯❶，鳴蜩嘒嘒❷。有漼者淵❸，萑葦淠淠❹。譬彼舟流，不知所居❺。心之憂矣，不遑假寐❻。（四章）

【注釋】

❶菀：音玉ㄩˋ，茂盛貌。斯：語詞。❷蜩：音條ㄊㄧㄠˊ，蟬。嘒：音慧ㄏㄨㄟˋ。嘒嘒：鳴聲。❸漼：音璀ㄘㄨㄟˇ，深貌。有漼：漼然。❹萑：音桓ㄏㄨㄢˊ。萑葦：即蒹葭、蘆荻。淠：音譬ㄆㄧˋ。淠淠：茂盛貌。❺屆：至。❻此句謂：連假寐亦無暇。非無時間，而是無此情緒。

【評析】

(1)朱公遷曰：物類相容，則有可止息之處；我不見容，則如人所不用之舟，而無可止息之處。此以人不如物而起興。

(2)牛運震曰：①寫景物森鬱在目。②「不遑假寐」較「假寐永歎」更進一層。

鹿斯之奔❶，維足伎伎❷。雉之朝雊❸，尚求其雌❹。譬彼壞木❺，疾用無枝❻。心之憂矣，寧莫之知❼！（五章）

【注釋】

❶斯：語詞。❷伎：音祈ㄑㄧˊ，一作跂，與企通用，翹足之貌，奔走之狀也。❸雉：音至ㄓˋ，野雞。雊：音夠ㄍㄡˋ，雄雉之鳴。❹以上四句謂：鹿奔求其群，雉鳴求其雌，喻人不可孤立也。❺壞木：枯萎之樹。❻疾：傷病。用：以，因。以其有疾，故而無枝，顯其孤特之狀。❼寧：乃。言不為人所知。

【評析】

(1)蘇轍曰：鹿走而留其群，雉鳴而求其雌。物無不有恩於其親者。親之不可去，非獨以其愛，亦以其助也。今獨兀然如壞木之無枝，而曾莫之顧，何也？

(2)牛運震曰：兩章託物類以自悲，以為草蟲鳥獸之不若也。推宕游瀁，意境正復閒雅。

(3)方玉潤曰：二章（按：指四、五兩章）以舟流壞木作比，見逐子失親，無所歸依之苦。

相彼投兔❶，尚或先之❷；行有死人❸，尚或墐之❹。君子秉心❺，維其忍之❻！心之憂矣，涕既隕之❼。（六章）

【注釋】

❶相：視。投：掩，謂以網掩取。❷先：開。先之：開脫之。❸行：道路。❹墐：音僅ㄐㄧㄣˇ，埋。❺君子：指父母。秉：持。❻忍：殘忍。❼隕：音允ㄩㄣˇ，落。

【評析】

(1)王安石曰：兔見迫逐而投人，人宜利而取之也，乃或先之，使得避逃；行路之死人，人宜惡而違之，乃或墐之，使免暴露。惻隱之心，人所宜有故也。

⑵方玉潤曰：此章先言投兔死人，反跌忍心。

君子信讒❶，如或醻之❷。君子不惠❸，不舒究之❹。伐木掎矣❺，析薪扡矣❻。舍彼有罪❼，予之佗矣❽。（七章）

【注釋】

❶君子：亦指父母，下同。❷醻：同酬，酌酒進客。醻酒必受，言其父母聞讒必信。❸惠：愛。❹舒：緩。究：察。謂君子聞讒言不肯舒緩細究其實情。❺掎：音幾ㄐㄧˇ，往一面拖拉。❻析薪：劈木柴。扡：音拖ㄊㄨㄛ，隨木之紋理。二句謂：凡事必依正理而為之。❼舍：捨，捨去彼真有罪者。❽佗：音駝ㄊㄨㄛˊ，負荷。謂反使予負荷其罪也。

【評析】

⑴輔廣曰：六章七章始微有及其親之意。然皆以君子稱之，亦不過言其忍心信讒，視我之不如投兔死人，於我之不如伐木析薪而已。雖怨而不忘於慕也。

⑵方玉潤曰：此章先言信讒，後以伐木析薪反形不惠，用意同而章法卻變。

莫高匪山❶，莫浚匪泉❷。君子無易由言❸，耳屬于垣❹。無逝我梁，無發我笱；我躬不閱，遑恤我後❺！（八章）

【注釋】

❶匪：同非，下同。謂山莫不高。❷浚：深。謂泉莫不深。二句以喻父母之恩莫不深厚。❸謂君子勿輕易出言。❹屬：音主ㄓㄨˇ，連。垣：牆。耳屬于垣：謂竊聽。以上二句謂我雖被棄遠行，猶望父母謹於發言，以免被人竊聽而

受害，可謂敦厚之至。❺四句見〈邶風・谷風〉篇。

【評析】

(1)范處義曰：被讒見逐，猶慮其敗我家事，故以逝梁發笱為喻。是我身自不能省閱，何暇為後人計也。所謂可以怨者如此。

(2)牛運震曰：①奇思危語，令人神悚。②「耳屬于垣」，寫出奸人伺牆察壁情狀。

【總評】

(1)許謙曰：總言怨慕之意，篇內五「心之憂矣」。一曰「云如之何」，其詞尚緩；二曰「疢如疾首」，則切於身矣；三曰「不遑假寐」，則晝夜無有休止；四曰「寧莫之知」，則無所告訴，而倉卒急迫，故終之以涕隕也。

(2)朱善曰：〈小弁〉之詩，其哀痛迫切之意，具於首章。其下不過自此而推之耳。

(3)牛運震曰：怨勝於慕，憂深於怨。幽苦沉鬱，終不失為篤厚。

(4)方玉潤曰：此詩反覆申言被放之由，及見逐之苦。或興或比，或反或正。或憂傷於前，或懼禍於後。無非望父母鑒察其誠，而怨昊天之降罪無辜。此謂情文兼到之作。至其布局精巧，整中有散，正中寓奇。離奇變幻，令人莫測。讀者熟思而細玩之，當自有得。

(5)普賢曰：此詩毛《傳》以為幽王廢太子宜臼而咏者，詩〈序〉以為太子之傅作，而朱《傳》以為宜臼自作。《魯詩》、《齊詩》又皆認係尹吉甫之子伯奇所作：

魯說曰：〈小弁〉，伯奇之詩也。伯奇仁人而父虐之，故作〈小弁〉之詩。

齊說曰：讒邪交亂，貞良被害，自古而然。故伯奇放流，孟子宮刑，申生雉經，屈原赴湘。〈小弁〉

之詩作，〈離騷〉之詞興。又曰：尹氏伯奇，父子生離，無罪被辜，長舌所為。然由詩文考之，皆未見其必然。屈萬里云：「孟子論此詩，大意謂不得於其父母者所作，而未坐實其人。」其說較為客觀，茲從之。

巧言

這是一篇諷刺讒人的詩。

悠悠昊天❶，曰父母且❷。無罪無辜，亂如此幠❸。昊天已威❹，予慎無罪❺。昊天大幠❻，予慎無辜。（一章）

【注釋】

❶悠悠：遠大貌。昊：音浩ㄏㄠˋ，亦廣大義。❷曰：語詞。且：音居ㄐㄩ，亦語詞。二句謂呼天呼父母之意。❸幠：音呼ㄏㄨ，大。❹已威：已施威怒。❺慎：真，誠，下同。❻大：音泰ㄊㄞˋ，大也。此句承上文言，謂昊天之威怒太大也。

【評析】

(1)曹粹中曰：昊天，人之父母，所當以生育長養為德。今人無罪辜也，而亂降如此之大，故呼天而訴之而怪其悠悠也。

(2)牛運震曰：①開端仰首控訴，如聞愴呼之聲。②竟呼昊天為父母，便是責望疾怨之旨。③兩「慎」字怯甚憤甚。

亂之初生，僭始既涵❶；亂之又生，君子信讒❷。君子如怒，亂庶遄沮❸；君子如祉❹，亂庶遄已❺。（二章）

【注釋】

❶僭：譖之假借。譖：音ㄗㄣˋ，讒言。涵：容。謂讒言開始被容納。❷君子：指王言，下同。以上二句謂：亂之又生，由於君子之信讒。❸庶：庶幾。遄：音船ㄔㄨㄢˊ，速。沮：音舉ㄐㄩˇ，止。❹祉：喜。上文之怒，謂怒讒人；此謂喜善人也。❺已：止。

【評析】

(1)孔穎達曰：人之行讒，當有所因。君能明察是非，則偽辭不入，讒言無由進也。

(2)嚴粲曰：言亂生於讒，讒生於優柔不斷。所謂懷狐疑之心者，來讒賊之口；持不斷之意者，開群枉之門也。

(3)牛運震曰：僭始既涵，造句古甚。一「涵」字寫盡庸主優柔病根。

君子屢盟❶，亂是用長❷；君子信盜❸，亂是用暴❹；盜言孔甘❺，亂是用餤❻。匪其止共❼，維王之邛❽。（三章）

【注釋】

❶既盟而背，是以屢盟。❷長：音掌ㄓㄤˇ，增多。❸盜：指讒人。❹暴：猛烈。❺孔甘：甚美。❻餤：音談ㄊㄢˊ，進食。言信讒如進食。❼匪：彼。止：屈萬里先生謂：「甲骨文止、足同字，止恭，猶足恭，言過恭也。」指甘言。❽邛：音窮ㄑㄩㄥˊ，病。謂孔甘之讒言，造成王不明之病，以致國亂。

【評析】

(1)牛運震曰：直斥讒人為盜，深文。

(2)方玉潤曰：以上皆因信讒以致亂之故。

奕奕寢廟❶，君子作之。秩秩大猷❷，聖人莫之❸。他人有心，予忖度之❹。躍躍毚兔❺，
遇犬獲之❻。（四章）

【注釋】

❶奕：音亦ㄧˋ。奕奕：大貌。寢廟：宗廟前曰廟，後曰寢。廟是接神之處，尊，故在前；寢則為衣冠所藏之處。❷秩秩：明智貌。猷：謀。❸莫：謨之假借，謀也。❹忖：音ㄘㄨㄣˇ。度：音惰ㄉㄨㄛˋ。忖度：猶今言揣度。❺躍：音替ㄊㄧˋ。躍躍：同趯趯，跳躍。毚：音纏ㄔㄢˊ。毚兔：狡兔。❻狡兔遇犬必被捕獲，以喻忖度他人之心必中也。

【評析】

(1)朱善曰：寢廟之奕奕者，惟君子為能作之，以其法之定也；大猷之秩秩者，惟聖人為能莫之，以其德之盛也。以興它人之有心，亦惟我為能度之，以其鑒之明也。狡兔之走疾矣，而遇犬則其迹無所逃；讒人之言巧矣，而遇明哲則其情無所遁，亦何益之有哉！

荏染柔木❶，君子樹之❷。往來行言❸，心焉數之❹。蛇蛇碩言❺，出自口矣。巧言如簧❻，
顏之厚矣。（五章）

【注釋】

❶荏：音忍ㄖㄣˇ。荏染：柔貌。柔木：柔軟之木。❷樹：種植。二語喻進用小人。❸行言：流言。❹數：辨也。❺蛇：音移ㄧˊ。蛇蛇：猶訑訑，大言欺世之貌。碩：大。❻簧：笙中金葉以發聲者。

【評析】

(1)黃佐曰：上章言讒人之心不難度；此章言讒人之言不難辨。

(2)牛運震曰：往來行言，道路之言也。「心焉數之」，所謂邇言是聽也。「數」字用得輕靈。

彼何人斯❶？居河之麋❷。無拳無勇❸，職為亂階❹。既微且尰❺，爾勇伊何❻！為猶將多❼，爾居徒幾何❽！（六章）

【注釋】

❶彼：謂讒人。❷麋：音湄ㄇㄟˊ，水草之交，即河邊。❸拳：音權ㄑㄩㄢˊ，力也。❹職：主，猶言實。亂階：禍亂之階梯。❺微：腳脛生瘡。尰：音腫ㄓㄨㄥˇ，足腫。❻伊：是。❼猶：欺也。將：且。此句謂欺詐且多。❽居：語詞。此句謂：爾徒輩幾何也。（意謂爾徒輩未有幾何，除之不難也。）

【評析】

(1)呂祖謙曰：此非特賤讒人之辭，蓋言其本易驅除，王不悟耳。

(2)鄒泉曰：讒人本不難知，不難辨，不難除。宜其無讒也。特以王心信之而不悟，此大夫所以傷於讒也。

(3)方玉潤曰：讒人毫無才能，唯憑口舌，足為亂階。點明致亂之由，章法一線穿成。

【總評】

(1)范處義曰：言之巧者，善讒人者也。聖人以為鮮仁。蓋不仁者乃能巧言，故木訥者所以近仁也。

(2)許謙曰：夫人既被讒，終篇未嘗有怨懟詆斥之語，拳拳專欲諷上之審聽。而五章且以開讒人之迷，不自憂其身，而惟憂天下之亂；不惡怒其人，而發其羞恥之心。詩人之忠厚如此。

何人斯

甲乙兩人，本為親密好友，其後乙突然對甲疏離，而這時甲亦得禍失勢，甲的政敵暴某幸災樂禍地到他的門前來示威，竟發現乙就跟在暴某身後，但並不是前來慰問他，因他過門而不入。甲始知乙已附從了暴某了。甲卻仍盼乙能前來有所解釋，而乙終不再來。於是乙的賣友求榮的鬼蜮伎倆，昭然若揭，甲遂作此歌以刺之。

彼何人斯❶？其心孔艱❷。胡逝我梁❸，不入我門？伊誰云從❹？維暴之云❺。（一章）

【注釋】

❶斯：語詞。❷孔：甚。艱：險。❸胡：何。逝：往。梁：河梁。❹云：是。從：同行者。❺暴：人名。之：是。云：語詞。

【評析】

(1)輔廣曰：「彼何人斯，其心孔艱」責之也，而不為已甚之辭。「胡逝我梁，不入我門」疑之也，而猶有望之之意。「伊誰云從，維暴之云」始明言之，而其情既不得而遁，然亦無忿懟之辭也。可謂忠厚矣。

(2)方玉潤曰：開口直刺心艱而不言何人，使讒者聞之自知所警。

二人從行，誰為此禍？胡逝我梁，不入唁我❶？始者不如今，云不我可❷。（二章）

【注釋】

❶啫：音彥ㄧㄢˋ，慰問。❷云：語詞。二句謂始者與我甚厚，而今日不同於昔者矣。（今日不以我為可矣）

【評析】

(1)趙一元曰：不責其譖己，而責其人啫，可謂善於立言。

(2)牛運震曰：翻念始者，厚甚怨甚。

彼何人斯？胡逝我陳❶？我聞其聲，不見其身。不愧于人，不畏于天？（三章）

【注釋】

❶陳：由堂至大門之徑。

【評析】

(1)范處義曰：逝我陳，則不止逝我梁。我已聞其聲，則又近矣。而不使我見其身，意其陰有窺伺，蹤迹詭祕也。於是歎曰：「爾為此舉，固以人為可欺而不愧也，獨不畏于天乎？」

(2)輔廣曰：古之責人，往往至天而極。如〈雨無正〉所謂「胡不相畏？不畏于天？」亦是意也。

(3)牛運震曰：①寫得幽恍詭祕，真有鬼氣。②指出愧畏二義打動良心，欲其自捫審也。前後含蓄，此二語特為警痛。

彼何人斯？其為飄風❶？胡不自北？胡不自南？胡逝我梁？祇攪我心❷。（四章）

【注釋】

❶飄風：旋風，暴起之風。飄風亂刮，不可捉摸。❷攪：音絞ㄐㄧㄠˇ，擾亂。

【評析】

(1)姚舜牧曰：又著其人心情靡定，蹤跡無常，不南不北。而又不實來咭我，祇以攪我之心。此深疾而痛恨之詞也。

(2)牛運震曰：①其為飄風，奇想。②胡不自北二語，即借飄風生情，妙。③截去不入，伍憾逝梁。以為不入不如不逝之愈也。意更含蓄。

(3)方玉潤曰：此三章（按：二、三、四三章）極力摹寫讒人性情不常，行踪詭祕，往來無定。跟上心艱，起下鬼蜮。可謂窮形盡相，毫無遁情。

爾之安行❶，亦不遑舍❷。爾之亟行❸，遑脂爾車❹？壹者之來，云何其盱❺！（五章）

【注釋】

❶安行：緩行。❷遑：暇。舍：止息。❸亟行：疾行。❹脂：膏，即油。此作動詞用，謂塗油於車軸使潤滑。❺盱：音吁ㄒㄩ，張目而望。二句謂：即使來我家一次，亦甚盼望也。

【評析】

(1)嚴粲曰：反覆委曲，以情責之也。汝之不來見我，謂無暇爾。我謂爾行之緩乎？亦不見爾舍息，固不可謂有暇也；我謂爾行之亟乎？又閒暇而脂其車，不可謂無暇也。今屢出而不來見我，是可疑矣。

(2)牛運震曰：①瑣細詰訊，委婉深妙。②硬坐他脂車，妙。

(3)方玉潤曰：此二章（按：五、六兩章）故作和緩之筆。文勢至此一曲，亦詩人忠厚待人之意。

爾還而入❶，我心易也❷；爾還不入，否難知也❸。壹者之來，俾我祇也❹。（六章）

【注釋】

❶還：返也。入：入我之門。❷易：悅懌。❸否：音丕ㄆㄧ，太或甚意。此句責其居心叵測。❹祇：音奇ㄑㄧˊ，安。

【評析】

(1)朱善曰：「壹者之來，云何其盱」，望之切也。「壹者之來，俾我祇也」，悅之深也。未見而望之切，既見而悅之深。我之所以待彼者，其故舊之情自若也；而彼之所以待我者，乃獨異於平時，何也？反覆委曲言之，而讒者之情，愈無所遁矣。

(2)牛運震曰：①算到還入一層，苦思痴想，往復繚繞，筆意有三迴九折之妙。②兩「壹者之來」，痴極厚極。

伯氏吹壎❶，仲氏吹篪❷。及爾如貫❸，諒不我知❹？出此三物❺，以詛爾斯❻！（七章）

【注釋】

❶壎：音熏ㄒㄩㄣ，土製而燒成之樂器，大如鵝卵，上銳而底平，似秤錘。周有六孔，上有一孔，口吹此孔，指按其他六孔為音。❷篪：音池ㄔˊ，竹製樂器，似笛，長一尺四寸，圍三寸，有七孔，另上出一孔，以口橫吹，指按七孔為音。❸如貫：如物之串連在一起。❹諒：誠。❺三物：雞、犬、豕三牲。❻詛：音祖ㄗㄨˇ，刺牲血而誓。謂出此三牲祭神以詛人，使神降以殃咎也。

【評析】

(1)黃佐曰：吹壎吹篪者，言相與謀國之時，一議一論，相為和附而不拂逆也。如貫者，言同為王臣之時，勢相聯屬，而休戚安危相倚也。

(2)姚舜牧曰：前六章通就讒人往來踪迹之可疑上說，以見其情之可惡；此節始以正義責之：相知何待於今日？相信何待於詛盟？若此云者，正責其面和而背詆，非同寅協恭和衷之君子也。

(3)牛運震曰：①直是骨肉至性語，堪令凶人下淚。②寫平生交情篤甚雅甚，真大臣胸膈。③如貫謂音節倡和纍纍如貫珠也。

(4)方玉潤曰：追念從前和好如壎如篪，反形下文為鬼為蜮。

為鬼為蜮❶，則不可得❷。有靦面目❸，視人罔極❹。作此好歌，以極反側❺！（八章）

【注釋】

❶蜮：音域ㄩˋ，相傳蜮為水中短狐，常含沙以射水中人影，其人輒病，而不見其形。❷謂鬼蜮害人，而人卻不得見之。❸靦：音腆ㄊㄧㄢˇ，慚貌。有靦：即靦然，或釋靦為面目可見貌。❹視：示。罔極：不良。此二句謂暴既有可見之面，乃為人而非鬼蜮矣，然其所表示者卻無為人應有之準則而不可測度。❺極：糾正。反側：指反覆無常之人。

【評析】

(1)王安石曰：作是詩，將以絕之也。而曰好歌者，有欲其悔悟之心焉耳。

(2)牛運震曰：偏說他不是鬼蜮，是忠厚，正是深文。

(3)方玉潤曰：末句結出反側二字，應上心艱。首尾一氣相承。蓋惟心艱，遙以反側。小人心迹，千古如見。

【總評】

(1)郝敬曰：詩言微婉，未有刺其人而直斥之者。故屢言「彼何人斯」為窮詰之詞。從行二人，究其推諉之奸：逝梁不入，發其忸怩之情；飄風鬼蜮，比其曖昧之私。辭婉而意切矣。

(2)錢天錫曰：通詩只以極反側一言盡之，應其心孔艱句。孔艱內即含下文始厚今薄，欺天罔人，踪迹之詭祕，鬼蜮之情狀。下文特段段委曲以申其意耳。蓋譖人之人，難施面目，所以藏形匿影。若被譖之人，於心無愧，明目張膽，無不可復見也。是以屢屢欲其一來，則彼羞澀難前之態，宛然在目。而讒譖排擠之罪，不言自顯矣。

(3)牛運震曰：①吞吐纏緜，清空如話。②絕妙一則絕交詞。③只是過門不入一意反復言之，清靈和緩，怨刺體之最柔厚者。

(4)糜文開曰：《毛詩・序》：「何人斯，蘇公刺暴公也。暴公為卿士，而譖蘇公焉。故蘇公作是詩以絕之。」朱《傳》云：「舊說於詩無明文可考，未敢信其必然。」但他仍以暴公蘇公釋詩，未另立新說。今人王靜芝《詩經通釋》斷此詩為「傷友人趨於權勢，反覆無常，故作歌以譏之也」。蓋暴某為作詩者之政敵，嘗互相攻訐。詩中所刺之人，原為作詩者之好友，其後突然疏離，轉而附從暴某，而作詩者亦得禍而失勢。及其得禍也，其友非但不來慰問，且跟隨暴某，來其門前示威，來察看動靜，其行動之鬼祟，令人痛心。作詩者盼望其友仍能前來有所解釋，而其友終不再來，故斷定其為賣友求榮，乃鬼蜮伎倆之暗算人者矣，因作歌以揭發其反覆無常。

詩篇從明知故問他是什麼人開始，始終不說出他朋友的姓名來，而讓他的朋友自知是責罵他。這是諷刺詩旁敲側擊的一貫作風。而這詩更顯得特別的是一三四各章，一而再三從問「他是什麼人」開頭，用令人難以捉摸的懸疑手法，描寫詭祕的行動，及其所引起的反應。形成了《三百篇》中一種獨特的風格，令人驚奇於這簡直像現代文學的傑作。

巷伯

一位賢者因被讒受宮刑而為巷伯，稱寺人孟子。他遭此不幸，痛恨讒人，便作了這支怨歌，在王宮中唱給大家聽。

萋兮斐兮❶，成是貝錦❷。彼譖人者❸，亦已大甚❹！（一章）

【注釋】

❶萋、斐：皆文彩貌。❷貝錦：貝紋之織錦。❸譖：音ㄗㄣˋ，以讒言誣人。❹大：古同太。

【評析】

⑴季本曰：貝不可以為錦，但以其背有錯雜之文，有似於錦，遂以錦名。以比讒言起於疑似，亦以見文致之意也。大甚言成之而不可解也。

哆兮侈兮❶，成是南箕❷。彼譖人者，誰適與謀❸！（二章）

【注釋】

❶哆：音扯ㄔㄜˇ，張口。侈：音恥ㄔˇ，張大貌。❷南箕：星名，在南故曰南箕。南箕四星形成箕狀，如人口之張大多言。❸適：音敵ㄉㄧˊ，悅。

【評析】

⑴朱善曰：萋斐以成貝錦，喻讒人者能因細小而飾成大罪也。哆侈以成南箕，喻讒人者能因疑似而構成實罪也。始則以小而成大，終則以虛而為實。此讒人者所以能傾人之家國也。

緝緝翩翩❶，謀欲譖人。慎爾言也❷，謂爾不信。（三章）

【注釋】

❶緝：音器ㄑㄧˋ。緝緝：耳語。翩翩：巧言。❷慎：謹慎。或謂真之假借，亦通。

【評析】

(1)朱善曰：譖之初行，既以不信而加諸人；言之不慎，亦以不信而責於汝，戒之也。

(2)牛運震曰：①婉諷甚於怒罵。②忠告且教之，唯恐其譖之不善也。似莊似謔語，妙。

捷捷幡幡❶，謀欲譖言。豈不爾受？既其女遷❷。（四章）

【注釋】

❶捷捷：便捷貌。幡：音番ㄈㄢ。幡幡：反覆貌。❷既其：既而。女：同汝。女遷：遷至汝身。

【評析】

(1)嚴粲曰：三章四章，述讒人情狀而戒之也。爾讒人當謹慎其言，無專飾虛為實。虛言無實，有時而敗露。聽者將謂爾不足信矣。

(2)輔廣曰：「慎爾言也，謂爾不信」，自譖者而言也；「豈不爾受，既其女遷」，自聽者而言也。皆所必至之理，故以之忠告於為譖者，庶乎其知所畏而不敢肆耳。

(3)徐常吉曰：譖人之事，豈可恃以為常？君能聽爾之言，亦能聽人之言；君能以爾之言加罪於人，亦能以人之言加罪於爾。且不以誠相與，而惟以詐相傾，則聽者之心，固不能保其終不吾疑矣。

驕人好好❶，勞人草草❷。蒼天蒼天！視彼驕人，矜此勞人❸！（五章）

【注釋】

❶驕人：指譖人者，得意而驕。好好：喜樂。❷勞人：指被譖者。草草：憂勞。❸矜：音今ㄐㄧㄣ，憐。

【評析】

(1)輔廣曰：視彼驕人，庶乎有以抑遏阻止之也；矜此勞人，庶乎有以扶持慰安之也。

(2)牛運震曰：①草草字寫出幽憂情況。②驕人何怵於一視！視字無聊之甚，然正刻深。

(3)方玉潤曰：譖人與受譖於人兩面雙題，結上起下，為全篇樞紐。

彼譖人者，誰適與謀❶！取彼譖人，投畀豺虎❷；豺虎不食，投畀有北❸；有北不受，投畀有昊❹。（六章）

【注釋】

❶適：音敵ㄉㄧˊ，悅。❷畀：音必ㄅㄧˋ，給與。豺：音柴ㄔㄞˊ，狼屬，俗名山狗。❸有北：北方。古俗以北方為凶地。有為語首助詞，如有虞、有夏，及下文之有昊。❹有昊：昊天。

【評析】

(1)陸佃曰：豺虎以殺為性，則宜無所不食；有北以載為德，則宜無不受者。今曰不食不受，且付昊天，使制其罪，則惡之甚也。

(2)牛運震曰：①言不食甚於食，深疾之詞也。刻怨積怒，一洩於此。②詩人之旨，以不說盡為含蓄，國風小雅類。然又有以說盡為痛快者，此章是也。

楊園之道❶，猗于畝丘❷。寺人孟子❸，作為此詩；凡百君子，敬而聽之❹！（七章）

【注釋】

❶楊園：宮內道名。❷猗：倚。畝丘：高地。❸寺人：宮內小臣，被宮刑者，俗稱太監。孟子：寺人之字。❹敬：儆也。

【評析】

(1)牛運震曰：結出作詩本旨，鄭重竦肅。

【總評】

(1)朱公遷曰：一章二章責之；三章四章誨之；五章怨而訴之；六章深惡而痛疾之；七章則言作詩以為君子之戒也。

(2)顧起元曰：前六章極言讒人之無忌，而望制於天；末章言讒禍之漸進而致謹於人。

(3)錢天錫曰：詩被痛而作，故反覆哀傷，或怨或訴，皆深惡讒人之詞。篇中一敬字，總是發明憂讒畏譏，惴惴小心之旨，亦未敢謂敬遂足以免讒也。

(4)牛運震曰：痛憤疾呼，明目張膽，驕人投畀二章盡矣。妙在以冷婉發端，以肅重收結。便是怨怒之詩占身分處。

谷風之什十篇

谷風

這是一篇棄婦怨訴的詩。

習習谷風❶，維風及雨。將恐將懼，維予與女❷。將安將樂，女轉棄予。（一章）

【注釋】

❶習習：連續不絕。谷風：大風，謂由山谷吹來盛怒之風。❷女：同汝。

【評析】

(1)朱公遷曰：患難則相保，安樂則相遺。此無恆心之人也。

(2)牛運震曰：維予與女，虛寫白描，語甚深至。

習習谷風，維風及頹❶。將恐將懼，寘予于懷❷。將安將樂，棄予如遺❸。（二章）

【注釋】

❶頹：音隤ㄊㄨㄟˊ，暴風從上下降。❷寘：音義同置。❸如遺：如遺忘之物。

【評析】

(1)牛運震曰：①寘予于懷，形容不倫，正以甚其薄也。②如遺字亦白描入妙。

習習谷風，維山崔嵬❶。無草不死，無木不萎。忘我大德，思我小怨。（三章）

【注釋】

❶崔嵬：山高貌。

【評析】

(1)牛運震曰：①「忘我大德，思我小怨」，交道不終，都坐此八字。②平心厚語，不作分外已甚之詞，妙。

【總評】

(1)呂大臨曰：急則相求，緩則相棄；恩厚不知，怨小必記。皆小人之交也。

(2)鄒泉曰：一章二章怨其始合而終暌。末章言其不當以小怨而見暌也。

(3)牛運震曰：惻然恬然，語語從忠恕流出，而偷薄世態已自說盡。

(4)普賢曰：詩〈序〉：「〈谷風〉，刺幽王也，天下俗薄，朋友道絕焉。」朱《傳》襲後句而棄前句，只說是：「朋友相怨之詩。」近人以〈邶風・谷風〉篇題材與此詩同，而朱熹定彼為「婦人為夫所棄」，而定此則為「朋友相怨」，自相矛盾。況此詩中有「寘予于懷」句，所詠亦明明為「婦人為夫所棄」，故應改定為「棄婦怨訴之詩」。屈萬里《詩經釋義》即曰：「此與〈邶風〉之〈谷風〉相似，蓋亦棄婦之辭也。」這是詩的本旨，當然應用於君臣之間，朋友之間，也是可以的。

蓼莪

這是一篇孝子悼念父母的詩。

蓼蓼者莪❶，匪莪伊蒿❷。哀哀父母，生我劬勞❸！（一章）

【注釋】

❶蓼：音陸ㄌㄨˋ。蓼蓼：長大貌。莪：音鵝ㄜˊ，多年生草，嫩時莖葉可食。❷匪：非。伊：維，是。蒿：音號ㄏㄠˋ，多年生草，長得很像莪，但不可食。二句謂父母原希望子女長成美莪般有用的人才，而子女卻長成無用的低賤蒿草。❸劬：音區ㄑㄩ。劬勞：勞苦。

【評析】

(1)牛運震曰：①父母上疊哀哀字，淒絕讀不得。②不說父母已歿，只說生我劬勞便住，氣怯語塞，幽痛嗚咽。

蓼蓼者莪，匪莪伊蔚❶。哀哀父母，生我勞瘁❷！（二章）

【注釋】

❶蔚：音味ㄨㄟˋ，多年生草，蒿之粗者。❷瘁：音翠ㄘㄨㄟˋ，病。

【評析】

(1)何楷曰：劬勞而至於瘁，勞苦見於貌也。念生我之勞瘁，而我不能以子報，其哀何如！

(2)牛運震曰：唐孟郊詩云：「誰言寸草心，報得三春暉。」此詩人蒿蔚之志也。

缾之罄矣❶，維罍之恥❷。鮮民之生❸，不如死之久矣！無父何怙❹？無母何恃❺？出則

銜恤❻，入則靡至❼。（三章）

【注釋】

❶缾：音義同瓶ㄆㄧㄥˊ，酒器。罄：音慶ㄑㄧㄥˋ，空也。❷罍：音累ㄌㄟˊ，酒甕，形似壺，大者受一斛。二句以酒瓶喻父母，酒甕喻子女。酒瓶空了，應由酒甕補充。父母老了，靠子女奉養，如果子女不能盡孝父母，是子女的恥辱，以引起下文。❸鮮：斯。斯民：即此民，指不能奉養父母之人。❹怙：依賴。❺恃：仗恃。❻恤：憂。銜恤：懷憂。❼靡：沒。言雖至家中，因無父母而感無所依恃，如同未歸。

【評析】

(1)劉瑾曰：以缾比父母，以罍比子。但取其相資之義，而不取義於缾罍之小大也。

(2)曹粹中曰：孝子出必告，反必面。今出而無所告，故銜恤；上堂入室而不見，故靡至也。

(3)牛運震曰：①久矣字嫋嫋不斷，如聞長號之聲。②後四句吞聲飲泣，躄拙沉寂。③無父無母作斷句讀，摧挫哽咽。

父兮生我，母兮鞠我❶。拊我畜我❷，長我育我❸；顧我復我❹，出入腹我❺。欲報之德，昊天罔極❻！（四章）

【注釋】

❶鞠：育也。❷拊：與撫通。畜：養。❸長：使長大。育：教育。❹顧：照顧。復：反覆，謂不厭其煩。❺腹：懷抱。❻罔極：無極。喻父母之恩如上天之無窮無際。

【評析】

(1)揚雄曰：父母，人之天地與！無天何生？無地何形？

(2)何楷曰：得天地之塞以成形，而所以成其形者親；得天地之帥以成性，而所以成其性者親。形性合而成人。天親原自合一，以其生生者，一也。

(3)牛運震曰：①此申首二章劬勞之意。一片血淚在連用九我字。②「腹我」字真極，句法亦古甚。③氣蹙故節短，情煩故意複。歷亂摧藏，真不成聲。哀痛之極，不可以詩文常格論也。

(4)方玉潤曰：追念父母劬勞之實。姚氏云：「勾人淚眼，全在此無數我字，何必王裒！」

南山烈烈❶，飄風發發❷。民莫不穀❸，我獨何害？（五章）

【注釋】

❶烈烈：形容南山高大嵯峨貌。❷飄風：旋風。發發：疾貌。❸穀：善。

【評析】

(1)朱公遷曰：山高大則風亦疾。民莫不穀，則我當與之皆善也。而獨遭此害，何哉？此以物理之齊，與人事之不齊。亦反其意以為興也。

南山律律❶，飄風弗弗❷。民莫不穀，我獨不卒❸？（六章）

【注釋】

❶律律：猶烈烈。❷弗弗：猶發發。❸卒：終，謂終養。

【評析】

(1)牛運震曰：①此二章中第三章鮮民之意。②至此淚盡聲絕，惟餘噓歎繚繞以終之。

(2)方玉潤曰：末二章以眾襯己，見己之抱恨獨深。

【總評】

(1)朱熹曰：晉王裒以父死非罪，每讀《詩》至「哀哀父母，生我劬勞」未嘗不三復流涕，受業者為廢此篇，《詩》之感人如此。

(2)鄒泉曰：此詩首二章是喻其不得終養，而因傷父母之劬勞；三章是言不得終養，正以應「匪莪伊蒿」二句意；四章是言父母之恩，正以應「生我劬勞」二句意。末二章又重自哀痛，以申不得終養之意也。

(3)姚舜牧曰：為人子者，常存「匪莪伊蒿」之心，則自不敢為匪才以辱其親矣；常存昊天罔極之念，則自不敢少偷惰以終其身矣。

(4)姚際恆曰：孝子之情，感傷痛極，千古為昭。

(5)牛運震曰：最難寫是孤兒哭聲，如此拙重惻怛，直將孝子難言之痛攄出。故是悲哀盡頭文字。

(6)方玉潤曰：此詩為千古孝思絕作，盡人能識。唯〈序〉必牽及人民勞苦以刺幽王。不惟意涉牽強，即情亦不真。蓋父母深恩與天無極，孰不當報？唯欲報之而或不能終其身以奉養，則不覺抱恨終天，悽愴之情不能自已耳。若謂人民勞苦，不得終養，始思父母。則遇勞苦乃念所生，不遇勞苦即將不念所生乎？又況詩言「民莫不穀，我獨何害，我獨不卒」者，明明一己所遭不偶，與人民無關也。詩首尾各二章，前用比，後用興。前說父母劬勞，後說人子不幸，遙遙相對。中間二章，一寫無親之苦，一寫育子之艱，備極沉痛。幾於一字一淚，可抵一部《孝經》讀，固不必問其所作何人，所處何世，人人心中皆有此一段至性至情文字在，特其人以妙筆出之，斯成為一代至文耳，又何暇指其為刺王作哉？

(7)普賢曰：大家公認〈蓼莪〉是孝子哀悼父母的一篇傑作。但有關這篇的詩旨，仍有不同的看法：《毛詩・序》：「〈蓼莪〉，刺幽王也。民人勞苦，孝子不得終養爾。」鄭《箋》：「不得終養者，二親病亡之時，時在役所不得見也。」三家詩不聞有異義。朱《傳》雖反對毛〈序〉，去「刺幽王」之說，仍截取其句曰：「人民勞苦，孝子不得終養而作此詩。」朱熹不主此詩為刺幽王是對的。其實「人民勞苦」四字也可刪去，所以我們贊同方玉潤的說法。

此詩至情的流露，備極哀痛，幾於一字一淚。感人之深，為他篇所不及，至今仍是表達我們中國人對父母深厚感情的代表作。

大東

東方諸侯之國的人民，困於賦役，疲於奔命，以致「杼柚其空」，「葛屨履霜」，生活極端苦痛。而那些來自西方的闊綽的周室貴族們，還是以統治者的傲態，出現在他們眼前，於是東方人民無可告訴的怨苦，乃借批評天象以發洩，而表達了出來，成此獨創一格的瑰奇詩篇。

有饛簋飧❶，有捄棘匕❷。周道如砥❸，其直如矢；君子所履❹，小人所視❺。睠言顧之❻，潸焉出涕❼。（一章）

【注釋】

❶饛：音蒙ㄇㄥˊ，滿貌。有饛：饛然。簋：音軌ㄍㄨㄟˇ，盛食器。飧：音孫ㄙㄨㄣ，熟食。❷捄：音求ㄑㄧㄡˊ，曲長貌。有捄：捄然。匕：音比ㄅㄧˇ，匙。棘匕：用棗木作成之匙，用以取食物。❸周道：大道。砥：音抵ㄉㄧˇ，礪石。如砥：

言其平坦之狀。❹君子：周之貴族。履：行走。❺小人：平民。❻睠：音倦ㄐㄩㄢˋ，反顧貌。言：語詞。❼潸：音山ㄕㄢ，涕出貌。

【評析】

(1)牛運震曰：①簋飧饛然而棘匕捄之，取之有節也，此為通篇取興。②借周道緩緩引入，有情致，亦自蘊藉容與。③末二句陡生感慨淒絕。

小東大東❶，杼柚其空❷。糾糾葛屨❸，可以履霜。佻佻公子❹，行彼周行。既往既來，使我心疚❺。（二章）

【注釋】

❶小東大東：猶言近東遠東，或謂指東方小大之國。❷杼：音住ㄓㄨˋ，織布之梭子。柚：音逐ㄓㄨˊ，同軸，織布機中捲經之軸。空：謂無布可織，織機停頓也。❸糾糾：纏結之狀。屨：音巨ㄐㄩˋ。葛屨：用葛編織成之草鞋。夏則葛屨，冬則皮屨。❹佻：音條ㄊㄧㄠˊ。佻佻：華美輕浮不耐勞苦之貌。❺疚：病也。

【評析】

(1)范處義曰：此言周室賦斂於東者偏重。凡東方諸侯，無小無大，杼柚皆為之空也。

有洌氿泉❶，無浸穫薪❷。契契寤歎❸，哀我憚人❹。薪是穫薪，尚可載也❺；哀我憚人，亦可息也❻？（三章）

【注釋】

❶洌：音列ㄌㄧㄝˋ，寒冷。有洌：即洌然。氿：音軌ㄍㄨㄟˇ。泉水側出者曰氿泉。❷穫薪：已刈穫之柴薪。❸契：音器ㄑㄧˋ。契契：憂苦貌。寤：語詞。❹憚：音旦ㄉㄢˋ，通癉，勞也。❺二句謂，如薪受浸尚可以車載之而易以乾燥之地也。❻亦：語詞。息：休息。

【評析】

(1)嚴粲曰：穫薪以供爨，必暴而乾之，然後可用，若浸之於寒洌之泉，則濕腐而不可爨矣；喻民當撫恤之然後可用，若困之以暴虐之政，則窮悴而不能勝矣。故契契寤歎，哀我東國勞苦之人也。

(2)徐光啟曰：凡徵發之煩，供億之困，皆可言勞也；不盡人力，不盡人財，皆可言息也。

(3)牛運震曰：①往復夷猶，淒婉之極。②兩層作興，風致深長。

東人之子，職勞不來❶；西人之子，粲粲衣服❷；舟人之子❸，熊羆是裘❹；私人之子❺，百僚是試❻。（四章）

【注釋】

❶職：事。來：音賴ㄌㄞˋ，慰勞。❷粲粲：鮮盛貌。❸舟：當作周。❹熊羆是裘：言其富奢。❺私人：家臣。❻百僚：百官，謂各種職位。試：用。言各職位皆用其家臣。

【評析】

(1)輔廣曰：賦役不均，言貧富不同，勞佚有異也。群小得志，言衣服之華，百僚是試也。

(2)牛運震曰：東西賦役不均，比襯更難堪。

或以其酒，不以其漿❶。鞙鞙佩璲❷，不以其長❸。維天有漢❹，監亦有光❺。跂彼織女❻，終日七襄❼。（五章）

【注釋】

❶二句謂西人責求於東人者，奉上酒而又嫌其無漿也。❷鞙：音泫ㄒㄩㄢˋ，或音捲ㄐㄩㄢˇ。鞙鞙：娟好貌。璲：音遂ㄙㄨㄟˋ，佩玉之綬帶。❸綬以長為貴，故嫌其不長，亦謂西人對東人之挑剔。❹漢：天河。❺監：視。亦：語詞。❻跂：音氣ㄑㄧˋ，望也。或謂歧，言織女三星，下二星似兩足之分歧。❼襄：駕。駕謂變更其位置。晝夜周天十二辰，終日則由卯至酉，共七辰，每辰移一次，故曰七襄。

【評析】

(1)輔廣曰：侯邦供王賦役，固其職也。然為王者，當有以體恤之，不敢易視而輕用之，可也。觀〈禹貢〉之底慎財賦，無逸之惟正之供，則必不至於易視而輕用之矣。今也東國財力俱困，而西人易視之如此，則輕用之必矣。此東國之所以怨病而訴之於天也。

(2)朱善曰：酒之厚而不以為漿，佩之鞙鞙而不以為長：其出之也甚艱，其視之也甚賤。蓋其意氣驕溢類如此。然則貧富勞逸之不均，吾將曷怨哉？亦惟怨之於天而已。漢之有光，其亦能監視我也耶？織女之七襄，其亦能成文章以報我也耶？其詞之婉而不迫如此，詩人之忠厚，亦可見矣。

(3)牛運震曰：首二句寫盡輸納苦累。

(4)方玉潤曰：以下大放厥詞，借仰觀以洩胸懷積憤。與上杼柚酒漿等字若相應，若不相應。奇得縱恣，光怪陸離，得未曾有。後世歌行各體，從此化出。在《三百篇》中實創格也。

雖則七襄，不成報章❶。睆彼牽牛❷，不以服箱❸。東有啟明❹，西有長庚❺；有捄天畢❻，載施之行❼。（六章）

【注釋】

❶報：反也。織布時以梭行緯，一來一去，然後成文。成文謂之章。此句謂織不出布帛。❷睆：音晚ㄨㄢˇ，視。牽牛：星名。❸服：駕。箱：車箱。❹啟明：星名，先日而出。❺長庚：亦星名，後日而入。與啟明為一星，於晨曰啟明，開啟光明；於暮曰長庚，繼日之長。❻捄：彎狀。有捄：捄然。天畢：星名，狀如捕兔之畢。畢：網也。❼載：則。施：放置。行：音杭ㄏㄤˊ，行列。

【評析】

(1)歐陽脩曰：雖有織女，不能為我織而成章；雖有牽牛，不能為我駕車而輸物；雖有啟明長庚，不能助日為晝，俾我營作；雖有天畢，不能為我掩捕鳥獸。

(2)朱公遷曰：此又怨天弗能加憫恤也。

(3)牛運震曰：①前四句奇情幻想。②責望得無理，怨愁人自知其妙。③曰跂曰睆曰捄，每一字星形宛然，句中有圖，可兼〈天官書〉。

維南有箕❶，不可以簸揚；維北有斗❷，不可以挹酒漿❸。維南有箕，載翕其舌❹；維北有斗，西柄之揭❺。（七章）

【注釋】

❶箕：星名，由四星構成，象箕形。❷斗：星名，北斗，形似勺，有柄。❸挹：音亦ㄧˋ，舀取。❹翕：音系ㄒㄧˋ，伸也。❺西柄：柄向西。揭：舉。

【評析】

(1)牛運震曰：①推廣言之，恣肆恢奇。②似呆似謔，都成奇妙。③重言深恨，極側目疾首之勢。④翕舌揭柄，直與篇首饛簋捄匕暗應。首尾迴環有情。

【總評】

(1)曹粹中曰：此詩緣困於役而傷於財，故其所冀望而不足者，皆衣服飲食之事。

(2)徐常吉曰：俯觀周道，而傷今思古之懷，既有感於中；中察人事，而彼此不均之狀，又有激於目。仰觀天象，又若有不恤東人而反助西人之意。俯仰之間，何莫而非見困者哉！

(3)牛運震曰：通篇痛心征斂之重，悲愁之思結成俶詭怨怒，睚眦橫加星辰。〈離騷〉遠遊招魂之旨，託本於此，都成一樣奇幻。盧仝〈月蝕〉詩亦踵此意，不足道也。

(4)方玉潤曰：詩本咏政賦煩重，人民勞苦。入後忽歷數天星，豪縱無羈，幾不可解。不知此正詩人之情，所謂光燄萬丈長也。試思此詩若無後半文字，則東國困敝，縱極寫得十分沉痛，亦不過平常歌咏而已。安能如許驚心動魄文字！所以詩貴有聲有色，尤貴有興有致。此興會之極為欻舉者也。然其驅詞寓意，亦非漫無紀律者。四章以上，將東國愁怨與西人驕奢，兩兩相形，正喻夾寫已極難諶。天漢而下，忽仰頭見星，不禁有觸於懷。呼天自訴，因杼柚之空而怨及織女機絲亦不成章。因織女虛機而怨及牽牛河鼓難駕服箱。不寧唯是，即啟明長庚之分見東西，亦若有所怨及焉。以其徒在天而燦然成行也。於是更南望箕張，北顧斗柄。箕非徒無用，不可以簸揚，反張其舌而若有所噬；斗非徒無益，不可以挹酒漿，反揭其柄而若取乎東。民之困於王者，既若彼其窮，而人之厄於天者又如此其極。天乎！何其困厄東國若是乎？民情至此，咨怨極矣。後世李白歌行杜甫長篇，悉脫胎於此。均足以卓立千古，《三百》所以為詩家鼻祖也。

(5)普賢曰：《毛詩．序》：「〈大東〉，刺亂也。東國困於役而傷於財，譚大夫作是詩以告病焉。」鄭《箋》：「譚國在東，故其大夫尤苦征役之事也。魯莊公十年，齊師滅譚。」朱熹《集傳》仍錄毛〈序〉，無異辭。作詩年代，鄭玄、孔穎達均定為周幽王時詩，朱子不詳其世。但查《漢書．古今人表》，譚大夫次厲王世，則此詩應該是厲王時作品。譚國故址，在今山東濟南之東。屈萬里《詩經釋義》曰：「此是東國人士傷亂之詩無疑；謂為譚大夫所作，則未詳所據。」我們從原詩來看，「杼柚其空，葛屨履霜」，賦斂重而傷於財之寫照也。「哀我憚人，亦可息也」，困於役而不得息之怨訴也。詩中又以「東人」與「西人」，「小人」與「君子」作對比，所以此詩可斷言是代表東國人民在久役重賦的苦痛中，對西方周室貴族的不平之鳴。作品時代，則是西周厲王至幽王之世，不會遲於平王的東遷。作者有謂譚大夫之說，但亦無確據。

四月

詩人遭逢亂世，流徙南方，無限憂傷感懷，遂作此詩以訴哀。

四月維夏❶，六月徂暑❷。先祖匪人❸？胡寧忍予❹？（一章）

【注釋】

❶四月：夏曆四月，是夏季之首月。❷徂：音ㄘㄨˊ，始。謂夏曆六月始入暑天。❸匪人：不是人。❹胡寧：何乃。二句謂：祖先豈不也是人？為何天之待我，竟忍心置予於此禍亂苦難之中耶？

【評析】

(1)孔穎達曰：人困則反本，窮則告親。故言我先祖非人，明怨恨之甚，猶〈正月〉之篇，怨父母生己不自先後也。

(2)牛運震曰：怨得無理，正自痛極。此仁人孝子之言也。

秋日淒淒❶，百卉具腓❷。亂離瘼矣❸，爰其適歸❹？（二章）

【注釋】

❶淒淒：寒涼。❷卉：音惠ㄏㄨㄟˋ，草、花木。腓：音肥ㄈㄟˊ，病，言百卉已凋萎。❸瘼：音莫ㄇㄛˋ，病。謂亂離之禍使我病苦。❹爰：于焉之合音，在何處。其：語詞。適：往。謂我將何所歸往？

【評析】

(1)鄭玄曰：具猶皆也。涼風用事，而眾草皆病。興貪殘之政行而萬民困病。

(2)嚴粲曰：遭亂離之病於何所適歸乎？謂不知何處是可歸之所也。

冬日烈烈❶，飄風發發❷。民莫不穀❸，我獨何害？（三章）

【注釋】

❶烈烈：猶栗烈，凜冽。❷發發：疾貌。❸穀：善。

【評析】

(1)歐陽脩曰：極言民物窮極，如冬日寒風凜洌暴急，而萬物凋盡也。

(2)范祖禹曰：言夏秋冬獨不及春，蓋天氣和暢，萬物發育，治之象也。自古治世少，亂世多，觀四時可知矣。

山有嘉卉❶，侯栗侯梅❷。廢為殘賊❸，莫知其尤❹。（四章）

【注釋】

❶嘉：善。❷侯：維，語詞。❸廢：變壞。殘：傷。賊：害。言在位者變為害人之人。❹尤：過錯。

【評析】

(1)朱公遷曰：物之美者，能全其美可見也；人之善者，乃變而惡，不可知也。物性有常，人性無常。此以人不如物起興也。

相彼泉水❶，載清載濁❷。我日構禍❸，曷云能穀❹？（五章）

【注釋】

❶相：視。❷載：則。❸構：遘之假借，遇也。❹曷：何。云：語詞。穀：善。

【評析】

(1)范處義曰：自歎如泉水之無清時，亦怨辭也。

滔滔江漢❶，南國之紀❷。盡瘁以仕❸，寧莫我有❹。（六章）

【注釋】

❶滔滔：大水貌。江漢：皆南方之大水，此二大水總領南國之水，以成巨流。是謂凡物有綱有領，始成其體制而有

秩序。❷之：是。紀：綱紀，即總領之義。❸瘁：病，勞。盡瘁：盡我之力以至於病。仕：事。❹寧：乃。有：通友，親也。

【評析】

(1)曹粹中曰：江漢受百川之水而注之海，使無汎溢之患，所以紀理南國也。

(2)范處義曰：君子盡瘁事國，莫知有我者，謂其勤惰不分，亦怨辭也。

匪鶉匪鳶❶，翰飛戾天❷；匪鱣匪鮪❸，潛逃于淵。（七章）

【注釋】

❶匪：非，下同。鶉：音團ㄊㄨㄢˊ，鵰也，字或作鷻。鳶：音淵ㄩㄢ，鷙鳥。❷翰：羽。戾：至。❸鱣：音占ㄓㄢ，即黃魚。鮪：音尾ㄨㄟˇ，亦魚名，似鱣而小。

【評析】

(1)陳鵬飛曰：言雖欲高飛深藏而不可得也。

(2)范處義曰：君子遭禍，不能飛潛，無所避也。

山有蕨薇❶，隰有杞桋❷。君子作歌，維以告哀。（八章）

【注釋】

❶蕨：音厥ㄐㄩㄝˊ。蕨、薇：皆植物名，嫩芽可食。❷隰：音席ㄒㄧˊ，下濕之地。杞：音起ㄑㄧˇ，枸杞。桋：音夷ㄧˊ，木名，木質堅韌可為車轂。

【評析】

(1)孔穎達曰：菜生於山，木生於隰，所生皆得其所。以興今我遇亂，草木之不如也。由此作八章之歌詩以告哀，作者自言君子，以非君子不能作詩故也。

(2)牛運震曰：維以告哀，所謂言之者無罪也。氣怯聲縮，似回護而不盡其詞。妙。

【總評】

(1)朱善曰：此詩或以為行役，或以為憂亂。以詩考之，由夏而秋，由秋而冬，則見其經歷之久。由西周而南國，由豐鎬而江漢，則見其跋涉之遠。此行役之證也。「父母先祖，胡寧忍予」，則無所歸咎之辭；「亂離瘼矣，爰其適歸」，則無所逃避之辭。此憂亂之證也。專以為行役，則先祖匪人之怨，其辭過於深；專以為憂亂，則滔滔江漢之詠，其辭過於遠。然則是詩也，蓋大夫行役而憂時之亂，懼其禍之辭也。

(2)牛運震曰：流離怨傷之詞，淒幽猶有含蓄。

(3)普賢曰：詩〈序〉：「〈四月〉，大夫刺幽王也。在位貪殘，下國構禍，怨亂竝興焉。」其說多不符詩義。朱《傳》則云：「此亦遭亂自傷之詩。」蓋詩人遭逢亂世，流徙南方，而歎其無所容身也。

前三章以夏秋冬時令之變化，說明歲月之流轉：由盛暑而肅秋而嚴冬。而詩人之遭遇也正如時令之遞進：先是如盛暑之炙人難當，再如秋日之肅殺淒涼，更如嚴冬之凜冽酷寒。雖遭亂而致病，然欲歸歸不得，無處可去。自歎生不逢辰，不能享有先祖之同樣幸福，而獨受災害。

四章言山上有佳木生長，而人事卻有殘賊致禍而不知其罪，真是有知之人不如無知之物。

五章言泉水尚有清有濁，而詩人卻似永處濁世而無清平之日。

六章以滔滔江漢，總領南國眾水而成巨流，說明凡物均有綱有領，有其一定之體制與秩序；而詩人曾盡瘁國事，卻不獲在上者之親信，其內心之痛苦，從可知矣。因而於第七章自恨非鶉鳶，非鱣鮪，否則即可高飛天際或深潛水底，以逃避此亂政。

八章以自然界之蕨薇、杞桋尚能生得其地，而人卻不能安得其所，致流徙異域，憂傷不已。再說明亂離之世，人不如物之可痛可悲。最後說出作歌之由，唯在訴哀而已。然我們細體詩意，其哀悽之情卻並不因此詩之作而訴盡也。

北山

這是一篇官吏怨勞逸不均，發為不平之鳴的詩。

陟彼北山❶，言采其杞❷。偕偕士子❸，朝夕從事。王事靡盬❹，憂我父母❺。（一章）

【注釋】

❶陟：登。❷言：語詞。杞：即枸杞。❸偕偕：強壯貌。士子：詩人自謂，為有王事在身的小官吏。❹王事：天王之事。盬：音古ㄍㄨˇ，止息。❺謂父母以子之勤勞為憂。

【評析】

(1)劉瑾曰：此章可見詩人忠孝之心也。

溥天之下❶，莫非王土；率土之濱❷，莫非王臣。大夫不均❸，我從事獨賢❹。（二章）

【注釋】

❶溥：音義同普。❷率：全部。濱：《齊詩》、《魯詩》均作賓，謂賓服的子民。或釋率為循，濱為涯，亦通。❸均：平。言大夫不均者，蓋不敢直言「王」不均。❹賢：勞。

【評析】

(1)牛運震曰：妙在從大處立論。末二句一篇本意，「獨賢」字渾妙。

(2)方玉潤曰：歸重獨勞，是一篇之主。末乃以勞逸對言，兩兩相形，愈覺難堪。

四牡彭彭❶，王事傍傍❷。嘉我未老❸，鮮我方將❹。旅力方剛❺，經營四方❻。（三章）

【注釋】

❶彭：音旁ㄆㄤˊ。彭彭：形容馬奔跑聲。❷傍傍：盛多。❸嘉：善，稱美。❹鮮：善。將：壯。❺旅：通膂。旅力：指筋骨體力。❻經營：經畫營造。

【評析】

(1)輔廣曰：此章又承上句獨賢之意，而言王之所以使我者，得無善我之未老而方壯其膂力，足以經營四方乎？此意尤忠厚而有盡力盡瘁之誠也。

(2)牛運震曰：作知遇感奮語，極興頭正極悲怨。

或燕燕居息❶，或盡瘁事國；或息偃在床❷，或不已于行❸；或不知叫號❹，或慘慘劬勞❺；或棲遲偃仰❻，或王事鞅掌❼；或湛樂飲酒❽，或慘慘畏咎❾；或出入風議❿，或靡事不為⓫。（四章）

【注釋】

❶燕燕：安息貌。❷偃：音燕ㄧㄢˋ，仰臥。❸已：止。行：音杭ㄏㄤˊ，路。❹不知：不聞。謂不聞人民痛苦叫號之聲。❺慘慘：猶慼慼。劬勞：勞苦。❻棲遲：遊息。偃仰：俯仰。❼鞅掌：事多。❽湛：音躭ㄉㄢ，同耽。湛樂：過度之快樂。❾咎：罪過。❿風：猶放。風議：謂放言高論。⓫靡：無。

【評析】

(1)輔廣曰：此章而下則方言其不均之實，然亦不過以其勞逸者對言之，使上之人自察耳。但言之重，辭之複，則其望於上者亦切矣。《詩》可以怨，謂此類也。

(2)李公凱曰：大夫或有深居於內，而不知外之叫號者；或有慘慘然憂慼，而憚其劬勞難堪者；或有安息無事，而偃仰自得者；或有勞於王事，而鞅掌失容者。其役使不均如此。

(3)姚舜牧曰：湛樂飲酒，何等逸樂！慘慘畏咎，猶恐其或及之。出入風議，何等從容！靡事不為，維日其猶不給，所謂不均也。

【總評】

(1)糜文開曰：孟子論此詩為：「勞於王事而不得養父母。」（〈萬章〉）不言何時何人所作。詩〈序〉云：「〈北山〉，大夫刺幽王也，役使不均，己勞於從事，而不得養其父母焉。」則從孟子之說，而更指此詩是幽王時之大夫所作。《後漢書・楊震列傳》賜疏云：「勞逸無別，善惡同流，〈北山〉之詩所為訓作。」此三家詩《魯詩》遺說，只論詩旨，而不說何時何人作。朱熹《詩集傳》云：「士子，詩人自謂也。」又曰：「大夫行役而作此詩。」說得較含混。而姚際恆則清楚地說：「此為士者所作以怨大夫也。」蓋以詩中有「偕偕士子」及「大夫不均」之語，判定作者為士子，所怨對象為大夫，方玉潤則謂：「幽王之時，役賦不均，豈獨一士受其害，然此詩則實士者之作無疑。」於作者及時代均作肯定之交代。

我們細察全詩內容，再參酌諸家之語，可斷此詩為周朝士子所作，但指為幽王時，則無據。此詩首先以「陟山采杞」為全篇總冒，給讀者以「勤勞不息」的概念，是全詩引子。接著寫所以勤勞者何事。最後一句，不直接寫自己感覺多苦，而以父母愛子之心間接寫出。短短四句，寫出忠於職守的官吏之勤勞於王事的情形，及父子之間互相體恤的心境，而充分表現出詩人忠孝之心。

次章以「獨賢」二字寫出大夫處事之不均。

三章實寫「獨賢」之情形。勾勒出一幅壯健士子奔波勞碌的畫面。「勞」而曰「賢」，是詩人措辭忠厚處。

前三章所言雖獨勤勞，尚屬臣子分內事，故不敢怨。

以下十二句合為一章，是由二章的「不均」引申而來。連用十二個「或」字，排比寫成，氣派非凡，有如「黃河之水天上來」，一瀉千里。且每兩句一組，以「勞」「逸」對比，兩兩相形，巧妙地運用了文學上的對照律則，而且十二句寫成六組對比，彼此不同，每一對比，映出一個現象，六個現象都有差別性，絕不重複，使人讀了對「勞」「逸」雙方更有鮮明深刻的印象，而要為「勞」者作不平之鳴。結尾雖止而未止，有欲止不休，欲罷不能之勢，似仍有若干「或」字不盡欲言，只好由讀者自己想像了。可說「餘音裊裊」「餘味無窮」，奇妙之至。姚際恆評曰：「或字作十二疊，甚奇；末處無收結，尤奇。」如果將此十二句分列三章，則氣勢就削弱多了。

通觀全詩，在寫一個忠心耿耿的官吏，勤勞王事，任勞任怨的情形。詩中雖未寫出一個「怨」字，而「怨情」自深含於字裡行間。然而怨而不怒，是合乎詩人溫柔敦厚之旨。

無將大車

這是詩人感時傷世，憂思百出，至於病容憔悴，轉而故作曠達語以自寬解的詩。

無將大車❶，祇自塵兮❷！無思百憂，祇自疧兮❸！（一章）

【注釋】

❶將：扶進。大車：以牛駕之載重大車。❷祇：音支ㄓ，適也。塵：作動詞用，謂塵土撲身。❸疧：應作疷，音奇ㄑㄧˊ，病也。馬瑞辰謂此處應讀如疹ㄓㄣˇ，與塵韻。

【評析】

(1)黃一正曰：大車，必駕牛而後可行，若徒自將之，則祇取塵污而已，何得於道哉！百憂必得遂而後可止，若徒自思之，則祇致身病而已，何益於事哉！

無將大車，維塵冥冥❶！無思百憂，不出于熲❷！（二章）

【注釋】

❶冥冥：昏暗貌。❷熲：音耿ㄍㄥˇ，光也。此句謂不能出至於光明之中。

【評析】

(1)嚴粲曰：塵冥冥，則為塵所昏。可憂多端，不必更思之，終不能自明矣。

無將大車，維塵雝兮❶！無思百憂，祇自重兮❷！（三章）

【注釋】

❶雝：音雍ㄩㄥ，蔽也。❷重：累。

【評析】

⑴王安石曰：凡物之行，不為物所累，則輕而速；為物所累，則重而遲。

【總評】

⑴姚舜牧曰：將大車者，有任重意。凡人一身，百責萃焉，百憂聚焉，行役者身勞王事，將百責委之於家，全在上之人體恤其情，使無內顧之憂耳。上不加恤，奈何使彼無怨心哉！無思云者，正言其思之不能置也。

⑵普賢曰：自春秋時貴族賦詩，即為斷章取義，此後諸儒引詩，亦往往如此，此詩《毛詩》即襲《荀子》，曲解為悔與小人同處之詩。

《荀子．大略篇》云：「以友觀人，焉所疑？取友善人，不可不慎，是德之基也。詩曰：『無將大車，維塵冥冥！』言無與小人處也。」因而《毛詩．序》亦云：「無將大車，大夫悔將小人也。」朱熹《集傳》改定為：「此亦行役勞苦而憂思者之作。」（此詩列〈北山〉之後，而〈北山〉篇為怨行役勞苦之詩，故云「亦」。）

姚際恆《詩經通論》則毛朱並駁，他說：「此詩以將大車而起塵興思百憂而自病，故戒其『無』。觀上下同用『無』字及『祇自』字可見。他篇若此甚多，此尤興體之最明者。自〈小序〉誤作比意，因大車用『將』字，遂曰『大夫悔將小人』，甚迂。《集傳》則謂：『行役勞苦而憂思之作。』觀三章『無思百憂』三句，並無行役之意，是必以『將大車』為行役，甚可笑！且若是則為賦，何云興乎？其辯說又謂：『〈序〉

不識興而誤為比』何也？」而為此詩作新解曰：「此賢者傷亂世，憂思百出；既而欲暫已，慮其甚病，無聊之至也。」

方玉潤《詩經原始》承襲姚說曰：「此詩人感時傷亂，搔首茫茫，百憂並集。既又知其徒憂無益，祗以自病，故作此曠達，聊以自遣之詞。」

我們採納姚、方之說。

小明

這是行役者，至歲暮仍不得歸，而作此詩抒寫他生活的困苦及思家的情緒，並對在上者提出勸告。

明明上天，照臨下土❶。我征徂西❷，至于艽野❸。二月初吉❹，載離寒暑❺。心之憂矣，其毒大苦❻。念彼共人❼，涕零如雨。豈不懷歸？畏此罪罟❽。（一章）

【注釋】

❶下土：下界。❷徂：音ㄘㄨˊ，往。❸艽：音求ㄑㄧㄡˊ。艽、鬼二字古通用。艽野：即鬼方之野。❹初吉：月之一至八日為初吉，或謂朔日，二月初吉即二月初一。❺載：則。離：罹，遭受。謂至今則已遭寒而逾暑矣。❻大：音太ㄊㄞˋ，謂心中之苦如藥毒。❼共：同恭。共人：即溫恭之人，蓋行役者謂其妻。❽罟：音古ㄍㄨˇ，網也。如逃歸則獲罪，故云。

【評析】

(1)牛運震曰：蕭索悲涼。追計行役月日，便有悲壯往復之神。

昔我往矣，日月方除❶。曷云其還❷？歲聿云莫❸。念我獨兮，我事孔庶❹。心之憂矣，憚我不暇❺。念彼共人，睠睠懷顧❻。豈不懷歸？畏此譴怒❼。（二章）

【注釋】

❶方：甫。方除：意謂剛過年。❷曷：何時。云：語詞。❸聿：音玉ㄩˋ。聿、云：皆語詞。莫：同暮。❹庶：眾多。❺憚：音朵ㄉㄨㄛˇ，勞，謂勞我使不得暇。❻睠：音眷ㄐㄩㄢˋ。睠睠：反顧貌。❼譴怒：罪責。

【評析】

(1)李樗曰：念我獨兮，亦猶我從事獨賢也。我事孔庶，亦猶或靡事不為也。心之憂矣，勞我不復有暇也。念彼昔者之友（普賢按：此將「共人」另解為「僚友」者），睠睠然懷顧之，非不懷歸，畏取怒於當時也。

昔我往矣，日月方奧❶。曷云其還？政事愈蹙❷。歲聿云莫，采蕭穫菽❸。心之憂矣，自詒伊戚❹。念彼共人，興言出宿❺。豈不懷歸？畏此反覆❻。（三章）

【注釋】

❶奧：音玉ㄩˋ，煖。❷蹙：音促ㄘㄨˋ，急。❸蕭：蒿屬，采之所以為薪。菽：豆。采蕭穫菽：皆冬之事。夏之季秋即周之冬。❹詒：音義同遺，留下。伊：是也，此也。戚：憂苦。❺興：起來。言：語詞。出宿：因念其妻，不能安寢，而出宿於外。❻反覆：謂成期之屢變。暗指在上者之反覆無常。

【評析】

(1)徐常吉曰：言歲忽已莫，而百工皆休，所見皆采蕭穫菽之事，而我猶無言歸之期。此心之憂，惟有反躬自咎耳。敢誰怨哉！

(2)牛運震曰：①「采蕭穫菽」，插入時物細事，點綴有情。②「興言出宿」，寫憂愁不寐之狀，鬱寂入神。又妙在簡淨不著迹痕。「自詒伊戚」祇此句有悔其仕之意。③「反覆」二字寫亂世功令險側曲盡。

嗟爾君子❶，無恆安處❷。靖共爾位❸，正直是與❹。神之聽之❺，式穀以女❻。（四章）

【注釋】

❶君子：指執政者。❷無恆安處：謂勿常居逸樂，而不勤勞公務也。❸靖：治，謂勤於事。共：恭。此句謂勤謹於爾之職事。❹與：交往。❺神：慎。聽：從。❻式：語詞。穀：善。以：及。女：同汝。言福祿及於汝也。

【評析】

(1)輔廣曰：戒僚友之處者，雖得免於出外征行之勞，然亦不可自以安處為常。蓋皆忠告之辭。

(2)嚴粲曰：君子仕於亂世，凜凜畏罪，然其勢未可以去也。則惟敬共以聽天命而已。蓋以己之自處者，告其同志也。

嗟爾君子，無恆安息。靖共爾位，好是正直❶。神之聽之，介爾景福❷。（五章）

【注釋】

❶好：音號ㄏㄠˋ，較「與」又深一層。好是正直：謂愛此正直之人也。❷介：音句ㄍㄞˋ，求也。景：大。

【評析】

(1)黃佐曰：人情與正直之士共處，各能樹立。若與回邪之人共處，易得隨風而靡，故戒之。

(2)牛運震曰：①末二章忠告僚友，抑以自廣也。②此所謂幸謝故人，勉事聖君也。孤臣萬里，繫心中朝；惓惓僚屬，不忘忠敬。此自大臣之義，不徒悲歎窮荒，愁思懷歸而已。③結語和大，歆動有情。

【總評】

(1)許謙曰：詩言其毒大苦，憚我不暇，可謂甚矣。其三章乃曰自詒伊戚，不敢咎其上，而祇自咎。其後二章且告其友勤職事，親善人，以忠其上。詩人之忠厚也。

(2)牛運震曰：①鬱情淒緒，歸于和雅。②前三章縷述征役憂思之苦；末二章遙誡同官，歸于忠愛。三念彼共人，兩嗟爾君子。章法鉤聯，意思貫串，乃有鎔鑄一片處。

鼓　鐘

這是在淮水之畔，祭祀追悼南國某君的詩。

鼓鐘將將❶，淮水湯湯❷。憂心且傷。淑人君子❸，懷允不忘❹。(一章)

【注釋】

❶鼓：此處應作動詞敲擊義，下同。鼓鐘：為諸侯以上之樂。將：音鏘ㄑㄧㄤ。將將：鐘聲。❷湯：音傷ㄕㄤ。湯湯：大水貌。❸淑：善。淑人君子：指被追悼之人。❹懷：持守。允：信。不忘：猶不已。

鼓鐘喈喈❶，淮水湝湝❷。憂心且悲。淑人君子，其德不回❸。(二章)

【注釋】

❶喈：音皆ㄐㄧㄝ。喈喈：和聲也。❷湝：音皆ㄐㄧㄝ。湝湝：水流聲。❸回：邪。言君子之德，正而不邪。

【評析】

(1)輔廣曰：悲甚於傷。樂所以象德，其德不回，則言古之君子，樂與德稱也。

鼓鐘伐鼛❶，淮有三洲❷。憂心且妯❸。淑人君子，其德不猶❹。（三章）

【注釋】

❶伐：擊。鼛：音高ㄍㄠ，大鼓。❷三洲：淮上之地。❸妯：音抽ㄔㄡ，悼也。❹猶：已。言其德永存。

【評析】

(1)牛運震曰：①淮有三洲，水落而洲見也。從湯湯湝湝變出別景。②妯字奇妙。

鼓鐘欽欽❶，鼓瑟鼓琴，笙磬同音。以雅以南❷，以籥不僭❸。（四章）

【注釋】

❶欽欽：亦鐘聲。❷雅：中原之正聲。南：南國之樂。言奏正聲及南國之樂。❸籥：音越ㄩㄝˋ，樂器，以竹為之，似笛，六孔。以籥：謂持籥吹奏之文舞。僭：音欽ㄑㄧㄣ，亂也。

【評析】

(1)徐常吉曰：樂之章有詩，樂之容有舞。以詩歌，則音律分明；以舞蹈，則疾徐有節，所謂不僭也。以雅，以音而奏夫雅也；以南，以音而奏夫南也；以籥，以舞而協夫音也。

(2)牛運震曰：極贊音樂之美，不再提憂傷懷允等語，意思更深遠渟蓄。

(3)方玉潤曰：極力摹寫周禮之盛作收。

【總評】

(1)方玉潤曰：此詩循文案義，自是作樂淮上，然不知其為何時何代何王何事。玩其詞意，極為歎美周樂之盛，不禁有懷在昔，德不可忘而至於憂心且傷也，此非淮徐詩人重觀周樂以誌欣慕之作而誰作哉！

(2)王靜芝曰：按詩〈序〉云：「〈鼓鐘〉，刺幽王也。」幽王於史無至淮之事，〈序〉說之不合固不待言。朱《傳》初云未詳，繼又引王氏說，謂幽王鼓鐘淮水之上云云。既云未詳，又引此說，令人不解。此詩說者多謂不詳或附〈序〉說。〈序〉說固不能成立，不詳亦不負責之言而已。若詩者，有文字在，何能竟爾不詳其義？今細讀其詩，是憂傷追念之語。鼓鐘為諸侯以上之樂。屢言淮水，其地當在淮水之畔。屈萬里云：「此疑悼南國某君之詩。」愚意以為不必疑之可矣。

楚茨

這是一篇描寫祭祀的詩歌，由此詩可看出當時周朝文化水準之高，是《三百篇》中描寫祭祀的代表作。

楚楚者茨❶，言抽其棘❷。自昔何為？我蓺黍稷❸。我黍與與❹，我稷翼翼❺。我倉既盈，我庾維億❻。以為酒食，以享以祀❼。以妥以侑❽，以介景福❾。（一章）

【注釋】

❶楚楚：盛密貌。茨：蒺藜。❷言：語詞。抽：除去。❸蓺：種。黍：有黏性之小米。稷：不黏之小米。❹與與：繁盛貌。❺翼翼：亦繁盛貌。❻庾：音雨ㄩˇ，積穀之囷。維：語詞。維億：言其多。❼享：獻。❽妥：安坐。侑：

音右ㄧㄡˋ，勸。❾介：音匃ㄍㄞˋ，求。景：大。

【評析】

(1)朱善曰：此章言古人有墾闢之勞，是以今日有收成之富。由倉廩有收成之富，是以宗廟有享祀之豐。是以我君獲福祿之大。蓋力於農事，所以致其勤也；以奉宗廟，所以致其孝也。惟勤，故致力於民者盡；惟孝，故致力於神者詳。

(2)牛運震曰：①此祭祀詩也，從農事引入便篤厚。②楚楚言茨，抽言棘，是互句法。③倉言盈，庾言億，亦互句法。④自昔何為倒句厚思古力。⑤首章以酒食為主，蓋祭祀之本，粢盛為重也。

濟濟蹌蹌❶，絜爾牛羊❷，以往烝嘗❸。或剝或亨❹，或肆或將❺。祝祭于祊❻，祀事孔明❼。先祖是皇❽，神保是饗❾。孝孫有慶❿，報以介福⓫，萬壽無疆。（二章）

【注釋】

❶濟濟：眾多貌。蹌：音槍ㄑㄧㄤ。蹌蹌：趨進之貌。❷絜：同潔。❸冬祭曰烝，秋祭曰嘗。此則泛指祭祀言。❹剝：謂解剝其皮。亨：古烹字。❺肆：陳列。將：進奉。❻祊：音邦ㄅㄤ，廟門內之祭。❼明：音忙ㄇㄤˊ，完備。❽皇：徬徨，歸往也，即來饗。❾神保：祖考之異名。饗：食。❿孝孫：主祭之人。⓫介：大。

【評析】

(1)朱公遷曰：濟濟蹌蹌以下五句，是薦牲之敬，為一節；祝祭于祊一句，是求神之誠，為一節；祀事孔明一句，則總結之也。薦牲之禮如此，求神使饗之又如此，祀事可謂明備矣。此先祖之所以來饗，孝孫之所以受福者，盛大而悠久也。

(2)何楷曰：廟事莫重於烝嘗，田功成而品物備也。

(3)牛運震曰：①此章以牛羊為主，敘祊祭求神之事。②四或字正與濟濟蹌蹌相應。③祀事孔明，精語該括甚富。④皇字有昭明發揚之意，用來有氣燄。

執爨踖踖❶，為俎孔碩❷。或燔或炙❸，君婦莫莫❹。為豆孔庶❺，為賓為客❻。獻醻交錯❼，禮儀卒度❽，笑語卒獲❾。神保是格❿，報以介福，萬壽攸酢⓫。（三章）

【注釋】

❶爨：音篡ㄘㄨㄢˋ，灶。執爨：謂任烹調之事。踖：音鵲ㄑㄩㄝˋ。踖踖：敬慎敏捷之狀。❷俎：盛牲之器。此句謂俎中之牲體甚大。❸燔：音煩ㄈㄢˊ，燒肉。炙：以物貫肉舉於火上以烤之。❹君婦：主婦。莫莫：敬謹。❺豆：盛餚之器。庶：多。為豆孔庶：謂豆中所盛之餚類甚多。❻謂此豆乃為助祭之賓客而設。❼醻：同酬，導飲。先由主人酌賓為獻，賓既酢主人，主人又自飲酌賓為醻。交錯：來往。此句謂賓主互相敬酒。❽卒：盡。度：法度。言盡合法度。❾獲：得。謂得其所宜。❿格：來到。⓫攸：以。酢：報。言報以萬壽。

【評析】

(1)朱公遷曰：內而主婦，外而賓客，及賤而執爨者，無不敬以將事如此，此神之所以饗，而福之所以降也。

(2)牛運震曰：①此章以俎豆為主，敘主婦賓客薦神之事。②「為俎孔碩」「為豆孔庶」隔句對法。③「君婦莫莫」寫得深靜入神。④兩「卒」字言終事無倦也。此二句便括得洋洋祭典。

我孔熯矣❶，式禮莫愆❷。工祝致告❸，徂賚孝孫❹。苾芬孝祀❺，神嗜飲食。卜爾百福❻，

如幾如式❼。既齊既稷❽，既匡既勑❾。永錫爾極❿，時萬時億⓫。（四章）

【注釋】

❶熯：音漢ㄏㄢˋ，敬謹。❷式：效法。愆：音牽ㄑㄧㄢ，過錯。❸工：官。工祝：官祝。致告：禱神。❹徂：往。賚：音賴ㄌㄞˋ，賜予。❺苾：音必ㄅㄧˋ，香。孝祀：享祀。❻卜：給予。❼幾：指祭品之數量。式：指祭祀之儀式。❽齊：讀作齋ㄓㄞ，敬。稷：疾，敏疾不怠慢。❾匡：正。勑：同敕ㄔˋ，整齊。❿錫：賜。極：中正，指善道。⓫時：是。謂神所賜之善道有萬億之多。

【評析】

(1)牛運震曰：①此章敘受嘏之事。②神嗜飲食，寫得情致充悅，仁孝之思，油然僾然。

禮儀既備，鐘鼓既戒❶。孝孫徂位❷，工祝致告。神具醉止❸，皇尸載起❹。鼓鐘送尸❺，神保聿歸❻。諸宰君婦❼，廢徹不遲❽，諸父兄弟，備言燕私❾。（五章）

【注釋】

❶戒：告。告祭者以事畢也。❷徂位：祭事既畢，孝孫（主祭者）往堂下西面之位。❸止：語詞。❹皇：大。尸：祭時以生人（死者之孫輩）象徵所祭之祖先。載：則。謂祭祀已畢，尸則起而離其受祭之位。❺以鐘鼓之禮送尸。❻聿：語詞。❼宰：謂執事之家臣。❽廢徹：撤去祭品。不遲者，蓋以疾速為敬。❾備：俱。言：語詞。燕私：私燕。祭畢，則與同姓私宴。

【評析】

(1)范處義曰：此祀事既畢，孝孫往於位而立矣。祝於是告利成焉，謂致尸意於主人也。神醉而尸起，送尸而神歸，誠敬之至，如神在也。廢徹不遲，不敢以祀畢而慢其事也。自是以往，可以燕同姓矣，故曰「備言燕私」。

(2)牛運震曰：①此章敘送神徹饌之事。②只「神具醉止」一語，寫得款洽和鬯。說鬼神祭祀直如賓客燕會事，妙。③廢徹不遲，寫得精神，到底無懈筆。④各章之末俱以祝釐介福結之，獨此章法變。

樂具入奏❶，以綏後祿❷。爾殽既將❸，莫怨具慶❹。既醉既飽，小大稽首❺。神嗜飲食，使君壽考。孔惠孔時❻，維其盡之❼。子子孫孫，勿替引之❽。（六章）

【注釋】

❶入奏：祭於廟而燕於寢，故於此將燕，而祭時之樂，入奏於寢也。❷綏：安。祿：福。此句謂以奠後福。❸將：進奉。❹莫怨：謂諸父兄弟皆無怨者。具慶：皆歡慶也。❺小大：長幼。稽：音起ㄑㄧˇ，以首叩地，為拜中最重之禮，拜謝君也。❻惠：順。時：是。言祭祀甚順甚是。❼盡之：祭祀無不盡禮。❽替：廢。引：長。此祝子孫之綿延不絕。

【評析】

(1)蔣悌生曰：卒章言神歸賓去之後，同姓復燕於寢，以厚其恩也。詩人之言，六章各有條序。

(2)牛運震曰：①此章終言燕寢之事以結之。②重提「神嗜飲食」榮幸歆動。③迴旋祭事，餘情繚繞入妙。

【總評】

(1)姚際恆曰：煌煌大篇，備極典制。其中自始至終，一一可按，雖繁不亂。《儀禮》〈特牲〉、〈少牢〉兩篇皆從此脫胎。

(2)牛運震曰：①奧衍宏博。②篇中神保是饗，介福萬壽之詞，反覆重疊，幾於累幅。此頌禱綢繆之至，複而不厭，猶天保之義也。③此篇敘祭祀之事，最為詳備，直如一則《禮》經。然意思篤厚，情致生動，終不是呆疏禮書也。

(3)普賢曰：這篇詩將周代貴族祭祀大典敘述得周詳而有層次，依照祭祀的順序，一步一步敘來，讓我們讀了，好像也參加在祭典之中，親眼看到各種儀式，以及與祭人員的各種動作。更令我們體會到周代文化高度的發展，這不只增強了我們民族的自信心，更給予我們多少的鼓舞和欣快之情！

信南山

這也是一篇祭祀詩的佳作。

信彼南山❶，維禹甸之❷。畇畇原隰❸，曾孫田之❹。我疆我理❺，南東其畝❻。（一章）

【注釋】

❶信：古與伸通用，長也。❷甸：音店ㄉㄧㄢˋ，治理。❸畇：音勻ㄩㄣˊ。畇畇：形容開墾之田地平坦整齊。原：高平之地。隰：音息ㄒㄧˊ，低濕之地。❹曾孫：指主祭者。田：耕種。❺疆：劃田界。理：治理田壟田溝。❻畝：壟。或南（北）其壟，或東（西）其壟。

【評析】

(1)何楷曰：自首章至黍稷彧彧，先從田事說起，為祭祀張本，與〈楚茨〉同意。

(2)牛運震曰：①起法妙，意高而神遠。②我疆我理二語簡到，田制水道如畫。

上天同雲❶，雨雪雰雰❷。益之以霢霂❸，既優既渥❹，既霑既足❺，生我百穀。（二章）

【注釋】

❶同雲：全為雲所遮，將雪之候如此。❷雨：音玉ㄩˋ，落。雰：音紛ㄈㄣ。雰雰：猶紛紛。❸益：加也。霢霂：音脈木ㄇㄛˋ ㄇㄨˋ，小雨。❹優：充足。渥：潤濕。❺霑：音占ㄓㄢ，浸潤。霑足：即雨水浸潤透了。

【評析】

(1)陸佃曰：三農之事，雪則欲盛而徧也，雨則欲微而潤也。蓋豐年之冬，必有積雪；而其春，必有小雨。故是詩，雨言小，雪言盛。雪則欲其盛矣，然又欲其澤浸之甚周也，故繼之曰既優既渥；雨則欲其微矣，然又欲其膏潤之僅足也，故繼之曰既霑既足。

(2)朱公遷曰：田之辟者，禹之功；穀之生者，天所賜。於篇首二章述之，不忘本也。

(3)姚際恆曰：上章言田制，此章言生長，下章方及收成以為祭祀也。田事：冬雪宜大，春雨宜小。「雰雰」以言雪大，「霢霂」以言雨小。「優、渥、霑、足」皆承雨言，則夏亦可知矣。

(4)牛運震曰：①同雲確是雪雲，寫來細妙。②益之以霢霂，所謂潤物細無聲也。雨澤苗情，體貼恰合。

疆埸翼翼❶，黍稷彧彧❷。曾孫之穡❸，以為酒食。畀我尸賓❹，壽考萬年。（三章）

【注釋】

❶埸：音易ㄧˋ。疆埸：田界。翼翼：整飭貌。❷彧：音域ㄩˋ。彧彧：茂盛貌。❸穡：所收之穀。❹畀：音必ㄅㄧˋ，給予。尸：代表祖先以接受祭祀之人。此句謂以酒食祭祀祖先，招待助祭之賓客。

【評析】

(1)牛運震曰：此章言酒食。

(2)方玉潤曰：前三章因祭祀而推原粢盛所自出，與〈楚茨〉同意而較詳。

中田有廬❶，疆埸有瓜❷。是剝是菹❸，獻之皇祖❹。曾孫壽考，受天之祜❺。（四章）

【注釋】

❶中田：田中。廬：房舍，秋冬去，春夏居。❷疆埸有瓜：於田畔上種瓜以盡地利。❸菹：音居ㄐㄩ，醃漬。❹皇祖：大祖，高祖以上皆稱皇祖。❺祜：音戶ㄏㄨˋ，福也。

【評析】

(1)朱公遷曰：地無遺利，祭無遺禮，於此可知。但菹不止於瓜，舉此以為例耳。

(2)牛運震曰：①此章言瓜菹。②中田有廬二句敘法整而錯，亦有畫境。

(3)方玉潤曰：至此始入祀事矣。而未言牲酒，先及獻瓜，看似閒筆，乃文章中養局法也。

祭以清酒❶，從以騂牡❷，享于祖考❸。執其鸞刀❹，以啟其毛❺，取其血膋❻。（五章）

【注釋】

❶清酒：清潔之酒。❷騂：音星ㄒㄧㄥ，赤色。牡：雄牲。❸享：獻祭。❹鸞刀：刀之有鸞鈴者。❺啟：撥開。❻膋：音聊ㄌㄧㄠˊ，脂膏。

【評析】

(1)范處義曰：上章言瓜菹，因物之微，以見其備也；此章言牲酒，因物之重，以見其備也。

(2)姚際恆曰：①先言酒，繼言牲，故〈郊特牲〉云：「既灌然後迎牲。」②此篇與〈楚茨〉篇互相備。〈楚茨〉但言牛羊剝亨，此言騂牡及鸞刀、啟毛、取膋。蓋益詳云。

(3)方玉潤曰：寫祭事，精細入微。

是烝是享❶，苾苾芬芬❷，祀事孔明❸。先祖是皇❹，報以介福❺，萬壽無疆。（六章）

【注釋】

❶烝：進。享：獻。❷苾：音必ㄅㄧˋ。苾、芬：皆訓香，謂其祭物氣味芬芳也。❸孔：甚。明：備。❹皇：徬徨，即歸往，來饗也。❺介福：大福。

【評析】

(1)朱公遷曰：承上章牲酒言，以此而烝，以此而享，則飲食芳潔，而祭祀明備矣。

【總評】

(1)張耒曰：受莫大之福，而其君有安寧壽考之樂。此天下之至美極治之際也。而其本出於倉廩之盈，原隰之治，田廬之修，雨雪之時，而後乃及於祭祀禮樂之事也。蓋衣食不足於下，則禮樂不備於上。惟田事修則衣食豐；衣食豐而禮樂備；禮樂備而和平興；和平興，而人君有福祿壽考之盛。此詩人深探其本，要其終而言之，序如此也。

(2)姚際恆曰：上篇鋪敘閎整，敘事詳密；此篇則稍略而加以跌蕩，多閒情別致，格調又自不同。

甫田之什十篇

甫田

這是君王祈求豐年祭祀的詩。

倬彼甫田❶，歲取十千❷。我取其陳❸，食我農人❹。自古有年❺。今適南畝，或耘或耔❻，黍稷薿薿❼。攸介攸止❽，烝我髦士❾。（一章）

【注釋】

❶倬：大貌。甫田：大田。❷取：收稅。十千為萬，言其多也。❸我：主祭之君王自謂。陳：舊，指舊粟。❹食：音寺ㄙˋ，給人食物。❺自古：自昔，謂多年以來。有年：豐年。❻耘：音云ㄩㄣˊ，除草。耔：音子ㄗˇ，壅根，覆土培根也。❼薿：音倚ㄧˇ。薿薿：茂盛貌。❽攸：乃。介：舍。止：息，言君王舍息之狀。❾烝：進，謂接見。髦：音毛ㄇㄠˊ，俊。髦士：謂農夫中之優秀者。

【評析】

(1)謝枋得曰：取民常少，與民常多。斂散得宜，豐凶有備。新者方入倉廩，陳者即取之以食農人。從古以來，豈無水旱霜蝗？吾民常如有年者，上之人斂散得其道也。

(2)朱善曰：歲取十千，賦斂之常也；食我農人，周給之仁也；今適南畝，巡省之勤也；烝我髦士，勸相之備也。

(3)牛運震曰：①語質厚，寫出仁心王政。②勸農興甿事，寫得雍容風韻。

以我齊明❶，與我犧羊❷，以社以方❸。我田既臧❹，農夫之慶❺。琴瑟擊鼓，以御田祖❻。以祈甘雨，以介我稷黍❼，以穀我士女❽。（二章）

【注釋】

❶齊：音義同粢。明：成之假借。成：盛也。齊明：即粢盛，為祭神之飯。❷犧：純色之牲。❸社：土神。方：四方之神。此社、方皆作動詞用，謂祭祀土神及四方之神。❹臧：善。❺慶：福。❻御：迎也。田祖：發明種田之人。此謂迎祭其神。❼介：通匄ㄍㄞˋ，求也。祈求稷黍之豐盛。❽穀：養。士女：男女。

【評析】

(1)朱善曰：上五句言報成之祭；下五句言祈年之祭。齊明犧羊，禮之成也。禮以備物，故於報成之祭言之。琴瑟擊鼓，樂之盛也。樂以達和，故於祈年之祭言之。上言方社而不及田祖，因方社以見田祖也；下言田祖而不及方社，舉田祖以見方社也。上言農夫之慶，歸其功於民也；下言穀我士女，溥其惠於下也。

(2)牛運震曰：處處歸重農人，意極篤厚。

曾孫來止❶，以其婦子，饁彼南畝❷。田畯至喜❸，攘其左右❹，嘗其旨否❺。禾易長畝❻，終善且有❼。曾孫不怒，農夫克敏❽。（三章）

【注釋】

❶曾孫：主祭者，即家長。止：語詞。❷饁：音葉ㄧㄝˋ，送飯。❸田畯：勸農之官。❹攘：取也，取左右之食。❺旨否：甘美與否。❻易：治也。長畝：竟畝。此句謂整個田畝中的農作物都治理好。❼終：既。有：多。❽克敏：能敏捷於其事。

【評析】

(1)朱善曰：曾孫之來，以省耕為職者也。田畯之至，以勸農為職者也。以其婦子，饁彼南畝，言其力之齊也。攘其左右，嘗其旨否，言其情之親也。禾易長畝，終善且有，言其效之著也。於田畯曰喜，於曾孫曰不怒，互文以見意也。田畯見之喜，曾孫見之不怒，則農夫益以敏於其事矣，謂不待督趣而自勸也。

(2)牛運震曰：攘其左右二句，寫出上下交親，家人噢咻光景。古風樸韻，令人神往其際。

(3)方玉潤曰：此乃省耕至嘗其旨否，古王者愛民重農之意，寫得如許親切。

曾孫之稼，如茨如梁❶；曾孫之庾❷，如坻如京❸。乃求千斯倉❹，乃求萬斯箱❺，黍稷稻粱。農夫之慶，報以介福，萬壽無疆❻。（四章）

【注釋】

❶茨：音次ㄘˋ，屋蓋。梁：屋梁。❷庾：音雨ㄩˇ，囷。❸坻：音池ㄔˊ，水中高地。京：高丘。❹斯：語詞，下同。謂求千倉以藏之。❺箱：車箱，萬車以載運之。❻此三句謂：農夫之有此福，實君王之德所致，望能報君王以大福，祝其萬壽無疆也。

【評析】

(1)蘇轍曰：茨言其多也，梁言其積也。禾稼既積，乃求千倉以處之，萬車以載之。黍稷稻粱，言無所不有也。

(2)范處義曰：黍稷稻粱既無所不有，農夫相慶於下，謂此皆君賜也。何以報之？神能助君以福，至萬年之永，乃所以為報也。

【總評】

(1)唐順之曰：首章言力農，二章言奉祭，三章申言力農之意，四章申言奉祭之意。總之，皆見其厚民耳。

(2)方玉潤曰：稼穡之盛，由於農夫克敏；農夫之敏，由於君上能愛農以事神。全篇章法一線，妥貼周密，神不外散。

大田

這也是一篇詠稼穡祭祀的詩。

大田多稼❶，既種既戒❷，既備乃事❸。以我覃耜❹，俶載南畝❺，播厥百穀❻。既庭且碩❼，曾孫是若❽。（一章）

【注釋】

❶多稼：收成多。❷種：音腫ㄓㄨㄥˇ，選擇種子。戒：修理農具。❸乃事：其事，即上述準備工作。❹覃：音眼ㄧㄢˇ，鋒利。耜：田器。❺俶：音觸ㄔㄨˋ，始。載：事。❻厥：其。❼庭：直。碩：大。謂禾苗條直而茂大。❽若：猶諾，滿意也。

【評析】

(1)牛運震曰：①首句一筆總冒。②預點曾孫，為後文作伏筆，妙。③寫得情事充悅。

既方既皁❶，既堅既好，不稂不莠❷。去其螟螣❸，及其蟊賊❹，無害我田穉❺。田祖有神❻，秉畀炎火❼。（二章）

【注釋】

❶方：房，謂穀殼（孚甲）始生而未合時也。皁：音燥ㄗㄠˋ，謂殼已合而未堅。❷稂：音郎ㄌㄤˊ，似禾之草。莠：音有ㄧㄡˇ，似苗之草。二者皆害田者。❸螟：音明ㄇㄧㄥˊ，食苗心之蟲。螣：音特ㄊㄜˋ，食葉之蟲。❹蟊：音矛ㄇㄠˊ，食根之蟲。賊：食節之蟲。❺穉：謂幼苗。❻田祖：田之神。❼秉：持。畀：音必ㄅㄧˋ，交付。炎火：即大火。謂持四蟲投之於火以焚之。

【評析】

⑴牛運震曰：①田穉二字妙，憐護有情。②倒點田祖，有氣勢。

有渰萋萋❶，興雨祁祁❷；雨我公田❸，遂及我私❹。彼有不穫穉❺，此有不斂穧❻；彼有遺秉❼，此有滯穗❽；伊寡婦之利❾。（三章）

【注釋】

❶渰：音淹ㄧㄢ，雲興貌。萋萋：盛貌。❷祁祁：眾盛貌。❸公田：大家共種之田。❹私：謂一己之田。❺不穫穉：未收穫之穉禾。❻斂：收。穧：音濟ㄐㄧˋ。不斂穧：謂割而未收之禾。❼秉：把，已割之禾皆成把置於田。遺秉：遺棄之禾把。❽滯穗：滯留（遺棄）之禾穗。❾伊：是。寡婦收取田中遺棄之禾穗以為己之利益。

【評析】

(1)陳櫟曰：此章欲雨公田，不至知有己而不知有君；利及寡婦，不至知有己而不知有人。忠厚若此，其〈豳風〉之氣象乎！

(2)牛運震曰：①萋萋祁祁，寫雲意幽細，氤氳入神。②伊寡婦之利，古風仁心，此中氣象自寬。杜詩「棗熟從人打，拾穗許村童」本此。

(3)方玉潤曰：秋成收穫一層，描摹多稼純從旁面烘托，閒情別致，令人想見田家樂趣，有畫圖所不能到者。

曾孫來止，以其婦子，饁彼南畝；田畯至喜。來方禋祀❶，以其騂黑❷，與其黍稷，以享以祀，以介景福。（四章）

【注釋】

❶方：四方。禋：音因ㄧㄣ。禋祀：祭祀。謂祭祀四方之神。❷騂：音星ㄒㄧㄥ，赤色牲。黑：黑色牲。

【評析】

(1)吳師道曰：此詩為農夫之詞，以頌美其上，而亦直稱曾孫，可以見俗之質厚，而上下親愛之誠。

【總評】

(1)劉瑾曰：一章言田事修飭，而苗生盛美也；二章言苗既秀實而願其無損也；三章復願其雨澤溥及而收成有餘也；卒章言其收穫之後，而報祀獲福也。

瞻彼洛矣

這是一篇頌美周王的詩。

瞻彼洛矣❶，維水泱泱❷。君子至止❸，福祿如茨❹。韎韐有奭❺，以作六師❻。（一章）

【注釋】

❶洛：水名。又名北洛水，在今陝西北部，流入渭水，非河南之洛水。❷泱泱：猶洋洋，水深廣貌。❸君子：指周王。止：語詞。❹茨：音詞ㄘˊ，蓋屋之茅茨，言多層堆積如茅茨，形容其多。❺韎：音妹ㄇㄟˋ。韐：音閣ㄍㄜˊ。韎韐：茅蒐草所染絳色之皮以為蔽膝，兵事之服也。奭：音式ㄕˋ，赤色。有奭：奭然。❻作：興也。六師：六軍。天子六軍。

【評析】

(1)鄒泉曰：此詩言講武而先言洛水之勢者，以見所建朝會之所，據天下之上游，足以起天下之朝宗也。

(2)牛運震曰：①蒼涼壯浪，慨然有河山之感。②末二句寫得精神駿發，雄武在目。

瞻彼洛矣，維水泱泱。君子至止，鞸琫有珌❶。君子萬年，保其家室。（二章）

【注釋】

❶鞸：音ㄅㄧˋ。《釋文》：「鞸字或作琕。」琫：音ㄅㄥˇ。刀鞘下末之飾曰琕，刀鞘口之飾曰琫。珌：音必ㄅㄧˋ，文飾貌。有珌：珌然。

【評析】

(1)朱公遷曰：服飾如此，尊臨天下，福祿盛矣。且將長受福祿，保有天下而不失也。

(2)朱道行曰：天子以天下為家，故此章曰家室，下章曰家邦。四方戶闥，不敢自處之詞也。君子萬年，萬年連下讀。致治久長之祝，俱根作六師來。

瞻彼洛矣，維水泱泱。君子至止，福祿既同❶。君子萬年，保其家邦。（三章）

【注釋】

❶同：聚也。

【評析】

(1)朱公遷曰：福祿既同，已盛矣；萬年保家邦，又將及其久也。此二章既美之，又祝之。葢上章申韎韐有奭之意，此章申福祿如茨之意。

【總評】

(1)朱善曰：「瞻彼洛矣，維水泱泱」，言其形勢之壯盛也。「君子至止，福祿如茨」，言其福祥之厚集也。「韎韐有奭，以作六師」，言其人心之翕聚也。形勢壯盛得乎地也；福祥厚集得乎天也；人心翕聚得乎人也。周人尚文，其弊也必起於弱。故周公戒成王曰：「詰爾戎兵。」畢公戒康王曰：「張皇六師。」皆欲其振厲奮發，以聳萬民之觀瞻，一四方之趨向也。此詩云天子至洛水之上，親御戎服，以起六師。則必於此乎朝會，於此乎田獵。修戎備於閒暇之時，講武事於蕪安之日。據地利以合人心，遵國典以承天意。使斯民知國勢之尊安，王靈之赫奕。是固福祿之所由聚，邦家之所由安也。

(2)牛運震曰：肅大以淒壯發之，真有中興氣魄。

裳裳者華

這是頌美某在位者的詩。

裳裳者華❶，其葉湑兮❷。我覯之子❸，我心寫兮❹。我心寫兮，是以我譽處兮❺。（一章）

【注釋】

❶裳裳：猶堂堂，鮮明貌。華：同花。❷湑：音許ㄒㄩˇ，茂盛。❸覯：見到。之子：指被頌美之人。❹寫：輸瀉，心情舒放也。❺譽：通豫，樂也。處：安也。譽處：安樂。

【評析】

(1)朱公遷曰：此以可喜之物，為喜見諸侯之興也。見裳華之葉湑然，已心喜，況得見此賢諸侯乎？喜可知矣。

裳裳者華，芸其黃矣❶。我覯之子，維其有章矣❷。維其有章矣，是以有慶矣❸。（二章）

【注釋】

❶芸：猶紛紜，形容其多也。芸其黃：謂花開黃色而盛多。❷章：法則、禮文也。謂動容周旋中禮也。❸慶：福。

【評析】

(1)朱公遷曰：和順積中，英華發外。交際之頃，不愆於儀。則上得於君，而獲福必然矣。上章之譽處，即此章之福慶也。

裳裳者華，或黃或白。我覯之子，乘其四駱❶。乘其四駱，六轡沃若❷。（三章）

【注釋】

❶駱：白馬黑鬣。❷沃若：潤澤。

【評析】

⑴謝枋得曰：愛其人，見其車馬之盛，亦喜之。德足以稱其車服者也。

左之左之❶，君子宜之❷。右之右之❸，君子有之❹。維其有之，是以似之❺。（四章）

【注釋】

❶左：同佐，輔佐。❷君子：指所美之人。宜：謂其才能相宜。❸右：同佑，輔助。❹有：謂有此才能。❺似：嗣續。謂使繼續其祖考之官爵也。

【評析】

⑴牛運震曰：①末二句理致精深語。②結處忽作空靈輕脫之調，別甚。

【總評】

⑴牛運震曰：大旨與〈蓼蕭〉相似，而風調特雋逸。

桑扈

天子燕諸侯，詩人作詩以美之。

交交桑扈❶，有鶯其羽❷。君子樂胥❸，受天之祜❹。（一章）

【注釋】

❶交交：通咬咬，鳥聲。桑扈：鳥名。❷鶯：文彩貌。有鶯：鶯然。❸君子：指諸侯。胥：語詞。❹祜：福。

【評析】

(1)朱謀瑋曰：桑扈應候而至，喻諸侯時見不違禮也。

交交桑扈，有鶯其領❶。君子樂胥，萬邦之屏❷。（二章）

【注釋】

❶領：頸也。❷屏：蔽。

【評析】

(1)輔廣曰：為諸侯者，外有文章，內復和樂，固天子之所喜也。則願其承上天之祜福，為萬邦之屏翰宜矣。

(2)呂柟曰：領者，上輔元首，下統四體，猶屏之蔽內而捍外也。

之屏之翰❶，百辟為憲❷。不戢不難❸，受福不那❹。（三章）

【注釋】

❶之：是。翰：幹也，亦屏蔽之意。❷辟：君。憲：法。謂天下各國之君，皆以在座之諸侯為法也。❸不：讀為丕ㄆㄧ，非常也，下同。戢：音吉ㄐㄧˊ，和睦。難：音挪ㄋㄨㄛˊ，恭敬。❹那：音挪ㄋㄨㄛˊ，多也。

【評析】

(1)王安石曰：戢則不肆，難則不易。肆則放逸，易則傲慢。動不以禮，非所以受福。故戢而難，然後受福多也。

兕觵其觩❶，旨酒思柔❷。彼交匪敖❸，萬福來求❹。（四章）

【注釋】

❶兕：音四ㄙˋ。觵：音工ㄍㄨㄥ。兕觵：牛首形之飲酒器，或以兕角作成之酒杯。觩：音求ㄑㄧㄡˊ，角上曲貌。❷旨：美。思：語詞。柔：嘉，善。❸彼：指諸侯。交：謂與人交往。匪：非。敖：傲慢。❹求：同逑，聚也。

【評析】

⑴何楷曰：君子謹守侯度，位雖高而不驕，情雖通而不肆。雖非有意於斂福，萬福皆來就而聚之。《易》曰：「德言盛，禮言恭。謙也者，致恭以存其位者也。」正謂此也。

【總評】

⑴鄒泉曰：首章願其德足以得天。二章言其德有以衛人。三章言其在國功大而能敬，足以獲福也。四章言其在燕情通而能敬，足以獲福也。

鴛鴦

這是頌禱天子的詩。

鴛鴦于飛❶，畢之羅之❷。君子萬年❸，福祿宜之。（一章）

【注釋】

❶于飛：在飛。❷畢：長柄小網。羅：網。二字皆作動詞用。❸君子：指天子。

【評析】

(1)朱公遷曰：鴛鴦于飛，即畢之又羅之。君子萬年，既宜福又宜祿。二者皆有不一而足之意，故以為興。

鴛鴦在梁❶，戢其左翼❷。君子萬年，宜其遐福❸。（二章）

【注釋】

❶梁：水壩。❷戢：音吉ㄐㄧˊ，收斂。言二鳥相並，相偕福祿之象也。❸遐：大。

【評析】

(1)牛運震曰：畫態細，有妙理。

乘馬在廐❶，摧之秣之❷。君子萬年，福祿艾之❸。（三章）

【注釋】

❶乘：音剩ㄕㄥˋ。乘馬：四馬。廐：音救ㄐㄧㄡˋ，馬棚。❷摧：音錯ㄘㄨㄛˋ，同莝，芻也。此謂以草飼馬。秣：以穀飼馬。❸艾：養。

【評析】

(1)黃佐曰：艾訓養，如受四方之貢獻，以天下奉一人是也。

乘馬在廐，秣之摧之。君子萬年，福祿綏之❶。（四章）

【注釋】

❶綏：安也。

【評析】

(1)顧起元曰：綏者，無為而治，恭己南面也。

(2)朱道行曰：綏訓安，不專是安身，舉世泰寧，方是君子遐福。

【總評】

(1)輔廣曰：〈鴛鴦〉之詩，乃下禱上之辭。上之禱下，猶且述其德，〈桑扈〉是也；下之禱上，則但極其頌禱之情而已，〈鴛鴦〉是也。若不敢有擬議其德者，敬之至也。

頍弁

這是一篇燕飲兄弟親戚的詩。

有頍者弁❶，實維伊何❷？爾酒既旨❸，爾殽既嘉❹。豈伊異人❺？兄弟匪他❻。蔦與女蘿❼，施于松柏❽。未見君子❾，憂心弈弈❿；既見君子，庶幾說懌⓫。（一章）

【注釋】

❶頍：音ㄎㄨㄟˇ，弁圓貌。有頍：頍然。弁：音便ㄅㄧㄢˋ，皮弁，冠名。❷實：是。維：為。伊：語詞。謂戴此皮弁，是為何故乎？意謂將燕也。❸旨：美。❹嘉：善。❺伊：彼。言彼豈是他人耶？❻匪：非。是兄弟而非他人也。❼蔦：音鳥ㄋㄧㄠˇ，一種攀援而生之植物。蘿：女蘿，又名菟絲，亦攀援植物，常緣樹而生。❽施：音易ㄧˋ，蔓延，依附。❾君子：指所燕之兄弟親戚。❿弈：音亦ㄧˋ。弈弈：心神不定貌。⓫庶幾：差不多。說：同悅。懌：音亦ㄧˋ。

說懌：歡喜。

【評析】

(1)輔廣曰：有頍者弁，本但言與宴者其弁頍然耳，只是賦體。又貼一句「實維伊何」以興起下二句，此則興體。至於「蔦與女蘿，施于松柏」，則又為比體也。「豈伊異人？兄弟匪他」，言當極其親厚之意耳。以蔦蘿施于松柏，比兄弟親戚纏緜依附之意，則其體之也切矣。未見而憂，既見而喜，則其與之也深矣。

有頍者弁，實維何期❶？爾酒既旨，爾殽既時❷。豈伊異人？兄弟具來❸。蔦與女蘿，施于松上。未見君子，憂心怲怲❹；既見君子，庶幾有臧❺。（二章）

【注釋】

❶期：音基ㄐㄧ，語詞。何期：猶伊何。❷時：善，美。❸具：俱。❹怲：音丙ㄅㄧㄥˇ。怲怲：憂甚貌。❺臧：善。

【評析】

(1)陳推曰：天倫之樂既敘，天下事無有善於此者，故曰有臧。

有頍者弁，實維在首❶。爾酒既旨，爾殽既阜❷。豈伊異人？兄弟甥舅❸。如彼雨雪❹，先集維霰❺。死喪無日❻，無幾相見。樂酒今夕，君子維宴❼。（三章）

【注釋】

❶在首：戴在頭上。❷阜：音付ㄈㄨˋ，盛多。❸甥舅：姊妹之子為甥，母之兄弟為舅。古時亦稱女婿為甥，岳父為舅。❹雨：音玉ㄩˋ。雨雪：落雪。❺霰：音線ㄒㄧㄢˋ，雪之初凝若細粒者。言霰集則將雪之候，以比老至，則將死之

徵也。❻死喪之期，計無多日而將至也。❼宴：宴饗以樂也。以上四句謂：死喪無日，不能久相見矣。但當樂飲以盡今日之歡也。

【評析】

(1)牛運震曰：觴酒高會，忽然說出死喪不祥之語，極怪異卻極惻怛至情。

【總評】

(1)朱善曰：推親親之恩，由兄弟以及甥舅，亦其親疏之意也。言蔦蘿施于木上，以此纏緜依附之意；以雪之先集維霰，比老至之驗。方其纏緜，固欲相依以永久也。既而自知老之將至，惟當樂酒以盡今夕之歡耳。蓋君子之於兄弟親戚，其相與之情無窮，而相見之日有限。以無窮之情，乘有限之日，則其飲食聚會，亦真情之所不能已也。

車舝

這是一篇新郎自敘結婚親迎的詩。

間關車之舝兮❶，思孌季女逝兮❷。匪飢匪渴，德音來括❸。雖無好友，式燕且喜❹。

（一章）

【注釋】

❶間關：展轉。舝：同轄ㄒㄧㄚˊ，車軸兩頭之金屬鍵。此句言車行展轉。❷孌：音ㄌㄩㄢˇ，美貌。季女：少女。逝：往。謂思彼美女而往迎親。❸德音：他人之語言。括：會。連同上句謂：並非飢渴，而所以如飢如渴者，乃盼得親聆其

聲音也。❹式：語詞。燕：宴飲。

【評析】

(1)朱公遷曰：望其德音來括，則以賢配賢，雖樂而不失其正矣。

(2)牛運震曰：①發端便有高望遠想之神。②匪飢匪渴，翻得深妙；若作如飢如渴，便少味。

依彼平林❶，有集維鷮❷。辰彼碩女❸，令德來教❹。式燕且譽❺，好爾無射❻。（二章）

【注釋】

❶依：茂盛貌。平林：林木之在平地者。❷鷮：音嬌ㄐㄧㄠ，雉，即野雞。❸辰：時，善也。碩：高大。❹令：美。來：是。令德來教：謂曾被教以美德。❺式：語詞。譽：通豫，歡樂。❻射：音亦ㄧˋ，通斁，厭也。謂愛你沒有厭時。

【評析】

(1)朱公遷曰：上言德音，聞其有是德也；此言令德，則見其實有是德矣。故疊燕喜之意，而申以無射云。

(2)牛運震曰：一則曰德音，再則曰令德。好德不悅色之旨躍然。

雖無旨酒，式飲庶幾❶。雖無嘉殽，式食庶幾。雖無德與女❷，式歌且舞❸。（三章）

【注釋】

❶庶幾：謂庶幾亦足歡樂，下同。❷與：給。女：同汝。❸式：語詞。

【評析】

(1)牛運震曰：委婉濃緻，此即慰勸新婦之詞也。宛然持箸把杯光景，綢繆曲至。

陟彼高岡，析其柞薪❶。析其柞薪，其葉湑兮❷。鮮我覯爾❸，我心寫兮❹。（四章）

【注釋】

❶柞：音昨ㄗㄨㄛˊ，櫟樹。❷湑：音胥ㄒㄩ，茂盛貌。❸鮮：音險ㄒㄧㄢˇ，少。覯：見到。❹寫：舒快。

【評析】

(1)顧起元曰：析薪而其葉湑，所得副所求，故以為興。鮮我覯爾，猶言難得見爾也。蓋惟其令，世不恒有，故云然。我覯即上文令德來教；我心寫即上文燕樂無厭，飲酒歌舞等事。

高山仰止❶，景行行止❷。四牡騑騑❸，六轡如琴❹。覯爾新婚❺，以慰我心。（五章）

【注釋】

❶仰止：仰之。❷景：大。景行：大道。行：音杭ㄏㄤˊ。行止：行之。❸牡：雄馬。騑：音非ㄈㄟ。騑騑：馬行不止。❹如琴：調協如琴。❺爾：指新婦。

【評析】

(1)何楷曰：此興季女之賢，可為師法。與令德來教相應。

(2)牛運震曰：「六轡如琴」，確是新昏詩妙語，移他處不得。「如鼓瑟琴」故是夫婦妙語，「六轡如琴」更幽雅有情。

【總評】

(1)劉瑾曰：此詩皆言慕悅賢女之意。故其未得之也，望其德音來括，而心如飢渴；既得之也，喜其令德來教，而心如輸寫。至於宴樂之也，又歎為歡之無美具，而且恐無德以相與。證之〈關雎〉，亦可謂得性情之正者也。

(2)普賢曰：這是一篇新郎迎娶新娘的詩。第一章首言間關車舝，即令人想像到此行路途之遙遠。然而此行非為飢渴，而是為聆聽對方之「德音」，有以益己也。故次章即言及此少女既心地善良，又有好的教養。是好德重於好色之旨躍然紙上矣。葢新婦的選擇，品貌並美，固屬上選；品美貌庸，亦可入選；貌美品庸，已伏危機；貌美品劣，則不若品美貌醜者矣。周代女子，健碩為美。此詩新娘，高大健美，年輕漂亮，而最後之抉擇，則在其有教養之賢德也。三章乃自謙以慰新婦，更表現出新婚夫婦輕物質而重精神之快樂情趣。四章敘析薪高岡，柞葉美盛以興新婦之不同凡俗。「鮮我覯爾」更有曠世不一見之喜悅。末章乃寫當前景物，高山景行隱寓新婦品德之高尚，氣象之寬宏。而六轡如琴句，既寫手攬六根繮繩的如眾絃之在琴，排列得整齊美觀，且使人想像到車行時，六轡諧和地波動得似琴絃彈奏出美妙悅耳的音韻來，喻夫婦相處和諧，正是如鼓琴瑟也。全篇要在寫新婦之德美，新郎之歡心。每章結語即表達出新郎遇到這樣一位新娘的喜悅心情。好德而不重財色，此新郎亦可說是位賢士了。唯賢士始克配淑女也。

青蠅

這是以污染環境，傳佈病毒的蒼蠅，比喻讒人而必得將之摒於屋外，以進諫君王勿信讒言的一首小詩。

營營青蠅❶，止于樊❷。豈弟君子❸，無信讒言。（一章）

【注釋】

❶營營：往來飛聲。青蠅：蒼蠅。❷樊：籬。❸豈弟：即愷悌，讀為ㄎㄞˇ ㄊㄧˋ，和樂平易。君子：指國君。

【評析】

(1)歐陽脩曰：青蠅之為物甚微，至其積聚而多也，營營然往來飛聲，可以亂人之聽，故詩人引以喻讒言漸漬之多，能致惑爾。其曰止于樊者，欲其遠之，當限之於藩籬之外也。

營營青蠅，止于棘❶。讒人罔極❷，交亂四國❸。(二章)

【注釋】

❶棘：荊棘，所以為藩籬者。❷罔極：無良。❸交亂：謂進讒而使彼此相疑相攻以為亂也。四國：四方各國，猶言天下。

【評析】

(1)嚴粲曰：讒言無有窮極，豈特近者不安，雖四國之遠，亦以交亂，其禍甚大矣。

營營青蠅，止于榛❶。讒人罔極，構我二人❷。(三章)

【注釋】

❶榛：音真ㄓㄣ，木叢生曰榛。❷構：交，猶言交亂，即今語挑撥之意。二人：謂作者與國君也。

【評析】

(1)陳櫟曰：讒人罔極之禍，其末至於亂四國，其始先於構二人。聽者察於其始而早絕之，庶乎不至於罔極也。

【總評】

(1)程頤曰：〈青蠅〉詩言樊、棘、榛，言二人四國。自樊而觀之，則二人為小而四國為大。讒人之情，常欲污白以為黑也。而其言不可以直達，故曰營營往來，或自近以至於遠，或自小以至於大，然後其說得行矣。

(2)牛運震曰：三止字得屏逐斥絕之義。君臣之間，不宜施二人之稱；然須如此，正有悚痛處。

賓之初筵

這詩是記敘周代射禮宴飲情形的寶貴資料，也是描寫賓客醉態十分細緻而生動的精彩作品。

賓之初筵❶，左右秩秩❷。籩豆有楚❸，殽核維旅❹。酒既和旨❺，飲酒孔偕❻。鐘鼓既設，舉醻逸逸❼。大侯既抗❽，弓矢斯張。射夫既同❾，獻爾發功❿。發彼有的⓫，以祈爾爵⓬。（一章）

【注釋】

❶筵：席。初筵：初入席。❷左右：筵之左右。秩秩：有序貌。❸籩：音邊ㄅㄧㄢ，古代祭祀或宴會時盛果脯之竹器，形似木製之豆。豆：古代盛肉之器，以木為之。楚：盛貌。或釋為行列整齊貌。有楚：楚然。❹殽：肉，盛於豆中。核：有核之果，盛於籩中。旅：陳列。❺和：調和。旨：美。❻偕：和諧。❼醻：同酬，主人復酌賓為醻。舉醻：謂舉醻爵。逸逸：往來有序。❽侯：張皮或布以為射者之鵠的。抗：舉。謂張設大侯也。❾射夫：眾射者。同：會聚。❿獻：猶奏。發功：發矢之功。⓫彼：指矢。有：于。的：侯中之標的。此句謂發矢中的。⓬祈：求。射之禮，

勝者飲不勝者以酒。以祈爾爵：罰敗者飲酒。

【評析】

(1)牛運震曰：敘次有法，典重古雅。

籥舞笙鼓❶，樂既和奏。烝衎烈祖❷，以洽百禮❸。百禮既至❹，有壬有林❺。錫爾純嘏❻，子孫其湛❼。其湛曰樂，各奏爾能❽。賓載手仇❾，室人入又❿。酌彼康爵⓫，以奏爾時⓬。

(二章)

【注釋】

❶籥：音月ㄩㄝˋ，樂器。籥舞：為持籥而舞之文舞。笙鼓：謂以笙鼓伴奏。❷烝：語詞。衎：音看ㄎㄢˋ，樂也。烈：功業。烈祖：有功業之先祖。❸洽：合。❹至：備。❺壬：大。有壬：壬然，狀其禮之大。林：多。有林：林然，狀其禮之多。❻純：大。嘏：音古ㄍㄨˇ，福。❼湛：音擔ㄉㄢ，樂也。❽奏：獻。能：才能。❾載：則。手：取。仇：匹耦，指同射之人。此句謂賓則擇射伴共射。❿室人：主人。又：佑，助也。入又：加入協助。⓫康：大。⓬時：射中。此句謂奏樂慶賀爾射中之人。

【評析】

(1)牛運震曰：①此章尤有肅古和大之節。②有壬有林，練字甚古。

賓之初筵，溫溫其恭❶。其未醉止❷，威儀反反❸。曰既醉止，威儀幡幡❹。舍其坐遷❺，屢舞僊僊❻。其未醉止，威儀抑抑❼。曰既醉止，威儀怭怭❽。是曰既醉，不知其秩❾。

（三章）

【注釋】

❶溫溫：柔和貌。❷止：語詞。❸反反：慎重貌。❹幡：音番ㄈㄢ。幡幡：反覆貌。形容其不安於坐之狀。❺舍：離開。遷：遷移他處。❻僊：音仙ㄒㄧㄢ。僊僊：輕舉貌。❼抑抑：慎密貌。❽怭：音必ㄅㄧˋ。怭怭：輕薄貌。❾秩：常。

【評析】

(1)鄭玄曰：此言賓初即筵之時，能自勅戒以禮；至於旅酬，而小人之態出。

(2)牛運震曰：舍其坐遷二句畫態。

賓既醉止，載號載呶❶。亂我籩豆，屢舞僛僛❷。是曰既醉，不知其郵❸。側弁之俄❹，屢舞傞傞❺。既醉而出，並受其福❻。醉而不出，是謂伐德❼。飲酒孔嘉❽，維其令儀❾。

（四章）

【注釋】

❶號：呼號。呶：音撓ㄋㄠˊ，喧嘩。❷僛：音欺ㄑㄧ。僛僛：傾側之狀。❸郵：過失。❹側弁：歪戴帽子。俄：傾斜。❺傞：音娑ㄙㄨㄛ。傞傞：舞不止。❻言既醉即離席，則可不失儀而得福。❼伐：敗。❽孔嘉：甚善。❾令：善。儀：威儀。

【評析】

(1)牛運震曰：①寫得不堪。②舍其坐遷、亂我籩豆、側弁之俄，畫出酒徒歷歷。

凡此飲酒，或醉或否。既立之監❶，或佐之史❷。彼醉不臧❸，不醉反恥❹。式勿從謂❺，無俾大怠❻。匪言勿言❼，匪由勿語❽。由醉之言，俾出童羖❾。三爵不識❿，矧敢多又⓫！

（五章）

【注釋】

❶監：監視飲酒者。❷史：記事者。立監與史，皆以防酒醉失禮者。❸臧：善。❹以上二句言彼醉者醜態百出，固不善，然不醉者反自以為羞恥也。❺式：語詞。謂：勸勉。言勿從而勸勉多飲也。❻俾：使。大：同太。怠：怠慢無禮。❼匪：非。謂不當言者則不言。❽由：理由，即合理。謂不合理者則不語。❾童：禿。羖：音古ㄍㄨˇ，牡羊。牡羊必有角。而醉中之言，竟說出牡羊無角之笑話。❿識：猶省。不識：不省人事。⓫矧：音審ㄕㄣˇ，況且。又：侑，勸酒。

【評析】

(1)牛運震曰：①「不醉反恥」，曲盡酒人俗態愚情。②「俾出童羖」，鄙誕之詞，謔得妙。活是對醉人語。③「三爵不識」，語帶嘲笑，妙。④「飲酒孔嘉」，結語莊重有體。「三爵不識」，結語詼諧有致。

【總評】

(1)牛運震曰：此酒箴也。推本射祭飲酒之禮，而反覆喪儀失言之禍以終之，洋洋亹亹，有典有情文字。

(2)普賢曰：朱《傳》曰：「衛武公飲酒悔過而作此詩。毛氏〈序〉曰：『衛武公刺幽王也。』韓氏〈序〉曰：『衛武公飲酒悔過也。』今按此詩意，與〈大雅．抑戒〉相類，必武公自悔之作。當從韓義。」馬瑞辰《毛詩傳箋通釋》則舉三證以斷此為詠大射之詩。並謂古射禮均三射。初射禮略，故詩不言。首章言「射夫既同，獻爾發功」，乃大射再射；二章「籥舞笙鼓，樂既和奏」者，大射之三射，以樂節射也。前二章為陳古，舉初筵以見賓之始終皆敬。三章以下刺今，舉初筵以刺始敬終怠。非有異禮也。屈萬里《詩經釋義》從之。此詩朱、韓謂衛武公作，無據；《毛詩・序》謂衛武公入為王卿士作此刺時。考武公入相在平王世，王先謙否定其為刺幽王。惟謂此為「刺時」詩，與詩本文符合，即馬瑞辰所謂前二章陳古，三章以下刺今。蓋酒以成禮，酒醉失態，則敗禮矣。此詩必作於射禮失儀，酣飲無度之世，故詩人陳古以刺今也。方玉潤《詩經原始》從朱《傳》，定此詩為「衛武公飲酒悔過」，我們雖不必相信，但中間一段說得很得當，他說：「詩本刺今，先陳古義以見飲酒原未嘗廢，但須射祭大禮而後飲，而飲又當有節，不至失儀，乃所以為貴。古之飲也如是，今之飲酒則不然，飲必至醉，醉必失儀，不至伐德不止，其無禮也又如是。兩義對舉，曲繪無遺。其寫酒客醉態，縱令其醒後自思，亦當發笑，忸怩難安。此所以善為譎諫也。」

此詩為記敘周代射禮宴飲情形寶貴資料。其篇法整飭而不呆板，首次兩章寫三射，略去初射；三四兩章寫醉態，卻從溫恭有禮寫起；末章提出立監佐史，才以勸告作結。三四兩章描寫賓客醉態，十分細緻而生動，尤為本詩的特色。方玉潤所謂：「描摹醉客失儀，可謂窮形盡相。」姚際恆更評論之曰：「始曰『舍其坐遷，屢舞僊僊』，猶是僅遷徙其坐處耳。再曰『亂我籩豆，屢舞僛僛』，則且亂其有楚之籩豆矣。終曰『側弁之俄，屢舞傞傞』，甚至冠弁亦不正矣。由淺入深，備極形容醉態之妙。昔人謂唐人詩中有畫，豈知亦原本于《三百篇》乎！《三百篇》中有畫處甚多，此醉客圖也。」詩本來寫得好，一經姚氏分析點染，更覺層次分明，躍然紙上，妙趣無窮！

魚藻之什十四篇

魚藻

這也是一篇頌美天子的詩。

魚在？在藻❶，有頒其首❷。王在？在鎬❸，豈樂飲酒❹。（一章）

【注釋】

❶藻：水草。❷頒：音墳ㄈㄣˊ，大頭貌。有頒：頒然。❸鎬：音皓ㄏㄠˋ，即鎬京，西周之都城。在今陝西長安西。❹豈：同愷ㄎㄞˇ，樂也，下同。

【評析】

(1)劉彝曰：夏月之時，淺水生藻，陽氣在外，魚亦從之，不潛於淵，而在於藻也。有頒其首者，出游水面則露其首，故見其頒大也。

(2)牛運震曰：疊「在」字，輕活。

魚在？在藻，有莘其尾❶。王在？在鎬，飲酒樂豈。（二章）

【注釋】

❶莘：長貌。有莘：莘然。

【評析】

(1)許謙曰：豈樂飲酒，飲酒樂豈，固易韻以反覆其詞，然其意亦疑有異：上章樂而飲酒，樂四方和平，諸侯賓服也；下章飲酒而樂，樂禮儀既備，人情洽和也。

魚在？在藻，依于其蒲❶。王在？在鎬，有那其居❷。（三章）

【注釋】

❶蒲：蒲草。❷那：音挪ㄋㄨㄛˊ，安貌。有那：那然。

【評析】

(1)鄭玄曰：天下平安，王無四方之虞，故其居處那然安也。

(2)呂柟曰：魚依于蒲，則釣餌不能施，綸竿不能加，可謂益安矣。王而那居，則仰得天命之眷，俯得人心之從，此所以豈樂飲酒也。

【總評】

(1)輔廣曰：此詩與〈鴛鴦〉相類。辭雖簡而意則切矣。不頌其德者，德盛而非言之所能盡。亦尊敬之至而不敢加以形容也。但美其樂飲安居而已，則非盛德其孰能之！

(2)姚舜牧曰：豈樂飲酒是始其樂；飲酒樂豈是終其樂；有那其居則安然以享此樂之無已。

采菽

諸侯來朝見天子，得到了賞賜，詩人歌詠加以頌美。

采菽采菽❶，筐之筥之❷。君子來朝❸，何錫予之？雖無予之，路車乘馬❹；又何予之？玄袞及黼❺。（一章）

【注釋】

❶菽：大豆。❷筐：方形竹器。筥：音舉ㄐㄩˇ，圓形竹器。此皆作動詞用。❸君子：指來朝之諸侯。❹路車：諸侯所乘之車。乘：音剩ㄕㄥˋ。乘馬：四匹馬。❺玄：黑色。袞：音滾ㄍㄨㄣˇ。玄袞：玄衣而畫以卷龍者。黼：音甫ㄈㄨˇ，繡有黑白相間斧形花紋之禮服。二者皆古代貴族所穿。

【評析】

(1)朱善曰：予之以車馬，所以為之乘；予之以袞黼，所以為之衣。其禮亦已厚矣，而猶以為薄者，蓋以車馬衣服之賜，自先王以來，所以懷諸侯者如此。吾遵而行之，非能有加於常禮之外也。則其歉然不自足之意可見矣。

觱沸檻泉❶，言采其芹❷。君子來朝，言觀其旂❸。其旂淠淠❹，鸞聲嘒嘒❺。載驂載駟❻，君子所屆❼。（二章）

【注釋】

❶觱：音必ㄅㄧˋ。觱沸：泉水湧出貌。檻：借為濫，泛濫也。❷言：語詞。芹：水芹，可食。❸旂：音其ㄑㄧˊ，畫有交龍之旗。❹淠：音闢ㄆㄧˋ。淠淠：搖動貌。❺鸞：車鈴。嘒嘒：車鈴聲。❻載：則。驂：一車四馬，兩外側之馬

曰驂。駟：四馬，並中間兩服馬言之也。❼所：乃。屆：至。

【評析】

⑴李公凱曰：於檻前涌出之地，則可采其芹矣；於君子來朝之時，則可以觀其旂矣。既望其交龍之旂淠淠然飛動，又聞其鸞鈴之聲嘒嘒然中節；又見其驂駟之來，則知諸侯至於此矣。

赤芾在股❶，邪幅在下❷。彼交匪紓❸，天子所予❹。樂只君子❺，天子命之❻；樂只君子，福祿申之❼。（三章）

【注釋】

❶芾：音費ㄈㄟˋ，所以蔽膝，其下至股，故云在股。❷邪幅：以布斜纏，自足至膝，即今之裹腿也。在芾下故云在下。❸彼：指邪幅。交：借為絞，纏繞。匪：非。紓：緩。此句蓋形容邪幅纏繞之緊飭，以示敬也。或：《魯詩》彼作匪。交：敖也。紓：怠緩。二句謂赤芾、邪幅等物，雖皆天子所賜予，而此諸侯亦不因受此殊榮而驕傲怠緩也。❹指赤芾、邪幅皆天子所賜。❺只：語詞。❻命之：命予之，即賜之也。❼申：重也。言福上加福。

【評析】

⑴鄒泉曰：此章正是入覲之事。匪紓以上，言其入覲之敬；下言其得君而獲福也。

維柞之枝❶，其葉蓬蓬❷。樂只君子，殿天子之邦❸；樂只君子，萬福攸同❹。平平左右❺，亦是率從❻。（四章）

【注釋】

❶柞：音昨ㄗㄨㄛˊ，櫟樹。❷蓬蓬：茂盛貌。❸殿：鎮撫。❹攸：所。同：聚。❺平平：猶便便，閒雅之貌。左右：諸侯之臣。❻亦是：於是。率從：言隨從而至也。

【評析】

(1)劉彝曰：柞之所以有枝，以衛其株；枝之所以有葉，以庇其幹者，皆由根本堅固，氣脈盛大，俾之然也。根本，天子也；枝葉，諸侯也。氣脈者，朝廷之寵命也。故葉之蓬蓬者，根本氣脈之所及。然則葉之蓬蓬，反以衛其根株，而為之堅固；猶天子寵錫諸侯，俾之茂盛，反能殿天子之邦，而益朝廷之固也。故曰：樂只君子，殿天子之邦；樂只君子，萬福攸同。

汎汎楊舟❶，紼纚維之❷。樂只君子，天子葵之❸。樂只君子，福祿膍之❹。優哉游哉，亦是戾矣❺。（五章）

【注釋】

❶汎汎：浮動貌。❷紼：音弗ㄈㄨˊ，繫舟之繩。纚：音離ㄌㄧˊ，竹繩。維：繫。❸葵：揆也。揆：忖度。言忖度其心意而能制之也。❹膍：音皮ㄆㄧˊ，厚也。❺亦是：於是。戾：至也。

【評析】

(1)歐陽脩曰：汎汎楊舟，紼纚維之者，詩意紼纚維舟，如天子以爵命維制諸侯爾。故其下文云「樂只君子，天子葵之」。

【總評】

(1)輔廣曰：此詩首章之意至矣。言其寵賜之厚，而心猶以為不足也；二章則言其始來之時，見其車旂而喜其至；三章則言其始見天子時，恭敬齊遬而為天子之所予；四章則言其德足以鎮天子之邦，為萬福之所聚，而又喜其左右之臣相從而至；五章則申言之，而又歎其至也優游自適而無勉強不得已之意。一有勉強之心則怠矣。

角弓

這是一篇勸王遠小人親兄弟的詩。

騂騂角弓❶，翩其反矣❷。兄弟昏姻，無胥遠矣❸。（一章）

【注釋】

❶騂：音星ㄒㄧㄥ。騂騂：弓調好而利於用之貌。角弓：以角飾弓。❷翩：反貌。弓不用時，則卸其弦，而向外反張。❸胥：相。

【評析】

(1)徐光啟曰：角弓張之乃來，一弛便去。兄弟昏姻，親之乃近，一疏便遠。言當黽勉同心之意。

爾之遠矣，民胥然矣❶。爾之教矣，民胥傚矣。（二章）

【注釋】

❶胥：皆，下同。

【評析】

(1)李樗曰：堯親九族，九族既睦，然後協和萬邦，黎民於變時雍；周之文武，親親以睦，然後民德歸厚。蓋上有所好，下必有甚焉。兄弟昏姻，王苟遠之，則民皆然矣；王苟以此教民，則民亦將傚之矣。

此令兄弟❶，綽綽有裕❷。不令兄弟，交相為瘉❸。（三章）

【注釋】

❶令：善。❷綽綽：寬裕貌。裕：饒足，謂情感融洽。❸瘉：音愈ㄩˋ，病。

【評析】

(1)王安石曰：綽綽有裕者，交相愛也；交相為瘉者，交相惡也。

民之無良，相怨一方❶。受爵不讓❷，至于己斯亡❸。（四章）

【注釋】

❶怨一方：謂只責別人而不責己。❷受爵：接受爵祿。❸亡：通忘。此數句謂：只知怨對方之受爵不讓。及至己身，則忘責己之不讓也。

老馬反為駒❶，不顧其後❷。如食宜饇❸，如酌孔取❹。（五章）

【注釋】

❶駒：兒馬方壯之稱。此句謂：老馬已不足任事，今反自以為駒，而爭前為事。❷此句謂：不顧其不堪任事之後果。❸饇：音玉ㄩˋ，飽。言如食以飽為宜。❹酌：酌酒。孔：甚。孔取：謂取之過多無益。

【評析】

(1)王質曰：食量所饇，酌量所取，則不傷。不量饑飽而食，不忖多寡而酌，亦不顧其後也。言有後患也。

(2)許天贈曰：上喻小人不量力，下喻小人不知足。

毋教猱升木❶，如塗塗附❷。君子有徽猷❸，小人與屬❹。（六章）

【注釋】

❶猱：音撓ㄋㄠˊ，獮猴，善升木不待教而能。❷塗：上塗字名詞，泥土；下塗字動詞，塗附。謂塗泥於泥土之上。❸徽：美。猷：道。❹小人：指人民。屬：音囑ㄓㄨˇ，連屬，依附意。連上二句謂：對小人宜教以善道，勿教以其本性之長，以免更助其為惡；如在上者有美善之道以教之，則小人自然相與歸附矣。

【評析】

(1)劉彝曰：小人之為不善，皆為所自能；今又以倡之，是教猱升木也。小人樂於不善，而又益之以不善之教，是以塗塗附其塈且相著不可脫矣，非所以為上之道也。故陳為上之道曰：君子有徽猷，小人與屬也。

雨雪瀌瀌❶，見晛曰消❷。莫肯下遺❸，式居婁驕❹。（七章）

【注釋】

❶雨：音玉ㄩˋ，落，下同。瀌：音標ㄅㄧㄠ。瀌瀌：盛貌。❷晛：音現ㄒㄧㄢˋ，日氣。曰：語詞。❸遺：鄭《箋》謂應讀為隨ㄙㄨㄟˊ，順從也。謂不肯謙虛而隨他人之意。❹式：語詞。婁：同屢ㄌㄩˇ，頻數。此句謂：自居於經常驕慢而不改。

【評析】

(1)顧起元曰：此章喻明能消讒，而王反長之。式居婁驕：言王信讒使小人以驕慢自處者不一也。

雨雪浮浮❶，見晛曰流❷。如蠻如髦❸，我是用憂❹。（八章）

【注釋】

❶浮浮：猶瀌瀌。❷流：融為水流。❸蠻：南蠻。髦：音毛ㄇㄠˊ，西夷之別名。蠻髦：皆不知禮義者。❹是用：是以。

【評析】

(1)顧起元曰：讒言殘害，滅棄禮法，我是用憂。憂世變之趨也。

【總評】

(1)歐陽脩曰：一章言雖骨肉之親，若遇之失其道，則亦怨叛而乖離，加（普賢按：當為「如」字）角弓翩然而外反矣。二章言下民亦將效上之所為也。三章四章遂言效上之事。五章六章則刺王所以不親九族者，由好讒佞也。七章八章又述骨肉相怨之言。

(2)普賢曰：前四章以賦體為主，謂疏遠兄弟難保不相怨尤，且下民將倣傚之。後四章以比體為主，謂在上者親近小人，其後果堪虞。

菀　柳

這是一篇感傷在上者殘暴無常，致使臣下憂危不安的詩。

有菀者柳❶，不尚息焉❷？上帝甚蹈❸，無自暱焉❹。俾予靖之❺，後予極焉❻。（一章）

【注釋】

❶菀：音玉ㄩˋ，茂盛貌。❷尚：庶幾也。息：息於柳下。❸蹈：動。甚蹈：多動，變化無常也。❹暱：音匿ㄋㄧˋ，近也。❺俾：音必ㄅㄧˋ，使。靖：治。謂使予治事。❻極：同殛，誅也。

【評析】

(1)牛運震曰：末二句寫出恣睢無常氣局。

有菀者柳，不尚愒焉❶？上帝甚蹈，無自瘵焉❷。俾予靖之，後予邁焉❸。（二章）

【注釋】

❶愒：音憩ㄑㄧˋ，息也。❷瘵：音債ㄓㄞˋ，病也。❸邁：行，謂放逐也。

【評析】

(1)李樗曰：「無自瘵焉」言苟朝王，適所以自病也。

有鳥高飛，亦傅于天❶。彼人之心❷，于何其臻❸？曷予靖之❹，居以凶矜❺？（三章）

【注釋】

❶傅：至。❷彼人：指在上者。❸臻：到。言其心叵測也。❹曷：何，為何也。❺矜：危。此二句謂：為何既使我治事，而又不信任我，致使我居於凶危之地而擔憂恐懼耶？

【評析】

(1)朱公遷曰：鳥飛有所止，王心無所極。以意相反而為興也。

(2)唐汝諤曰：凶矜即上「予極」「予邁」之意，蓋貪縱無極，則難弭；責望無已，則難塞。加禍所不免矣。

(3)牛運震曰：飛鳥借興人心，奇情幻想，筆勢突兀聳拔。

【總評】

(1)牛運震曰：鬱思高調。此篇用字極刻奧。

都人士

這是一篇懷念鎬京人物儀容的詩。

彼都人士❶，狐裘黃黃❷。其容不改❸，出言有章❹。行歸于周❺，萬民所望。（一章）

【注釋】

❶都：城也，蓋指鎬京而言。❷黃黃：猶煌煌，明亮貌。❸不改：有常態也。❹章：文章。❺周：指鎬京。

【評析】

(1)范處義曰：此章言都人之為士者，服先王之法服，道先王之法言。其服與言既相稱，故萬民皆望其容服不生慢易而為法也。

(2)牛運震曰：思西周人物風俗之美，以傷東都之不然也。篇中連用彼字，點逗有情。不說東都，正自含蓄。

彼都人士，臺笠緇撮❶。彼君子女❷，綢直如髮❸。我不見兮，我心不說❹。（二章）

【注釋】

❶臺：莎草。臺笠：莎草製之笠。緇：音滋ㄗ，黑色。撮：音措ㄘㄨㄛˋ，以布條束髮成結為撮。緇撮：緇布冠，其制小，僅可撮其髮，故曰緇撮。❷君子女：都人貴家之子女。❸綢：稠，髮多。或釋綢，絲也，形容其髮之柔滑。直：髮直。如：其。謂其髮既稠密又直也。❹說：通悅。

【評析】

(1)嚴粲曰：言都人之男子，以臺草為笠，以緇布為冠，撮持其髮，見儉素也。彼君子家之女，其為髻密而直，如其本髮，亦儉素也。故我不見如此之風俗，心思之而憂也。

(2)牛運震曰：添出彼君子女，更情思可掬。

彼都人士，充耳琇實❶。彼君子女，謂之尹吉❷。我不見兮，我心苑結❸。（三章）

【注釋】

❶充耳：瑱，以玉塞耳之飾。琇：美石。實：塞也。❷吉：讀為姞ㄐㄧˊ。尹吉：尹氏吉氏，周室昏姻之舊姓。❸苑：音玉ㄩˋ。苑結：鬱結。

【評析】

(1)姚舜牧曰：尹吉周之著姓大家，凡國俗之趨向，大抵都效大家之所為，故詩人特稱之。

彼都人士，垂帶而厲❶。彼君子女，卷髮如蠆❷。我不見兮，言從之邁❸。（四章）

【注釋】

❶厲：帶之垂者。❷卷：同捲。蠆：音柴ㄔㄞˊ，蠍也，長尾上曲如鉤狀，形容髮末向上捲曲之狀。❸言：語詞。邁：行，將從之行，蓋思之甚也。

【評析】

(1)徐光啟曰：言從之邁與行歸二句同意，俱是設言得見之喜，以甚其不得見之思耳。

(2)牛運震曰：①如蠆妙想，寫來工麗之極。②直如綢，卷如蠆，寫髮曲直，各盡其妙。

匪伊垂之，帶則有餘❶。匪伊卷之，髮則有旟❷。我不見兮，云何盱矣❸！（五章）

【注釋】

❶以上二句謂：非故意垂之，因帶長有餘，故垂之也。❷旟：音于ㄩˊ，揚起。二句謂：其髮自揚起，故卷起耳，非故意卷之也。❸云：語詞。盱：音吁ㄒㄩ，張目遠望。因我不能見，唯有張目遠望之也。

【評析】

(1)輔廣曰：後二章但言其帶與髮者，以見此猶不可得而見，況於言與德乎？

【總評】

(1)牛運震曰：巧不傷雅，婉而多致。裁其工語，可作西都人物賦。

(2)方玉潤曰：《集傳》云：「亂離之後，人不復見昔日都邑之盛，人物儀容之美，而作此詩以歎惜之。」然則此又東遷以後詩也。況曰彼都，曰歸周，明是東都人指西都而言矣。詩全篇只咏服飾之美，而其人之風度端凝、儀容秀美自見。即其人之品望優隆，與世族之華貴，亦因之而見。故曰萬民所望也。

采綠

這是西周詩人對某一婦人思念其夫的情景之特寫鏡頭。生花妙筆，情景如畫，如見其人，如聞其聲，活現當前。

終朝采綠❶，不盈一匊❷；予髮曲局❸，薄言歸沐❹。（一章）

【注釋】

❶終朝：自旦至食時。綠：草名，又名王芻，可以染黃。❷匊：同掬。一匊：即一捧。❸曲局：髮亂而鬈曲。❹薄言：語詞。歸沐：歸家洗髮。

【評析】

(1)蘇轍曰：王芻，易得之菜。終朝采之而不盈匊，意不在所采也。

(2)牛運震曰：只二語寫得黯然無聊。若認作歸沐以待君子便呆。

終朝采藍❶，不盈一襜❷；五日為期，六日不詹❸。（二章）

【注釋】

❶藍：草名，可染藍色。❷襜：音占ㄓㄢ，衣前襟。❸詹：音占ㄓㄢ，同瞻，見也。

【評析】

(1)李公凱曰：君子久役，婦人獨處。往采藍草，易得之物，而終一朝之久，乃不滿一襜焉。是其憂思而不專於事也。因慨歎曰：昔君子之去也，約五日為歸期。今六日而猶不見焉，如之何而勿思！

之子于狩，言韔其弓❶；之子于釣，言綸之繩❷。（三章）

【注釋】

❶言：語詞，下同。韔：音暢ㄔㄤˋ，盛弓之囊。此作動詞謂盛弓於囊。❷綸：理絲。之：其。

【評析】

(1)朱熹曰：言君子若歸而欲往狩耶，我則為之韔其弓；欲往釣耶，我則為之綸其繩。望之切，思之深，欲無往而不與之俱也。

(2)牛運震曰：預計歸後情事，虛景幻想，寫來濃媚。

其釣維何？維魴及鱮❶；維魴及鱮，薄言觀者❷。（四章）

【注釋】

❶魴：音房ㄈㄤˊ，扁身細鱗之魚，又名鯿魚。鱮：音敘ㄒㄩˋ，即大頭鰱魚。❷觀者：觀之。

【評析】

(1)鄒泉曰：上兼言狩，此偏言釣者，因上章釣之文在下接言之，葢亦舉此以該彼也。

(2)牛運震曰：觀魚非婦人事，然紅粧臨水，正在閒情逸致。一結嫋嫋餘韻。

【總評】

(1)沈守正曰：通詩總是思念之情。末二章則思中之摹擬也。方采綠而忽思髮之曲局而歸沐之，情景可想。五日六日亦是大約言之耳。末二章總是無往而不與之俱。意中事，詩中景也。

(2)牛運震曰：①通篇空處著筆，正有細情柔韻。②無〈伯兮〉之沉摯而婉細過之。

(3)糜文開曰：〈采綠〉詩只是寫望夫情切耳。其高超手法，卻要分兩層來欣賞，才能透澈表裡。表層欣賞，可欣賞心理描寫的深刻生動；裡層欣賞，才能欣賞到隱藏未言的情節。首章寫婦人終朝采綠，忽然發覺頭髮鬅亂，便趕快回家洗頭，這隱藏著：這天正是丈夫約定的五日歸期，她出門采綠，正是去等候丈夫。所以一檢點到頭髮曲局，必得回家打扮一下，才可與丈夫見面。次章言終朝采藍，那已是另一個早晨。詩言「六日不詹」，則是她第六天又出門去等候丈夫的情景了；三四章說以後丈夫出獵垂釣，都得伴他同去。就等於告訴我們她丈夫的出門，只是幾天工夫的漁獵，並非久戍遠役。

(4)普賢曰：婦人望夫，如此熱切，諒係新婚未久也。

黍苗

這是讚美召穆公虎經營謝邑成功的詩。

芃芃黍苗❶，陰雨膏之❷，悠悠南行❸。召伯勞之❹。（一章）

【注釋】

❶芃：音朋ㄆㄥˊ。芃芃：長大茂盛貌。❷膏：潤澤。❸悠悠：遙遠。南行：宣王徙封申伯於謝，命召伯往營城邑。謝在今河南南陽境內，周之鎬京在今陝西，謝在鎬京之南，故曰南行。❹召伯：召穆公虎。勞：音澇ㄌㄠˋ，犒勞，慰勞。

【評析】

(1)蘇轍曰：宣王國申伯於謝，使召伯往營之。召公之勞行者，猶陰雨之膏黍苗也。

(2)何楷曰：勞之謂慰其勞苦，恤其飢渴，拊循勸勉，如天澤沃然。其勞也，蓋膏也。

我任我輦❶，我車我牛❷。我行既集❸，蓋云歸哉❹！（二章）

【注釋】

❶任：裝載。輦：音撚ㄋㄧㄢˇ，挽車。❷謂我車駕於我牛。❸集：成。謂此行任務已完成。❹蓋：猶今語之「那末」。云：語詞。

【評析】

(1)何楷曰：蓋者未定之辭，功既就，庶可言歸哉！

我徒我御❶，我師我旅❷。我行既集，蓋云歸處❸！（三章）

【注釋】

❶徒：徒步之卒。御：駕車。❷五百人為一旅，五旅為一師。❸歸處：回家去居住。

【評析】

(1)牛運震曰：「蓋云」二字極自然，寫出人心踴躍。

肅肅謝功❶，召伯營之；烈烈征師❷，召伯成之❸。（四章）

【注釋】

❶肅肅：疾貌。或釋為嚴正之貌。❷烈烈：威武貌。征師：征行之師。❸成：組成。

【評析】

(1)鄭玄曰：美召伯治謝邑，則使之嚴正；將師旅行，則有威武也。

(2)牛運震曰：第四章纔點營謝，有手法。

原隰既平❶，泉流既清❷。召伯有成❸，王心則寧。（五章）

【注釋】

❶原：高地。隰：低地。土地已治曰平。❷水已治曰清。❸有成：事功有成。

【評析】

(1)輔廣曰：此章又重言營謝之功，水土悉得其平治者，皆召伯成之。而天子之心，亦得以自安也。

(2)牛運震曰：①詳寫謝功有條理。②結到王心則寧，得體。

【總評】

(1)鄒泉曰：首章言召公能勞其役也。二章三章言行役者感激勸勉，必謝功既成而後歸也。四章歸功於召公。末章則美其成功之大也。

(2)何楷曰：謝為荊徐要衝之地，封申伯於此，則足以鎮撫南國，宣王之心則安也……不獨謂其足以篤厚元舅，克副親親賢賢之念已也。

(3)陳僅曰：〈黍苗〉全詩格局嚴整。

(4)普賢曰：詩〈序〉：「〈黍苗〉，刺幽王也。不能膏潤天下，卿士不能行召伯之職焉。」此依篇次，硬列為幽王時詩。朱《傳》始參合〈大雅．崧高〉與此詩內容比照而改定為：「宣王封申伯於謝，命召穆公往營城邑，故將徒役南行，而行者作此。」並云：「此宣王時詩，與〈大雅．崧高〉相表裡。」姚際恆《通論》更指出此為營謝成功時所作，而嫌朱《傳》語意不明，其言曰：「宣王命召穆公營謝，功成，徒役作此。《集傳》謂：『徒役南行，行者作此。』語意不明。如是，則下章何以云『歸』云『有成』乎？〈小序〉謂『刺幽王』，黃東發曰：『詩中明言美召公，而詩序乃以為刺幽王，此類亦何誚晦菴之去〈序〉耶！』此篇與〈崧高〉同一事分大、小雅者，此為士役美召伯之作，彼為朝臣美申伯之作；此為短章，彼為大篇也。」方玉潤《原始》從之，亦曰：「〈黍苗〉，美召穆公營謝功成也。」而其論〈崧高〉、〈黍苗〉分大、小雅，乃「體異故耳」。不以詩之長短分大小，較姚論更為中肯。當代學者，多採此說。

怨悱而不亂是〈小雅〉的特徵，《詩經》中多少篇傾訴著征戍勞役之苦，而此詩二、三兩章連用十個「我」字來表達親切之感，也烘托出戍謝築城完工後，登上歸程時，役夫們熱鬧愉悅的氣氛，最為難能可貴。也足見召伯之深得人心，整篇四提召伯為全詩綱領，讚美得有層次，也有分寸。以「王心則寧」作結，尤為得體。

隰桑

這詩是一個女子單戀私情的自白。

隰桑有阿❶，其葉有難❷。既見君子❸，其樂如何？（一章）

【注釋】

❶隰：音習ㄒㄧˊ，低濕之地。阿：美盛。有阿：即阿然。❷難：音儺ㄋㄨㄛˊ，亦美盛義。有難：即難然。❸君子：公子。

【評析】

(1)牛運震曰：①阿如邱阿之阿，猶《楚辭》所謂枝葉峻茂也。阿字用得奇。②既見者猶未見也，作虛擬之詞，妙。

隰桑有阿，其葉有沃❶。既見君子，云何不樂！（二章）

【注釋】

❶沃：光澤而肥嫩。有沃：即沃然。

【評析】

(1)鄒泉曰：「其樂如何」，欲自言而非言語所能形容也；「云何不樂」，欲自止而非在我所能遏抑也。

隰桑有阿，其葉有幽❶。既見君子，德音孔膠❷。（三章）

【注釋】

❶幽：暗色，即青黑色，同黝。有幽：即幽然。❷德音：別人之語言。德音孔膠：即語音高朗。

【評析】

(1)朱公遷曰：此章見其可樂之實，下章之誠愛，亦本於此耳。

(2)牛運震曰：幽字蒼深可思，膠字恬摯自然。

心乎愛矣，遐不謂矣❶？中心藏之❷，何日忘之？(四章)

【注釋】

❶遐不：胡不。謂：告也。❷謂珍藏之於心中。鄭《箋》讀藏為臧ㄗㄤ，訓善，亦通。

【評析】

(1)姚舜牧曰：愛出於根心，即從而謂之，亦不能盡。但藏之中心，有不能終忘者耳。中心藏正與心乎愛相應。

(2)牛運震曰：①「心乎愛矣」二語與〈秦誓〉「不啻如自其口出」、《楚辭》「思公子兮未敢言」相類，而委婉緜邈過之。②分明是言不能盡，卻說遐不謂矣；分明是思不能忘，卻說何日忘之。搖曳含蓄，雋永纏緜。③「遐不謂矣」故作歇後語；「何日忘之」故作倒翻語。十六字中有千迴百折之勢，真一語令人十日思！

【總評】

(1)黃佐曰：此詩首三章是屢興其見之之喜，末一章是極道其愛之之誠。

(2)糜文開曰：詩〈序〉曰：「〈隰桑〉，刺幽王也。小人在位，思見君子，盡心以事之。」朱子辯說，以為非刺詩，其《集傳》定為喜見君子之詩。然又不知所謂君子何所指，毛《傳》標興體，朱子從之，但又疑為比體。今人大多定此篇為男女相悅期會之詩。文開細味詩意，這只是採桑女子單戀貴族君子之辭。而她的單戀，又只是私情，並未曾表白於君子之前。而君子對她，也並無印象，只是她看到君子經過，便一見鍾情，一往情深，即生出無限的欣慕愛悅來，甚至只要聽到他對人說話的聲音，已經陶醉得不亦樂乎了。但她的愛，只愛在心裡，深藏在心底，永遠不忘記，終究未敢向對方表白。或者有人要問：世間那有這種神祕的愛情？回答是：在古時禮教的社會，女子不能對愛情採取主動的年代，這種尋常女子的祕密的愛，隨時隨地會發生，只是祕密沒有洩露出來，就不為人所知而已。《楚辭》中也說「思公子兮未敢言」，就是顯著的例證。這〈隰桑〉詩，一而再，再而三的強調「既見君子」，只是她見到她心中的君子，並不等於君子見到她啊！寫女子的心理如此深刻，寫女子的癡情如此活現，的確是一篇絕妙好詩，值得我們特別來欣賞一番的。

白華

這是描寫丈夫棄家遠遊，婦人獨守空房，朝夕難忘，懷思成病的詩。她埋怨他，懷疑他，恨他，又罵他，可是，也不能不想念他，只有兀自嘯歌傷懷而已！

白華菅兮❶，白茅束兮。之子之遠❷，俾我獨兮。（一章）

【注釋】

❶白華：野麻。菅：音奸ㄐㄧㄢ，白華已漚謂之菅，此菅字作漚解。❷之子：指遠出之男子。之遠：往遠方。

【評析】

(1)朱熹曰：白華與茅，尚能相依，而我與子，乃相去之遠，何哉！

(2)朱公遷曰：宜相得而反相遺，可怨者也。

英英白雲❶，露彼菅茅❷。天步艱難❸，之子不猶❹。（二章）

【注釋】
❶英英：盛貌。❷露：動詞，謂白雲散而下降，如露之潤物。❸天步：時運。天步艱難：天降災難之意。❹猶：如。

【評析】
⑴朱熹曰：言雲之澤物，無微不被。今時運艱難，而之子不圖，不如白雲之露菅茅也。
⑵牛運震曰：①白雲垂露，又從菅茅推上一層，連遞生情，妙。②英英白雲二句寫朝景如畫，氤氳淡蕩，微妙入神。

滮池北流❶，浸彼稻田。嘯歌傷懷，念彼碩人❷。（三章）

【注釋】
❶滮：音標ㄅㄧㄠ，池名。❷碩：大。碩人：身個高大之人，此處指遠出之人。

【評析】
⑴牛運震曰：①蕭疏悲涼。②「嘯歌傷懷」四字，哀樂合併得妙，寫出怨思神理。

樵彼桑薪❶，卬烘于煁❷。維彼碩人，實勞我心。（四章）

【注釋】
❶樵：採樵。❷卬：音昂ㄤˊ，我。烘：燎。煁：音忱ㄔㄣˊ，無釜之灶，可燎而不可烹飪。

【評析】
⑴牛運震曰：「實勞我心」可怨可思，所謂「亂我心曲」也。語意婉厚之至。

鼓鐘于宮❶，聲聞于外。念子懆懆❷，視我邁邁❸。（五章）

【注釋】

❶鼓：敲擊。❷懆：音草ㄘㄠˇ。懆懆：愁不安也。❸邁邁：恨怒。

【評析】

(1)牛運震曰：「鼓鐘于宮」喻意明白婉切，「念子懆懆」忠愛篤厚之旨。

有鶖在梁❶，有鶴在林。維彼碩人，實勞我心。（六章）

【注釋】

❶鶖：音秋ㄑㄧㄡ，禿鶖，狀如鶴而大，長頸赤目，好啗蛇。

【評析】

(1)蘇轍曰：鶖鶴皆以魚為食，然鶴之於鶖，清濁則有間矣。今鶖在梁而鶴在林，鶖則飽而鶴則飢矣。

鴛鴦在梁，戢其左翼❶。之子無良，二三其德❷。（七章）

【注釋】

❶戢：音吉ㄐㄧˊ，斂。❷猶言三心兩意。

【評析】

(1)王安石曰：鴛鴦能好其匹，雄雌相從，不失其性也。

(2)劉瑾曰：戢其左翼以相依於內，舒其右翼以防患於外，此禽鳥匹偶並棲之常也。
(3)牛運震曰：鴛鴦喻夫婦，雅切。

有扁斯石❶，履之卑兮。之子之遠，俾我疧兮❷。（八章）

【注釋】
❶扁：卑薄。有扁：扁然。❷疧：音底ㄉㄧˇ，病。

【評析】
(1)普賢曰：末章言站在高崗上，人也顯得高昂有神采；站在扁石上，只顯得人兒卑微，那個人離我遠去，使我顯得卑微無光，弄得我晝思夜想，憂鬱成病了。

【總評】
(1)李樗曰：此詩大抵與〈綠衣〉相類。〈綠衣〉專以綠衣取譬，反覆盡其義，而不為不足；此詩比物取譬，雜引暢其旨，而不為有餘。
(2)姚際恆曰：情景淒涼，造語真率。
(3)牛運震曰：比物連類，旁引曲喻，哀而不傷，怨而不怒。幽怨苦思，卻出之以閒細，而歸之於和厚。短調八摺，自有遠神。
(4)陳僅曰：〈白華〉八章，前二句皆托物為比，後二句點本意，射洪〈曲江感遇〉詩格仿始於此。
(5)方玉潤曰：情詞悽惋，託恨幽深。

緜蠻

這詩是行役者不堪長途跋涉、徒步奔跑之苦，而感激主其事者予以體恤的人間溫暖之歌。

緜蠻黃鳥❶，止于丘阿❷。道之云遠❸，我勞如何？飲之食之❹，教之誨之。命彼後車❺，謂之載之❻。（一章）

【注釋】

❶緜蠻：小鳥貌。❷阿：丘之曲處。❸云：語詞。❹飲：音印ㄧㄣˋ。食：音嗣ㄙˋ。均作動詞用。❺後車：副車。❻謂：告。

【評析】

(1)王靜芝曰：言彼緜蠻之黃鳥，止息於丘之曲處矣。因以聯想如我微臣，行役甚苦，止息於路矣。我之行役，道途甚遠，是何等勞苦！但此時帥者，飲我以水，食我以物，教誨我如何行彼艱難之路，渡彼深澗之水。我已無力前進矣，彼帥我者，命彼副車，告之載我而行。遇我之厚，至足感也。

緜蠻黃鳥，止于丘隅❶。豈敢憚行❷？畏不能趨❸。飲之食之，教之誨之。命彼後車，謂之載之。（二章）

【注釋】

❶隅：角。❷憚：害怕。❸趨：疾行。

緜蠻黃鳥，止于丘側。豈敢憚行？畏不能極❶。飲之食之，教之誨之。命彼後車，謂之載之。（三章）

【注釋】

❶極：到。謂到達目的地。

【評析】

(1)張彩曰：行百里者半九十，言末路之難也。故曰畏不能極。

【總評】

(1)糜文開曰：詩〈序〉：「〈緜蠻〉，微臣刺亂也。大臣不用仁心，遺忘微賤，不肯飲食教載之，故作是詩也。」毛《傳》標為興詩，朱《傳》改三章均為比，並云：「此微賤勞苦，而思有所託者，為鳥言以自比也。」詩〈序〉固以此詩在變雅之末，非解為幽王時之刺詩不可，而朱子以全詩託為鳥言，與作者自比，亦不貼切。細味詩文，各章前二句以黃鳥起興，三四句作者自述行役之苦，有力不勝任之感。而下半章章餘則因得主其事者之體恤，予以照顧，故作詩以美之。如此解釋，便覺上司能體恤下屬，人間有溫暖，而全詩亦平實可誦，洋溢著和易的氣氛與充實的光輝。行役者內心有無限感激之情，而也就不覺行役之苦了。

瓠葉

這也是一篇描寫燕飲的詩。

幡幡瓠葉❶，采之亨之❷。君子有酒，酌言嘗之❸。（一章）

【注釋】

❶幡：音番ㄈㄢ。幡幡：反覆翻動貌。❷亨：同烹。❸言：語詞。

【評析】

(1)朱熹曰：蓋述主人之謙詞，言物雖薄，而必與賓客共之也。

有兔斯首❶，炮之燔之❷。君子有酒，酌言獻之❸。（二章）

【注釋】

❶斯：白。❷炮：音袍ㄆㄠˊ，帶毛裹泥燒之。燔：音煩ㄈㄢˊ，以火燒。❸獻：飲酒之禮，主人始酌酒敬賓曰獻。

【評析】

(1)鄭玄曰：凡治兔之宜，鮮者毛炮之，柔者炙之，乾者燔之。

有兔斯首，燔之炙之❶。君子有酒，酌言酢之❷。（三章）

【注釋】

❶炙：音至ㄓˋ，以物貫肉而舉於火上，即烤肉也。❷酢：賓受主人獻酒既飲，乃酌以敬主人曰酢。

有兔斯首，燔之炮之。君子有酒，酌言醻之❶。（四章）

【注釋】

❶醻：同酬。主人復酌自飲，然後再酌以飲賓曰醻。

【總評】

(1)杜預曰：古人不以微薄廢禮，雖瓠葉兔首，猶與賓客享之。

(2)姚舜牧曰：瓠葉之采亨，兔首之燔炙，可謂薄矣。而情由此達，禮由此行，君子不以為簡。《傳》曰：苟有明信，澗溪沼沚之毛，可羞於王公。此之謂也。

(3)牛運震曰：稱物儉而託詞卑，故自質厚。

漸漸之石

這是東征將士，怨行役勞苦的詩。

漸漸之石❶，維其高矣。山川悠遠❷，維其勞矣。武人東征，不皇朝矣❸。（一章）

【注釋】

❶漸漸：同嶄嶄，高峻貌。❷悠遠：遙遠。❸皇：通遑，暇也，下同。朝：音昭ㄓㄠ，早上。此句謂無一早上之空閒。

【評析】

(1)劉彝曰：「漸漸之石，維其高矣」者，謂所歷之路，高峻峭拔，非攀援則不可以登也。「山川悠遠，維其勞矣」者，山窮者，川斷之；川盡者，山間之。重重相間，遠不可極，不曰悠遠乎！

漸漸之石，維其卒矣❶。山川悠遠，曷其沒矣❷？武人東征，不皇出矣❸。（二章）

【注釋】

❶卒：音ㄗㄨˋ，崒之假借，高危之貌。❷曷：何。沒：盡也。謂何能行盡？或釋曷為何時。亦通。❸出：謂出此山而歸還。

【評析】

(1)黃佐曰：不暇謀出，則甚於無朝日之暇矣。

(2)牛運震曰：「曷其沒矣」厭苦之極，山重水複，巘巇窈繚中，確有此悶境。

有豕白蹢❶，烝涉波矣❷。月離于畢❸，俾滂沱矣❹。武人東征，不皇他矣❺。（三章）

【注釋】

❶蹢：音滴ㄉㄧ，蹄也。❷烝：語詞。涉波：涉水。❸離：遭遇。畢：星名。❹俾：使。言月行遭遇畢星，將有滂沱大雨，蓋古有此說。言此以明行役之苦。❺皇：同遑，暇也。他：他事。

【評析】

(1)歐陽脩曰：謂在險阻之中，惟雨是憂，不遑及它也。履險遇雨，征行所尤苦，故以為言。

(2)牛運震曰：一「他」字，含蓄更富。

【總評】

(1)朱公遷曰：一章則兵起在道而無休息之期。二章則懸軍入險而無出險之計。三章則以持戈執戟之勞，有霑體塗足之苦，是以智慮廢而憂患專也。

苕之華

周衰世亂，百物凋殘，人民饑饉，詩人見凌霄花獨盛，因慨歎而作此詩。

苕之華❶，芸其黃矣❷。心之憂矣，維其傷矣❸！（一章）

【注釋】

❶苕：音條ㄊㄧㄠˊ，凌霄，其花紫赤。華：花古字。❷芸：黃色盛貌。❸維：猶何。

【評析】

(1)李公凱曰：周室將衰，如苕華之將落，芸然而黃，不能久矣。是以我心憂愁而自傷所遇之如此也。

苕之華，其葉青青。知我如此，不如無生。（二章）

【評析】

(1)孔穎達曰：上言將落，則此已落矣。又言其葉，明唯葉在耳。

牂羊墳首❶，三星在罶❷；人可以食，鮮可以飽❸。（三章）

【注釋】

❶牂：音臧ㄗㄤ。牂羊：牝羊。墳：大。羊瘠則首大。❷三星：參宿。罶：音柳ㄌㄧㄡˇ，魚笱。❸鮮：音顯ㄒㄧㄢˇ，少。

【評析】

(1)朱熹曰：罶中無魚而水靜，但見三星之光而已。
(2)向相曰：言羊以見陸物，言魚以見水物。其去無羊、魚麗之世遠矣。
(3)牛運震曰：①奇語，亂世氣象如見。②饑饉凋敝，只二語寫得傷心慘目。
(4)方玉潤曰：沉痛語，不忍卒讀。

【總評】

(1)鄒泉曰：首二章言衰世難久存，而深致其感；末章言百物皆彫耗，而不聊其生。見其所以不能久存也。
(2)牛運震曰：辭極疎簡，意極危慘。
(3)糜文開曰：此詩首章先說憂傷，次章更憂傷得沉痛地說「不如無生」，最後第三章才實寫人民饑饉，百物凋殘的慘狀。至此水落石出，讓你明白憂傷的是什麼。這方法有如摸彩領獎，先見摸彩的箱子，然後伸手到箱中將紙條取出，最後打開紙條，才憑紙條所寫去領獎。其方式可稱為水落石出，圖窮見匕式。這方式運用得巧妙，最能得到讀者的愛好。唐人金昌緒的〈春怨〉詩：「打起黃鶯兒，莫教枝上啼；啼時驚妾夢，不得到遼西！」就是用摸彩領獎法做成的水落石出，圖窮見匕式的好詩。

何草不黃

這是人民怨訴兵役之苦的詩。征夫遠離鄉井，奔走四方，朝夕不暇，眼見野獸的閒適自在，而有人不如獸之感。

何草不黃❶！何日不行！何人不將❷！經營四方。（一章）

【注釋】

❶草皆黃，蓋初冬時也。❷將：行。

【評析】

(1)李㮤曰：「何日不行」，以見其一歲之中，無日不行也；「何人不將」，以見其一國之中，無人得免也。

(2)朱公遷曰：以草之憔悴興人之勞苦，而語又相呼也。

(3)牛運震曰：硬排三「何」字，句奇橫之極。只「何草不黃」一語，寫來直有天荒地老之況。

何草不玄❶！何人不矜❷！哀我征夫，獨為非民❸！（二章）

【注釋】

❶玄：赤黑色。❷矜：音官ㄍㄨㄢ，同鰥，病也。無妻亦曰鰥。❸非民：非人，謂不被當作人。

【評析】

(1)李㮤曰：「哀我征夫，獨為非民」言以我征夫為非民乎？蓋以民視之，則仁愛之，必不至於久役也。今既不以民視之，故不復顧惜之也。

(2)牛運震曰：「玄」字更精奇。「獨」字哀音沉壯。

匪兕匪虎❶，率彼曠野❷；哀我征夫，朝夕不暇！（三章）

【注釋】

❶二匪字訓彼；訓非亦通。❷率：循行。此二句因「匪」字之訓釋不同，而有二義：㈠那野牛老虎都可自由自在地

在曠野行走，而人卻行役不休，而有人不如獸之歎。㈡歎己既非野牛又非老虎，為何在曠野中奔波不休？

【評析】

(1)孔穎達曰：野獸可常在外，今非是兕，非是虎，何為久不得歸，常循彼空野之中，與兕虎無異乎？

(2)牛運震曰：此推言匪民之旨。險語奇想，從窮慘之極逼出。

有芃者狐❶，率彼幽草❷；有棧之車❸，行彼周道❹。（四章）

【注釋】

❶芃：音朋ㄆㄥˊ，尾長貌。❷幽：深。❸棧：車高之貌。有棧：即棧然。❹周道：大道。

【評析】

(1)李公凱曰：彼芃然之狐，循於幽草之中，則其宜也；今我何為亦乘此有棧之車，而行彼周道之上乎？

(2)牛運震曰：①此又推言匪兕匪虎之旨。②硬結老甚悲甚。通篇寫草凡三變，色狀都盡。

【總評】

(1)牛運震曰：蹙拗之調，怨而更怒，哀而不思，所謂亡國之音也。

(2)方玉潤曰：純是一種陰幽荒涼景象，寫來可畏。所謂亡國之音哀以思也。詩境至此，窮仄極矣。

(3)糜文開曰：第一章第二章既陳述了行役之苦，已發出了「難道我就偏不是人」而是畜生牛馬的那種極度苦痛的怨語，高峰聳峙，情緒升達頂點，將無以為繼。於是第三章忽改作比體，轉變了方式，用老虎與野牛的悠閒來和他朝夕奔忙作對比，使人反羨慕起畜生來，意義更為深刻。而第四章只以賦體寫眼前景物。他步行著，眼看那狐狸躲進草叢，那高車開過大路，以寫景來表達他無可奈何的情緒作結，尤為傑出。這是最上乘的手法，最高超的技巧。唐詩中最令人激賞的李白王孟詩的神韻，其手法就脫胎於此。李白的〈夜泊牛渚懷古〉詩以「明朝掛帆去，楓葉落紛紛」的寫景作結；孟浩然的〈晚泊潯陽望廬山〉詩以「東林精舍近，日暮但聞鐘」的平敘來收束。這種王漁洋所說的「羚羊掛角，無跡可尋」的技巧，我們確切指出〈何草不黃〉篇有此異曲同工之妙。

大雅

文王之什十篇

文王

文王修德，武王滅商，天命歸周。成王幼年接位，周公旦攝政，追述文王之德，以戒成王及群下。其於天人之際，興亡之理，丁寧反覆，至為深切。所以立於樂官，以為天子諸侯朝會時奏唱的樂歌。

文王在上❶，於昭於天❷！周雖舊邦，其命維新❸。有周不顯❹，帝命不時❺！文王陟降❻，在帝左右❼。（一章）

【注釋】

❶此句謂文王之神在天上。❷於：音烏ㄨ，歎詞，下同。昭：明。❸周自后稷始封，公劉而興。太王遷於岐下，有國甚久，故曰舊邦。而受天命為天子以代殷，則自今始，故曰其命維新。❹不：音義同丕ㄆㄧ，大也，下同。❺帝命：上帝命周代殷之命。時：是，或訓善。❻陟：升。降：下。謂升天降地。此處謂往來之義。❼在帝左右：不離上帝之左右。謂輔佐上帝。

【評析】

(1)王安石曰：周受封自后稷，則為其邦舊矣。至文王而天命之肇造區夏，則其命維新矣。不顯，則所以甚言其顯也；不時，則所以甚言其時也。惟其德之顯，是以為帝命之時也。

(2)牛運震曰：①首章肅奧靈動，函蓋一篇之神。②舊邦新命，點染生色。

(3)方玉潤曰：首章總冒，不過言文王之德與天合一，而造語特奇，此詩文之分也。

亹亹文王❶，令聞不已❷。陳錫哉周❸，侯文王孫子❹。文王孫子，本支百世❺。凡周之士❻，不顯亦世❼。(二章)

【注釋】

❶亹：音偉ㄨㄟˇ。亹亹：勤勉貌。❷令聞：美譽。不已：不止。❸陳：敷陳。或謂申之假借。申：重也。錫：賜。重賜：言賜之多。哉：在。❹侯：維，語詞。❺本：根，謂宗子。支：枝，謂旁系或庶子。❻士：指周王朝異姓之臣而言。❼不顯：丕顯。亦世：奕世。猶言永世累世。

【評析】

(1)王安石曰：凡周之士，亦皆世顯，則秉文之德故也。

(2)黃櫄曰：文王至誠之德，亹亹而不已。則發而為令聞，亦無有窮已。推而及於後世，亦無有窮已。八百其年，三十其世，皆已基於文王之時矣。

(3)姚際恆曰：每四句承上語作轉韻，委委屬屬，連成一片，曹植〈贈白馬王彪〉詩本此。

世之不顯，厥猶翼翼❶。思皇多士❷，生此王國。王國克生❸，維周之楨❹。濟濟多士，文王以寧。（三章）

【注釋】

❶厥：其。猶：謀。翼翼：敬慎也。❷思：語詞。皇：煌，美盛貌。❸克生：能生。❹楨：築牆所用木，在牆兩端者曰楨，兩邊者曰榦。此猶言棟梁。

【評析】

(1)嚴粲曰：牆恃榦而立，國恃人而立，此章述周士之盛。

(2)牛運震曰：「文王以寧」一語愾然仁孝之思。

穆穆文王❶，於緝熙敬止❷！假哉天命❸，有商孫子❹。商之孫子，其麗不億❺。上帝既命，侯于周服❻。（四章）

【注釋】

❶穆穆：美也。❷緝熙：繼續不絕。止：語詞。❸假：大。❹有：保有。❺麗：數。不億：不止一億。❻侯：維。

【評析】

(1)朱熹曰：言穆穆然文王之德，不已其敬如此，是以大命集焉。以有商孫子觀之，則可見矣。蓋商之孫子，其數不止於億，然以上帝之命集於文王，而今皆維服於周矣。

侯服于周，天命靡常❶。殷士膚敏❷，祼將于京❸。厥作祼將❹，常服黼冔❺。王之藎臣❻，無念爾祖❼！（五章）

【注釋】

❶靡常：無常。❷殷士：指殷商後人。膚：美。敏：疾速。❸祼：音灌ㄍㄨㄢˋ，以鬯酒獻尸，尸受酒灌於地，以降神也。將：進奉。京：周京。二語謂殷人助祭於周。❹厥：其。❺黼：音甫ㄈㄨˇ，繡有黑白相間斧形花紋之禮服，古代貴族所穿。冔：音許ㄒㄩˇ，殷朝貴族所戴之禮帽。謂周人寬大不令殷人改其冠服也。❻藎：音進ㄐㄧㄣˋ。藎臣：忠臣。❼爾：指所戒之對象成王及其臣下而言。祖：指文王。

【評析】

(1)嚴粲曰：不以文王為念，則將墜厥緒。周之孫子臣士，又將服周之服而助祭於他人之廟矣。此章述殷士祼將之事以為戒也。

(2)牛運震曰：商孫臣周，卻以天命前後繚繞言之，反復頓挫有情。

無念爾祖，聿脩厥德❶。永言配命❷，自求多福。殷之未喪師❸，克配上帝❹。宜鑒于殷，駿命不易❺！（六章）

【注釋】

❶聿：語詞。厥：其。❷言：語詞。配命：配合天命。❸師：眾。喪師：指紂失天下。❹克：能。❺駿：大。易：容易。或更易。

【評析】

(1)蔣悌生曰：周之受命始於文王，後王當思文王所以受命者，在於修德。而所謂修德者，蓋無一時一事之不合乎理。而其所以求多福之機，又在己而不在人也。周之後王，可不以殷為鑒，而思天命之不易保乎？王業興廢之由，天人感應之機，反覆詳切如此。

(2)牛運震曰：沉鬱幽邃，驚心動魄，一篇精神凝會處。

命之不易，無遏爾躬❶。宣昭義問❷，有虞殷自天❸。上天之載❹，無聲無臭❺。儀刑文王❻，萬邦作孚❼。（七章）

【注釋】

❶遏：絕。爾躬：你身。❷宣昭：明著。義問：美譽。❸有：又。虞：思度。殷自天：殷之所以興廢皆由天。❹載：事。❺臭：音秀ㄒㄧㄡˋ，氣味。❻儀：式。刑：法。言以文王為法式。❼作：則。孚：信。言萬邦則信服於周。

【評析】

(1)呂大臨曰：凡欲配天命者當法天，然天無聲臭可求，苟儀刑文王，則天德全矣，此萬邦所以作孚。

(2)牛運震曰：①無遏爾躬，說來森厲可畏。②有虞殷自天，佶屈拗折，似殷盤〈周誥〉中語。③儀刑文王二語，結出一篇主意，敦醇和大。

(3)方玉潤曰：天無聲臭可求，唯法文王即所以法天，應首章與天合德作收，法極嚴整。

【總評】

(1)牛運震曰：通篇每以首尾蟬聯為章法。二章至五章中腰過接跌頓，自成一格。

(2)普賢曰：〈文王〉篇的內容，簡言之，不外「敬事上帝，敬守祖德」八字，更簡則為「敬天敬祖」四字而已。朱熹曰：「此詩之首章，言文王之昭於天，而不言其所以昭；次章言其令聞不已，而不言其所以聞；至於四章然後所以昭明不已者，乃可得而見焉。然亦多詠歎之言。而語其所以為德之實，則不越乎敬之一字而已。然則所謂脩厥德而儀刑之者，豈可以他求哉？亦勉於此而已矣！」我國周初思想，於此可見一斑。

大明

這是《詩經》中追敘周代史蹟的著名史詩之一。詩中敘述武王伐商經過，而以周之有天下，歸功於文王之以德受天命，並追溯及於大任大姒二母的天作之合。

明明在下❶，赫赫在上❷。天難忱斯❸，不易維王❹。天位殷適❺，使不挾四方❻。（一章）

【注釋】

❶明明：謂有明德。在下：在人間。❷赫赫：顯赫。在上：在天上。❸忱：音沉ㄔㄣˊ，信賴。斯：語詞。❹言保王業不容易。❺位：立。適：音義同敵。❻使不挾有四方。

【評析】

(1)董仲舒曰：善言天者，必有徵於人。天人相通之故，亦微矣哉！此詩首二句即揭出天人感通之故，以為一篇綱領。「天位殷適，使不挾四方」，逆天者，天必亡之也。天監在下，而命集於文王；上帝式臨，而保佑乎武王。順天者，天必興之也。「使不挾四方」，「使」字說得威靈赫然。所謂危言以惕之，而告諸天之不假易也。

(2)牛運震曰：首二句嚴竦，壓得通篇氣勢住。天命靡常，維德是與，此一篇本意，開端指明。後文但紀事不加斷語，較前篇格變。

摯仲氏任❶，自彼殷商，來嫁于周。曰嬪于京❷，乃及王季❸，維德之行❹。大任有身❺，生此文王。（二章）

【注釋】

❶摯：國名。仲氏：次女。任：姓。摯國任姓之次女，即本詩中所稱之大任，為王季之妻，文王之母。❷曰：語詞。嬪：婦。此處作動詞，謂嫁而為婦也。京：周京。❸王季：太王之子，文王之父，名季歷。❹行：音杭ㄏㄤˊ，行列，猶齊等。謂大任之德與王季齊等。❺有身：謂懷孕。

【評析】

(1)陳櫟曰：聖賢之生，不偶然也。有配偶之賢，而後有嗣續之賢。故詩推本聖賢之生，往往自其所從來。如生民言稷而及姜嫄，此言文王而及大任，下章言武王而及大姒，皆是也。其意深矣。

維此文王，小心翼翼。昭事上帝❶，聿懷多福❷。厥德不回❸，以受方國❹。（三章）

【注釋】

❶昭：明。謂心地光明（誠心誠意）敬事上帝。❷聿：語詞。懷：保有。❸厥：其。回：邪。❹受：承受，保有。方國：四方來附之國。

【評析】

(1)朱善曰：聖人之德敬為大。泛言之而為德，切言之而為敬。敬者德之輿也，無敬則德不行。聖人之敬，上與天心合，下與人心合。故以之事天，非有心於求福也，而自足以來多福；以之治人，非有心於求媚也，而自足以受方國。其德之不回，即其心之敬者為之也。

(2)牛運震曰：敘周家世伐（普賢按：當為代字）卻從閨門女德推本言之，意致極別，正極篤厚。

天監在下❶，有命既集❷。文王初載❸，天作之合。在洽之陽❹，在渭之涘❺。文王嘉止❻，大邦有子❼。（四章）

【注釋】

❶監：視。❷集：至。❸載：年。❹洽：水名。水北曰陽。❺渭：水名。涘：音四ㄙˋ，水涯。❻嘉：美。止：語詞。❼大邦：謂莘國。子：女子，指大姒。以上二句為倒裝語法，謂大邦有女，文王嘉美之也。

【評析】

(1)嚴粲曰：述天生大姒以配文王也。文王有盛德，而天監之於下，天命集焉。天為生配，在洽水之北，渭水之涯，指莘國也。

大邦有子，俔天之妹❶。文定厥祥❷，親迎于渭。造舟為梁❸，不顯其光❹。（五章）

【注釋】

❶俔：音欠ㄑㄧㄢˋ，譬喻。妹：少女。謂莘女之美好譬如天上之少女也。❷文：禮。祥：吉。言以禮定下吉事，即今之所謂訂婚也。❸造舟相接以為橋梁。❹不：丕，大。謂大顯其光彩。

【評析】

(1)姚舜牧曰：詩於大任大姒備敘其所出，而於嫁嬪親迎之禮，一一詳之。見聖人重大禮而不苟且，以見其合之非偶也。

(2)牛運震曰：祥藹和大，是王者婚禮氣象。

有命自天，命此文王。于周于京❶，纘女維莘❷，長子維行❸。篤生武王❹，保右命爾❺，燮伐大商❻。（六章）

【注釋】

❶于周之京。❷纘：音贊ㄗㄢˋ，繼，謂繼大任之后位者。或為嬇之假借，美好意。莘：國名，為大姒之國。❸長子：謂文王，為王季之長子。行：齊等。❹篤：厚。謂天生武王很篤厚。❺右：助。天保之，天助之，而又天命之。爾：語詞，或指武王。❻燮：音謝ㄒㄧㄝˋ，躞字之省體，意為行。燮伐大商：謂進軍攻伐大商。

【評析】

(1)牛運震曰：①屢提天命，極精神。②保右命三字三義，跌頓出伐商，嚴重有體。

(2)方玉潤曰：次章至六章，皆歷敘文武生有聖德，並非偶然。蓋天作之合，故父子夫婦之間，皆有盛德以相配偶而生聖嗣。在文法此為鋪敘閒文，在詩意此為追述要義。

殷商之旅❶，其會如林❷。矢于牧野❸：「維予侯興❹，上帝臨女❺，無貳爾心。」（七章）

【注釋】

❶旅：眾，指軍隊。❷會：聚集。❸矢：誓，謂誓師。牧野：地名，在今河南省淇縣境。❹侯：乃。謂予今當興起。❺女：汝。臨女：監視汝。

【評析】

(1)王安石曰：明文武之興，以德不以力也。

(2)牛運震曰：末二句陡下警勸語，精神悚動。

牧野洋洋❶，檀車煌煌❷。駟騵彭彭❸，維師尚父❹，時維鷹揚❺。涼彼武王❻，肆伐大商❼。會朝清明❽。（八章）

【注釋】

❶洋洋：廣大。❷檀：堅木，宜為車。煌煌：鮮明。❸騵：音原ㄩㄢˊ，赤身黑尾而腹部又有白毛之馬曰騵。彭彭：盛壯貌。❹師：太師。太公望為太師而號尚父。❺鷹揚：如鷹之飛揚，形容師尚父之勇武。❻涼：輔佐。❼肆：恣縱，言縱其兵。❽會：合，言會戰。清明：天氣清朗。

【評析】

(1)嚴粲曰：會戰之朝，乃雨止而清明，是天相之也。史載行師以雨敗者多矣，故以會朝清明，為得天助。大公先涉，畢陳，而雨止，故以尚父鷹揚發之。

(2)牛運震曰：只會朝清明一語，結出應天順人，廓清六合氣概。

(3)方玉潤曰：清明作收，與明明赫赫相應，用字亦極不苟如是。

【總評】

(1)吳師道曰：此詩言王季大任之德，以及文王；言文王大姒之德，以及武王；又言武王伐商，以及尚父。明一家祖孫父子，夫婦婦姑，皆有盛德。而又有將帥之賢，師眾之盛。至於天命之保佑，昭事之聿懷，天之與聖人，又相與為一。蓋無一而不盡其道。詩人形容之備，莫過於此。

(2)牛運震曰：平敘簡質，而佈置寬綽，骨法勁動。

(3)方玉潤曰：全詩六句八句相間成章，又是一格。

緜

這是一篇歌唱太王遷岐，為文王之興奠基的史詩。

緜緜瓜瓞❶。民之初生❷，自土沮漆❸。古公亶父❹，陶復陶穴❺，未有家室。（一章）

【注釋】

❶緜緜：連續不絕貌。瓞：音迭ㄉㄧㄝˊ，瓜之小者。❷民之初生：猶言生民之始，意謂周之先世。指公劉言。❸土：讀為杜ㄉㄨˋ，古水名，在豳地。沮：借為徂，往也。漆：古水名，亦在豳地。❹亶：音膽ㄉㄢˇ。古公亶父：即太王。古公其號，亶父其字。❺陶：挖掘。復：通覆，洞穴之簡易者曰穴，複出而多歧者曰覆。穴：謂窰洞。

【評析】

(1)孔穎達曰：周語云：「昔我先世后稷，以服事虞夏。及夏之衰，棄稷不務。我先王不窋用失其官，而自竄於戎狄之間。」公劉者，不窋之孫，至公劉而盡以郃民遂往居焉。是定國於豳，自公劉始也。太王之基王業，在於岐周始盛。故〈閟宮〉云：「居岐之陽，實始翦商。」但在岐始盛，由未遷已得民心，故本周之興自於漆沮也。

古公亶父，來朝走馬❶，率西水滸❷，至于岐下❸。爰及姜女❹，聿來胥宇❺。（二章）

【注釋】

❶來朝：來早。❷率：循。滸：水涯。❸岐下：岐山之下。岐山：在今陝西岐山縣。❹爰：乃。姜女：姜姓之女，謂太王之妃大姜。❺聿：語詞。胥：等候，停留。宇：居。

【評析】

(1)錢天錫曰：大王當間關去國，而相土擇居，規模宏遠，種種皆興王之兆。姜女與大王共起艱危，得其贊助，所謂天立厥配者也。

(2)牛運震曰：避亂遷國，極不得意事，卻寫得雄爽風流。只「來朝走馬」一語，形容精神風采如見。

周原膴膴❶，堇荼如飴❷。爰始爰謀❸，爰契我龜❹。曰止曰時❺，築室于茲。（三章）

【注釋】

❶周原：周地之原，謂岐下之地。膴：音五ㄨˇ。膴膴：肥美貌。❷堇：音僅ㄐㄧㄣˇ，菜名。荼：苦菜。飴：音移ㄧˊ，糖漿。❸爰：於是。❹契：音氣ㄑㄧˋ，刻。刻龜甲為橢圓形小孔，然後以火灼而卜之。❺曰：語詞。時：亦止也。言龜卜之兆，以為可以止居於此。

【評析】

(1)李樗曰：古之建國，必有以相土之宜。土地既善，然後稽之於卜筮。

(2)姚舜牧曰：公劉遷豳時，「相其陰陽，觀其流泉，度其隰原。」此云「周原膴膴，菫荼如飴」，大抵風氣之美惡，略見於山川；而精蘊之祕藏，可徵於生物。知此理，而地不難識矣。

迺慰迺止❶，迺左迺右❷；迺疆迺理❸，迺宣迺畝❹。自西徂東❺，周爰執事❻。（四章）

【注釋】

❶迺：同乃。慰：居。❷言乃有居左者有居右者。❸疆：劃分大地界。理：細分每區界址。❹宣：開墾。畝：做成田畝。❺徂：音ㄘㄨˊ，往。❻周：周地。爰：於是。周爰執事：於是在周地執行事務。

【評析】

(1)輔廣曰：慰止左右，則民居各有定，而得以營立矣。疆理宣畝，則民田各有分，而得以耕治矣。周爰執事，凡經始之事，所當為者，無不盡也。

(2)蔣悌生曰：建國之初，必先正疆界，以立其大綱。然後及庶事以盡條目。蓋遷國甫定，凡事未備，既有以定民之居，即所以制民之產。

乃召司空❶，乃召司徒❷，俾立室家❸。其繩則直❹，縮版以載❺，作廟翼翼❻。（五章）

【注釋】

❶司空：官名，掌營建事務。❷司徒：官名，掌工役事務。❸俾：使。❹其繩則直：以繩度之而直。蓋營建房屋，必以繩量其地基之直否。❺縮版：以繩捆縮築牆之版。載：讀為栽ㄗㄞ，築牆長版。以載：謂樹立築牆長版。❻翼翼：嚴正貌。

【評析】

(1)劉彝曰：其繩則直，捄其基址必正也。縮版以載，築其垣墉必堅也。

(2)牛運震曰：①敘得鄭重英奮。②「未有室家」「俾立室家」遙作應答。中間「築室于茲」暗綰合之，脈法甚密。

捄之陾陾❶，度之薨薨❷，築之登登❸，削屢馮馮❹。百堵皆興❺，鼛鼓弗勝❻。（六章）

【注釋】

❶捄：音具ㄐㄩˋ，盛土於梩。按：梩為運土之車。陾：音仍ㄖㄥˊ。陾陾：聲也。此處係指倒泥土之聲音。❷度：投，謂投土於版。薨：音烘ㄏㄨㄥ。薨薨：形容投土之聲音。❸築：以杵搗土使堅。登登：搗土之聲音。❹削：削去。屢：即婁，婁與僂同，謂牆面之高出處。馮：音平ㄆㄧㄥˊ。馮馮：猶今言砰砰，形容削牆之聲音。❺堵：城牆一方丈曰一堵。百堵為一小城。❻鼛：音高ㄍㄠ，大鼓，擊鼓所以動眾。弗勝：不勝其擊，謂鼓聲跟不上工役快速之工作。或釋「勝」為凌駕、超過，即敲鼓之聲蓋不過薨薨、登登……等聲音。亦通。

【評析】

(1)輔廣曰：言治宮室獨詳於版築之事者，蓋垣牆所以圍乎外，舉此則其中眾役可知。又版築比之其他工役為最勞，至於百堵皆興，鼛鼓弗勝，則人之樂事，於是為至矣。

迺立皋門❶，皋門有伉❷；迺立應門❸，應門將將❹。迺立冢土❺，戎醜攸行❻。（七章）

【注釋】

❶臯：音高ㄍㄠ。臯門：王宮之外門。❷伉：高大貌。有伉：伉然。❸應門：王宮之正門。❹將：音槍ㄑㄧㄤ。將將：嚴正貌。❺冢：音腫ㄓㄨㄥˇ，大。冢土：大社。王為群臣所立之社為大社。社：土神。❻戎：西戎。醜：惡類。攸：語詞，或釋為以。行：音杭ㄏㄤˊ，離去。

【評析】

(1)黃一正曰：外門以聳觀望，故曰有伉；內門布列象魏，故曰將將。社雖非為戎醜而立，凡出軍，必先宜於社；軍歸，必獻於社。故特舉以為服昆夷之端。

(2)牛運震曰：規模草創，氣局宏遠，一一寫得出。

肆不殄厥慍❶，亦不隕厥問❷。柞棫拔矣❸，行道兌矣❹。混夷駾矣❺，維其喙矣❻。（八章）

【注釋】

❶肆：發語詞。殄：音忝ㄊㄧㄢˇ，絕。厥：其。指昆夷言。慍：怒。❷隕：音允ㄩㄣˇ，墜。問：恤問。二語謂雖不能息絕昆夷之怒，但亦不失墜對昆夷之恤問。此孟子所謂文王事昆夷之意。❸棫：音域ㄩˋ，叢生有刺之小木。拔：拔去。❹兌：通。❺混：音昆ㄎㄨㄣ。混夷：即鬼方，西北之戎。駾：音兌ㄉㄨㄟˋ，奔突貌。❻喙：音會ㄏㄨㄟˋ，困。

【評析】

(1)朱善曰：昆夷之慍，患之自外至者也；內治之修，政之由中出者也。自外至者，聖賢之所不能必；由中出者，聖賢必加勉焉。蓄積累之既久，培植之既厚，至於木拔道通，則屈不終屈，而必於伸；晦不終晦，而必於顯。昆夷之竄，自有不期然而然者矣。

(2)牛運震曰：①四「矣」字渾妙，神情躍然，如有神助。②「維其喙矣」，真痛快。一「維」字傳出窮蹙之極，計無復之之神。

虞芮質厥成❶，文王蹶厥生❷。予曰有疏附❸，予曰有先後❹，予曰有奔奏❺，予曰有禦侮❻。（九章）

【注釋】

❶芮：音瑞ㄖㄨㄟˋ。虞、芮：二國名。質：正。成：平。言虞芮爭田，往求質正於周。至，則見耕者讓畔，仕者讓位，乃慚而平息其爭端。❷蹶：音貴ㄍㄨㄟˋ，動。生：同性。謂文王有以感動其性也。❸予：我們。曰：語詞，下同。疏附：疏遠者來親附。❹先後：先親附者率導後者來親附。❺奏：一作走。奔奏：奔走侍奉之臣。❻禦侮：抵禦外侮之臣。

【評析】

(1)蘇轍曰：虞芮欲質其成，而文王有以動之，使其禮義廉恥之心，油然而生。君子曰：文王之所以能至於此者何哉？予以為其臣無所不具。其臣無所不具者，文王之盛德也。

(2)牛運震曰：硬排四「予曰」，古拗橫肆，結法大奇。

【總評】

(1)普賢曰：全篇以首句瓜瓞連緜作比開始，詩亦以充分運用連緜式見長，而逐章句法變化，各有面目，形成整個連綿式之大成，音調氣勢特別好，建立此詩特有之風格，讀來令人愛不忍釋。全詩結構完美，末四句以肆筆直收，尤饒奇姿。是〈大雅〉中成熟的作品，可作為一件上乘的藝術品來欣賞。

棫樸

這是頌美周王的詩。

芃芃棫樸❶，薪之槱之❷。濟濟辟王❸，左右趣之❹。（一章）

【注釋】

❶芃：音朋ㄆㄥˊ。芃芃：茂盛貌。棫、樸：皆叢木名。❷薪：采以為薪。槱：音酉ㄧㄡˇ，聚木燃之以祭天神。❸濟濟：莊嚴恭敬貌。辟：音必ㄅㄧˋ。辟王：即君王，指周王。❹趣：通趨，疾行以赴之。

【評析】

(1)韋調鼎曰：薪之取，材之廣也；槱之儲，材之豫也。趣者，盛德感人，爭趣而不能已也。

濟濟辟王，左右奉璋❶。奉璋峨峨❷，髦士攸宜❸。（二章）

【注釋】

❶奉：捧也。璋：半圭。此謂璋瓚。瓚：祭祀時灌酒之器。❷峨峨：盛壯貌。❸髦：音毛ㄇㄠˊ，俊也。髦士：英俊之士，指周王之大臣。攸：所。

【評析】

(1)輔廣曰：此因首章所言，而賦以足成其意。俊髦之士，至誠一意，於奉璋助祭之時，峨峨然無不得其所宜，尤可見其趣向之意。

淠彼涇舟❶，烝徒楫之❷。周王于邁❸，六師及之❹。（三章）

【注釋】

❶淠：音譬ㄆㄧˋ，舟行貌。涇：水名。❷烝：眾。楫：櫂也，此作動詞用，謂划動。❸于邁：往行。此指周王出征。❹六師：六軍，天子六軍。及：與。謂六軍隨行。

【評析】

(1)黃佐曰：人心莫同於同舟共濟。周王邁而六師及，何以異此？故以為興。

(2)牛運震曰：此二章舉祀與戎以見義，所謂左右趣之也。

倬彼雲漢❶，為章于天❷。周王壽考❸，遐不作人❹？（四章）

【注釋】

❶倬：音卓ㄓㄨㄛˊ，明貌。雲漢：天河。❷章：文彩。❸考：老也。❹遐：何。謂何能不造就人才邪？

【評析】

(1)牛運震曰：①首二語最高華之句。②興意從天文人文之說生出，寫得異樣精采。

追琢其章❶，金玉其相❷。勉勉我王❸，綱紀四方❹。（五章）

【注釋】

❶追：雕。其：指周王。章：文彩。❷相：質。二語美周王如雕琢之金玉也。❸勉勉：勉之不已。❹綱：網之主繩，

拉以收之者。紀：總理之。言總理四方之國。

【評析】

(1)牛運震曰：語極精練。末章歸到主德，此作人育才之本也。

【總評】

(1)朱公遷曰：此亦以昭先王之德，使人知周所以得天下之故也。五章之序：首以左右言，次以六師言。至作人綱紀，則盡乎人矣。人心所以歸之之故，於此見矣。

旱　麓

這也是頌美周王的詩。

瞻彼旱麓❶，榛楛濟濟❷。豈弟君子❸，干祿豈弟❹。（一章）

【注釋】

❶旱：山名。麓：山腳。❷榛：音珍ㄓㄣ。楛：音戶ㄏㄨˋ。皆木名。濟濟：眾多。❸豈弟：同愷悌，和樂平易。君子：指所頌美之周王。❹干：求。祿：福。謂君子以愷悌之德求福。

【評析】

(1)朱公遷曰：此皆莫之致而至者。故以自然之理為興。旱麓無意於榛楛，而榛楛自生之，以其地之美也。君子無意於福祿，而福祿自歸之，以其德之盛也。

瑟彼玉瓚❶，黃流在中❷。豈弟君子，福祿攸降❸。（二章）

【注釋】

❶瑟：潔鮮貌。瓚：音贊ㄗㄢˋ。玉瓚：瓚以玉為柄，以黃金為勺。❷流：流水之口。瓚有流，以黃金為之，色黃，故曰黃流。在中：流在器之中央。❸攸：所。

【評析】

(1)輔廣曰：此又承上章，豈弟君子，則福祿自然降下其躬，蓋亦不待乎求之之意。

鳶飛戾天❶，魚躍于淵。豈弟君子，遐不作人❷？（三章）

【注釋】

❶鳶：音淵ㄩㄢ，狀似鷹而嘴較短，尾較長。戾：至。❷遐：何。謂何能不造就人才邪？

【評析】

(1)謝良佐曰：鳶飛戾天，魚躍于淵，猶韓愈謂魚川泳而鳥雲飛，上下各得其所也。詩人言如此氣象，周家作人似之。

(2)牛運震曰：寫得生機動盪，微妙入神。

清酒既載❶，騂牡既備❷。以享以祀❸，以介景福❹。（四章）

【注釋】

❶載：設。❷騂：音星ㄒㄧㄥ，赤色牲。備：全俱。❸享：獻。❹介：音丐ㄍㄞˋ，求也。景福：大福。

【評析】

(1)朱公遷曰：德有以及乎人，斯有以感乎神矣，故其受福之必然如此。

瑟彼柞棫❶，民所燎矣❷。豈弟君子，神所勞矣❸。（五章）

【注釋】

❶瑟：茂密貌。柞、棫：皆木名。❷燎：爨也。柞棫為民炊爨之所用，故民不患無柴木也。❸勞：音澇ㄌㄠˋ，慰勞。

【評析】

(1)輔廣曰：此又承上章而言豈弟君子，必為神所慰撫，別祭必受福，亦其宜也。

(2)牛運震曰：勞字愜摯，正是神人接洽處。

莫莫葛藟❶，施于條枚❷。豈弟君子，求福不回❸。（六章）

【注釋】

❶莫莫：茂盛貌。❷施：音易ㄧˋ，拖蔓。枚：樹幹。葛藟纏繞是依附之意，以興君能有為，眾民依之。❸回：邪。不回：守正不邪。

【評析】

(1)黃佐曰：求福不回，就求福本於豈弟上，見德在是而福亦在是耳。《易》曰：受茲介福，以中正也。

【總評】

(1)方玉潤曰：前後均泛言福祿，中間乃插入作人、享祀二端。蓋享祀是此篇之主，而作人則推原致福之由。得人者昌，天必相之矣。

思齊

這是歌頌文王之德的詩。並歷陳大姜大任大姒之德。

思齊大任❶，文王之母。思媚周姜❷，京室之婦❸。大姒嗣徽音❹，則百斯男❺。（一章）

【注釋】

❶思：語詞，下同。齊：同齋，莊敬。大：音太ㄊㄞˋ。大任：王季之妃，文王之母。❷媚：美好。周姜：太王之妃，王季之母大姜。❸京室：王室。❹大姒：文王之妃。嗣：繼承。徽：美。音：聲譽。❺斯：其。百男：言其多。

【評析】

(1)孔穎達曰：大任能上慕先姑之所行，下為子婦之所續，是其德行純備，故生聖子，是文王所以聖也。

(2)牛運震曰：①此詩咏歌文王之德，卻敘三母發端，何等愫篤温厚。②齊字淵靜，媚字柔厚，一齊字括大任，一媚字括周姜，俱有妙理。

惠于宗公❶，神罔時怨❷，神罔時恫❸。刑于寡妻❹，至于兄弟，以御于家邦❺。（二章）

【注釋】

❶惠：孝順。宗公：先公。謂文王能事祖考之神。❷罔：無。時：所。謂神乃無所怨。❸恫：音通ㄊㄨㄥ，痛也，謂

神無所傷痛。❹刑：儀法，示範。寡妻：正妻。❺御：治理。

【評析】

(1)輔廣曰：此言文王之德，足以和神人，治家國，以足前章之意。其序則先尊而後卑，先親而後疏也。

(2)方玉潤曰：數語為全詩之主。

雝雝在宮❶，肅肅在廟❷。不顯亦臨❸，無射亦保❹。(三章)

【注釋】

❶雝：音雍ㄩㄥ。雝雝：和也。宮：闈門之內。此指文王在闈門之內很和易。❷肅肅：敬也。廟：宗廟。謂文王在宗廟之中很肅敬。❸不：丕，大也。顯：光明。亦：猶以。臨：臨民。❹射：音亦ㄧˋ，同斁，厭也。無射：無厭。保：保民。謂文王保愛人民不厭倦。

【評析】

(1)李樗曰：詩人之意，以謂文王之德，外內顯隱如一也。

肆戎疾不殄❶，烈假不瑕❷。不聞亦式❸，不諫亦入❹。(四章)

【注釋】

❶肆：故，所以。戎：大。疾：災難。殄：音忝ㄊㄧㄢˇ，絕。言文王能當大難而不殄絕。❷烈：業。假：大。瑕：過錯。言其大業無過錯。❸不聞：未曾先聞。式：法式。❹入：入於善。

【評析】

(1)孔穎達曰：文王聖德生知，無假學習。不聞人之道說，亦自合於法；不待臣之諫諍，亦自入於道。言其動應規矩，性與天合。

肆成人有德❶，小子有造❷。古之人無斁❸，譽髦斯士❹。（五章）

【注釋】

❶肆：故，所以。成人：冠以上為成人，成年之人。❷小子：童子，未成年之人。造：成就。以上二句謂文王作人之功。❸古之人：指文王。無斁：無厭。謂文王作人不厭。❹譽：稱譽。髦：選擇。言於士人則稱譽之選擇之。

【評析】

(1)王安石曰：初言大姒，則化成乎內也；終言譽髦斯士，則化成乎天下也。

【總評】

(1)陳櫟曰：文王之聖，生之者聖母，助之者賢妃。然文王固不能不資助於大姒而實能修身，以刑于寡妻。三四章皆言修身事也。末章則不特成己，而且能成物矣。

(2)薛瑄曰：〈思齊〉一詩，修身齊家治國平天下之道備焉。

(3)牛運震曰：此詩本為文王作，卻於篇首略點文王，而通篇更不再見，渾融入妙。

皇矣

這是一篇敘述太王、太伯、王季之德以及文王伐密伐崇之事的史詩。於文王之德，敘述尤詳。

皇矣上帝❶，臨下有赫❷。監觀四方，求民之莫❸。維此二國❹，其政不獲❺；維彼四國❻，爰究爰度❼。上帝耆之❽，憎其式廓❾。乃眷西顧❿，此維與宅⓫。（一章）

【注釋】

❶皇：大。❷有赫：赫然，威嚴之貌。❸莫：定。謂求人民之安定。魯、齊二詩作瘼。瘼：疾苦，謂探求人民疾苦，亦通。❹二國：指夏、殷二代。❺獲：猶善。❻四國：四方之國。❼爰：乃。究：尋。度：謀。謂尋覓謀求四方之國，俾得一可承受天命者。❽耆：惡也。❾式：語詞。廓：空虛。謂其無政。❿眷：回顧貌。西顧：顧視西方。周在西。⓫宅：居。言與周人共居。蓋謂天意在周也。

【評析】

(1)牛運震曰：①開端四語領起一篇大勢，古穆堂皇。②從「皇矣上帝」發端，極得體要。篇中帝遷、帝省、帝度、帝謂等字，都生根於此。③「求民之莫」直注到伐暴安民，籠罩甚遠。④「乃眷西顧」寫得指顧飛動。

(2)方玉潤曰：天眷西顧是全篇主腦，卻自求民莫來。天豈有私於周哉！

作之屏之❶，其菑其翳❷；脩之平之❸，其灌其栵❹；啟之辟之❺，其檉其椐❻；攘之剔之❼，其檿其柘❽。帝遷明德❾，串夷載路❿。天立厥配⓫，受命既固。（二章）

【注釋】

❶作：柞之假借，除木曰柞。屏：音摒ㄅㄧㄥˇ，除。❷菑：音資ㄗ，直立未倒之枯木。翳：音亦ㄧˋ，倒於地上之枯木。❸

謂修剪整齊。❹灌：叢生木。栵：音列ㄌㄧㄝˋ，斬而復生之木。❺啟：開。辟：同闢。❻檉：音稱ㄔㄥ，木名，又名河柳。椐：音居ㄐㄩ，靈壽木，多腫節，可以為杖。❼攘、剔：皆除去意。❽檿：音掩ㄧㄢˇ，山桑。柘：音蔗ㄓㄜˋ，木名，亦名黃桑。本章前八句，每二句均為倒裝句法。❾遷：徙。明德：明德之人，指太王。謂上帝將天命遷給明德之人。❿串夷：即混夷，亦即犬戎。載：則。路：奔逃於道路。所謂「混夷駾矣」者也。⓫厥：其。配：配偶。即指太王之妃大姜。

【評析】

(1)輔廣曰：首八句，人事也；後四句，天命也。由天命時，故人事應；由人事治，故天命從也。

(2)方玉潤曰：接敘太王遷岐開闢景象，歸重明德，通篇跟定二字發揮，是周室歷代傳心家學。

帝省其山❶，柞棫斯拔❷，松柏斯兌❸。帝作邦作對❹，自大伯王季❺。維此王季，因心則友❻。則友其兄，則篤其慶❼，載錫之光❽。受祿無喪❾，奄有四方❿。（三章）

【注釋】

❶省：音醒ㄒㄧㄥˇ，視。山：岐山。❷拔：讀為佩ㄆㄟˋ。此句謂將柞棫拔而去之使道通。❸兌：暢茂。❹帝作邦：謂上帝為周立國。對：顯揚，謂使周顯揚於天下。❺大：讀為太ㄊㄞˋ。大伯：太王之長子，王季之長兄，適吳不返，避位讓於王季。此句謂自大伯王季起，周即顯揚於天下。❻因心：出於本心。友：友愛兄弟。❼篤：厚。慶：福。❽載：則。錫：賜。光：光顯。二句謂王季能益修其德以增厚周之福慶，如是則使其兄有讓德之光顯。❾喪：失。❿奄：覆。奄有：盡有。

【評析】

(1)朱善曰：王業之成，雖在於武王得天下之時，而天命之定，已見於大伯讓王季之日。大伯讓焉而無迹，王季受之而無愧。此王業之所由基也。文王創造於前，武王繼續於後，此王業之所由成也。大伯當立而不立，文王可為而不為，故皆謂之至德。非王季之友，無以成大伯之志；非武王之孝，無以成文王之功。武王之孝易知也，王季之友難知也，此詩人所以再三歎詠於王季也。

(2)牛運震曰：①帝省其山，奇語。說得帝天之尊，真有呼吸陟降之神。②雙點大伯王季，卻將大伯撇過，側落王季。轉換脫卸有法。③藏過大伯讓國之德，卻說王季因心之友。細思此際措語甚難，卻自回斡得體。

維此王季❶，帝度其心❷，貊其德音❸，其德克明❹，克明克類❺，克長克君❻。王此大邦，克順克比❼，比于文王❽。其德靡悔❾，既受帝祉，施于孫子❿。（四章）

【注釋】

❶王季：或謂應作文王。❷度：音墮ㄉㄨㄛˋ。度其心：謂使其心智能審度事物判斷義理。❸貊：音莫ㄇㄛˋ，大也。德音：聲譽。❹克：能，下同。明：昭顯。❺類：善。❻堪為長上，堪為君王。❼比：親附。❽謂人民親附於文王。❾靡：無。悔：遺恨。❿施：音亦ㄧˋ，延。

【評析】

(1)鄭樵曰：能為人之長，能為人之君。故使之王此大邦，又能惠順親比其民人也。

帝謂文王：「無然畔援❶，無然歆羨❷，誕先登于岸❸。」密人不恭❹，敢距大邦❺，侵阮徂共❻。王赫斯怒❼，爰整其旅❽，以按徂旅❾，以篤周祜❿，以對于天下⓫。（五章）

【注釋】

❶無然：不可如此。畔：離畔。援：攀援。言舍此而取彼，即見異思遷之意。鄭《箋》謂畔援猶跋扈，亦通。❷歆羨：貪而羨之。❸誕：語詞。登：成。岸：訟。以上三句言帝謂文王勿跋扈以自傲，勿貪求以侵人，但先平理國內獄訟之事可也。❹密：密須氏之國。不恭：不恭順。❺距：抵拒。大邦：指周。❻阮、共：二國名。徂：往，下同。❼赫：赫然，盛怒貌。斯：其。❽爰：於是。旅：軍隊。❾按：阻止。旅：《孟子》引作莒，地名。❿篤：厚。祜：福。⓫對：顯揚。

【評析】

(1)朱善曰：密之敢距大邦，不知事大之禮；侵阮徂共，不知恤小之義。此天理所當怒，而王法所當誅也。

(2)方玉潤曰：以下敘伐密伐崇，連用帝謂文王句，特筆提起，是何等聲靈！通篇文勢皆振。後代文唯韓愈往往有此。

依其在京❶，侵自阮疆❷，陟我高岡❸：「無矢我陵❹，我陵我阿❺；無飲我泉，我泉我池。」度其鮮原❻，居岐之陽❼，在渭之將❽。萬邦之方❾，下民之王。（六章）

【注釋】

❶依：據。京：高丘。言密須氏據其高丘之地。❷自阮疆而侵及周之地。❸陟：登。謂登上高岡向密須氏宣話。❹矢：陳，謂陳兵。❺大陵曰阿。❻度：越過。鮮原：地名，近岐周。❼岐之陽：岐山之南。❽將：側。❾之：是。方：向。言為萬邦所傾向。

【評析】

(1)牛運震曰：「陟我高岡，無矢我陵，無飲我泉」此所謂據高臨下，斷其水道也。正是兵機勝算。

(2)張榜曰：七「我」字乃王者無敵之意，當時辭直理正，威靈氣燄逼人。

帝謂文王：「予懷明德❶，不大聲以色❷，不長夏以革❸。不識不知❹，順帝之則❺。」

帝謂文王：「詢爾仇方❻，同爾兄弟❼。以爾鉤援❽，與爾臨衝❾，以伐崇墉❿。」（七章）

【注釋】

❶懷：眷念，謂眷顧有明德之人。❷聲：喜怒之聲。以：與，下同。色：喜怒之色。❸長：常。夏：夏楚。革：鞭革。❹不識不知：不謀而當，不慮而得。❺則：法則。帝之法則即天道。❻詢：謀。仇方：與國。❼同：和協。兄弟：謂同姓。❽鉤：鉤梯。援：援引而上。鉤援：蓋如今日之繩梯也。❾臨衝：臨車、衝車。臨車以窺敵情，衝車以衝鋒陷陣。❿崇：國名。墉：城。

【評析】

(1)蘇轍曰：文王之德，不以識識，不以智知。漠然無心而與天為徒，故無內外之異，無窮達之變。此天之所以歸之也。

(2)方玉潤曰：不脫「明德」字，三聖明德亦作三樣寫。上章伐密止按旅一句，此下伐崇，備久而後降。是文章詳略相間法。

臨衝閑閑❶，崇墉言言❷。執訊連連❸，攸馘安安❹。是類是禡❺，是致是附❻，四方以無侮❼。臨衝茀茀❽，崇墉仡仡❾，是伐是肆❿，是絕是忽⓫，四方以無拂⓬。（八章）

【注釋】

❶閑閑：車強盛貌。❷言言：高大貌。❸訊：生得之俘虜，可以詢問口供者。連連：繼續不斷。❹攸：語詞。馘：音國ㄍㄨㄛˊ，殺敵而取其左耳（用以報功）。安安：緩慢。❺類：出征祭上帝。禡：音罵ㄇㄚˋ，於行軍所止之處祭神。❻致：招致，使被征地人民前來。附：使被征地人民親附。❼侮：輕慢。❽茀：音弗ㄈㄨˊ。茀茀：車強盛貌。❾仡：音屹ㄧˋ。仡仡：高大貌。❿肆：突擊。⓫忽：滅盡。⓬拂：違逆。

【評析】

(1)輔廣曰：是致是附，仁也；是絕是忽，義也。仁以附之，天下畏之而不敢侮，仁之至也；義以絕之，天下從之而不敢拂，義之至也。非文王與天同德者，其孰能之！

(2)牛運震曰：①伐崇分兩層寫：前段寫得整暇，後段寫得嚴厲。先禮後兵，先撫後勦，此所以為王者之師也。②「四方無侮」，「四方無拂」，直與「監觀四方，求民之莫」暗作收應。

(3)方玉潤曰：一怒而安天下之民，所謂王者之師也。

【總評】

(1)徐常吉曰：各章俱以帝言，見周之所以受命興王者，一本於天，非人力也。

(2)牛運震曰：①一篇周本紀。②鋪敘周家世德，明劃詳密；處處提掇天命帝鑒作主，奧闢警動，長篇結構，不蔓不複，此為大手筆。

靈臺

詩人歌唱文王建造靈臺的經過。

經始靈臺❶，經之營之。庶民攻之❷，不日成之❸。經始勿亟❹，庶民子來❺。（一章）

【注釋】

❶經始：開始量度。靈：古通令，善也。靈臺：善美之臺，文王臺名。❷攻：作。❸不日：不多日。❹亟：同急。❺子來：言庶民樂為，皆如子治父事者前來營作。

【評析】

(1)李樗曰：文王經營之心，本不欲亟也。第以庶民慕文王之德，名為靈臺。如子之事父而來築之也。

王在靈囿❶，麀鹿攸伏❷。麀鹿濯濯❸，白鳥翯翯❹。王在靈沼，於牣魚躍❺。（二章）

【注釋】

❶囿：音又ㄧㄡˋ，養禽獸處。❷麀：音攸ㄧㄡ，雌鹿。攸伏：言安其處，見人不驚懼。❸濯：音卓ㄓㄨㄛˊ。濯濯：肥澤貌。❹翯：音鶴ㄏㄜˋ。翯翯：潔白光澤貌。❺於：音烏ㄨ，歎詞，下同。牣：音刃ㄖㄣˋ，滿。

【評析】

(1)方玉潤曰：飛走鱗介，各適其性，卻處處與王夾寫。見人、物兩忘，不相驚擾之意。描摹物情，體貼入微。

虡業維樅❶，賁鼓維鏞❷。於論鼓鐘❸，於樂辟廱❹。（三章）

【注釋】

❶虡：音ㄐㄩˋ，懸鐘、磬木架之立木。其橫者曰栒。業：栒上之大板。維：與，下同。樅：音聰ㄘㄨㄥ，業上懸鐘磬處，即崇牙。❷賁：音焚ㄈㄣˊ，大鼓。鏞：音庸ㄩㄥ，大鐘。❸論：即倫，謂有序不紊也。❹辟：即璧。廱：音雍ㄩㄥ，亦作雝，水澤。辟廱：天子之學。大射行禮之處，學圓如璧，外環以水，故曰辟廱。

【評析】

(1)孔穎達曰：上言臺沼，此言作樂之意。治世之音安以樂，故在辟廱之內與聞之者，莫不喜樂，是其和之至也。

於論鼓鐘，於樂辟廱。鼉鼓逢逢❶，矇瞍奏公❷。（四章）

【注釋】

❶鼉：音駝ㄊㄨㄛˊ，鱷魚之屬。鼉鼓：以鼉皮所冒之鼓。逢：音蓬ㄆㄥˊ。逢逢：鼓聲。❷矇瞍：有眸子而不能見物曰矇，音蒙ㄇㄥˊ。無眸子之盲者曰瞍，音叟ㄙㄡˇ。古樂師皆以盲瞽充任。奏公：即奏功。功：事也，謂矇瞍奏樂。

【總評】

(1)王志長曰：庶民子來，民之太和；麀鹿攸伏，於牣魚躍，物之太和也；於論鼓鐘，於樂辟廱，君臣之太和也。所謂太和在成周宇宙間也。

(2)方玉潤曰：辟廱鐘鼓，盛世游觀，何等氣象！

(3)糜文開曰：《孟子‧梁惠王》篇引此詩首次兩章，以明「賢者而後樂此」。曰：「文王以民力為臺為沼，而民歡樂之，謂其臺曰靈臺，謂其沼曰靈沼，樂其有麋鹿魚鼈，古之人與民偕樂，故能樂也。〈湯誓〉曰：『時日曷喪？予及汝偕亡。』民欲與之偕亡，雖有臺池鳥獸，豈能獨樂哉！」我們讀了〈文王〉篇，知道文王之德在敬事上帝，即敬天。郊祀敬天是形式上的敬天，更重要的是從事敬天的實際工作。《尚書‧皐陶謨》的古訓，說得最清楚：「天聰明自我民聰明，天明威自我民明威，達於上下，敬哉有土！」這無異說明國以民為本，敬須達於上下，上須祀天，下須愛民。文王愛民如子，為民除疾苦，謀幸福，所以民亦愛戴之若父，樂於為其服役，而文王乃能與民偕樂。這是達於上下的實際效果。商紂的暴虐，是雖祭天而實違敬天之道，所以天命改歸於周，代商為天子，是謂革命。《易》曰：「湯武革命，順乎天而應乎人。」其意即此。

下武

這是讚美武王的文德能繼承先人之緒而有天下，以開後嗣天祐萬年之福的詩。

下武維周❶，世有哲王。三后在天❷，王配于京❸。（一章）

【注釋】

❶下：後。武：繼。言後人能繼德業者，維有周室。❷三后：三君，指太王、王季、文王。三后既歿，故曰在天。❸王：武王。京：鎬京。

【評析】

(1)陳鵬飛曰：哲王謂誰？其在天則太王、王季、文王；其在鎬京，則武王是也。在鎬京者，足以配彼在天者。

王配于京，世德作求❶。永言配命❷，成王之孚❸。（二章）

【注釋】

❶世德：累世所成之德，或謂世世有德。作：則。求：當讀為逑ㄑㄧㄡˊ，配也。言王所以配於京者，由其與世德相配合。❷永：長。言：語詞。配命：配合天命。❸孚：信，謂信用。此二句謂：既能長配天命，故可成其王者之信。

【評析】

(1)嚴粲曰：武王所以配三后於京者，以其善繼述也。所求者先世之德，故能長配天命，有天下而傳無窮。遂成王者之信也。王者之事業，莫大於信。信則天下心服而王也。

成王之孚，下土之式❶。永言孝思❷，孝思維則❸。（三章）

【注釋】

❶下土：人間。式：法。❷言：語詞。謂長存孝敬先人之思。❸則：法。謂其如此之孝思可為法則。

【評析】

(1)劉瑾曰：武王之孝，可為天下之法。此所以為達孝。所謂德教加于百姓，刑于四海，此天子之孝是也。

媚茲一人❶，應侯順德❷。永言孝思，昭哉嗣服❸！（四章）

【注釋】

❶媚：愛。一人：天子，指武王。謂萬民愛戴一人。❷應：當。侯：維，語詞。順：慎。順德：謂慎其修德。言萬民愛戴武王，武王自當更慎其修德。❸昭：明。嗣：繼。服：事。謂光明地繼承先王大業。

【評析】

(1)牛運震曰：此隱指武王伐紂定天下事也。直說嗣服，不更作斡旋語，妙。

昭茲來許❶，繩其祖武❷。於萬斯年❸，受天之祜❹。（五章）

【注釋】
❶許：進。來許：後之來者。謂昭明武王之德於後之來者。❷繩：繼。武：足跡。謂繼承先祖之步武。❸於：音烏ㄨ，歎詞。斯：語詞。❹祜：福。

【評析】
(1)朱公遷曰：此又言武王之道，足以福後世。後王之孝思如武王，則無不受福矣。

受天之祜，四方來賀。於萬斯年，不遐有佐❶！（六章）

【注釋】
❶遐：遠。佐：古作左，疏外也。此句承「四方來賀」言，意謂四方之民，雖千秋萬世，亦不致疏外周室也。或釋「佐」為助。謂「豈不有遠方之人來佐助也」。亦通。

【評析】
(1)黃櫄曰：孝之至，則通於神明，光於四海，而得萬國之懽心。此所以受天之祜，四方來賀也。

【總評】
(1)輔廣曰：首章言武王能纘太王、王季、文王之緒而有天下。中三章言武王善繼善述之孝，又有常永不已之誠，故能成王者之信，為天下之法，以致天下之愛戴如此。末兩章又言武王之成效大驗如此。則其後世子孫，亦將善繼其先人之緒，而久受上天之福，多得天下之助也。
(2)牛運震曰：伐紂定天下，乃武王應天順人，繼志述事之大者。篇中本此立言，而以隱括出之，氣體高渾，包舉一切。

(3)方玉潤曰：前後四章皆首句跟上，蟬聯而下。中兩章忽用第三句相承，格又一變。

文王有聲

這首詩歌頌文王遷豐，武王遷鎬，而有利於周朝王業的發展。

文王有聲❶，遹駿有聲❷。遹求厥寧❸，遹觀厥成❹。文王烝哉❺！（一章）

【注釋】

❶有聲：有其聲譽。❷遹：通聿，語詞，下同。駿：大。❸謂（文王）求其天下之安寧。❹謂觀其事之成功。❺烝：美。

【評析】

(1)黃佐曰：此章將言文王遷豐之事，故先推其心於安民厥成，即謂安民之成功。

(2)牛運震曰：①三排古勁。②一「求」字寫出聖人孳孳安民念頭。

文王受命❶，有此武功❷。既伐于崇，作邑于豐❸。文王烝哉！（二章）

【注釋】

❶受命：受天命。❷武功：指伐崇事。❸作邑：建都。

【評析】

(1)孔穎達曰：武功非獨伐崇而已。所伐邘、耆、密須、混夷之屬皆是也。別言伐崇者，以其功最大，其伐最後，故特言之，為作邑張本。言功成乃作邑也。

築城伊淢❶，作豐伊匹❷。匪棘其欲❸，遹追來孝❹。王后烝哉❺！（三章）

【注釋】

❶伊：猶為。淢：音洫ㄒㄩˋ，城外之溝，即護城河。❷匹：配，相稱也。謂作豐之城與其溝相稱。❸棘：同急。言非急於完成以遂己之欲也。❹遹：慎終追遠之追。來：是。謂追承前王之志以致其孝思。❺后：君也，下同。王后：亦指文王。

【評析】

(1)陳櫟曰：上章言作豐受命於天，此章言作豐追孝於前。以見作豐乃天與前人之心也。

王公伊濯❶，維豐之垣❷。四方攸同❸，王后維翰❹。王后烝哉！（四章）

【注釋】

❶公：古通功。濯：音卓ㄓㄨㄛˊ，大。❷垣：牆，謂城牆。❸攸：所。同：會。言四方之君來朝會。❹翰：幹也。謂四方來歸以文王為楨幹也。

【評析】

(1)曹粹中曰：垣非翰不立，猶四方以豐為根本，而豐以文王為根本。

(2)鄒泉曰：能築此豐之垣，則上以承天意，下以順人民，前以承先王之志，後以開無窮之基，此其功之所以著明也。

豐水東注❶，維禹之績❷。四方攸同，皇王維辟❸。皇王烝哉！（五章）

【注釋】

❶豐水：在豐邑之東，鎬京之西。豐水東北流，經豐邑之東，入渭而注入於黃河。❷績：功。因禹治水，故云。❸皇王：指武王。辟：君。言武王嗣文王為君。

【評析】

(1)唐汝諤曰：兩言四方攸同，而俱就豐說。然一同於文王，謂作豐以容之；一同於武王，即豐亦不能容矣。一以終文之事，一以起武之遷也。

(2)方玉潤曰：豐水之東即鎬。遞下鎬京無迹。

鎬京辟廱❶，自西自東，自南自北，無思不服❷。皇王烝哉！（六章）

【注釋】

❶辟廱：天子之學，見〈靈臺〉。❷思：語詞。謂無不臣服於周矣。

【評析】

(1)劉濟曰：都鎬而先建學，首善之地，教化之原也。

(2)唐汝諤曰：人知武王之得天下在於武功，而不知天下之服武王，由於文德。故首以辟廱為言。

(3)牛運震曰：三句連下，句法古拙。

考卜維王❶，宅是鎬京❷。維龜正之❸，武王成之❹。武王烝哉！（七章）

【注釋】

❶考：稽。考卜：謂稽之於龜卜也。❷宅：居。以上二句謂問卜周王遷居於鎬之吉否。❸正之：謂得吉兆。❹成之：成其功。

【評析】

(1)輔廣曰：此章言武王之居鎬，稽決於龜，而成其居邑。亦非私意之所為。與三章言文王匪棘其欲之意同。

豐水有芑❶，武王豈不仕❷？詒厥孫謀❸，以燕翼子❹。武王烝哉！（八章）

【注釋】

❶芑：草名，見〈小雅．采芑〉。❷仕：事。謂武王豈是無所事乎？❸詒：同遺。謂遺留謀略與其孫也。❹燕：安。翼：護。言以遺謀略者，用以安護其子孫也。

【評析】

(1)牛運震曰：先孫後子，倒說有情。孫言詒，子言燕翼，亦互詞。

【總評】

(1)牛運震曰：①事整文錯，敘述中帶咏歎，故是高調。②每章以贊歎作結，隱寓垂訓嗣王之旨，自然深遠。③篇中或稱文王，或稱王后；或稱皇王，或稱武王。美之不足，故變文錯辭以殊之，亦自義有歸重處。④稱文王以武功，以見文王之文非不足於武也；稱武王以文德，以見武王之武非不足於文也。詳人所略，此自立言得大體處。

生民之什十篇

生民

這是一篇追敘周人始祖后稷的傳說的史詩。主要在寫后稷降生的神話以及他在農業生產上的貢獻。

厥初生民❶，時維姜嫄❷。生民如何？克禋克祀❸，以弗無子❹。履帝武敏❺，歆❻，攸介攸止❼，載震載夙❽；載生載育，時維后稷❾。（一章）

【注釋】

❶厥：其。民：指周部族之人民。❷時：是。維：為。姜：其姓。嫄：其名。炎帝之後，有邰氏之女。❸克：能。禋：音因ㄧㄣ，敬也。或以為一種野祭，用火燒牲，使煙氣上沖於天。祀：一般祭祀。❹弗：祓也。祓除無子之不祥。蓋求子也。❺履：踐。帝：上帝。武：足跡。敏：拇之假借，足大趾。❻歆：欣喜。❼攸：乃。介：舍息。❽載：則。震：動也。或通娠，懷孕。夙：肅敬。或謂當作孕，因字形相近而訛。❾后稷：名棄，相傳為堯時稷官，為周之始祖，故周人尊之曰后稷。

【評析】

(1)牛運震曰：八字發端，全神俱動。不曰祈有子，而曰弗無子，字意深妙。

誕彌厥月❶，先生如達❷；不坼不副❸，無菑無害❹。以赫厥靈❺，上帝不寧❻。不康禋祀❼，居然生子！（二章）

【注釋】

❶誕：發語詞，下同。彌：滿。滿妊娠之月。❷先生：第一胎所生。達：小羊。小羊易生，而人頭胎難生，此言后稷雖為第一胎，然如小羊出生之易也。因其有神異故。❸坼：音撤ㄔㄜˋ。副：音皮ㄆㄧˊ。坼、副：開裂意。謂生產順利不致破裂產門。❹菑：同災。❺赫：顯。厥靈：其靈，謂上帝之靈驗。❻不寧：不安。❼不康：不安。徒以禋祀而無人道，居然生子，懼時人不信，故不安也。或讀不為丕ㄆㄧ，大也。不寧即大安，不康亦大安。謂上帝安於姜嫄之禋祀也。亦通。

【評析】

(1)牛運震曰：「以赫厥靈」寫得靈聳透露。「居然」二字飄動。

誕寘之隘巷❶，牛羊腓字之❷。誕寘之平林❸，會伐平林❹。誕寘之寒冰，鳥覆翼之。鳥乃去矣，后稷呱矣❺。實覃實訏❻，厥聲載路❼。（三章）

【注釋】

❶寘：同置。隘：狹窄。❷腓：音肥ㄈㄟˊ，庇護。字：乳。此作動詞，餵乳。❸平林：平原之樹林。❹會：適逢。❺呱：音孤ㄍㄨ，小兒哭聲。❻實：是。覃：長。訏：音虛ㄒㄩ，大也。❼厥：其。載：滿。

【評析】

(1)朱善曰：牛羊之腓，護之以其股也；鳥之覆，護之以其翼也；人之會伐平林，則又收而置之懷抱也。人與我，同類者也；物與我，異類者也。而無有不愛護之意，以見天之所生，固非人之所能棄也。「實覃實訏，厥聲載路」，此稷之所以異於人也。於是始收而養之，則亦知其受命於天，而不可以常兒待之矣。

誕實匍匐❶，克岐克嶷❷，以就口食。蓺之荏菽❸，荏菽旆旆❹。禾役穟穟❺，麻麥幪幪❻，瓜瓞唪唪❼。（四章）

【注釋】

❶實：是。匍：音樸ㄆㄨˊ。匐：音伏ㄈㄨˊ。匍匐：爬行。❷嶷：音匿ㄋㄧˋ。岐嶷：有知識也。或解為直立之意。❸蓺：種也。荏：音忍ㄖㄣˇ。荏菽：大豆。❹旆：音沛ㄆㄟˋ。旆旆：猶勃勃，言枝葉揚起茂盛之貌。❺役：列也。穟：音遂ㄙㄨㄟˋ。穟穟：苗美好貌。❻幪幪：茂盛貌。❼瓞：音迭ㄉㄧㄝˊ，瓜之小者。唪：音蚌ㄅㄥˋ。唪唪：結實盛多貌。

【評析】

(1)輔廣曰：此章則言后稷之於種殖，蓋天性自然生知，非從習得。皆所以終首章之意也。

(2)牛運震曰：①「克岐克嶷」，所謂頭角崢嶸也。②旆旆幪幪，疊字精采。

誕后稷之穡❶，有相之道❷。茀厥豐草❸，種之黃茂❹。實方實苞❺，實種實褎❻，實發實秀❼，實堅實好，實穎實栗❽。即有邰家室❾。（五章）

【注釋】

❶穡：指從事農業生產。❷相：視也。視其土地之宜。❸茀：拔除。❹黃茂：嘉穀。或解為茂盛。❺方：始也，謂

苗始吐芽。苣：苗始生包而未舒也。❻種：音腫ㄓㄨㄥˇ，苗出地尚短。褎：音又ㄧㄡˋ，苗漸長。或謂種言其肥，褎言其長。❼發：發莖。秀：禾吐花而成穗。❽穎：禾末之芒。栗：眾多。❾即：就。有：助詞，無義。邰：音臺ㄊㄞˊ，后稷所封國，因后稷善種植，故堯封之於邰。在今陝西武功縣境。

【評析】

(1)嚴粲曰：所以詳言其成熟之次序者，見稼穡之艱難，非一日所能致。或苗而不秀，或秀而不實。滅裂耕者，報之亦滅裂；鹵莽耕者，報之亦鹵莽。今后稷能教民以盡人事，故其穡如此。

誕降嘉種❶，維秬維秠❷，維穈維芑❸。恆之秬秠❹，是穫是畝❺；恆之穈芑，是任是負❻。以歸肇祀❼。（六章）

【注釋】

❶降：天賜。嘉種：好種。❷秬：音巨ㄐㄩˋ，黑黍。秠：音丕ㄆㄧ，一穀殼中有兩粒米。❸穈：音門ㄇㄣˊ，穀之一種，苗赤色。芑：音起ㄑㄧˇ，穀之一種，苗白色。❹恆：遍地，下同。❺畝：收穫之後堆於田畝中。❻任：以肩扛。負：以背負。❼歸：自田歸家。肇：音照ㄓㄠˋ，始。肇祀：開始祭祀。

【評析】

(1)朱善曰：稷之降種，其名不一。而此獨以秬秠穈芑言者，自其種之嘉而可以供祭祀者言之也。秬秠可以供鬱鬯。穈芑可以供粢盛。故降之於民，使得以偏種之。種焉而成，成焉而穫。穫焉而任負以歸。於是為鬯酒以降神，為粢盛以享神。此自其始封時言之也。

誕我祀如何？或舂或揄❶，或簸或蹂❷；釋之叟叟❸，烝之浮浮❹；載謀載惟❺，取蕭祭

脂❻，取羝以軷❼，載燔載烈❽，以興嗣歲❾。（七章）

【注釋】

❶舂：音充ㄔㄨㄥ，舂穀。揄：音由ㄧㄡˊ，取米出臼。❷簸：用箕揚去糠。蹂：揉，以手重搓米。❸釋：淘米。叟叟：淘米聲。❹烝：同蒸。浮浮：氣上浮貌。❺惟：思。謀惟：謂諏日，卜吉日也。❻蕭：蒿也。此句謂取蕭和脂燃之，使其氣味上達於神也。❼羝：音低ㄉㄧ，牡羊。軷：音拔ㄅㄚˊ，祭路神。❽燔：音煩ㄈㄢˊ，加於火上燒之。烈：貫之加於火上烤之。❾興：興旺。嗣：繼。嗣歲：來歲。

【評析】

⑴牛運震曰：①寫得怱急歷亂，如見如聞。叟叟浮浮，形容尤精。②興嗣歲所謂祈來年也。言嗣歲者，取其繼續不絕也。此句點明祭義。

卬盛于豆❶，于豆于登❷。其香始升，上帝居歆❸。胡臭亶時❹！后稷肇祀，庶無罪悔❺，以迄于今！（八章）

【注釋】

❶卬：音昂ㄤˊ，我也。豆：祭器，木製。❷登：音登ㄉㄥ，亦祭器，陶質。與豆形似。❸居：安。歆：欣喜。❹胡：大。臭：音秀ㄒㄧㄡˋ，香味。亶：音膽ㄉㄢˇ，誠然。時：善。❺庶：幸也。悔：過失。

【評析】

⑴牛運震曰：①此正言后稷祈年之祭也。②「其香始升」，寫入微妙，氤氳可思。③「以歸肇祀」「后稷肇祀」前後相應，此近脈也。「姜嫄禋祀」「后稷肇祀」首尾相映，此遠脈也。章法結構甚密。

【總評】

(1)牛運震曰：一篇后稷本紀。此詩本為尊祖配天而作，卻不侈陳郊祀之盛，但詳敘后稷肇祀之典，故是高一層寫照法。極神怪事卻以樸拙傳之，莊雅典奧，絕大手筆。

(2)方玉潤曰：尊祖無怠，通篇層次井然，不待深求，而自了了。唯八章中皆以八句十句相間。又二章以後，七章以前，每章起句，均用「誕」字作首，另是一格。

(3)錢穆曰：中國古代神話，和其他民族的神話，就內涵意義上，即有甚深之不同。《詩經·大雅·生民》之詩，述及周氏族始祖后稷的許多神話。首先提到厥初生民，這是人類原始的問題。在中國古人想像，人類始祖必然是男性的。因男性屬陽，乃首創者，乃主動者，故周氏族自述其第一祖先為后稷。但此第一男性如何來，彼必有一母。母是女性，屬陰，在中國古人觀念裡，陰即是整個的自然，即天。所以姜嫄之生后稷，實出於天。

然而后稷出生時，早已有人類了。后稷之為周人始祖，乃是周人尊奉之為始祖的。周人何以要尊奉后稷為始祖？因其發明稼穡，粒我烝民。用今語說之，后稷是一個劃時代人物。在后稷以前，人類只是自然人，原始人；在后稷以後，人類始是稼穡人，即文化人。人類始進入歷史時代。中國古人看重自己的歷史文化，故周人推尊后稷為始祖，如商人之推奉契為始祖，也是同樣的意見。

然則人類的最先原始祖是誰呢？在中國人觀念裡，人之大原出於天，人類的始祖即是天。稷有父，稷父之父還有父，儘推上去，則人類必然出於天。而文化人之始祖則必然是一人。但天如何出生人類呢？此一問題遠在人類歷史文化之前，中國古人便不再在此上去推索了。因此在猶太人的《舊約》裡，說上帝在七天之內創造了此整個的世界。在希臘神話裡，宙斯神主宰了整個的宇宙。但中國古代，則不見有此等神話之流傳。盤古皇開天闢地，並非中國人自有的神話，但盤古皇還已是人了。由他來開天闢地，仍是由自己來創造世界，創造歷史與文化，並非由天來創造出人類。

希臘神話，普羅米休士神偷火到人間，因而熬受了無窮的苦難。但中國古史傳說，火之發明由燧人氏鑽木取火而得。燧人氏仍是人，而非神。又如倉頡造字，天雨粟，鬼夜哭。人類自從發明了文字，也得熬受種種苦難。但造字的還是倉頡，仍是人，而非神。在中國古人思想裡，人類創造歷史文化，本於天心。但天必假手於人。只有人來替天行事，更沒有天來替人行事。

尤其顯然的，如大禹治水的故事。在古代世界各民族間，幾乎都有關於洪水的神話。但如中國堯舜鯀禹的記載，則明屬人事，非神話。但近代中國學術界，偏好以西方神話來一例相繩，如顧頡剛定要說夏禹僅是一隻大爬蟲，又要說夏禹乃神王，非人王了。

現在再說到后稷，天意要發明稼穡，粒我烝民，因此不得不假手於后稷。因此后稷的誕生，實出天意。但若后稷生後，不經歷許多磨難，還不見天心之真誠。於是后稷的故事裡，便命該受苦了。最先，后稷是由履帝武敏歆的經過而得胎。其次，后稷是在不坼不副的情況下落地，於是后稷家人便把那可詫異的嬰孩扔棄了。先棄之隘巷，卻有牛羊來腓字他。又棄之平林，卻正巧逢到有人來砍伐那平林。再棄之寒冰之上，卻又有飛鳥來覆翼他。在這段經過裡，可見天意不讓后稷夭殤。但天究不能，或不肯，插手來處理人間事，於是仍只有假手於牛羊呀，砍林人呀，鳥呀，來替天行事，救護后稷。在中國古人的想像裡，似乎天與神，決不會插手來干預世間事，而在此世間，又處處有天心天意在照顧到。不僅人世間，乃至物世間同樣如是。因此，人與萬物實在是同處在一天心照顧的世間，而且同樣能代表天心，替天行事。所以說：民吾同胞，物吾與也。萬物一體，一視同仁。

我們即據〈大雅・生民〉之詩關於后稷的一些神話，便可來推想中國古人的宇宙觀，人生觀，乃及中國人所謂的天人之際。我們單看這一章詩，單看這一節故事，便可恍然明白到中國古代文學裡，何以不能有像西方古代般的神話題材了。

(4)普賢曰：〈大雅〉中多周代史詩，近人稱〈生民〉、〈公劉〉、〈緜〉、〈皇矣〉、〈大明〉五篇為詠周代先祖源流以迄建立王朝之主要史詩。五篇中以〈生民〉帶神話色彩，情節最為活潑生動。或解「履帝武敏」之「帝」為姜嫄之夫高辛氏，以抹煞神話色彩。則姜嫄棄其初生嬰兒的情節，也就不自然了。錢賓四先生在《中國文學演講集》中解釋〈生民〉的神話，一番洗發，闡明天人之際，最為精深。由此我們知道，也不必因我國不產生似希臘印度般的神話史詩而自慚。蓋希臘印度史詩，發揮神話情節，而我國自古即重歷史人事之記載。《左傳》中敘城濮、鄢陵等幾次國際大戰，與《伊里亞特》中的木馬屠城戰，《摩訶婆羅多》中的庫盧之野大戰相比，毫無遜色，正可與希、印史詩並美，而知中、印、希古代文學發展，各有所長也。

行葦

這是祭畢燕父兄耆老的詩，燕中並舉行射禮。

敦彼行葦❶，牛羊勿踐履。方苞方體❷，維葉泥泥❸。（一章）

【注釋】

❶敦：音團ㄊㄨㄢˊ，叢聚貌。行：道路。行葦：道旁之葦。❷方：始。苞：發苞。體：成其形體。❸泥：音你ㄋㄧˇ，同苨。泥泥：葉茂盛貌。

【評析】

(1)蘇轍曰：道上之葦，其為物也微矣。仁人君子將於是何求哉？然謂其方且欲生也，故禁牛羊使勿踐之，而況於人乎？此所謂忠厚也。

(2)牛運震曰：興意蕭遠深厚，「勿」字極婉切。

戚戚兄弟❶，莫遠具爾❷。或肆之筵❸，或授之几❹。（二章）

【注釋】

❶戚戚：親愛也。❷具：俱。爾：邇，近也。❸肆：陳列。筵：席也。❹几：桌几，供憑依者。

【評析】

(1)牛運震曰：一段風喻之詞，篤厚愷惻，朱《傳》所謂藹然之意見於言外也。

肆筵設席，授几有緝御❶。或獻或酢❷，洗爵奠斝❸。（三章）

【注釋】

❶緝：續。御：侍。連上句謂肆筵、設席、授几，均有相繼侍候者。❷進酒於客曰獻，客答之曰酢。❸奠：置。斝：音甲ㄐㄧㄚˇ。爵、斝：均酒器。周人宴會之禮，主人敬酒先洗酒杯，然後斟酒敬客，客飲畢則置酒杯於几上。客敬主人亦然。

【評析】

(1)牛運震曰：承上肆筵設几而推言之。「緝御」字法雅練。

醓醢以薦❶，或燔或炙❷。嘉殽脾臄❸，或歌或咢❹。（四章）

【注釋】

❶醓：音坦ㄊㄢˇ，醢之多汁者。醢：音海ㄏㄞˇ，肉醬。薦：進。❷燔：燒肉。炙：烤肉。❸嘉：美。殽：同餚，葷菜。脾：音皮ㄆㄧˊ，切碎之胃。臄：音決ㄐㄩㄝˊ，口上肉。❹咢：音鄂ㄜˋ，但擊鼓而不歌。

【評析】

(1)牛運震曰：數「或」字點次歷落，欲次第分明。敘燕飲儀節，括而晰，更有渲染色澤。

敦弓既堅❶，四鍭既鈞❷；舍矢既均❸，序賓以賢❹。（五章）

【注釋】

❶敦：音雕ㄉㄧㄠ，下同。敦弓：即雕弓、畫弓也。❷鍭：音侯ㄏㄡˊ，以金為箭頭而去其羽之矢。鈞：勻也。謂四箭之輕重均同。❸舍矢：射箭。均：遍也。謂每人均射一箭。❹序：排列次第。以賢：以其射技之才能。

【評析】

(1)輔廣曰：言射而中，以中多為賢。

敦弓既句❶，既挾四鍭❷；四鍭如樹❸，序賓以不侮❹。（六章）

【注釋】

❶句：通彀ㄍㄡˋ，張弓引滿。❷挾：持。謂四人均已持箭手中。❸樹：立也。形容射中之狀。❹侮：輕侮。謂對射

者均有禮貌而不輕侮。（不以其射不中而輕侮之也）

【評析】

(1)輔廣曰：射而貫革，以不侮為德。

曾孫維主❶，酒醴維醹❷。酌以大斗❸，以祈黃耇❹。（七章）

【注釋】

❶曾孫：主祭者之稱。主：做主人。❷醴：音里ㄌㄧˇ，甜酒。醹：音乳ㄖㄨˇ，酒味醇厚。❸大斗：柄長三尺之斗。❹耇：音苟ㄍㄡˇ。黃耇：年老長壽之稱。

黃耇台背❶，以引以翼❷。壽考維祺❸，以介景福❹。（八章）

【注釋】

❶台：同鮐。台背：形容老年皮膚乾燥之狀如鮐魚之背也。謂老壽之相也。❷引：在前導之。翼：在旁輔之。❸祺：吉也。❹介：音丐ㄍㄞˋ，求。景：大。

【總評】

(1)牛運震曰：篤厚典雅。

既醉

這是父兄用以答〈行葦〉篇的詩。

既醉以酒，既飽以德❶。君子萬年❷，介爾景福。（一章）

【注釋】

❶德：恩惠。❷君子：指主人，亦即君王。

【評析】

(1)輔廣曰：醉酒飽德，則〈行葦〉所謂侍御獻酬，飲食歌樂之盛，皆舉之矣。但言德者，蓋德寓於物，言德則可以該之。〈行葦〉末句云「以介景福」者，泛禱之之詞也；此言「介爾景福」者，特禱其君之辭也。

(2)牛運震曰：兩「既」字緊接前詩，感激殊深。

既醉以酒，爾殽既將❶。君子萬年，介爾昭明❷。（二章）

【注釋】

❶將：進。❷昭明：昭顯光明。

【評析】

(1)曹粹中曰：天既錫以壽考，又助之以昭明，則受福無窮。

昭明有融❶，高朗令終❷。令終有俶❸，公尸嘉告❹。（三章）

【注釋】

❶融：明之盛。有融：即融然。❷高朗：高明，謂聲譽。令：善。令終：當兼福祿名譽言之，謂好結果，圓滿而終。❸

俶：音觸ㄔㄨˋ，始。前輩以善終，後人又以善始。❹公尸：君尸也。古者祭，設生人為尸，以代神位受祭。嘉告：以善言告之。（尸代表神告之以嘉獎之言）

【評析】

(1)朱善曰：昭明高朗，言其福之充大；令終言其福之悠久。

(2)牛運震曰：「公尸嘉告」一篇頌禱，借此發出。

其告維何？籩豆靜嘉❶。朋友攸攝❷，攝以威儀❸。（四章）

【注釋】

❶靜：善。嘉：美。謂籩豆中之食物美好。❷朋友：謂助祭之群臣。攸：以。攝：輔佐。謂賓客在祭祀中輔佐主祭者。❸威儀：禮節。

威儀孔時❶，君子有孝子❷。孝子不匱❸，永錫爾類❹。（五章）

【注釋】

❶孔：甚。時：是，猶宜也。❷孝子：主人之嗣子。❸匱：虧缺。謂孝子之孝心無虧缺時。❹錫：賜。類：族類。

【評析】

(1)黃櫄曰：不匱云者，記禮者所謂大孝也。孝之為道，始焉盡之於心，行之於身，施之於家；終焉推之於國，達之於天下。又安有所窮極焉。故曰孝子不匱。惟其孝之不匱也，所以轉相教化，而永錫爾類也。

其類維何？室家之壼❶。君子萬年，永錫祚胤❷。（六章）

【注釋】

❶壼：音捆ㄎㄨㄣˇ，捆致，與悃至同，謂親睦。❷祚：福祿。胤：音印ㄧㄣˋ，後代子孫。

【評析】

(1)朱公遷曰：「永錫祚胤」則以世繼世而福無窮矣。

其胤維何？天被爾祿❶。君子萬年，景命有僕❷。（七章）

【注釋】

❶被：覆蓋。祿：福。❷景命：大命，即天命。僕：附屬。謂天命使汝有附屬之人也。

【評析】

(1)錢天錫曰：萬年景命，已屬子孫；而子孫之有祚，正君子之福。故仍歸重君子永命上。

其僕維何？釐爾女士❶。釐爾女士，從以孫子❷。（八章）

【注釋】

❶釐：賜予。女士：女子，謂妃也。賜汝以女士為偶。❷從：隨。乃隨之而有子孫不絕焉。

【評析】

(1)輔廣曰：以賢女為妃，又隨之而生賢子孫焉。所謂天命之附屬者，莫大於此。觀周家自太王大姜以來之事，則可見矣。

【總評】

(1)牛運震曰：①一篇祝釐之旨，卻借公尸嘏辭發之。而以昭明高朗望其君，以孝子女士望其君之胤嗣，可謂善頌善禱。②蟬聯體疊轉不窮。

(2)方玉潤曰：①首二章福德雙題，三章單承德字，四章以下皆言福。蓋借嘏辭以傳神意耳。然非有是德，何以膺是福？詩意甚明。何元明以來儒者乃有專主福而不言德者！②蟬聯而下，次序分明。

鳧鷖

這是祭畢之明日，又設禮以燕公尸，慰其辛勞的樂歌。

鳧鷖在涇❶，公尸來燕來寧❷。爾酒既清❸，爾殽既馨❹，公尸燕飲，福祿來成❺。（一章）

【注釋】

❶鳧：音扶ㄈㄨˊ，野鴨。鷖：音衣ㄧ，鷗鳥。涇：水名。❷來：是。❸爾：指主人。❹馨：香。❺來：是。成：福祿成之。

【評析】

(1)嚴粲曰：水鳥在水中得其所，喻公尸來燕而安寧也。

鳧鷖在沙，公尸來燕來宜❶。爾酒既多，爾殽既嘉，公尸燕飲，福祿來為❷。（二章）

【注釋】

❶宜：合宜，謂舒適也。❷為：施也，加也。謂福祿加於其身。

【評析】

(1)牛運震曰：一則曰來寧，再則曰來宜，寫出公尸既祭而燕，安泰自然之況。

鳧鷖在渚，公尸來燕來處❶。爾酒既湑❷，爾殽伊脯❸，公尸燕飲，福祿來下❹。（三章）

【注釋】

❶處：止，謂居止之。❷湑：音許ㄒㄩˇ，濾去渣滓。❸伊：是。脯：音甫ㄈㄨˇ，肉乾。❹來下：降下。

鳧鷖在潀❶，公尸來燕來宗❷，既燕于宗❸，福祿攸降❹。公尸燕飲，福祿來崇❺。（四章）

【注釋】

❶潀：音中ㄓㄨㄥ，兩水相會之處。❷宗：借為悰。《說文》：「悰，樂也。」❸宗：宗廟。❹攸：乃。❺崇：高，謂增高。

鳧鷖在亹❶，公尸來止熏熏❷。旨酒欣欣❸，燔炙芬芬❹。公尸燕飲，無有後艱❺。（五章）

【注釋】

❶亹：音門ㄇㄣˊ，湄之假借，水旁。❷止：止息。熏熏：和悅貌。❸欣欣：香氣盛貌。❹芬芬：香。❺後艱：以後之災難。

【評析】

(1)牛運震曰：「無有後艱」語極平常，卻看得深。所謂福莫長於無禍也。

【總評】

(1)朱公遷曰：來成、來為、來下、攸降、來崇，皆即今日言之，凡得安樂尊榮如此者，是即所謂福也。「無有後艱」，則自今而往，永永無墮，而福常若此矣。

假樂

這是一篇為周王頌德祝福的詩。

假樂君子❶，顯顯令德❷。宜民宜人❸，受祿于天。保右命之❹，自天申之❺。（一章）

【注釋】

❶假：借為嘉，美也。❷顯顯：光顯。令德：美德。❸民：指人民。人：指群臣百官。❹右：助。命：言天命之。❺申：重。謂天命自天重複而降也。

【評析】

(1)牛運震曰：「宜民宜人」一篇領脈。

(2)方玉潤曰：一詩大旨，全在首章。以下第承言之。

干祿百福❶，子孫千億。穆穆皇皇❷，宜君宜王❸。不愆不忘❹，率由舊章❺。（二章）

【注釋】

❶干：俞樾謂「干」當作「千」，形似而訛。千祿百福相對為文。❷穆穆：肅敬。皇皇：光明。❸宜於為君為王。❹愆：過失。忘：通亡，失也。或讀為妄ㄨㄤˋ。此句意謂無過失也。❺率：循。舊章：舊法度。

【評析】

(1)牛運震曰：此稱願其子孫也，堂皇鏗壯。

威儀抑抑❶，德音秩秩❷。無怨無惡❸，率由群匹❹。受福無疆，四方之綱❺。（三章）

【注釋】

❶抑抑：謙遜慎密。❷德音：語言。秩秩：有常度而無失。❸惡：厭惡。❹群匹：群臣。以上二句謂君子無私心之怨惡，而皆循群臣之公意。❺綱：綱紀，表率。

【評析】

(1)輔廣曰：威儀以其見於容止者而言；德音以其形於聲譽者而言。容止抑抑然甚密而無間；聲譽秩秩然有常而不替，其德可謂全矣。能如此，則自然無私怨惡矣。率由舊章，能循用先王之法也；率由群匹，能盡用天下之賢也。人君而能如此，則宜其受無疆之福，為四方之綱也。

之綱之紀❶，燕及朋友❷。百辟卿士❸，媚于天子❹。不解于位❺，民之攸塈❻。（四章）

【注釋】

❶之：是。❷燕：安。朋友：指群臣。❸辟：君。百辟：指眾諸侯。❹媚：愛也。❺解：同懈，懈怠。❻攸：所。

塈：音系ㄒㄧˋ，安息，謂安居也。

【評析】

(1)朱公遷曰：百辟，在外之諸侯也；卿士，在內之群臣也。不解于位，即之綱之紀而不厭也。於政治之大體而總之無所遺，於其節目而理之無所紊。則天下重任皆歸於己矣。故臣下恃之以安，而愛之願之，惟欲君之無逸以逸其民也。

(2)牛運震曰：①風勸雅切，妙在無諫爭氣。②目臣下為朋友，恬雅之甚。非泰交之世，不能為此稱謂。③「率由群匹」，「燕及朋友」，所謂宜人也；「民之攸塈」，所謂宜民也。章法照應釐然。

【總評】

(1)朱公遷曰：此詩祝其君以顯德致福祿。然所謂福祿者，不惟得天命於一時，尤欲其子孫之賢，而保治於無窮也。

公劉

這是一篇詳述周室祖先公劉遷徙豳地經過的詩。舉凡開國宏規，遷居瑣務無不備具，不啻一幅絕妙的遷徙圖。是〈大雅〉中有名史詩之一。

篤公劉❶，匪居匪康❷，迺埸迺疆❸，迺積迺倉❹。迺裹餱糧❺，于橐于囊❻，思輯用光❼。弓矢斯張❽，干戈戚揚❾，爰方啟行❿。（一章）

【注釋】

❶篤：篤實忠厚。公劉：后稷裔孫。周部族之首領。❷第一「匪」字為「彼」義，指人民。第二「匪」字為「不」義。此句謂公劉因其人民居住在戎狄之間不安康。（普賢按：姚際恆謂：后稷原居邰，至其子不窋，以失官而奔於戎狄之間。公劉為不窋之孫，乃自戎狄遷豳。）❸迺：乃。埸：音易一ˋ，田畔。疆：田間疆界。此處埸疆均作動詞用，謂劃分修治田地（以便增產糧食，準備遷豳之用）。❹積、倉：謂積存穀糧，裝入穀倉。❺餱：音侯ㄏㄡˊ。餱糧：乾糧。❻于：放進。橐：音沱ㄊㄨㄛˊ。橐囊均是袋子，小曰橐，大曰囊。或謂無底者曰橐，有底者曰囊。❼思：語詞。輯：集。用：以。光：廣，謂集聚之餱糧夠多。❽斯：則。張：施弓於弦。此處意謂將弓弦準備妥當。❾干：盾。戚：斧。揚：鉞。干戈戚揚：四種武器。❿爰：於是。方：開始。行：音杭ㄏㄤˊ。啟行：即啟程。

【評析】

(1)黃櫄曰：公劉不輕於用民也。必先有以蓄民之財，洽民之情，而後用民之力。其篤於為民之心可見矣。《孟子》曰：「居者有積倉，行者有裹糧，然後可以爰方啟行。」「然後可」三字，足以見公劉厚民之心。

(2)牛運震曰：①一「篤」字括通篇之旨。②通章直敘樸老。

篤公劉，于胥斯原❶，既庶既繁❷，既順迺宣❸，而無永歎❹。陟則在巘❺，復降在原。何以舟之❻？維玉及瑤❼，鞞琫容刀❽。（二章）

【注釋】

❶胥：音須ㄒㄩ，觀察。斯：此。斯原：指豳地原野。❷庶：富庶（物產）。繁：眾多（人口）。❸順：順公劉之意。宣：宣告人民。❹永歎：長歎。此句謂人民滿意也。❺陟：登。巘：音演一ㄢˇ，小山。❻舟：為服之訛化字。服：佩帶。❼瑤：似玉之美石。❽鞞：音比ㄅㄧˇ，刀鞘下端之裝飾。琫：音蹦ㄅㄥˋ，刀鞘口之裝飾。容刀：佩刀。

【評析】

(1)錢天錫曰：邑居未定，民情已安。民安而後居可定也。陟降，正見上下山原之勢。凡夫形勢之高下，俱要審察，以覩其風氣之萃聚，然後可以定都也。

(2)牛運震曰：①「而無永歎」寫出一時人心和同。句亦拗轉逸宕。②「何以舟之」三句閒筆，點染悠雅，此中有遠神有深意。

篤公劉，逝彼百泉❶，瞻彼溥原❷。迺陟南岡，乃覯于京❸。京師之野❹，于時處處❺，于時廬旅❻。于時言言，于時語語❼。(三章)

【注釋】

❶逝：往。百泉：多泉水之處。或謂地名。❷溥：大。❸覯：見到。京：高丘。或曰地名。❹師：眾。京師：高丘而眾所居處。❺時：是。于時：在此。處處：居處。❻廬旅：寄居。❼言言、語語：談論說笑。

【評析】

(1)牛運震曰：①百泉溥原南岡，乃承上章陟巘降原而目其地以實之。②言言語語，寫出民人笑語歡悅神情。

篤公劉，于京斯依❶。蹌蹌濟濟❷，俾筵俾几❸。既登乃依❹，乃造其曹❺，執豕于牢❻。酌之用匏❼，食之飲之❽，君之宗之❾。(四章)

【注釋】

❶依：依之以居。❷蹌：音槍ㄑㄧㄤ。蹌蹌：趨進貌。濟濟：眾多貌。❸俾：使。俾筵俾几：使人擺下筵席，使人放好桌几。❹登：謂登筵。依：謂依几。❺造：往。曹：群，謂豬群。❻牢：豬圈。❼酌：飲酒。謂以匏瓜所製之勺

盛酒以飲。❽食：音四ㄙˋ。食之：請賓客吃（餚）。飲：音印ㄧㄣˋ。飲之：請客人喝（酒）。❾異姓之臣尊之為君上，同姓之臣尊之為宗長。

【評析】

(1)牛運震曰：①草創氣概，便自不同。②迺造其曹三句寫得樸致宛然，野老家人風味。

篤公劉，既溥既長❶。既景迺岡❷，相其陰陽❸，觀其流泉❹。其軍三單❺。度其隰原❻，徹田為糧❼。度其夕陽❽，豳居允荒❾。（五章）

【注釋】

❶溥：廣。謂所居之地廣而長。❷景：同影，以日影定山崗之方向。❸相：音向ㄒㄧㄤˋ，看。陰：山之北。陽：山之南。觀陰陽以為居室之方位。❹觀流泉之水是否充沛。蓋水利於民生甚為重要也。❺三單：三支軍隊分為三處，輪流操作以更相休息。亦寓兵於農之意。❻度：量。隰：音息ㄒㄧˊ，低濕之地。原：廣平之地。❼徹：取稅之稱。視田地之好壞以為取稅之標準。❽夕陽：山之西曰夕陽。❾豳：亦作邠，在今陝西省栒邑縣境。豳居：猶言豳地。允：信，誠然。荒：大。

【評析】

(1)鄭玄曰：公劉居豳，既廣其地之東西，又長其南北；既以日景定其經界，於山之脊觀相其陰陽寒煖所宜，流泉浸潤所及，皆為利民富國。

(2)牛運震曰：①山西曰夕陽，此度地也，卻說度其夕陽，妙。便覺景色晻映，宛然如覩。②寫一時經國體野，正有草昧淳古之氣。

篤公劉，于豳斯館❶。涉渭為亂❷，取厲取鍛❸，止基迺理❹，爰眾爰有❺。夾其皇澗❻，遡其過澗❼，止旅乃密❽，芮鞫之即❾。（六章）

【注釋】

❶斯：此。館：舍，居。❷渭：水名。亂：橫渡絕其流曰亂。❸厲：即礪。用以摩擦之石。鍛：碫之假借，用以捶打之石。❹止基：即址基。理：治。❺謂人民眾多。❻皇澗：澗名。❼遡：向。過澗：亦澗名。❽止旅：寄居。謂居住之人繁密。❾芮：音瑞ㄖㄨㄟˋ，汭之假借，水灣之內。鞫：音鞠ㄐㄩˊ，水灣之外。即：就。言就水灣內外而居。

【評析】

(1)呂祖謙曰：風氣日開，民編日眾，規模日廣，有方興未艾之象焉。周之王業，既兆於此矣。

(2)方玉潤曰：新附民眾，乃更擴其土而居之，以作收筆。見國勢之大，日進無疆也。

【總評】

(1)陳際泰曰：太王之遷也以迫逐，公劉之遷，非以迫逐也，擇而取之也。富庶之後而遷都，故其後遂大。

(2)牛運震曰：一篇樸厚文字，中間地脈形勝、田界水道、朝儀燕禮兵制稅法，一一經緯如畫，寫來無不堅緻生動。

(3)方玉潤曰：首章將言遷都，先寫兵食具足，是為民信之本。古人舉事，不苟如此。次相度地勢。三寫民情歡洽。于時處、于時廬、于時言、于時語，莫非鼓舞操作氣象，毫無咨嗟怨歎之言。此國之所以日大也。四既落成而燕飲之。君乃為之立長分宗，以整屬其民，乃開國大計，非泛然者。迨至五章，區畫略定，乃定兵制，軍分為三；並立稅法，糧什取一。民即兵，兵即民，故並言焉。此寓兵于農之法，千秋軍制，無過乎是。至此遷都之事已畢，而更度其夕陽以為之地者何哉？蓋舊民雖安，新附日眾，不可不設館以處之。

于是更即芮水之外廣為安置，或夾皇澗，或溯過澗，莫非民居，悉成都邑。豳居之境乃益擴耳。首尾六章，開國宏規，遷居瑣務，無不備具。

泂酌

這是一篇頌美周天子的詩。

泂酌彼行潦❶，挹彼注茲❷，可以餴饎❸。豈弟君子❹，民之父母。（一章）

【注釋】

❶泂：音迥ㄐㄩㄥˇ，遠。酌：用勺酌取。行潦：流動之水。謂到遠處酌水於彼流水之中。❷挹：音邑ㄧˋ，舀也。注：灌也。舀彼水注之於此。❸餴：音分ㄈㄣ，蒸飯。饎：音斥ㄔˋ，酒食。❹君子：君上。

【評析】

(1)牛運震曰：挹彼注茲，便有潔誠之意。潔誠可以事神，豈弟可以治民。取興正自紆深。

泂酌彼行潦，挹彼注茲，可以濯罍❶。豈弟君子，民之攸歸❷。（二章）

【注釋】

❶濯：洗滌。罍：酒器。❷攸：所。

【評析】

(1)張載曰：皇天親有德，饗有道，民之攸歸之類也。

洞酌彼行潦，挹彼注兹，可以濯溉❶。豈弟君子，民之攸塈❷。（三章）

【注釋】

❶溉：當讀為概ㄍㄞˋ，盛酒之漆樽。❷塈：音系ㄒㄧˋ，安息。

【評析】

(1)輔廣曰：攸歸，為民所歸往；攸塈，為民所安息。皆所以終首章父母之義也。

【總評】

(1)鄒泉曰：此詩見民之休戚在下，而其機則係於上。詞雖褒美，而意則實以勸戒之。

(2)牛運震曰：三「豈弟君子」不作頌詞，責望自深。

卷阿

這是一篇臣從王遊，作歌獻於王以為頌揚的詩。

有卷者阿❶，飄風自南❷。豈弟君子❸，來游來歌，以矢其音❹。（一章）

【注釋】

❶卷：音權ㄑㄩㄢˊ，曲也。阿：大陵。❷飄風：旋風。❸君子：指君王。❹矢：陳。矢其音：發出其歌聲。謂我等從之游而獻其歌也。

【評析】

(1)輔廣曰：此是賦體，皆言其實。「有卷者阿」言其地也。「飄風自南」言其時也。「豈弟君子，來游來歌，以矢其音」言其事也。

(2)牛運震曰：意象閒遠，妙於發端。詩意亦飄然而來。

伴奐爾游矣❶，優游爾休矣❷。豈弟君子，俾爾彌爾性❸，似先公酋矣❹。（二章）

【注釋】

❶伴：音畔ㄆㄢˋ。伴奐：優游閑暇之意。❷優游：閑暇自得之貌。休：息。❸俾：使。彌：久也。性：生命。謂使你長壽。❹似：嗣，繼承。先公：君子之祖先。酋：讀如猷ㄧㄡˊ，謀也。此謂君子繼承先公之事業。

【評析】

(1)牛運震曰：本意勸王求賢用人，卻先述已治已安以歎慰之。又祝其長治緜遠鞏固以歆動之。然後轉入正旨。優游不迫，婉而易入，真盛世大臣進言之體，不同後世戇直諫臣開口便痛哭流涕也。

爾土宇昄章❶，亦孔之厚矣❷。豈弟君子，俾爾彌爾性，百神爾主矣❸。（三章）

【注釋】

❶土宇：可居之土，國土。昄：音板ㄅㄢˇ，大。章：著。謂疆域大而國顯。❷厚：福祿厚。❸百神爾主：爾主百神，謂做百神之主祭者。

【評析】

(1)張耒曰：治天下者，雖無事於恢大，幸而治得於內，則土宇廣於外。蓋人歸者眾，則各以其地附之矣，非侵伐攻取而得之也。

爾受命長矣，茀祿爾康矣❶。豈弟君子，俾爾彌爾性，純嘏爾常矣❷。（四章）

【注釋】

❶茀：通福。康：安也。❷純：大。嘏：音古ㄍㄨˇ，福也。常：常享之。

【評析】

⑴牛運震曰：三言「俾爾彌爾性」後篇意旨，隱映言外。疊十三「爾」字，愷摯纏緜。

有馮有翼❶，有孝有德❷，以引以翼❸。豈弟君子，四方為則。（五章）

【注釋】

❶馮：同憑，依也。翼：助也。此句謂君子有可輔佐依靠之人。❷有孝行有德望。❸引：引導於前。翼：輔助於旁。

【評析】

⑴牛運震曰：陡列四項，與上三章文不相屬，意實相應，有山斷川連之妙。

顒顒卬卬❶，如圭如璋❷，令聞令望❸。豈弟君子，四方為綱❹。（六章）

【注釋】

❶顒：音庸ㄩㄥˊ。顒顒：溫和貌。卬：音昂ㄤˊ。卬卬：志氣高朗貌。❷圭、璋：均玉器。如圭如璋：謂其純潔也。❸令：善。聞：名譽。望：聲望。❹綱：綱紀，總領全局。

【評析】

⑴牛運震曰：此章單言君德，隱喻親賢之助也。文勢停頓甚妙。

⑵方玉潤曰：二章（五六兩章）為則為綱，即從德望來。乃德之著於外者。

鳳凰于飛❶，翽翽其羽❷，亦集爰止❸。藹藹王多吉士❹，維君子使❺，媚于天子❻。（七章）

【注釋】

❶于：在。❷翽：音會ㄏㄨㄟˋ。翽翽：鳥羽聲。❸亦：語詞。爰：於。謂集於所止之處。❹藹：音矮ㄞˇ。藹藹：盛多貌。吉士：善士，指王之群臣。❺君子：指周王。謂吉士唯聽周王之役使。❻媚：愛戴。謂吉士均愛戴天子。

【評析】

⑴朱公遷曰：禽鳥之性，必欲得所止；賢士之心，必欲致於用。苟得見用，則隨所使令，而皆輸其媚愛於天子矣。

⑵牛運震曰：①亦集爰止，錯落有情，藹藹字祥雅。②一「維」字有委身効命之意，人君知此，安得不任賢勿貳。③一「媚」字柔婉入妙，忠愛之至，自然惠順。昔人謂直臣正士，分外嫵媚，甚得此媚字之旨。

鳳凰于飛，翽翽其羽，亦傅于天❶。藹藹王多吉人，維君子使，媚于庶人❷。（八章）

【注釋】

❶傅：附，至。❷庶人：平民。

【評析】

⑴牛運震曰：媚庶人更妙。一「媚」字正愛民之至。

⑵方玉潤曰：二章（七八兩章）就實景以喻賢臣。而臣之所謂賢，無過忠君愛民。詩特練一「媚」字，遂覺異樣生新。

鳳凰鳴矣，于彼高岡。梧桐生矣❶，于彼朝陽❷。菶菶萋萋❸，雝雝喈喈❹。（九章）

【注釋】

❶傳說鳳凰非梧桐不棲，故言鳳凰言梧桐也。❷朝陽：山之東為朝陽。❸菶：音ㄅㄥˇ。菶菶萋萋：本形容草木茂盛貌，此指梧桐枝葉茂盛，以喻朝臣之盛。❹雝雝喈喈：皆指鳳凰鳴聲之和諧，以喻群臣之和洽。

【評析】

⑴牛運震曰：①此章變興體為比體，高雅深蔚，真有古韻幽彩。②添出梧桐一層，取鳳非梧桐不棲之旨咏歎之，詳藹春容，盛世賡歌氣象如此。

⑵方玉潤曰：承上再虛舉一層，喻意始足，而文心亦瞥。

君子之車，既庶且多；君子之馬，既閑且馳❶。矢詩不多❷，維以遂歌❸。（十章）

【注釋】

❶閑：熟習。馳：疾馳。❷矢：陳。❸遂：成。

【評析】

(1)輔廣曰：車馬眾多而閑習，則足以為招來待遇賢者之具矣。其所以望於王，蓋有不待言而可知者。詩所以言其志，而音則聲之成文者，其實一也。先言以矢其音，即其歌而言之也；終言矢詩不多，即其實而言之也。

(2)牛運震曰：①兩「既」字，兩「且」字，多少咀嚼頓挫。②歇後語，澹折深婉。③極贊君子車馬之盛，卻以矢詩結之，輕妙有遠神。④一結與篇首相應，「維以遂歌」似將風諫之旨掠過，卻覺有無窮意思，言不能盡。

(3)方玉潤曰：總收因游獻詩意。

【總評】

(1)牛運震曰：優柔和平，風流逸宕，想見大臣納誨亹亹之神。先頌後規，首尾相應，結構最工。

民勞

這是一篇同列互相勸戒的詩。

民亦勞止❶，汔可小康❷。惠此中國❸，以綏四方❹。無縱詭隨❺，以謹無良❻。式遏寇虐❼，憯不畏明❽。柔遠能邇❾，以定我王。(一章)

【注釋】

❶亦、止：均語詞。❷汔：音氣ㄑㄧˋ，庶幾。小康：稍安。❸惠：愛。中國：西周王朝直接統轄之區域，即王畿。❹綏：安撫。四方：四方諸侯之國。❺縱：放縱。詭：狡詐。隨：音祟ㄙㄨㄟˋ，借為譼，欺騙。❻謹：慎。無良：不善

之人。❼式：語詞。遏：止。寇虐：寇侵暴虐之吏。❽憯：音慘ㄘㄢˇ，曾。明：光明，正道。❾柔：安撫。能：安定。邇：近者。

【評析】

(1)輔廣曰：同列之君子，相戒無縱詭隨，則無良之人不敢肆，而寇虐無忌憚之人，亦且消沮退縮而無所容。如是然後遠者自然得其安，近者亦自然順習而無所乖忤，而王室定矣。

(2)牛運震曰：①亦字汔字怯聲微氣之詞，淒婉惻怛。②詭隨二字曲盡小人情狀。

民亦勞止，汔可小休。惠此中國，以為民逑❶。無縱詭隨，以謹惽怓❷。式遏寇虐，無俾民憂❸。無棄爾勞❹，以為王休❺。（二章）

【注釋】

❶逑：匹也，此為友伴之義。❷惽：音昏ㄏㄨㄣ。怓：音撓ㄋㄠˊ。惽怓：喧擾爭吵。❸俾：使。❹勞：功。❺休：美，謂成就周王之美名。

【評析】

(1)嚴粲曰：無縱詭隨之人以防其惽怓惑亂主聽也。爾前有功於國，今勿棄其前功，則為吾君之美，謂使其君安富尊榮也。不然敗君之事矣。

民亦勞止，汔可小息。惠此京師，以綏四國。無縱詭隨，以謹罔極❶。式遏寇虐，無俾作慝❷。敬慎威儀，以近有德❸。（三章）

【注釋】

❶罔極：無良，為惡無極止之人。❷慝：音特ㄊㄜˋ，惡。❸有德：有德望之人。

【評析】

(1)牛運震曰：親賢臣所以遠小人，說來極正大篤摯。

民亦勞止，汔可小愒❶。惠此中國，俾民憂泄❷。無縱詭隨，以謹醜厲❸。式遏寇虐，無俾正敗❹。戎雖小子❺，而式弘大❻。（四章）

【注釋】

❶愒：音氣ㄑㄧˋ，息也。❷泄：散去。❸醜厲：惡人。❹正：政。❺戎：汝。❻式：用，謂作用。

【評析】

(1)顧起元曰：小子以年言，弘大以所為係天下安危，生民休戚，言所為甚廣大，則去小人以安民者，不容已矣。

民亦勞止，汔可小安。惠此中國，國無有殘❶。無縱詭隨，以謹繾綣❷。式遏寇虐，無俾正反❸。王欲玉女❹，是用大諫❺。（五章）

【注釋】

❶殘：害。此謂被害之人。❷繾：音遣ㄑㄧㄢˇ。綣：音犬ㄑㄩㄢˇ。繾綣：反覆，謂反覆無常之人。❸正：政。反：覆。正反：猶政敗。❹玉：作動詞，謂寶愛之如玉，即重視你。女：汝。❺是用：是以。大諫：深深規勸。

【評析】

(1)朱公遷曰：「戎雖小子，而式弘大」憂其任負之重；「王欲玉女，是用大諫」體其愛念之深。皆所以為同列謀也。

(2)牛運震曰：繾綣如此用，妙，極小人繚繞盤據之態。

【總評】

(1)彭執中曰：此詩以寬治民，以嚴取友。曰綏曰惠，寬而不擾也；曰無縱曰以謹曰式遏，嚴而不怒也。

(2)牛運震曰：①似是風戒同官之詞，而憂時感事，忠愛惓惓。總為規君而發，是謂善於立言。②坦直沉摯，不作枝蔓語，中間自有委婉不盡處。篇中極小人之狀：一曰無良，二曰惽怓，三曰罔極，四曰醜厲，五曰繾綣，而皆曰「無縱詭隨」。故知詭隨者，乃小人蠹國病根。

(3)方玉潤曰：各章中間四句反覆提唱，則其主意專注防姦也可知。蓋姦不去則君德不成，民亦何能安乎？故全詩當以中四句為主，雖曰戒同列，實則望君以去邪為急務也。

板

這是一篇諷諫同列並以戒王的詩。

上帝板板❶，下民卒癉❷。出話不然❸，為猶不遠❹。靡聖管管❺，不實於亶❻。猶之未遠，是用大諫。(一章)

【注釋】

❶板板：乖戾反常。❷卒：同瘁ㄘㄨㄟˋ，病。❸癉：音旦ㄉㄢˋ，勞累病苦。❸不然：不信。不講信用，不能依其話而行。❹猶：謀。遠：遠大。❺靡聖：無聖人之道。管管：無所依據。❻實：忠實。亶：音膽ㄉㄢˇ，誠也。不實於亶：謂不忠實於誠信。言不守誠信之道也。

【評析】

(1)顧起元曰：天以安民為心，反其常道故曰板。此二句見天變必有人以致之，正當修己回天也。而人事乃如此，故因以責之。

(2)牛運震曰：首二句一篇之綱。

天之方難❶，無然憲憲❷；天之方蹶❸，無然泄泄❹。辭之輯矣❺，民之洽矣❻；辭之懌矣❼，民之莫矣❽。（二章）

【注釋】

❶方難：正予人以災難。❷無然：勿如此。憲憲：猶欣欣，喜樂也。❸蹶：音貴ㄍㄨㄟˋ，動，指反常現象。❹泄：音亦ㄧˋ。泄泄：喋喋多言。❺輯：溫和。❻洽：融洽。❼懌：和悅。❽莫：定。

【評析】

(1)牛運震曰：辭輯、辭懌，陸接不倫。細按其旨，乃承上章出話而言。為下二章「我言維服」「匪我言耄」地步。

我雖異事❶，及爾同寮❷。我即爾謀❸，聽我囂囂❹。我言維服❺，勿以為笑。先民有言：

「詢于芻蕘❻。」（三章）

【注釋】

❶異事：謂職位不同。❷寮：官。同寮：即同事。❸我為你圖謀。❹囂囂：謷謷之假借，不聽人言。謷：音敖ㄠˊ。❺服：用。謂我言有用。❻芻：音除ㄔㄨˊ，割草者。蕘：音饒ㄖㄠˊ，採薪者。皆謂微賤之人。

【評析】

(1)朱善曰：我之與爾其職分雖不同，而其為王臣則一。故就爾而謀之，將以輸其忠也。而爾乃囂囂而自得。我所言乃今日之急務，汝其可以為笑乎？古人所以詢及芻蕘者，誠以淺近之言，至理存焉。不可以其人之賤而忽之也。況於寮友之言，其可忽而不聽乎？

天之方虐，無然謔謔❶。老夫灌灌❷，小子蹻蹻❸。匪我言耄❹，爾用憂謔❺。多將熇熇❻，不可救藥❼。（四章）

【注釋】

❶謔謔：戲樂。❷老夫：詩人自謂。灌灌：猶款款，情意懇切。❸小子：指年輕掌權者。蹻：音矯ㄐㄧㄠˇ。蹻蹻：驕傲貌。❹匪：非。耄：音冒ㄇㄠˋ，八十曰耄。非我之言因老而昏亂也。❺用：以。你以可憂之事反以為戲謔。❻多：謂進言之多。熇：音賀ㄏㄜˋ。熇熇：嚴厲貌。謂進言多則將使之發怒也。❼以病為喻。言病患已深，不可以藥救之也。

【評析】

(1)輔廣曰：此章責之又深矣。一二句戒其不可慢天也。三四句戒其不可忽已也。五六句斥其病也。七八句危其禍也。

(2)牛運震曰：①疊字都有意味。②老夫小子二句作尊倨憐憫語，一片忠厚。③蹻蹻寫出趾高氣揚態習。

(3)方玉潤曰：此二章乃進言之故：一言我言雖微，不可不聽；一言爾病之深，將不可救。

天之方懠❶，無為夸毗❷。威儀卒迷❸，善人載尸❹。民之方殿屎❺，則莫我敢葵❻。喪亂蔑資❼，曾莫惠我師❽。（五章）

【注釋】

❶懠：音濟ㄐㄧˋ，憤怒。❷夸：借為誇，誇大。毗：音皮ㄆㄧˊ，附和。夸毗：逢迎諂媚。❸卒：盡。迷：迷亂而失其正。❹載：則。尸：謂徒有其形，如行尸而已，不能有所作為也。❺屎：音希ㄒㄧ。殿屎：呻吟。❻葵：借為揆，度也。莫敢揆度其原因也。❼蔑：無。資：財。喪亂使人民無資財以生也。❽惠：愛。師：眾，謂在位者曾不惠愛我民眾。

【評析】

(1)朱公遷曰：辭輯辭懌，則民合而定；夸大毗附，則民愁苦而呻吟。反覆言之，以見治亂之機，實在於此也。

天之牖民❶，如壎如篪❷，如璋如圭❸，如取如攜❹。攜無曰益❺，牖民孔易❻。民之多辟❼，無自立辟❽。（六章）

【注釋】

❶牖：音有ㄧㄡˇ，誘導。❷壎：音熏ㄒㄩㄣ。篪：音池ㄔˊ。兩種合奏之樂器，壎唱而篪和。謂導民和諧如壎篪之合奏。❸

半圭為璋。謂如圭璋之配合得宜。❹取：提。謂上帝誘導人民如提攜之。❺曰：語詞。益：讀為搤ㄜˋ，同扼，扼制之意。❻孔易：甚易。以上二句謂：提攜人民能因勢利導，不加扼制，是很容易的。❼辟：音譬ㄆㄧˋ，邪僻。❽指在位者勿更作邪僻之事。（牖民孔易即在於以身作則也）

【評析】

(1)牛運震曰：①取喻甚奇，似不倫類，卻有至理。②六項並列，卻單拈攜字引伸一筆，妙。

(2)方玉潤曰：此二章（按：五六兩章）乃正告以救民之方。民方困苦，雖無恩惠以及之，而人心易覺，不難教化以導之。

价人維藩❶，大師維垣❷。大邦維屏❸，大宗維翰❹。懷德維寧❺，宗子維城❻。無俾城壞，無獨斯畏❼。（七章）

【注釋】

❶价：音介ㄐㄧㄝˋ。价人：即介人，披甲執銳之人，即軍隊。藩：籬。❷大師：大眾，指人民。❸大邦：大國諸侯。屏：屏障。❹大宗：大房，指王之同姓世嫡子。翰：幹，棟梁之意。❺懷德：有德可懷。在上者有德可懷，則可得軍隊、人民、諸侯、宗族之擁護，國家始能安寧。❻宗子：太子。❼無獨：勿孤立。孤立斯可畏也。

【評析】

(1)李樗曰：王所恃以為藩籬屏翰蔽其國家者，在此數者。苟以德懷之，則無有不寧矣。詩人以懷德維寧間於中，則宗子維城亦當以德懷之也。左氏曰：君其修德以固宗子，何城如之！所謂「宗子維城」是也。

敬天之怒❶，無敢戲豫❷。敬天之渝❸，無敢馳驅❹。昊天曰明❺，及爾出王❻；昊天曰

旦❼，及爾游衍❽。（八章）

【注釋】

❶敬：儆，下同。儆戒上天之發怒。❷戲豫：逸樂。❸渝：變，謂變常。❹馳驅：駕車馳馬出遊。❺曰：語詞。等昊天昭明時。謂時世清平時也。❻王：通往，謂出遊。❼旦：明，亦指太平時。❽游衍：遊樂。

【評析】

(1)朱公遷曰：戲豫者，自慢之心；馳驅者，自恣之意。皆不知畏天者也。天者，理而已。理無往而不在，故天無往而不監。知此，則敬天之意常存，而易亂為治不難矣。

(2)方玉潤曰：末二章又正告以自修之法，唯德乃足以得人，唯敬乃可以回天。天人相應處，說得至嚴而精。

【總評】

(1)朱公遷曰：一章至五章，歸咎於天，教戒而切責之。六章有望於天，欲其易亂以為治。七章歸本於德，欲其得人心以輔治。八章則告以天所當敬之故，庶幾亂之反乎治也。

(2)牛運震曰：拗峭激切，卻純是篤厚。前後屢言敬天安民，都為規王而發，中間二章特借同列以警其見聽耳。當時謗禁甚嚴，道路以目，詩人不敢正言極諫，故詭有所託，以抒其憂國之志。所謂言之者無罪也。

蕩之什十一篇

蕩

這是西周詩人，根據周初聲討殷商的史料寫成用以警戒周室的詩。除第一章直寫外，其餘七章全以文王口氣指責殷紂王。乃是託古諷今，指桑罵槐的手法，別具風格。

蕩蕩上帝❶，下民之辟❷。疾威上帝❸，其命多辟❹。天生烝民❺，其命匪諶❻。靡不有初❼，鮮克有終❽。（一章）

【注釋】

❶蕩蕩：偉大貌。❷辟：音必ㄅㄧˋ，君。❸疾威：暴虐。❹其命：謂天命。辟：通僻ㄆㄧˋ，邪僻。❺烝民：眾民。❻匪：同非。諶：音忱ㄔㄣˊ，信賴。❼靡：無。❽鮮：音顯ㄒㄧㄢˇ，少。克：能。二句謂國運初始無不隆盛，但卻很少能善其終。

【評析】

(1)孔穎達曰：此下諸章，皆言文王曰咨，此獨不然者，欲以蕩蕩之言，為下章總目，且見實非殷商之事，故於章首不言文王，以起發其意也。

(2)牛運震曰：「鮮克有終」意思直注篇末為「大命以傾」、「顛沛之揭」伏根。

文王曰：「咨❶！咨女殷商❷。曾是彊禦❸，曾是掊克❹；曾是在位，曾是在服❺。天降滔德❻，女興是力❼。」（二章）

【注釋】

❶咨：嗟歎聲。❷女：汝。❸彊禦：強橫。❹掊：音抔ㄆㄡˊ。掊克：聚斂。❺服：事。在服：即在位。❻滔：同慆，慢也。謂慆慢不恭之德行。❼興：作。力：用力。意謂盡力為惡。

【評析】

(1)牛運震曰：①硬排四「曾是」老橫崛峭。②「天降滔德」言天作孽也。「女興是力」言助天為虐，惟天所使也。寫愚人狂惑可憐。

文王曰：「咨！咨女殷商。而秉義類❶，彊禦多懟❷！流言以對❸，寇攘式內❹。侯作侯祝❺，靡屆靡究❻。」（三章）

【注釋】

❶秉：用。義類：善類，即好人。❷懟：音對ㄉㄨㄟˋ，怨。❸流言：謠言。❹寇攘：盜竊。式：語詞。❺侯：維，語詞。作：讀如詛ㄗㄨˇ，詛祝，怨謗。❻屆：極。究：窮。謂殷紂罪行無窮無盡。

【評析】

(1)輔廣曰：暴虐之人，自以人多怨己，而恐禍之反也，故詭謀譎計，採取浮浪不根之言以應對於上而惑亂其聰明，以自揜其惡。上之人用是而反親信之，則是為寇盜攘竊之人而反使之居內矣。人君好用暴斂多怨之人，則怨謗必將反移於己也。

文王曰：「咨！咨女殷商。女炰烋于中國❶，斂怨以為德❷。不明爾德❸，時無背無側❹；爾德不明，以無陪無卿❺。」（四章）

【注釋】

❶炰：同咆ㄆㄠˊ。烋：同哮ㄒㄧㄠ。炰烋：驕縱怒吼。❷斂：聚。聚斂人之怨恨以為己之美德。❸明：修明。❹時：是。無背無側：謂背後及身旁，即前後左右無善臣。❺陪：副，助手。卿：卿士。

【評析】

(1)朱善曰：炰烋者，怒氣之盛也。斂怨以為德者，不以德為德，而以怨為德也。人君不明其德，則慈祥豈弟之人遠，而暴虐聚斂之人進。無背，莫為之後也；無側，莫侍其旁也；無陪，莫為之貳也；無卿，莫為之輔也。非實無也，雖有之而不稱其職，不任其事，則亦若無人焉爾。

文王曰：「咨！咨女殷商。天不湎爾以酒❶，不義從式❷。咨愆爾止❸，靡明靡晦❹。式號式呼❺，俾晝作夜❻。」（五章）

【注釋】

❶湎：音免ㄇㄧㄢˇ，沉迷其中。❷義：宜。式：用。謂不宜從而用酒。❸愆：過。止：容止。謂行為乖戾錯誤。❹明：晝。晦：夜。❺式：乃。謂醉後狂呼亂叫。❻俾：使。夜間痛欲，白晝昏睡，故云。正所謂靡明靡晦也。

【評析】

(1)蘇轍曰：人之沉湎，凡百不義，皆將從是起。故既愆爾止，則無所不至矣。
(2)牛運震曰：①憤極語幾於痛哭疾呼。②俾晝作夜，較靡明靡晦翻進一層，深文奇語。

文王曰：「咨！咨女殷商。如蜩如螗❶，如沸如羹❷。小大近喪❸，人尚乎由行❹。內奰于中國❺，覃及鬼方❻。」（六章）

【注釋】

❶蜩：音條ㄊㄧㄠˊ，蟬。螗：音唐ㄊㄤˊ，蟬之大而黑者。❷以上二句謂時人悲歎之聲，如蜩螗之鳴；憂亂之心，如沸羹之熟。❸小大：謂老少。近：幾乎。喪：亡。❹言人尚由此行，不改舊惡。❺奰：音必ㄅㄧˋ，怒。❻覃：延及。方：猶邦也。鬼方：殷周時稱北方之玁狁為鬼方。謂自近及遠，無不怨怒也。

【評析】

(1)牛運震曰：奇語寫訌亂情形酷肖。

文王曰：「咨！咨女殷商。匪上帝不時❶，殷不用舊❷。雖無老成人❸，尚有典刑❹。曾是莫聽，大命以傾❺。」（七章）

【注釋】

❶匪：非。時：是。❷舊：舊章。❸老成人：指舊臣。❹典刑：法則。❺大命：國運。傾：覆亡。

【評析】

(1)鄭玄曰：此言紂之亂，非其生不得其時，乃不用先王之故法之所致。老成人謂若伊尹、伊陟、臣扈之屬，雖無此臣，猶有常事故法可案用也。

(2)牛運震曰：婉篤至此，幾於垂涕道之。

文王曰：「咨！咨女殷商。人亦有言：『顛沛之揭❶，枝葉未有害，本實先撥❷。』殷鑒不遠❸，在夏后之世❹！」（八章）

【注釋】

❶顛：仆倒。沛：拔。揭：樹根蹶起之貌。❷本：樹根。撥：絕。以上三句謂樹之仆倒，樹根蹶起，枝葉並未有病害，實因其根本已先斷絕，故樹必死。❸鑒：鏡。謂借鏡。❹夏后：周人稱夏朝為夏后氏。此二句謂殷人之借鏡並不遠，就在夏后之世。夏桀暴虐無道，而致亡國，足以為殷之鑒戒。

【評析】

(1)陳推曰：此總括上數章直指其禍亂之原，而示以當鑒戒之意也。

(2)牛運震曰：殷鑒夏以諷周鑒殷也。向上推進一層，咄然便住，淒婉欲絕，蘊蓄無盡。

【總評】

(1)薛應旂曰：是詩曰任小人，曰廢典刑，曰沉湎於酒，曰炰烋是用，而其失皆原於任小人。甚哉用人不可不慎也。

(2)牛運震曰：七「咨商」，驚怪惋惜，慘然亡國之痛。

(3)普賢曰：此詩〈毛序〉曰：「〈蕩〉，召穆公傷周室大壞也。厲王無道，天下蕩蕩無綱紀文章，故作是詩也。」三家無異義。現代《詩經》學者，大多推考詩篇原文及參考歷代主張，加以推論，而定其主旨、作者和作詩時代，意見未能一致。茲就手頭所有資料，選錄數則如下：①屈萬里《詩經釋義》：「此疑周初之詩，假文王語氣，以章殷人之惡，而明周人得國之正也。」②李長之《詩經試譯》以為此乃周對殷之討伐詞，周人保存此史料，亦用以警戒自己。由此可知如何消滅殷人之反抗，為周初之大事。③李一之《詩三百篇今譯》以為「周初聲討殷商的歌」。④王靜芝《詩經通釋》則曰：「此周之詩人引殷商之覆亡，以警當世，而假文王之言以咏之者也。詩〈序〉以此為召穆公作，傷厲王之無道者。然無據也。揆其詞是懷古傷今，咏以警戒之義。當必在周之衰世，其時其人，未可遽定也。」

我們考察以上意見，大概可以推定此詩係根據周初聲討殷商的史料，改寫為詩歌以自警者，即姚際恆所謂詠史詩。其作者與時代難於確定，惟召穆公作於厲王監謗之時，也可備一說。

此詩第二章至末章，每章均以「文王曰咨，咨女殷商」開始，第二章相連四句均用「曾是」二字開始，以及最後以「殷鑒不遠，在夏后之世」的警句來結束全篇等等，形成了一種動人的特殊風格。而第五章中「俾晝作夜」句造語之妙，亦別具風味，姚際恆引毛稚黃曰：「『俾晝作夜』，不曰『俾夜作晝』，造語妙甚。此與『綢直如髮』同，非倒句，乃倒意也。」

抑

這是衛武公自我儆戒的詩。

抑抑威儀❶，維德之隅❷。人亦有言：「靡哲不愚❸。」庶人之愚，亦職維疾❹。哲人之愚，亦維斯戾❺。（一章）

【注釋】
❶抑抑：謹慎謙卑貌。❷隅：偶之假借，配偶。謂內在品德與外在儀表相配合。❸哲：聰明。哲人亦有愚笨時。有譏評之意。❹庶人：一般人。職：實。疾：毛病。❺戾：乖違。反常也。

【評析】
(1)方玉潤曰：哲愚二字雙起，將學者病根剔出，以下方好自砭。

無競維人❶，四方其訓之❷；有覺德行❸，四國順之。訏謨定命❹，遠猶辰告❺。敬慎威儀，維民之則。（二章）

【注釋】
❶無競維人：謂其人之善，無人可與之競爭。即勝過一般人。❷訓：通順。❸覺：直大也。有覺：覺然。❹訏：音吁ㄒㄩ，大。謨：謀。定命：安定國運。❺猶：猷，謀也。辰：時。言遠大之計謀，能隨時提出。

【評析】
(1)謝枋得曰：人君以一身之法，為天下之法也。
(2)牛運震曰：此一章性命政術正大精微語。通篇之領要在此。「敬慎」二字，尤為一篇眼目。

其在于今，興迷亂于政❶。顛覆厥德❷，荒湛于酒❸，女雖湛樂從❹。弗念厥紹❺，罔敷求先王❻，克共明刑❼。（三章）

【注釋】

❶興：舉，皆也。❷顛覆：傾敗。厥：其。❸荒：荒於政。湛：音耽ㄉㄢ。耽樂於酒。❹女：汝。雖：惟。言汝惟湛樂是從。❺紹：繼。謂繼承先王之業。❻敷：普。敷求：普求。❼克：能。共：讀為恭ㄍㄨㄥ，恭謹。或讀為拱ㄍㄨㄥˇ，執行。刑：法。罔字通貫二句，言不普求先王之道，則不能恭謹從事於賢明之法度。

【評析】

(1)輔廣曰：此言當時習俗之不善而恐己或墮於其間，正所謂自警者也。

肆皇天弗尚❶，如彼泉流，無淪胥以亡❷。夙興夜寐，洒埽廷內❸，維民之章❹。脩爾車馬，弓矢戎兵❺：用戒戎作❻，用逷蠻方❼。（四章）

【注釋】

❶肆：語詞。尚：佑助。❷淪：率。胥：皆。淪胥以亡：相率敗亡。因泉流挾泥沙俱下，以喻善惡同歸於盡。❸廷內：廷院及宮室之內。❹章：表率。❺戎兵：兵器。❻戒：備。戎：兵事。作：起。❼逷：音惕ㄊㄧˋ，懲治。蠻方：夷狄之國。

【評析】

(1)朱善曰：夙興夜寐，修身之事也；洒埽廷內，齊家之事也。身者民之主，家者國之則。身修而家齊，是豈不足以為民之章乎？車馬所以安身也，固不可以不修；弓矢戎兵所以禦患也，尤不可以不戒。在我者既不至於妄動，則在彼者亦不敢以輕侮。此又治國之要也。詳於內而不遺乎外；謹於大而不忽乎細。地有遠近之不同，而慮之無不周；事有常變之不同，而備之無不飭。此所以為訏謨定命，遠猶辰告之實也歟！

(2)牛運震曰：「洒埽廷內」微詞深意，正從閒細中摹其整躬飭家之神，非真欲其事洒埽也。

質爾人民❶，謹爾侯度❷，用戒不虞❸。慎爾出話，敬爾威儀，無不柔嘉❹。白圭之玷❺，尚可磨也；斯言之玷，不可為也❻。（五章）

【注釋】

❶質：定。❷侯度：侯君之法度。❸不虞：意外事故。❹柔嘉：皆釋為善。❺玷：音店ㄉㄧㄢˋ，玉之斑點。❻不可為：不可挽回。

【評析】

(1)段昌武曰：言行均不可以有失。而言之失尤易。能謹其易者，則行可知也。故此惟戒乎斯言之玷。

無易由言❶，無曰苟矣❷。莫捫朕舌❸，言不可逝矣❹。無言不讎❺，無德不報❻。惠于朋友，庶民小子。子孫繩繩❼，萬民靡不承❽。（六章）

【注釋】

❶由：於。謂勿輕易於出言。❷苟：且。勿曰可苟且如此。❸捫：音門ㄇㄣˊ，執持。朕：音陣ㄓㄣˋ，我。❹逝：去。言不可隨意放出。❺讎：對答。❻報：答。二句謂無有出言而無反應對答者，無有施惠而不獲答報者。此乃事之常理。❼繩繩：不絕貌。❽承：奉。以上四句謂：如能惠愛朋友，以及眾民小子，則必致家國昌盛，子孫繁衍，萬民奉承擁戴也。

【評析】

(1)徐常吉曰：入言於朝，有以順百辟卿士之心；出言於國，有以愜庶民小子之望。則垂之為子孫之明徵，傳之為萬民之定保。謹言之效何如！

(2)牛運震曰：「斯言之玷」，「莫捫朕舌」自是奇至語，勿以讀熟而易之。

視爾友君子，輯柔爾顏❶，不遐有愆❷。相在爾室❸，尚不愧于屋漏❹。無曰：「不顯❺，莫予云覯❻。」神之格思❼，不可度思❽，矧可射思❾？（七章）

【注釋】

❶輯、柔：皆和意。❷遐：語詞，即「啊」。愆：過錯。❸相：看，注視。❹尚：庶幾。屋漏：屋之西北角，隱暗之處。言雖無人處，亦必恭謹，庶幾乎不愧於暗室也。❺顯：明。❻云：語詞。覯：看見。❼格：至。謂神之降臨。思：語詞，下同。❽度：音墮ㄉㄨㄛˋ，揣度。❾矧：音審ㄕㄣˇ，況且。射：音亦ㄧˋ，同斁，厭倦也。

【評析】

(1)彭執中曰：「視爾友君子」以下，以誠而交於人，修之於顯也；「相在爾室」以下，以誠而對乎天，慎之於靜也。

(2)方玉潤曰：聖學存養工夫數語括盡，《大學》誠意，《中庸》慎獨從此而出。卻無半點理障氣，所以為高。

辟為爾德❶，俾臧俾嘉❷。淑慎爾止❸，不愆于儀。不僭不賊❹，鮮不為則❺。投我以桃，報之以李。彼童而角❻，實虹小子❼。（八章）

【注釋】

❶辟：音必ㄅㄧˋ，法。謂效法爾之德。❷俾：使。臧、嘉：皆美善意。❸淑：美好。止：舉止。❹僭：音賤ㄐㄧㄢˋ，

差錯。賊：傷害。❺鮮：音顯ㄒㄧㄢˇ，少。❻童：牛羊之無角者。❼虹：通訌，惑亂。

【評析】

(1)朱善曰：言爾為人君之德，當使無一事之不善，無一事之不嘉。容止之不可以不慎，威儀之不可以不謹。不僭，則於事無所差；不賊，則於理無所害。夫如是，鮮不為民之則矣。投桃報李，言理之必有者以勉之也；彼童而角，言理之必無者以戒之也。

(2)牛運震曰：投桃報李即言讎德報之旨，寫來卻自妍穎生動。

荏染柔木❶，言緡之絲❷。溫溫恭人，維德之基❸。其維哲人，告之話言，順德之行❹；其維愚人，覆謂我僭❺，民各有心❻。（九章）

【注釋】

❶荏：音忍ㄖㄣˇ。荏染：柔貌。❷言：語詞。緡：音民ㄇㄧㄣˊ，裝上弦線。此謂以絲加於柔木之上可做成弓。❸維德之基：立德之根本。❹順德之行：謂行為遵循美德。❺覆：反。僭：不誠實。❻民各有心：謂哲人與愚人想法不同。

【評析】

(1)鄭玄曰：柔忍之木，荏染然則被之弦以為弓；寬柔之人，溫溫然則能為德之基。止言內有其性，乃可以有為德也。

於乎小子❶！未知臧否❷。匪手攜之❸，言示之事❹；匪面命之，言提其耳❺。借曰未知，亦既抱子❻。民之靡盈❼，誰夙知而莫成❽？（十章）

【注釋】

❶於：音烏ㄨ。於乎：即嗚呼，歎詞。❷否：音丕ㄆㄧ。臧否：好壞。❸匪：非，不僅，下同。❹言：語詞，乃也。示：舉實事指示其是非。❺以手提其耳，恐聽不清也。❻亦既抱子：已為人父，非無知幼童也。❼盈：滿。❽夙：早。莫：同暮。此二句謂：人能受教不自滿，即有成功之日，豈有早知而反晚成者乎？

【評析】

(1)輔廣曰：武公老矣，而使人謂其小子，可謂不自盈滿矣。只此便見其溫柔之意。

(2)牛運震曰：①一篇告誡精神全在此章。作老成憐憫語，真篤厚。②借抱子以愧之，妙。甚於醜詆。

昊天孔昭❶，我生靡樂❷。視爾夢夢❸，我心慘慘❹。誨爾諄諄❺，聽我藐藐❻。匪用為教❼，覆用為虐❽。借曰未知，亦聿既耄❾。（十一章）

【注釋】

❶昊天：上天。孔昭：很明顯（指天道）。❷靡樂：不敢逸樂。❸夢夢：昏憒。❹慘慘：憂悶不樂。❺諄：音ㄓㄨㄣ。諄諄：懇切勸告之貌。❻藐藐：輕視之貌。❼匪：非。用：以。不以我話當教條。❽覆：反。虐：同謔，戲謔。❾聿：語詞。耄：音冒ㄇㄠˋ，老，八十九十曰耄。

【評析】

(1)何楷曰：我生靡樂，託為誦詩者自警之語。謂我生無日非恐得罪於天之日，不見有可逸樂也。惟憂之深，故誨之切。聽我藐藐，不以我之諄諄為意，反以我言太多，為將欲煩苦之也。

(2)方玉潤曰：二章皆欲其聽言以修德。前章耳提面命是正說；後章諄諄藐藐是反說。自抱子以至既耄，均不可以未知自諉，一層深似一層也。

於乎小子！告爾舊止❶。聽用我謀，庶無大悔。天方艱難❷，曰喪厥國❸？取譬不遠，昊天不忒❹。回遹其德❺，俾民大棘❻。（十二章）

【注釋】

❶舊：舊章。止：語詞。或謂止：禮也。舊止：先王之禮法。❷天正降下艱難。❸曰：語詞。厥：其。❹忒：音特ㄊㄜˋ，差錯。謂天之報施無差錯。❺遹：音玉ㄩˋ。回遹：邪惡。❻俾：使。棘：困急。

【評析】

(1)歐陽脩曰：言我所告爾者，非我妄言，皆據舊事之已然者，庶幾聽我，猶可不至於大悔也。天方將喪我國，不暇遠引前世興亡之驗，天之於人，福善禍淫不差忒，言為惡必及禍也。

(2)牛運震曰：幾於垂涕而道，氣愈平緩，意愈悚厲。

(3)方玉潤曰：末用危言自警，愈見修省之切。

【總評】

(1)許謙曰：武公晚年，自為箴戒之詞，惓惓於威儀言語，而其工夫能及於聖賢者，乃受教聽言之功。十章之言，是成德之所自乎？其次第先後，味詩可見。

(2)汪應蛟曰：抑戒聖學也。近而威儀言語，遠而謨令政刑；細而寢興洒埽，大而車馬戎兵；顯而賓友臣庶，微而暗室屋漏。凜凜乎若師保在前，天威在上，既耄如此，敬義之功，於是為至矣。

(3)牛運震曰：①平實古雅而悚摯愴切，深得箴誦之旨。②一篇省躬責己之詞，而開端入手處則曰「其在于今，興迷亂于政」。篇末收煞處又曰「天方艱難，曰喪厥國」，憂時感事之旨，反覆三致意焉。其規君之意昭然矣。序以為刺厲王亦以自警。按之乃自警以刺王爾。無道之主，難於斥言，或託同官以戒之，或指前朝以鑒之，或借自警以發之，皆所謂主文而譎諫也。但所刺不知何王，或未必是厲王爾。

(4)屈萬里曰：詩〈序〉：「〈抑〉，衛武公刺厲王，亦以自警也。」歷來承用此說。按：衛武公立於宣王十六年，卒於平王十三年。厲王之世，武公未立，知〈序〉說非是。《國語・楚語》：「左史倚相曰：『昔衛武公年數九十五矣，……於是乎作〈懿戒〉以自儆』。」懿、抑，古通用，〈懿戒〉即〈抑〉詩也。《國語》無刺王之說，而詩中有「謹爾侯度」之語，則所謂自儆之詩，大致可信。否則，即戒某諸侯之詩也。

桑柔

這是傷歎君昏臣邪，是非顛倒，民風敗壞的詩。

菀彼桑柔❶，其下侯旬❷。捋采其劉❸，瘼此下民❹。不殄心憂❺，倉兄填兮❻。倬彼昊天❼，寧不我矜❽。（一章）

【注釋】

❶菀：音玉ㄩˋ，茂盛貌。桑柔：桑之柔嫩者。❷侯：維。旬：樹蔭均布。❸捋：音勒ㄌㄜˋ，取。劉：凋殘。言桑樹被捋採，其葉殘而蔭不均，人民不能得其蔭蔽矣。❹瘼：音莫ㄇㄛˋ，病。下民：息於桑下之民。❺殄：音忝ㄊㄧㄢˇ，絕。謂心憂不絕。❻倉兄：同愴怳ㄔㄨㄤˋ ㄎㄨㄤˋ，悵恨不適。填：病。❼倬：明。❽寧：乃。矜：哀憐。

【評析】

(1)歐陽脩曰：桑無葉，不能蔭人；喻王無德，不能庇民。它木皆有枝葉，而詩人獨以桑為喻者，唯桑以葉用於人也。

四牡騤騤❶，旟旐有翩❷。亂生不夷❸，靡國不泯❹。民靡有黎❺，具禍以燼❻。於乎有哀❼！國步斯頻❽。（二章）

【注釋】

❶騤：音揆ㄎㄨㄟˊ。騤騤：馬強壯貌。❷旟：音于ㄩˊ，旗之畫鷹鳥者。旐：音兆ㄓㄠˋ，旗之畫龜蛇者。有翩：翩然。飄動貌。此二句形容征役不息之狀。❸夷：平定。❹泯：滅。二句謂亂生而不平定，無國不滅亡也。❺黎：眾。言喪亂之餘，民已不多也。❻具：俱。燼：灰燼。民俱遭禍，所存者如焚餘之燼也。❼於乎：嗚呼。有哀：可哀也。❽國步：猶國運。斯：是。頻：急蹙，危急。

【評析】

(1)牛運震曰：只寫四牡旟旐之盛，而軍役旁午，騷然在目。末二句黯然。

(2)方玉潤曰：征役不息為亂之本。

國步蔑資❶，天不我將❷。靡所止疑❸，云徂何往❹？君子實維❺，秉心無競❻。誰生厲階❼？至今為梗❽。（三章）

【注釋】

❶蔑：無。資：助。❷將：扶助。❸疑：定。止疑：停息。此句謂無處可以安身。❹云：語詞。徂：往。❺君子：

指當政者。維：惟之假借，思惟也。❻秉心：持心，存心。無競：無人可與之競勝。此二句謂當政者如真能多加思惟，其所計謀者則可勝過他人而無能與之競者，奈其不思惟何？故有下句「誰生厲階」之問。❼厲：惡。階：階梯。厲階：進於惡之階梯，即禍端也。❽梗：病苦，猶災難。

【評析】

(1)牛運震曰：①云徂何往截讀，較蹙蹙靡騁更蹙苦嗚咽。②君子實維二句卻為君上出脫一筆，妙。③末二句摧挫沉痛。「厲階」「為梗」字法深刻。

憂心慇慇❶，念我土宇❷。我生不辰，逢天僤怒❸。自西徂東，靡所定處。多我覯痻❹，孔棘我圉❺。（四章）

【注釋】

❶慇慇：憂傷貌。❷土宇：土地房屋，指家園。❸僤：音旦ㄉㄢˋ。僤怒：盛怒。❹覯：遇到。痻：音昏ㄏㄨㄣ，病苦，災難。❺孔棘：很急。圉：音雨ㄩˇ，邊疆。謂邊疆甚緊急。

【評析】

(1)徐常吉曰：居邊陲之苦，則思內地之安；念旅寄之勞，則有故鄉之望。故曰念我土宇。亦人情也。周在西，故曰自西徂東。

(2)牛運震曰：沉鬱以悲，椎心蒿目。

為謀為毖❶，亂況斯削❷。告爾憂恤❸，誨爾序爵❹。誰能執熱❺，逝不以濯❻。其何能

淑❼？載胥及溺❽。（五章）

【注釋】

❶毖：音必ㄅㄧˋ，謹慎。❷亂況：亂狀。削：減。二句謂在上者如能謹慎謀劃，亂狀即可減削。❸憂恤：可憂之事。❹序爵：辨別賢否，次序爵祿之道。❺執熱：手中執持熱物。❻逝：語詞。濯：以水沖洗。謂救熱也。❼淑：善。❽載：則。胥：相。溺：溺於水，以喻喪亡。

【評析】

(1)蘇轍曰：賢者之能已亂，猶濯之能解熱。不然，則其何能善哉？相與入於陷溺而已。

(2)牛運震曰：告爾憂恤二語，一篇作詩本旨。

(3)方玉潤曰：告以救亂，如拯水火，卻用翻撥之筆，便不平板。

如彼遡風❶，亦孔之僾❷。民有肅心❸，荓云不逮❹。好是稼穡❺，力民代食❻；稼穡維寶❼，代食維好❽。（六章）

【注釋】

❶遡：音素ㄙㄨˋ。遡風：迎面吹來之風。❷僾：音愛ㄞˋ，悶氣，呼吸短促。❸肅心：仕進之心。❹荓：音傳ㄆㄧㄥ，使。云：語詞。不逮：不及。不能達到目的完成心願。❺好：音號ㄏㄠˋ。謂王惟喜好稼穡之所穫。指聚斂賦稅而言。❻力民：使民出力。代食：民之食不得自食，在上者代之而食。❼唯以聚斂為寶。❽不以代食為非，而以為甚好。

【評析】

(1)方玉潤曰：朝不可仕，不如在野。然即退處亦難安居。更進一層。

天降喪亂，滅我立王❶。降此蟊賊❷，稼穡卒痒❸。哀恫中國❹，具贅卒荒❺。靡有旅力❻，以念穹蒼❼。（七章）

【注釋】

❶立王：所立之王。❷蟊：音毛ㄇㄠˊ，蟲之食苗根者曰蟊；食節者曰賊。❸卒：盡。痒：音羊ㄧㄤˊ，病。❹恫：音通ㄊㄨㄥ，痛也。❺具：俱。贅：連屬。卒：盡。荒：荒年。謂連年災荒也。❻旅：同膂ㄌㄩˇ。旅力：體力。❼言已無力挽救，唯念上天，冀其止亂也。

【評析】

(1)胡一桂曰：王者以民為本，民以食為天。病其稼穡者，所以病其民也。穡事之有關於國也如此。

維此惠君❶，民人所瞻❷。秉心宣猶❸，考慎其相❹。維彼不順，自獨俾臧❺。自有肺腸❻，俾民卒狂❼。（八章）

【注釋】

❶惠：順，順於義理。❷瞻：仰望。❸秉心：持心，存心。宣：光明。猶：通達。❹考：明辨。慎：謹慎。相：輔佐之人。❺自獨：自我獨斷獨行。俾臧：以為可使做好。❻別具肺腸。❼使民盡入於迷惑狂亂。

【評析】

(1)輔廣曰：順理之君，民尊鄉之，以其能用賢也。蓋操持其心而不為私意所乘。廣詢博訪，必盡眾人之見，重加考擇而謹慎以用之。獨言相者，舉重者而言。能擇一相，則所用無不賢矣。用賢則民皆有定志。用不肖則民皆眩惑狂亂奔競以圖進矣。

瞻彼中林，甡甡其鹿❶。朋友已譖❷，不胥以穀❸。人亦有言：「進退維谷❹。」（九章）

【注釋】

❶甡：音申ㄕㄣ。甡甡：眾多貌。❷譖：通僭ㄐㄧㄢˋ，不信。❸胥：相。以：與。穀：善。❹谷：山谷。山谷不易行進。謂進退皆難也。

【評析】

(1)呂祖謙曰：此言君暗於上，俗毀於下。自傷處斯世之難也。

(2)朱公遷曰：上章舉錯失宜而民無以定其志；此章讒譖為害而已無所容其身也。

維此聖人，瞻言百里❶；維彼愚人，覆狂以喜❷。匪言不能❸，胡斯畏忌❹？（十章）

【注釋】

❶言：語詞。瞻言百里：謂眼光遠大。❷覆：反。愚人所見者近，反以為得計而狂惑大喜。❸匪：非。言：說。謂有遠見者，非不能預言大禍之將臨。❹胡：何。斯：是。是何所畏忌而不敢言耶？（蓋畏忌君王之暴虐也）

【評析】

(1)輔廣曰：聖人明睿所照，物無遁情。故其所視所言，無遠不察。愚人則安危利菑，冥行倒曳，不惟不覺，而更狂以喜。我非愚也，於此豈不能一言哉？但無如此畏忌何耳。

維此良人，弗求弗迪❶；維彼忍心❷，是顧是復❸。民之貪亂❹，寧為荼毒❺！（十一章）

【注釋】

❶迪：音笛ㄉㄧˊ，進，謂進用之。❷忍心：殘忍之人。❸顧、復：眷顧留戀之，不使其去。❹貪：欲。❺寧：寧願。荼毒：痛苦。以上二句謂民意欲其大亂。寧受同歸於盡之最大痛苦。（與之偕亡也）

【評析】

(1)輔廣曰：上章之聖人愚人，乃泛言之耳；此章之良人忍心，則指當時士大夫言也。夫善人，國之寶也，所宜求訪而進用之；忍心，民之賊也，所宜擯棄而決絕之。今也維此良人，則弗求弗迪；維彼忍心，則是顧是復。好惡悖理，而用舍乖僻也。如此，民之所以貪黷悖亂，安為荼毒之行也。

(2)牛運震曰：連用維此維彼，互形對較，怨恨之聲，緜疊不絕。「是顧是復」，父母愛子之事，移用極不近理，卻自尖酷得情。「寧為荼毒」寫出虐民挺險之情。

大風有隧❶，有空大谷❷。維此良人，作為式穀❸。維彼不順❹，征以中垢❺。（十二章）

【注釋】

❶隧：古謂衝風曰隧。有隧：隧然，奔衝而至之貌。❷有空：空然。空谷易於來風，故云。❸式：效法。穀：善。❹不順：不順義理之人。❺征：行。垢：塵垢。中垢：垢中。

【評析】

(1)輔廣曰：大抵君子之所為必光明，小人之所為必隱暗；君子之所行必高潔，小人之所行必污穢。光明高潔，即所謂善道也。

大風有隧，貪人敗類❶。聽言則對❷，誦言如醉❸。匪用其良，覆俾我悖❹。（十三章）

【注釋】

❶類：善。謂貪婪之惡人，能敗壞善人。❷聽言：好聽之言。對：對答。❸誦：諷。諷諫之言，則如醉者之不省其意。❹覆：反。悖：悖逆。謂反使我為悖逆之事。

【評析】

(1)牛運震曰：寫盡妄庸人泄泄態狀。

嗟爾朋友，予豈不知而作❶？如彼飛蟲❷，時亦弋獲❸。既之陰女❹，反予來赫❺。（十四章）

【注釋】

❶作：為也。我豈不知時局之難救而作此詩？❷飛蟲：鳥也。❸弋：音亦ㄧ丶，繳射，以繩繫矢而射。獲：得。以喻我之所言，亦或有用也。所謂「千慮一得」也。❹之：往。陰：覆蔭，庇護也。女：汝。❺赫：盛怒貌。二句謂我既往汝處，先以好言，是為庇護汝，而汝反對我盛怒。

【評析】

(1)黃佐曰：小人為惡而不知悛，禍將及之。君子教戒之者，所以救藥之也，故曰陰女。

(2)牛運震曰：①此下自述作詩本旨，陡然感慨，悲切激昂。②飛蟲弋獲，喻意細，妙。鄙淺自託，正自動聽。③託為正告朋友之詞，咨嗟感慨，諷王之旨，隱然言外。

(3)方玉潤曰：以下規諷僚友。見不能匡君惡，皆臣下之失。忠臣愛民之心，千載如見其誠。

民之罔極❶，職涼善背❷。為民不利❸，如云不克❹。民之回遹❺，職競用力❻。（十五章）

【注釋】

❶罔極：無所止。為非作惡，無有極止。❷職：專主。涼：薄。善背：善於反覆。由於在上者專主於涼薄而善於反覆也。❸在上者為不利於民之事。❹云：語詞。不克：不勝。如云不克：謂如恐不得其勝。❺遹：音玉ㄩˋ。回遹：邪僻。❻職：專主。以上二句謂：民之所以歸於邪僻者，由此輩惡人專主用力競取私利以致之也。

【評析】

(1)朱公遷曰：道民以惡，貽民以禍，莫非小人之為也。此其所以致亂也。

民之未戾❶，職盜為寇❷。涼曰不可❸，覆背善詈❹。雖曰匪予❺，既作爾歌❻！（十六章）

【注釋】

❶戾：定。❷職：專主。二句謂民之未能安定主因於在上者如盜而為寇賊以致之也。❸涼：薄。曰：語詞。❹詈：音力ㄌㄧˋ，罵。以上二句謂涼薄待人，固不可矣，又覆背行事且善罵人，則事之敗毀必矣。應上章「職涼善背」句。❺汝雖推諉謂此禍非予所為。❻而我已為爾作此歌矣。言得其情，事已著明，不可掩飾也。

【評析】

(1)胡一桂曰：「匪予」是不認過之詞。

【總評】

(1)牛運震曰：①「告爾憂恤，誨爾序爵」二語一篇綱領。前段言國步民生，俱為禍爐；土宇稼穡，瘠痒相仍。所謂「告爾憂恤」也。後段言君不考相，小人回遹，朋友交譖，貪人敗類。所謂「誨爾序爵」也。篇幅雖長而脈線聯密，自無懈散之病。②蒼涼中有極柔怯語，柔則厚。③此篇多用雙韻隔代相叶，如後世詩家之轆轤韻。

雲漢

這詩是記周宣王初立時禳旱祈雨的自禱詞。篇中充分表現出宣王那種憂國憂民，焦灼悲苦的心情，可見宣王之中興，實非偶然。

倬彼雲漢❶，昭回于天❷。王曰：「於乎❸！何辜今之人！天降喪亂，饑饉薦臻❹。靡神不舉❺，靡愛斯牲❻。圭璧既卒❼，寧莫我聽❽！」（一章）

【注釋】

❶倬：焯之假借，音卓ㄓㄨㄛˊ，明也。雲漢：天河。❷昭：明。回：轉。❸王：周宣王。於乎：即嗚呼，歎詞。❹饑：穀不熟。饉：菜不熟。薦：重複。臻：音珍ㄓㄣ，至。❺舉：指舉辦祭祀。❻愛：吝惜。牲：祭祀所用之犧牲如牛羊豕等。❼圭璧：均朝聘祭祀所用之瑞玉。卒：盡。❽寧：乃。謂神竟不聽從我之請求。

【評析】

(1)段昌武曰：宣王憂民如此，雖有暴戾之氣，必潛消於冥冥之中。況憂民之憂者，民亦憂其憂，上下互相體恤，而民心亦將安之而無戾矣。

(2)牛運震曰：開口沉篤惻怛，便得中興帝王語氣。

(3)方玉潤曰：開自為民號冤，哀矜惻怛，其情如見。即此一語，已足上格穹蒼而消災禍也。

「旱既大甚❶，蘊隆蟲蟲❷。不殄禋祀❸，自郊徂宮❹。上下奠瘞❺，靡神不宗❻。后稷不克❼，上帝不臨❽。耗斁下土❾，寧丁我躬❿！（二章）

【注釋】

❶大：太，以下各章同。❷蘊隆：暑氣鬱積而隆盛。蟲：即爞（音蟲ㄔㄨㄥˊ）。蟲蟲：燻熱。❸殄：絕。禋祀：祭祀。❹郊：郊野，祭天地。徂：往。宮：宗廟，祭祖先。❺上謂祭天，下謂祭地。奠：將祭品置之地上。瘞：音亦ㄧˋ，埋。祭畢將祭品埋在地下。❻宗：尊敬。❼克：肩，任。不克：即不負責，不管。❽臨：臨享祭品。❾耗：損耗。斁：音杜ㄉㄨˋ，敗壞。❿寧：乃。丁：當。我躬：我身。

【評析】

(1)輔廣曰：先郊後宮，先尊而後親也；上下，先天而後地也；靡神不宗，偏舉所祭之鬼神也。前言舉，舉其禮；此言宗，極其尊也。后稷不克，上帝不臨，先親而後尊也。不言地及它鬼神者，舉尊親以該之也。救災，人事也，故言后稷不克；臨享，神事也，故言上帝不臨。耗斁下土，何為適當我之身乎？不敢知之辭也。

「旱既大甚，則不可推❶。兢兢業業，如霆如雷❷。周餘黎民❸，靡有孑遺❹。昊天上帝，則不我遺❺。胡不相畏❻，先祖于摧❼？（三章）

【注釋】

❶推：推開，排除。❷以上二句形容懼怕旱災之心，如懼怕雷霆般。❸周室所餘之百姓。❹孑：音結ㄐㄧㄝˊ，無右臂形。靡有孑遺：謂無半個人之留存。極形容旱災之嚴重。❺遺：遺留。或讀為未ㄨㄟˋ，借為饋，給予飲食，亦通。❻胡：何。❼摧：折，斷絕。謂祖先之祭祀將斷絕。

【評析】

(1)韋調鼎曰：兢業恐懼，修省也。救災弭患之本在此。

(2)牛運震曰：寫人心洶動如此。痛心刻骨之言，不嫌已甚。

「旱既大甚，則不可沮❶。赫赫炎炎❷，云我無所❸。大命近止❹，靡瞻靡顧❺。群公先正❻，則不我助。父母先祖，胡寧忍予❼！（四章）

【注釋】

❶沮：音居ㄐㄩ，止。❷赫赫：陽光顯耀貌。炎炎：暑氣，熾熱。❸云：語詞。此句謂無處可住。❹大命：國運。止：終。❺謂鬼神皆不照顧。❻群公：前代先公。先正：先代賢臣。❼忍予：忍心待我。

【評析】

(1)輔廣曰：上章言我心極於危懼，而天怒未之息；此章言天旱方甚未已，而我身無所容。群公先正則不我助，父母先祖，胡寧忍予。所以望之者，各有輕重之不同也。

(2)牛運震曰：①此章因上帝而及群公先正、父母先祖，申次章自郊徂宮，靡神不宗也。②兩言先祖（三、四兩章），一則惴惕而出，一則痛哭而道，俱妙。

(3)方玉潤曰：父母至親，既忽視予；則上帝至尊，豈肯宥我！

「旱既大甚，滌滌山川❶。旱魃為虐❷，如惔如焚❸。我心憚暑❹，憂心如熏。群公先正，則不我聞❺。昊天上帝，寧俾我遯❻？（五章）

【注釋】

❶滌：音笛ㄉㄧˊ。滌滌：猶濯濯，乾淨光禿之狀。❷魃：音拔ㄅㄚˊ。旱魃：旱神。❸惔：音談ㄊㄢˊ，燒。❹憚：音旦ㄉㄢˋ，怕。❺聞：聽聞。或音問ㄨㄣˋ，恤問，慰問。亦通。❻寧：乃。俾：使。遯：同遁ㄉㄨㄣˋ，逃。

【評析】

(1)朱善曰：群公先正，上章言其不助，則不肯用其力也；此章言其不我聞，則不肯聽其言也。昊天上帝尊也，故其畏之也深，雖欲逃遁而不敢。

(2)牛運震曰：「滌滌山川」白描得妙，正自酷透。

「旱既大甚，黽勉畏去❶。胡寧瘨我以旱❷？憯不知其故❸。祈年孔夙❹，方社不莫❺。昊天上帝，則不我虞❻。敬恭明神❼，宜無悔怒❽。（六章）

【注釋】

❶黽：音敏ㄇㄧㄣˇ。黽勉：勉力。畏去：畏旱而逃去。❷瘨：音顛ㄉㄧㄢ，病苦。❸憯：音慘ㄘㄢˇ，曾。❹祈年：春祭上帝以求豐年之祭。孔：甚。夙：早。❺方：祭四方之神。社：祭土地之神。莫：同暮，晚。❻虞：助。❼明神：神明。❽悔：恨。

【評析】

(1)王安石曰：「胡寧瘨我以旱，憯不知其故。」則王之自反也，蓋以至矣。

(2)胡紹曾曰：胡寧數句，非謂無罪之詞。蓋自閔其格天無術。

(3)牛運震曰：①此章仍獨舉昊天上帝而不及群公先正，以昊天為降旱之主，故反覆仰訴之。②「黽勉畏去」正與俾遯緊應。胡寧瘨我二句，沉鬱悲壯，如聞幽夜冤呼。③三言昊天上帝，如聞籲號之聲。④宜無二字，不平之甚，正是責己苦衷。

「旱既大甚，散無友紀❶：鞫哉庶正❷，疚哉冢宰❸。趣馬師氏❹，膳夫左右❺；靡人不周❻，無不能止❼。瞻卬昊天❽，云如何里❾？」（七章）

【注釋】

❶友：指群臣。散無友紀：友散無紀。謂散漫而無紀律，蓋以心灰意冷故也。❷鞫：音局ㄐㄩˊ，窮。庶正：眾官之長。❸疚：憂病。冢宰：官名，職如後代之宰相。❹趣馬：掌馬之官。師氏：掌以兵守王門者。❺膳夫：掌御廚之官。左右：左右小臣。❻周：當作賙，救濟。❼無：貧窮。❽卬：仰。❾云：語詞。里：同瘇，憂也。

【評析】

(1)徐常吉曰：此章蓋又訴諸臣之勞，以冀天之察也。

「瞻卬昊天，有嘒其星❶。大夫君子，昭假無贏❷。大命近止，無棄爾成❸。何求為我？以戾庶正❹。瞻卬昊天，曷惠其寧❺？」（八章）

【注釋】

❶嘒：音慧ㄏㄨㄟˋ，明貌。有嘒：嘒然。❷昭假：祈禱神靈降臨。此指祭祀。贏：餘。謂不遺餘力。❸成：成功。謂勿棄爾成功之希望。❹戾：定。庶正：眾官。❺曷：何時。惠：嘉惠，惠賜。

【評析】

(1)朱善曰：始言「有嘒其星」，歎其雨之不可必；終言「曷惠其寧」，幸其雨之或可必。上言「大命近止，靡瞻靡顧」，求其助於神；此言「大命近止，無棄爾成」，盡其責於己。凡若此者，非以為一人也，固以定眾志也。

(2)牛運震曰：①末章作君臣相戒之詞以結之。氣愈平緩，意愈深懇。②有嘒其星與篇首雲漢昭回映照有致。③三言瞻卬昊天，重欷永歎有神。

(3)方玉潤曰：再益求昭格勿棄前功，總以挽回天心為主。王心為民，可謂切矣。

【總評】

(1)朱善曰：讀是詩，見宣王有事天之敬，有事神之誠，有恤民之仁。敬畏以事天，而天監之；虔恭以事神，而神享之；惻怛以恤民，而民懷之。蘊隆之氣消，豐穰之效著。內治既修，外攘斯舉。中興之業，皆自雲漢一念之烈而基之也。

(2)牛運震曰：憫旱憂民絕大題目，非呼天籲祖，不足以寫其鬱。篇中極悲憤處，正是極怨慕處。總由一片真誠團結流露。

(3)普賢曰：〈雲漢〉詩前人定為宣王六年之作。崔述《考信錄》，以為更應在小雅〈六月〉、〈出車〉所詠吉甫、南仲北伐玁狁，大雅〈江漢〉、〈常武〉所詠召虎、宣王南征淮徐之前。普賢於撰〈詩經比較研究——

史記周本紀篇〉中予以考證，史公周紀中不載宣王時大旱，而宋劉恕《通鑑外紀》等書於共和十四年厲王崩、二相共立宣王下，即書「大旱」。此年大旱，乃本諸《竹書紀年》，為史公所未見者。《竹書》所記，係五年大旱，至共和十四年宣王立「遂大雨」。當晉武帝太康二年，汲冢竹書初出，惟束皙等得見其書，識蝌蚪文者少，而皇甫謐不仕武帝，隱居著書，據訛傳宣王元年大旱，至六年乃雨，記入其所撰帝王世紀書中，後人遂以〈雲漢〉詩為宣王六年之作，實應繫之於共和十四年，或宣王元年。

宣王祈雨救災，民得復安，始有北伐南征等中興十史詩：〈六月〉、〈采薇〉、〈出車〉、〈韓奕〉、〈崧高〉、〈黍苗〉、〈烝民〉、〈采芑〉、〈江漢〉、〈常武〉等篇之產生。而冠之以〈雲漢〉之救災安民，殿之以〈車攻〉之會諸侯於東都也。

崧高

周宣王徙封他的元舅申伯於謝邑，並命召伯為之築城建屋，以為南方的屏障。宣王在郿地餞行，詩人吉甫即作此詩相贈以送別。

崧高維嶽❶，駿極于天❷。維嶽降神，生甫及申❸。維申及甫，維周之翰❹。四國于蕃❺，四方于宣❻。（一章）

【注釋】

❶崧：音松ㄙㄨㄥ，山大而高曰崧。嶽：吳嶽，即岍山，在岐周境內。❷駿：高大。極：至。❸甫：仲山甫。申：申伯。皆宣王時賢諸侯。❹翰：榦。猶言棟梁。❺四國：四方之國。于：當讀為「為」，下同。蕃：屏藩。❻宣：垣之

假借。垣：牆也。

【評析】

(1)魏了翁曰：人之此心，與天地山川相為流通，固也。而人物之生，又係乎時數清明之感，山川英靈之會，祖宗德澤之積。

(2)牛運震曰：從山川鍾靈源頭說來，神奇高肅，撐得起，壓得住。雙起陪襯有法。

亹亹申伯❶，王纘之事❷。于邑于謝❸，南國是式❹。王命召伯❺，定申伯之宅❻。登是南邦❼，世執其功❽。（二章）

【注釋】

❶亹：音偉ㄨㄟˇ。亹亹：勤勉貌。申伯：即申侯，宣王之元舅，宣王以為南國諸侯之伯，故稱申伯。❷纘：音纂ㄗㄨㄢˇ，繼。纘之事：謂使繼其先人之職事。❸于：語詞。邑：都城，此作動詞用，即築城邑於謝。謝：地名，在今河南南陽縣。❹南國：謝在周之南，故云。式：法。以作南國之法式。❺召伯：召穆公虎。❻定：選定。❼登：進，往。南邦：南方。使他進駐南方。❽世世執守其功業。

【評析】

(1)朱公遷曰：此言申伯封謝之由，天子城謝之意，盡尊崇之道，致悠久之規。禮意無加於此矣。

王命召伯：「式是南邦❶，因是謝人，以作爾庸❷。」王命召伯，徹申伯土田❸。王命傅御❹，遷其私人❺。（三章）

【注釋】

❶式是南邦：為南邦之法式。❷庸：功。以上二句謂憑藉謝地之民力，以成就申伯之事功。❸徹：治，取稅之稱。此謂定賦稅之法。❹傅御：申伯家臣之長。❺私人：申伯之家人。

【評析】

(1)朱善曰：徹土田，王者之大法，故以命之大臣；遷私人，王者之私恩，故以命之傅御。土田徹而國制定；私人遷而家道成。則王之所以待申伯者厚矣。

(2)牛運震曰：一章三言「王命」，寫得恩命浹疊，鄭重周密。末二句瑣細事，寫得有情有體。

申伯之功，召伯是營。有俶其城❶，寢廟既成❷，既成藐藐❸。王錫申伯❹，四牡蹻蹻❺，鉤膺濯濯❻。（四章）

【注釋】

❶俶：音觸ㄔㄨˋ，善，謂繕修。有俶：即俶然。❷寢：在後，人所處。廟：在前，神所處。❸藐：音秒ㄇㄧㄠˇ。藐藐：美貌。❹錫：賜。❺牡：雄馬。蹻：音矯ㄐㄧㄠˇ。蹻蹻：壯健貌。❻鉤：帶鉤。膺：音英ㄧㄥ，當馬胸之大帶。濯濯：光潔貌。

【評析】

(1)牛運震曰：此章實敘城謝，而帶入王錫申伯，為下起端。

王遣申伯，路車乘馬❶：「我圖爾居❷，莫如南土。錫爾介圭❸，以作爾寶。往近王舅❹，

南土是保。」（五章）

【注釋】

❶路車：諸侯所乘之車。乘：音剩ㄕㄥˋ，四匹。❷圖：圖謀。❸圭：上圓下方之瑞玉。介圭：大圭。❹近：辺字之誤。音記ㄐㄧˋ，語詞。王舅：申伯為宣王之舅，故呼之。

【評析】

(1)朱公遷曰：「南國是式」，德足以為矜式也；「南土是保」，才足以為屏蔽也。申伯之承重任如此。

(2)徐常吉曰：「南土是保」欲其保障一方，為南國巨鎮，非但自保其國而已。即首章維翰之意。

(3)牛運震曰：直如家人面談。極親摯，未嘗不嚴重。

(4)方玉潤曰：中開四章（二章至五章）皆王遣臣代其經營而錫予之。自城郭宗廟，宮室車馬寶玉以及土田賦稅之屬，無不具備。且命傅御遷其家人，則寵榮者至矣。

申伯信邁❶，王餞于郿❷。申伯還南，謝于誠歸❸。王命召伯：徹申伯土疆❹，以峙其粻❺，式遄其行❻。（六章）

【注釋】

❶信：誠然。邁：行。❷郿：音眉ㄇㄟˊ，地名，即今陝西郿縣，在鎬京之西。❸謝于誠歸：誠歸于謝。❹徹：徵稅。❺峙：音至ㄓˋ，儲積。粻：音張ㄓㄤ，糧。❻式：語詞。遄：音傳ㄔㄨㄢˊ，速。

【評析】

(1)輔廣曰：此言王餞申伯之誠意也。王先使召伯為之定居宅、作城郭，以成其國；徹土田、遷私人，以分其業。終又斂賦稅、積餱糧，而後申伯之行，無道路留滯之虞矣。

(2)牛運震曰：「信邁誠歸」字法極有用意處。王款留之勤，謝人徯望之切，即此具見。此處又提王命召伯，有力量。

(3)方玉潤曰：至是始入餞行正面，更為備及行得，是何等周密！

申伯番番❶，既入于謝，徒御嘽嘽❷。周邦咸喜❸，戎有良翰❹。不顯申伯❺，王之元舅❻，文武是憲❼。（七章）

【注釋】

❶番：音波ㄅㄛ。番番：勇武貌。❷徒：徒行者。御：御車者。嘽：音貪ㄊㄢ。嘽嘽：眾盛貌。❸周邦：京師之人。❹戎：汝。翰：楨幹，藩屏。❺不：丕，大。❻元：長。❼文武：文德武德。憲：法，模範。

【評析】

(1)鄒泉曰：周人就京師之人而言。戎，周人自相謂也。天下以京師為根本，京師以列國為藩垣。藩垣得人，根本之所由以固也。故曰：女今有良翰矣。此正應「維周之翰」意。

(2)牛運震曰：重提王之元舅，鄭重。高文老筆，總贊申伯作收，莊重渾健。

申伯之德，柔惠且直❶。揉此萬邦❷，聞于四國。吉甫作誦❸，其詩孔碩❹。其風肆好❺，以贈申伯。（八章）

【注釋】

❶柔惠：和順。❷揉：安撫。❸吉甫：尹吉甫。誦：可誦之詩。❹其詩孔碩：詩意甚美大。❺風：聲調。肆好：極好。

【評析】

(1)輔廣曰：柔惠，柔德之善也；直，剛德之善也。其德剛柔相濟，文武兼資，故能揉治萬邦而名聞著於四方之侯國，此吉甫之詩所以不容不作也。

(2)謝枋得曰：人臣之事君，柔而順者多流於邪。曰柔惠且直，異乎小人之佞柔矣。

(3)牛運震曰：①以贈申伯，便有珍重矜惜，一字不肯溢借之意。②公然自贊，妙。為其詩占身分，即為申伯增品目，格意高甚。

(4)方玉潤曰：結尾點明作意，並特表其功德之盛，非徒以親貴邀寵者，亦詩人自占身分處。

【總評】

(1)牛運震曰：屢提王命、王遣、王錫云云作眼目，錯綜有法，鄭重有體。只是元舅出封一事，敘得國典主恩，莊重款洽，格體高雅，風諭含蓄，故知是大手筆。

(2)方玉潤曰：此詩與下篇〈烝民〉，同為尹吉甫贈送之作。一送申伯，一送仲山甫。以二臣位相亞，名相符，才德又相配。故於二臣之行也，特贈詩以美之。於申伯則曰嶽降，於山甫則曰天生。二詩發端皆極意經營，工力亦極相敵。是二詩者，尹吉甫有意匹配之作也。有意匹配二臣，為宣王中興生色，則篇中所謂「生甫及申」之甫，非仲山甫而何？當時仲山甫為相，申伯亞于山甫，借山甫以大申伯也。

夫古之封建錫以車馬，畀以寶玉者有之，未有代營其城邑寢廟者；古之寵賚予以弓矢，賜以甲第者有之，未有代遷其室家，且並慮及餱糧者。有之，自宣王待申伯始。然則為之臣者，宜何如感泣忘身以報之耶？諸臣之旁觀者，又不知如何感泣，亦將忘身以報之矣。嗚乎！令德聖主，忠藎賢臣，其推誠相與，夫固有非形迹所能喻者，此尹吉甫之所為長言而歌咏之也歟！

烝民

周宣王命仲山甫築城於齊，以懷柔東方諸侯，出發之日，吉甫作此詩以送行。詩中對於仲山甫的美德及其輔佐宣王的忠直，讚揚備至。

天生烝民❶，有物有則❷；民之秉彝❸，好是懿德❹。天監有周，昭假于下❺；保茲天子，生仲山甫❻。（一章）

【注釋】

❶烝：眾也。❷物：事物。則：法則。❸秉：持。彝：音夷一ˊ，常也。謂人民所秉有之常性。❹好：音號ㄏㄠˋ，喜歡。懿：美。❺昭：明。假，音ㄍㄜˊ。同「格」。格：至。下：人間。光明地來到人間。❻仲山甫：人名，周宣王大臣。

【評析】

(1)牛運震曰：開端四語，性命精微之奧，一篇詩旨，函蓋於此。有物有則一語，微顯兼到。後儒紛紛論性，不如此語之渾約。「保茲天子」二語，一篇神氣凝注處。篇中凡十二仲山甫，首章初點，安得不以遒重出之。中興名臣，闢合氣運，寫得嚴重堂皇。

(2)方玉潤曰：工於發端，與上篇同一高渾有勢。然嶽降以氣言，天生以理言。妙在說理不腐，三代之異於南宋者以此。

(3)糜文開曰：《孟子・告子》篇：「《詩》云：『天生烝民，有物有則；民之秉彝，好是懿德。』孔子曰：『為此詩者，其知道乎！故有物必有則，民之秉彝也，故好是懿德。』」〈烝民〉詩首章開頭四句便以慧眼來觀察人類，得到秉常懿德的結論。儒家性善之說，已建基於此。

仲山甫之德，柔嘉維則❶。令儀令色❷，小心翼翼❸。古訓是式❹，威儀是力❺。天子是若❻，明命使賦❼。（二章）

【注釋】

❶嘉：美。維：是。則：法則。❷令：善。儀：儀表。色：顏色。❸翼翼：恭敬貌。❹式：法。❺力：盡力。❻若：選擇。❼賦：通敷，頒布。

【評析】

(1)蔣悌生曰：德性之美純乎天，故體之所具無不善；知行之學盡諸己，則用之所施無不宜。大臣有美質，而加學問之功，宜其得君以行其道也。

(2)方玉潤曰：此章備舉其德，由德行遞到事業。

王命仲山甫：「式是百辟❶，纘戎祖考❷，王躬是保。出納王命，王之喉舌❸。賦政于外，四方爰發❹。」（三章）

【注釋】

❶式：法。辟：音避ㄅㄧˋ。百辟：諸侯。謂為諸侯之法式。❷纘：音纂ㄗㄨㄢˇ，繼。戎：汝。祖考：先祖先父。❸喉舌：代言人。❹發：執行。

【評析】

(1)呂祖謙曰：仲山甫之職，外則總領諸侯，內則輔養君德；入則典司政本，出則經營四方。

(2)嚴粲曰：出納則居中以通達上下之情；賦政則出外以經營四方之治。

(3)方玉潤曰：此章總言職守。

肅肅王命❶，仲山甫將之❷。邦國若否❸，仲山甫明之。既明且哲❹，以保其身。夙夜匪解❺，以事一人❻。（四章）

【注釋】

❶肅肅：嚴肅。❷將：行。❸若：善。否：音匹ㄆㄧˇ。若否：好壞。❹哲：知。知人則哲。❺匪：非。解：同懈。❻一人：指天子。

【評析】

(1)徐常吉曰：明臧否者，謂於諸侯治國之政，知其善而益獎勸之，知其不善而益戒飭之也。

(2)輔廣曰：王命尊嚴，山甫則奉而行之；邦國有順有否，山甫則能明而辨之。此承上章「賦政于外，四方爰發」而言之也。大凡徇外者，多忘乎內。而山甫又能以明哲而保其身。守己者，或簡於人，山甫又能夙夜匪解以事一人。此其為全德也歟！

人亦有言：「柔則茹之❶，剛則吐之。」維仲山甫，柔亦不茹，剛亦不吐；不侮矜寡❷，不畏彊禦❸。（五章）

【注釋】

❶茹：音汝ㄖㄨˇ，食。❷矜寡：即鰥寡。❸彊禦：強橫之人。

【評析】

⑴朱善曰：常人之情，因物有遷。而惟君子之守，則不以物情之異而或變也。

人亦有言：「德輶如毛❶，民鮮克舉之❷。」我儀圖之❸，維仲山甫舉之。愛莫助之❹。袞職有闕❺，維仲山甫補之。（六章）

【注釋】

❶輶：音酉ㄧㄡˇ，輕也。❷鮮：音顯ㄒㄧㄢˇ，少。克：能。❸儀圖：揣度。❹愛：惜也。❺袞：音滾ㄍㄨㄣˇ，袞衣，天子之服。袞職：指天子所做之事。闕：缺失。

【評析】

⑴朱公遷曰：舉者，以身體之也。舉其德者似易而實難：自本然之理言之，則人情莫不好此懿德；自氣質之稟言之，則有能舉不能舉之異。觀令儀令色以下數語，則山甫之能舉其德可見矣。舉德所以申一章之意；補闕所以申三章四章之意。德業俱盛，此章備焉。

⑵牛運震曰：德輶如毛，奇喻妙語。一則妙情妙語，咀味藴藉，風流肆溢，傳出景仰愛慕之神。

(3)糜文開曰：孟子主張性善，曰：「人皆可以為堯舜。」又曰：「人之異於禽獸者幾希？」蓋人之四善端，「德輶如毛」耳。「民鮮克舉之」，則「異於禽獸者幾希」矣。發揚善性，則「人皆可以為堯舜」矣。

仲山甫出祖❶，四牡業業❷，征夫捷捷❸，每懷靡及；四牡彭彭❹，八鸞鏘鏘❺。王命仲山甫：「城彼東方❻。」（七章）

【注釋】

❶祖：出行之祭。祭道路之神，以求平安。出門而後祖祭，故曰出祖。❷業業：與下章之騤騤，皆形容馬之高大強壯貌。❸捷捷：快速。❹彭：音邦ㄅㄤ。彭彭：馬奔跑聲。❺鸞：鈴。在馬鑣，一馬二鸞，四馬故云八鸞。鏘：音羌ㄑㄧㄤ。鏘鏘：與下章之喈喈，皆形容鈴聲。❻東方：指齊國。

【評析】

(1)曹粹中曰：車徒之行，如是其速，而山甫每以不及事為懷，蓋言其忠也。

四牡騤騤，八鸞喈喈。仲山甫徂齊❶，式遄其歸❷。吉甫作誦❸，穆如清風❹。仲山甫永懷，以慰其心。（八章）

【注釋】

❶徂：往。❷式：語詞。遄：音船ㄔㄨㄢˊ，速。❸誦：可誦之詩。❹穆：和穆。

【評析】

(1)牛運震曰：①預望其歸，妙。深情可思。②「穆如清風」絕妙評語。《三百篇》中微詞婉致，冷然善人者，皆當以清風目之。③「永懷」二字寫出深心苦衷，「慰」字溫篤曲貼，真得忠君愛友之道。如此命意，此詩乃非苟作。④精微典雅，更有幽逸淡婉之致，觀其自評良然。

【總評】

⑴牛運震曰：此仲山甫徂齊而吉甫送行之詩也。篇中鋪敘仲山甫德性職業，而於保王躬、補袞職三致意焉。至城齊一事，略寫已足。見城齊以山甫重，山甫不必以城齊重也。相臣以主德為職，馳驅王事，繫心闕廷，末章看透此意，隱隱道出，正與保茲天子之旨收結拍合。此之謂大臣之言。

韓奕

這是韓侯初立，朝見天子，得天子厚賜，並娶妻而歸，詩人歌詠其盛的詩。

奕奕梁山❶，維禹甸之❷，有倬其道❸。韓侯受命❹，王親命之：「纘戎祖考❺，無廢朕命❻：夙夜匪解，虔共爾位❼，朕命不易❽。榦不庭方❾，以佐戎辟❿。」（一章）

【注釋】

❶奕：音亦一ˋ。奕奕：高大貌。梁山：韓境之山，在今河北固安縣東北。知此韓在河北固安縣境，非韓趙魏之韓。❷甸：治。❸倬：音卓ㄓㄨㄛˊ，明貌。有倬：即倬然。道：行事之道。❹韓侯：封於韓國之君，侯爵。❺纘：繼。戎：汝。祖考：先祖先父。❻朕：我。❼虔：敬。共：同恭。❽易：改易。❾榦：懲治。不庭方：不來朝之國。❿戎：汝。辟：君。

【評析】

(1)輔廣曰：「夙夜匪解」，勤也；「虔共爾位」，敬也。為諸侯而能勤與敬，若此則能無廢朕命矣。「榦不庭方，以佐戎辟」，言我既信任於汝，則韓侯自可力修其職業，有不來庭之諸侯，則助王以榦正之也。以末章觀之，則其所正者，亦追貊之國耳。

(2)牛運震曰：從梁山起手，大處著筆，轉入受命。妙在無痕迹。構法之精如此。開端即撰一勑命，格法又變。「榦不庭方」此王命正旨，句法亦古勁。

四牡奕奕❶，孔脩且張❷。韓侯入覲❸，以其介圭❹，入覲于王。王錫韓侯❺：淑旂綏章❻，簟茀錯衡❼，玄袞赤舄❽，鉤膺鏤鍚❾，鞹鞃淺幭❿，鞗革金厄⓫。（二章）

【注釋】

❶四牡奕奕：四匹公馬長而大。❷脩：長。張：大。❸覲：音近ㄐㄧㄣˋ，諸侯朝見天子曰覲。❹介圭：大圭。❺錫：賜。❻淑：善。旂：音旗ㄑㄧˊ，旗上繪有交龍者。綏章：旗竿頭上飾以染色之鳥羽或旄牛尾。❼簟：音店ㄉㄧㄢˋ，方文竹席。茀：音孚ㄈㄨˊ，車蔽。錯：文采。衡：音杭ㄏㄤˊ，輈前端之橫木。❽玄：黑色。玄袞：玄色畫有卷龍之衣。為王侯所穿。❾鉤：帶鉤。膺：馬腹之帶。帶以鉤拘之故曰鉤膺。鏤：刻。鍚：音陽ㄧㄤˊ，馬額頭之金屬飾物。❿鞹：音擴ㄎㄨㄛˋ，去毛之皮革。鞃：音坑ㄎㄥ，車軾蒙革。淺：淺毛虎皮。幭：音密ㄇㄧˋ，覆蓋。謂以淺毛虎皮覆於軾上。軾：古代車前供人依憑之橫木。⓫鞗：音條ㄊㄧㄠˊ，轡首之飾，以金屬為之。革：轡首，以皮為之。金：以金屬為飾。厄：即今之軛字，在車衡兩端扼馬頸項者。

【評析】

(1)王炎曰：此章乃言所錫之多，以見恩寵之厚也。

(2)方玉潤曰：此章既朝覲而得天子之錫。奇光異彩，炫睛奪目。

韓侯出祖❶，出宿于屠❷。顯父餞之❸，清酒百壺。其殽維何❹？炰鼈鮮魚❺。其蔌維何❻？維筍及蒲❼。其贈維何？乘馬路車❽。籩豆有且❾，侯氏燕胥❿。（三章）

【注釋】

❶出祖：出發祭祀路神。韓侯出祖：韓侯覲見天子之後，首途就國。❷屠：地名。❸父：音甫ㄈㄨˇ，男子之美稱。顯父：周之卿士。地位顯達，故曰顯父。❹殽：葷菜。❺炰：音庖ㄆㄠˊ，煮。❻蔌：音速ㄙㄨˋ，蔬菜。❼蒲：水生植物，幼嫩者可食。❽乘：音剩ㄕㄥˋ，四馬曰乘。路車：諸侯所乘之車。❾籩、豆：均禮器。竹製曰籩。木製曰豆。且：音居ㄐㄩ，多貌。有且：且然。❿侯氏：謂韓侯。燕：燕樂。宴飲歡樂。胥：互相。

【評析】

(1)鄭玄曰：王既使顯父餞之，又使送以車馬，所以贈厚意也。諸侯在京師未去者，於顯父餞之時，皆來相與燕。

(2)謝枋得曰：申伯之行，王親餞之；韓侯之行，王使顯父餞之。禮亦有差等也。

韓侯取妻❶，汾王之甥❷，蹶父之子❸。韓侯迎止❹，于蹶之里。百兩彭彭❺，八鸞鏘鏘，不顯其光❻。諸娣從之❼，祁祁如雲❽。韓侯顧之❾，爛其盈門❿。（四章）

【注釋】

❶取：娶。❷汾王：厲王。流於彘，在汾水之上，故時人稱為汾王。❸蹶：音貴ㄍㄨㄟˋ。父：音甫ㄈㄨˇ。蹶父：周之

卿士。子：兒、女。❹止：語詞。❺兩：輛。彭：音邦ㄅㄤ。彭彭：狀車行盛大之聲。❻不：丕，大。❼娣：音弟ㄉㄧˋ，女弟，即妹。陪嫁者。❽祁祁：盛多貌。❾顧：曲顧，親迎之禮。❿爛其：爛然，燦爛。盈：滿。

【評析】

(1)牛運震曰：①前章敘韓侯入覲之禮已畢，此下牽入還而昏娶之事借作渲染，情致妙甚。②插入「韓侯顧之」四字，神彩飛動，是寫生手。③寫得聳動鮮妍。

(2)方玉潤曰：此章便道親迎，一時盛事，寵榮極矣。且見為國戚，定以捍衛王室。

蹶父孔武，靡國不到。為韓姞相攸❶，莫如韓樂。孔樂韓土❷，川澤訏訏❸，魴鱮甫甫❹，麀鹿噳噳❺，有熊有羆❻，有貓有虎❼。慶既令居❽，韓姞燕譽❾。（五章）

【注釋】

❶姞：音吉ㄐㄧˊ，蹶父之姓。韓姞：即蹶父之女。相：音向ㄒㄧㄤˋ，視。攸：所。相攸：謂擇可嫁之所。❷孔：甚。❸訏：音吁ㄒㄩ。訏訏：大。❹魴：音房ㄈㄤˊ。鱮：音序ㄒㄩˋ。皆魚名。甫甫：大。❺麀：音攸ㄧㄡ，牝鹿。噳：音語ㄩˇ。噳噳：眾多。❻羆：音皮ㄧˊ，熊之大者。❼貓：山貓。❽慶：喜。令：善。❾燕：安。譽：樂。

【評析】

(1)唐汝諤曰：雖敘韓姞歸韓之樂，亦以見韓封域之美也。

(2)姚際恆曰：因取妻及擇壻于韓，見韓土之美，仍歸封國本旨。其聯絡脫卸處，幾於無跡可尋。

(3)牛運震曰：此章鋪寫韓國川澤物產之盛，卻借蹶父相攸引入，思路既別，筆仗一新。末二語極溫媚。

(4)方玉潤曰：此章並及擇壻，文勢更覺舒展。章末落到歸韓，特言韓姞燕譽，與上「侯氏燕胥」遙遙相對。

溥彼韓城❶，燕師所完❷。以先祖受命❸，因時百蠻❹。王錫韓侯，其追其貊❺，奄受北國❻，因以其伯❼。實墉實壑❽，實畝實籍❾。獻其貔皮❿，赤豹黃羆。（六章）

【注釋】

❶溥：大。❷師：眾。燕師：燕之民眾。此韓近燕，故以燕眾築城。❸以：因。先祖：韓之先祖，武王之子。韓侯以先祖之功德以受命。❹因：憑藉。時：是。百蠻：許多蠻族。憑藉許多蠻族為其臣民。❺貊：音莫ㄇㄛˋ。追、貊：皆戎狄之國。❻奄：覆。奄受：盡受。❼伯：一方諸侯之長。因使其為伯。❽實：是，下同。墉：音庸ㄩㄥˊ，城。壑：溝池。此處二字均作動詞用，謂築城挖池。❾畝：治田畝。籍：定稅法。❿貔：音皮ㄆㄧˊ，猛獸名，豹屬。

【評析】

⑴輔廣曰：此章又言王之委重於韓侯，而勉以強於自治而修其職貢於王也。

⑵謝枋得曰：高城深池，可以固圉；徹田為糧，可以足食。宣王為邊方慮亦詳矣。

⑶牛運震曰：此追敘韓國始封時事，因及韓侯受命作伯，以終首章之旨。以先祖受命，奄受北國，此所謂纘戎祖考，榦不庭方也。末二句侈陳貢物之奇，正勗其恪守臣節也。忠孝之思，愾然言表。

【總評】

⑴鄒忠胤曰：韓為望國，諸侯之向背係焉。而又密邇北國，為一方屏藩。韓侯來朝，猶用繼世稟命之禮，王因令之纘舊服，受北國為伯，其依毗亦隆重哉！而馭下之柄，可概見矣。

⑵牛運震曰：此敘韓侯來朝受命之事，首尾就王命臣職，點出正大情節，自然嚴重篤厚。中間插入娶妻一事，情景絢媚，點染生色，亦文家討好之法。臺閣之詞，藻奇陸離，韓退之諸將帥碑銘多脫化於此。

江漢

這是讚美召穆公虎平定淮夷的詩。

江漢浮浮❶，武夫滔滔❷。匪安匪遊❸，淮夷來求❹。既出我車，既設我旗❺，匪安匪舒，淮夷來鋪❻。（一章）

【注釋】

❶江：長江。漢：漢水。浮浮：水流貌。❷滔滔：眾強貌。王引之《經義述聞》認此二句當作：江漢滔滔，武夫浮浮。滔滔：水廣大貌。浮浮：武夫眾強貌。❸匪：非。安：安樂。遊：遨遊。❹淮夷：淮河流域之夷人。來：是。求：尋求。❺旟：音于ㄩˊ，畫鷹隼之旗。❻來：是。鋪：伐，懲處。

【評析】

(1)輔廣曰：首章言師眾之行，其志專，其氣銳。有不戰，戰必勝矣。故次章便言其成功。

(2)牛運震曰：浮浮滔滔，水光兵氣合寫有聲勢。兩斥淮夷，志專氣銳，卻寫得雍容節制。

江漢湯湯❶，武夫洸洸❷。經營四方，告成于王❸。四方既平，王國庶定❹。時靡有爭❺，王心載寧❻。（二章）

【注釋】

❶湯：音傷ㄕㄤ。湯湯：水勢浩蕩。❷洸：音光ㄍㄨㄤ。洸洸：威武貌。❸成：成功。❹庶：幸，希冀之詞。❺時：

是。靡：無。爭：戰爭。❻載：則。

【評析】

(1)輔廣曰：四方既平，則王國庶可平定。所謂柔遠能邇也。時靡有爭，王心載寧，此見宣王能以天下之心為心，而召公又能以宣王之心為心也。

(2)牛運震曰：洸洸亦貼水勢寫出雄武。敘戰爭事卻歸到無爭，妙。直將王者用兵本念道出。

江漢之滸❶，王命召虎❷。式辟四方❸，徹我疆土❹。匪疚匪棘❺，王國來極❻。于疆于理❼，至于南海。(三章)

【注釋】

❶滸：水邊。❷召：音紹ㄕㄠˋ。召虎：召穆公名虎。❸式：語詞。辟：同闢，開闢。❹徹：取。此謂取稅，定稅法。❺疚：病。棘：困急。❻來：是。極：標準。以上二句謂並非使(淮夷)病痛，並非使困急。所以定稅法，為使其取正於王國而已。❼于：於是。疆、理：畫疆界，治理田畝。

【評析】

(1)嚴粲曰：三章述平賦也。古人伐叛討貳之後，則必去其苛政，平其賦斂，以慰民心。故此章言徹法之事。

(2)牛運震曰：善後機宜，中興規模，此章備見之。

王命召虎：「來旬來宣❶。文武受命❷，召公維翰❸。無曰：『予小子』，召公是似❹。肇敏戎公❺，用錫爾祉❻。」(四章)

【注釋】

❶來：是。旬：通徇，巡察。宣：示。❷文武：文王、武王。❸召公：召虎之祖先召康公奭。翰：楨幹。❹似：嗣，繼續。❺肇敏：圖謀。戎：汝。公：功。戎公：兵事。圖謀汝之成功，亦通。❻用：以。錫：賜。祉：福。

【評析】

(1)牛運震曰：①惓惓以召公為言，令召虎不得不為名臣。②此下三章以祖德君恩牽伴為言：勗勉召虎，規勸宣王。歌泣淋漓，頓挫軒舞，詩情文品，俱臻勝絕。

「釐爾圭瓚❶，秬鬯一卣❷，告于文人❸。錫山土田，于周受命❹，自召祖命❺。」虎拜稽首❻：「天子萬年。」（五章）

【注釋】

❶釐：賜。圭瓚：以玉圭為柄之勺。❷秬：音巨ㄐㄩˋ。鬯：音暢ㄔㄤˋ。秬鬯：黑黍酒。卣：音有ㄧㄡˇ，酒器。❸文人：有文德之人，謂周之祖先。❹周：岐周。❺自：用。召祖：召康公奭。用其祖召康公受封之禮。❻稽：音啟ㄑㄧˇ。稽首：叩頭。

【評析】

(1)謝枋得曰：錫山川土田，必使召虎受賜於岐周，用文武封康公之禮以待之。此時此意，賞非宣王之賞，如稟命於乃祖文武也；功非召虎之功，如受教於乃祖康公也。召虎思文武之德，思康公之德，必能盡心盡力以報宣王之德矣。三代令王，不責臣子以事功，惟勉臣子以忠孝，本於人心天理而感動之也。

(2)牛運震曰：①「虎拜稽首」寫得精神鼓舞竦鬯。②肅重篤悃，凝然穆然，誦之有勃勃忠孝之氣，如此方許作廟堂文字。

虎拜稽首，對揚王休❶。作召公考❷，天子萬壽。明明天子❸，令聞不已❹；矢其文德❺，洽此四國❻。（六章）

【注釋】

❶對：答。揚：稱揚。休：美，指美命。❷考：考、孝金文通用。作考：即追孝。❸明明：英明，賢明。❹令：善。聞：音問ㄨㄣˋ，聲聞。令聞：即美譽。❺矢：施布。❻調和洽天下四方，使皆蒙其德澤。

【評析】

(1)劉瑾曰：上章「虎拜稽首，天子萬年」者，述穆公受冊書而祝謝其君之詞也；此復言「虎拜稽首，天子萬壽」者，述穆公銘祖廟器而祝君之詞也。

(2)朱善曰：淮夷之服，王則有令聞矣，然猶願其令聞之不已焉；四方之平，王則有武功矣，然猶願其文德之洽焉。若召穆公，可謂愛君之至矣。

(3)牛運震曰：①撰出召虎對揚之詞作結，妙甚。「作召公考，天子萬壽」祖德君恩雙收，妙。②一結和大深遠，真忠愛至性。柳子厚〈平淮雅〉後段胎息於此。③一篇武功詩，卻以文德結之，不欲王究武也。祝頌之餘，寓以規諷，此大臣之旨，非名將功臣所及。

【總評】

(1)黃櫄曰：〈江漢〉一詩，乃召公還師奏凱之日，論功行封之時所作也。初則整師而往，非為邀功，特以淮夷作患，不能自安耳；次則淮夷之患除，而其功成；次則安民之政舉，而其功廣；次則即功而論賞；次則論定而賞行；次則人臣報塞之義也。

常武

這是敘述周宣王親征徐夷的詩。對宣王和王師，大力加以讚揚。

赫赫明明❶，王命卿士❷：南仲大祖❸，大師皇父❹。整我六師❺，以脩我戎❻。既敬既戒❼，惠此南國❽。（一章）

【注釋】

❶赫赫：威嚴貌，形容王命嚴明。❷卿士：治國謂之卿，治軍謂之士，卿而有軍行者稱卿士。❸南仲：人名，周宣王大臣。大：太。大祖：謂太祖之廟。❹大師：即太師，官名，主管軍事。皇父：人名，亦周宣王之大臣。以上三句謂宣王在太祖廟中命南仲為卿士，命皇父為太師。❺六師：天子六軍。一軍萬二千五百人。❻脩：修治。戎：兵器，兵事。❼敬：警。戒：備。❽惠：加恩。

【評析】

(1)輔廣曰：既敬既戒，臨事而懼也。敬戒乃用兵第一義。能如是，則成功可必，而南國可惠矣。南方之國，則淮南諸國也。蓋徐州之夷南侵，諸國為之不安，故其言如此。

(2)牛運震曰：將心兵機，敬戒二字寫盡。敬戒以惠南國，此一篇之旨。

(3)方玉潤曰：兵凶戰危，故以敬戒為主，即臨事而懼之意。

王謂尹氏❶，命程伯休父❷，左右陳行❸，戒我師旅❹：「率彼淮浦❺，省此徐土❻，不留不處❼。」三事就緒❽。（二章）

【注釋】

❶尹氏：官名，掌命卿士。❷程：國名。伯：爵位。休父：其名。❸陳行：布陳行列。❹戒：敕令，如後世之誓師。❺率：循。淮浦：淮水之涯。❻省：音醒ㄒㄧㄥˇ，巡視。徐土：徐夷之地。❼謂不長久佔據其地。❽三事：三卿備戰之事。三卿即指大將南仲、監軍皇父及司馬休父。王親征，故三卿從王。

【評析】

(1)徐常吉曰：左右陳行，使行列整齊也；戒我師旅，使進退有方也；省此徐土，察其為亂者而伐之也。

赫赫業業❶，有嚴天子❷，王舒保作❸。匪紹匪遊❹，徐方繹騷❺。震驚徐方，如雷如霆❻，徐方震驚。（三章）

【注釋】

❶業業：盛貌。此句形容軍容之威武壯盛。❷嚴：威嚴。有嚴：即嚴然。❸舒：徐。保：安。作：行。言王徐緩安行也。❹匪：非。紹：舒緩。❺繹：音亦ㄧˋ。繹騷：擾動。❻霆：疾雷。

【評析】

(1)朱善曰：用兵之法，攻心為上。徐方繹騷，徐方震驚，雖未即順從，而已先服其心矣。

(2)牛運震曰：①另起一頭，與赫赫明明二語兩峰對立。②保如保護之保，軍行步步自防衛也。即首章敬戒之旨。③「震驚徐方」、「徐方震驚」，顛倒疊頓，聲勢悚厲。

(3)方玉潤曰：以下方寫自將，先聲早已奪人。蓋以順討逆，宜無不克，況親征乎！

王奮厥武，如震如怒。進厥虎臣❶，闞如虓虎❷。鋪敦淮濆❸，仍執醜虜❹。截彼淮浦❺，王師之所❻。（四章）

【注釋】

❶虎臣：形容將帥之勇猛。❷闞：音看ㄎㄢˋ，虎怒貌。虓：音哮ㄒㄧㄠ，虎吼叫。❸鋪敦：殺伐。濆：音墳ㄈㄣˊ，涯。❹仍：屢。醜虜：醜惡之俘虜。或釋醜為眾，亦通。❺截：平治。浦：水濱。❻所：處。謂王師所至之處。

【評析】

(1)黃佐曰：上章言在道，是先聲；此章言至徐，是後實。先加以聲，後致其實，行師之法也。

(2)方玉潤曰：橫截淮浦，斷其歸路並扼援師。下章乃能淨洗賊窟，不留遺孽，故曰濯征。鍊字新而奇，並有更新之意。

王旅嘽嘽❶，如飛如翰❷，如江如漢❸。如山之苞❹，如川之流❺。緜緜翼翼❻，不測不克❼，濯征徐國❽。（五章）

【注釋】

❶嘽：音貪ㄊㄢ。嘽嘽：眾盛貌。❷翰：羽，此作動詞。謂其疾如飛。❸此句言其盛大。❹苞：本，言其堅固。❺言其暢行無阻，不可禦止。❻緜緜：連綿不絕。翼翼：整飭不亂。❼不測：敵人不可測度之，指用兵之法。不克：

敵人不能戰勝之，指作戰之勇。❽濯：音酌ㄓㄨㄛˊ。濯征：洗濯其腥穢之意。謂掃蕩淨盡也。

【評析】

(1)孔穎達曰：兵法有動有靜。靜則不可驚動，故以山喻；動則不可禦止，故以川喻。

(2)牛運震曰：濯征字新穎，有滌氛洗汙之義。

王猶允塞❶，徐方既來❷。徐方既同❸，天子之功。四方既平，徐方來庭❹。徐方不回❺，王曰：「還歸❻。」（六章）

【注釋】

❶猶：謀略。允：信，真。塞：實。言王之謀略，誠然切合實用。❷來：來歸順於王。❸同：會同。謂會同來朝。❹來庭：來王庭。❺回：違逆。❻還：音旋ㄒㄩㄢˊ。還歸：勝利而歸。

【評析】

(1)牛運震曰：①歸功天子，仍結明自將也，得體。②帶言四方，妙。著徐方之後服也。③王曰還歸，服則去之，不黷武也。結此以終「惠此南國」之旨。通篇屢提王命、王謂、王旅、王猶云云，而以天子之功結之，構法緊密老健。

(2)方玉潤曰：徐方二字回環互用，奇絕快絕。杜甫「即從巴峽穿巫峽，便下襄陽向洛陽」之句有此神理。

【總評】

(1)嚴粲曰：周興西北，岐豐去江漢最遠，故淮夷難服，從化則後，倡亂則先。周人經理淮夷，用力最多。成王初年，淮夷同三監以叛，其後又同奄國以叛。伯禽就封，又同徐戎以叛。宣王一命吉甫，北方旋定；繼命方叔伐蠻荊；後命召公平淮南之夷；又命皇父平淮北之夷。蓋南方之役，至再至三，淮夷未定，則一方倡亂，天下皆危。故至淮夷平，然後四方定。此〈江漢〉、〈常武〉所以為宣王之終事，而繫之於宣王〈大雅〉之末也。

(2)牛運震曰：①敬戒允塞，王師無敵之本。開端拈「惠此南國」為主，而以「王曰還歸」終之。仁人不以兵毒天下之意，隱然可見。〈序〉謂因以為戒，深得其旨。②始則揚兵以懾之，既乃據險厚陣以克之。已克則屯兵以待其服。既服則振旅去之。此征徐用兵次序也。挨順寫來，井井可指。③雄大藏於沉渾，是軍旅詩卻無旗鼓兵戈氣。

(3)普賢曰：全詩結構嚴密，章法整齊，描寫生動，而句調又奇妙有變化，不失為〈大雅〉中一篇成功的好詩。

瞻卬

這是一篇譏刺周幽王寵幸褒姒，信用奸邪，斥逐忠良，倒行逆施，天怒人怨，而終致亡國的詩。

瞻卬昊天❶，則不我惠❷。孔填不寧❸，降此大厲❹。邦靡有定，士民其瘵❺。蟊賊蟊疾❻，靡有夷屆❼。罪罟不收❽，靡有夷瘳❾。（一章）

【注釋】

❶卬：同仰。❷惠：愛。❸填：通瘨ㄉㄧㄢ，病苦。或音塵ㄔㄣˊ，久也。❹厲：惡。❺瘵：音債ㄓㄞˋ，病。❻蟊：音矛ㄇㄠˊ，害苗之蟲。賊：殘害。疾：病苦。謂如蟊蟲般殘害人民，像蟊蟲般病苦人民。❼夷：平息。下同。屆：終止。❽罟：音古ㄍㄨˇ，網。❾瘳：音抽ㄔㄡ，病癒。此二句謂罪網張而不收，故民總是陷於病苦中。

【評析】

(1)輔廣曰：瞻卬昊天，則天不我惠顧也，固已甚病而不寧矣。又降此大亂，使國家之勢，陧杌不安，而士與民皆病也。小人而為之蟊賊者，無有平夷屆止之期；刑罪而為之網罟者，無有平夷瘳愈之望。則士民之病未已也。

人有土田，女反有之❶；人有民人❷，女覆奪之❸。此宜無罪，女反收之❹；彼宜有罪，女覆說之❺。哲夫成城❻，哲婦傾城❼。（二章）

【注釋】

❶女：汝，下同。❷民人：人民，或謂指奴隸。❸覆：反。❹收：拘捕。❺說：同脫，開脫。❻哲：智。言智士可以成城，城喻國。❼哲婦：指褒姒。傾：毀敗，謂禍國。

【評析】

(1)牛運震曰：鬱屈憤激之詞，四「女」字呶呶若數罪，若訟冤，妙。

(2)方玉潤曰：造句（按：指最後二句）挺拔極有力。

懿厥哲婦❶，為梟為鴟❷。婦有長舌，維厲之階❸。亂匪降自天❹，生自婦人。匪教匪誨，時維婦寺❺。（三章）

【注釋】

❶懿：通噫，歎聲。或釋為抑，轉折詞。厥：其。❷梟、鴟：均惡鳥，俗謂聞其聲則不祥。喻褒姒之言惡。❸厲：

災禍。階：階梯。❹匪：非。❺時：是。婦寺：婦侍，寵暱之婦人。以上二句謂不待教誨而能為禍亂者惟婦侍也。

【評析】

(1)牛運震曰：①此單指寵用褒姒一事推言禍本，一篇意思歸注處。②長舌厲階亦是奇語。③「亂匪降自天」，正與首章「降此大厲」反應。④「生自婦人」「時維婦寺」重言，蹙眉切齒。

鞫人忮忒❶，譖始竟背❷。豈曰不極❸？「伊胡為慝」❹！如賈三倍❺，君子是識❻。婦無公事❼，休其蠶織❽。（四章）

【注釋】

❶鞫：音ㄐㄩˊ，窮究。鞫人：極力說人壞話之人。忮：音至ㄓˋ，手段。忒：惡毒。❷譖：音ㄗㄣˋ，毀謗。竟：終於。背：違。言其始毀謗他人之言，終究發現與事實相反。❸不極：不正，不是。❹伊：語詞。胡：何。慝：音特ㄊㄜˋ，惡也。意謂「此何足為惡哉！」❺賈：音古ㄍㄨˇ，商賈，做生意。三倍：利潤三倍。❻君子：有官爵者。識：知其道。以上二句謂賈人獲三倍之利，乃賈人之事，非在官者所當為。而今君子竟識其道，是不宜也。以起下二句。❼公事：朝庭之事。❽休：停止。朝庭之事，非婦人所可參與，而今竟休其蠶織之本務參與公事，是如有官爵者之從事商賈之不當也。

【評析】

(1)朱公遷曰：君子喻利則害於義，婦人謀政則害於治。

天何以刺❶？何神不富❷？舍爾介狄❸，維予胥忌❹。不弔不祥❺，威儀不類❻。人之云亡❼，邦國殄瘁❽。（五章）

【注釋】

❶刺：譴責。謂天何以責王而降禍乎？蓋王有過也。❷富：借為福。何以神不降福於王乎？❸舍：捨棄。介：大。狄：夷狄之患。❹胥：相。忌：怨恨。❺弔：憫。不祥：災難。此句謂對災難不憐憫。❻類：善。❼亡：逃亡。❽殄：音忝ㄊㄧㄢˇ，絕。瘁：病。

【評析】

(1)王質曰：天何以災異而責王？神何以不富盛而厚王？則天神之意可知。夷狄不問而惟我相忌，怨之辭也。蓄則不弔，不畏天者也；威儀則不善，不愧人者也。有賢人相助，猶或庶幾。又云亡，則必殄瘁矣。亦怨之辭也。

(2)牛運震曰：空中詈詰，憤氣勃勃，如讀屈平〈天問〉。末二句黯然一歎，慘甚。

天之降罔❶，維其優矣❷。人之云亡，心之憂矣。天之降罔，維其幾矣❸。人之云亡，心之悲矣。（六章）

【注釋】

❶罔：同網，謂罪網，下同。❷優：寬大。謂上天降網以羅罪人者，亦寬大矣。❸幾：庶幾。庶幾可逃避也。蓋「天作孽，猶可違」意也。

【評析】

(1)牛運震曰：蒙上「人之云亡」而引申之，重欷累歎。

觱沸檻泉❶，維其深矣❷。心之憂矣，寧自今矣！不自我先，不自我後。藐藐昊天❸，無不克鞏❹。無忝皇祖❺，式救爾後❻。（七章）

【注釋】

❶觱：音必ㄅㄧˋ。觱沸：泉湧貌。檻：借為濫，泛濫也。❷謂泉水之能湧出，以其源深也。❸藐藐：高遠貌。❹克：能。鞏：固。謂高遠之天，神明莫測，雖危難之國，亦無不能鞏固之者，要在自奮耳。❺忝：辱。皇祖：先祖。❻式：以。後：後嗣。

【評析】

(1)牛運震曰：終篇致意，冀王一悟，真忠厚。幽王何等胏肝，猶望其能改，詩人之志，亦可憫哉！

【總評】

(1)黃佐曰：案〈鄭語〉云：幽王九年，王室始騷。此詩蓋九年以後所作也。亂已至此，猶欲遷善改過以圖福，是則詩人之忠厚也。

(2)牛運震曰：孤憤幽痛，結成奧語險調。咏歎處亦自欷歔深長。其情抑塞，其氣荒蹙，周於是不可復矣。

召旻

這是刺幽王任用小人以致危亡的詩。

旻天疾威❶，天篤降喪❷。瘨我饑饉❸，民卒流亡❹。我居圉卒荒❺。（一章）

【注釋】❶旻天：嚴厲的天。疾威：暴虐。❷篤：厚。篤降喪：重降喪亂。❸瘨：音顛ㄉㄧㄢ，病。謂病我以饑饉。❹卒：盡。❺圉：音雨ㄩˇ，域也。居圉：居住的地域，即境內。或釋圉為邊陲。謂我所居之國中及邊陲盡已荒蕪。

【評析】

(1)輔廣曰：言天之威怒，甚為急疾，故其所降之喪亂甚厚。病我以饑饉，使斯民盡以流亡。內而國中，外而邊境，悉皆荒虛也。

天降罪罟❶，蟊賊內訌❷。昏椓靡共❸，潰潰回遹❹，實靖夷我邦❺。（二章）

【注釋】❶罟：網。❷蟊賊：喻惡人。訌：音紅ㄏㄨㄥˊ，爭訟誣陷。❸昏：譁亂。椓：音卓ㄓㄨㄛˊ，諑之假借，造謠陷人。共：恭。靡共：謂無敬事之心，專為惡求利。❹潰潰：昏亂貌。遹：音遇ㄩˋ。回遹：邪僻。❺靖：圖謀。夷：滅。

【評析】

(1)牛運震曰：「實」字恨甚，滿腹不平。

皋皋訿訿❶，曾不知其玷❷。兢兢業業，孔填不寧❸，我位孔貶❹。（三章）

【注釋】❶皋：音高ㄍㄠ。皋皋：相欺詐。訿：音子ㄗˇ。訿訿：毀謗。❷玷：音店ㄉㄧㄢˋ，缺點。❸填：同瘨ㄉㄧㄢ，病。❹貶：黜。

【評析】

(1)牛運震曰：皋皋訿訿，寫盡醜態。

(2)普賢曰：此章言皋皋訿訿之人，曾不自知其失；而小心戒慎之我，卻病苦不安，官位且被貶黜。

如彼歲旱，草不潰茂❶，如彼棲苴❷。我相此邦❸，無不潰止❹。（四章）

【注釋】

❶潰：當作彙ㄏㄨㄟˋ。彙茂：豐茂。❷苴：音居ㄐㄩ，水中浮草。此句謂：如水草之生於樹上，則皆枯槁矣。❸相：視。❹潰：亂。止：語詞。

【評析】

(1)王安石曰：民蕩析離散，無復生理，故如彼棲草也。

(2)朱善曰：歲之旱，則草之生於谷中者，且不能以遂長，況其棲於木上者，安得而不枯槁乎？國之亂，則民優於財用者，且不能以自給，況其窮而無告者，安得而不流亡乎？是以我相此邦，無不潰亂者也。

維昔之富，不如時❶。維今之疚❷，不如茲❸。彼疏斯粺❹，胡不自替❺？職兄斯引❻！（五章）

【注釋】

❶時：是。感歎昔日之好景今已無之也。❷疚：病。❸茲：此。❹彼：指小人。疏：粗糠，喻小人。粺：音敗ㄅㄞˋ，精米，喻君子。謂彼小人之與君子，如疏與粺，甚分明也。❺替：廢退。❻職：主。兄：同況，況且。引：長。二

句謂小人無能而任事，不但不肯引退，且長久專主其事。（即在其位也）

【評析】

(1)牛運震曰：歷亂促急，淒清欲絕。「胡不自替」代小人算一出路，正自憤極。

池之竭矣，不云自頻❶？泉之竭矣，不云自中❷？溥斯害矣❸，職兄斯弘❹！不烖我躬❺？（六章）

【注釋】

❶頻：通瀕，水邊也。❷中：謂泉水從中流出。以上四句謂：池水由外灌入，故池之竭，由外之不入；泉水由內湧出，泉之竭，由內之不出。以喻禍亂之起，自有其內外之原因也。❸溥：通普。謂災害已普遍。❹弘：大。謂大權。❺烖：災本字。我躬：我身。謂災害能不落我身？

【評析】

(1)牛運震曰：忽作飄轉深逸之筆，妙甚。

昔先王受命❶，有如召公❷，日辟國百里❸。今日蹙國百里❹，於乎哀哉！維今之人❺，不尚有舊❻。（七章）

【注釋】

❶先王受命：謂文王、武王時也。❷召公：召康公奭。❸辟：同闢。❹蹙：音促ㄘㄨˋ，縮小。❺謂今日在位之人。❻不尚：趕不上。有舊：舊時。或解為：不尚有舊德可用者哉？亦通。

【評析】

(1)輔廣曰：此則明言先王用得其人而興，今日用非其人而亂。任用一乖，而效驗大異。因歎舊德可用之人，天下豈盡無哉？特以不能用而隱伏不見耳。

【總評】

(1)錢天錫曰：此詩刺王用小人，故饑饉侵削，無不因之以致耳。篇末有惓惓望治之意。

(2)牛運震曰：悲音促節，斷續似不成聲，卻自有極雋永處。一意反復，總在疾王任用小人。結處以舊人共政望之，靈警圓切。

三　頌

頌為宗廟的祭祀樂歌，祀神頌祖先之詩。阮元釋「頌」，以為頌即形容之容。容者，形態也，是歌而兼舞之義。蓋頌有歌辭有配樂，並有舞容，三者並作之詩。《詩經》頌詩四十篇，包括周頌三十一篇，魯頌四篇，商頌五篇。但魯頌四篇，全為頌美時君之詩，商頌中也有這樣的詩，這是頌的變體。

周頌

周頌三十一篇，多西周初年之詩，作於鎬京。朱《傳》云：「周頌三十一篇，多周公所定，而亦或有康王以後之詩。」〈執競〉是其例。周頌多無韻，文字古奧，在《三百篇》中為最古之作品。

清廟之什十篇

清　廟

這是祭祀文王的樂歌。

於穆清廟❶，肅雝顯相❷。濟濟多士，秉文之德❸。對越在天❹，駿奔走在廟❺。不顯不承❻，無射於人斯❼。

【注釋】

❶於：音烏ㄨ，歎詞。穆：深遠。清廟：清靜之廟。❷肅：敬。雝：音雍ㄩㄥ，和。相：助。指助祭之公卿諸侯。❸秉：秉奉。文之德：文王之美德。❹對越：猶對揚。對越在天：順承而發揚文王在天之意旨。❺駿：迅速。❻不：二「不」字皆讀為丕ㄆㄧ，大也。顯：顯耀。承：繼承。此句謂大大地顯耀文王的美德，大大地繼承文王的意旨。❼射：音亦ㄧˋ，厭也。謂能如此，神則不厭棄後人而加以保祐矣。

【評析】

(1)蘇轍曰：其祀文王於清廟也，有肅肅其敬，雝雝其和者，實來顯相其禮。文王沒矣，其神在天，其主在廟。然士之來助祭者，猶不忘秉持其德，以對其在天，而奔走其在廟者，言文王之澤，久而不忘也。

(2)錢天錫曰：七世之廟。可以觀德。文王之感人也，在廟尚爾，則當時可知矣。

(3)牛運震曰：不必鋪揚文德，從助祭之人看出秉德無射，自然深厚。對神之詞，文不得，淺不得，妙在質而能深。沉奥動盪，有一唱三歎之音。

(4)普賢曰：周頌三十一篇不分章，或均標為一章。《詩經》四始之說，各家不同，司馬遷於《史記・孔子世家》中說：「〈關雎〉之亂，以為風始；〈鹿鳴〉為小雅始；〈文王〉為大雅始；〈清廟〉為頌始。」故學者均以〈關雎〉、〈鹿鳴〉、〈文王〉、〈清廟〉四篇為四始。錢賓四先生更指出這四篇是《詩經》的開始，也就是周公制禮作樂時最初所定四種典禮應用樂歌最具深意的代表作。

周頌為樂舞兼備之詩，《禮記・樂記》載：「〈清廟〉之瑟，朱弦而疏越，一倡而三歎，有遺音矣。」則歌〈清廟〉時所用樂器為瑟。由一人首唱，三人從而歌和之。《禮記・明堂位》載：「升歌〈清廟〉，下管象。朱干玉戚，冕而舞大武。皮弁素積，裼而舞大夏。」這是歌〈清廟〉時有關舞容的記錄。

維天之命

這是康王以來祭祀文王的詩。

維天之命，於穆不已❶。於乎不顯❷！文王之德之純❸。假以溢我❹，我其收之❺。駿惠我文王❻，曾孫篤之❼。

【注釋】

❶於：音烏ㄨ，歎詞。穆：美。不已：無窮。❷於乎：即嗚呼。不：讀為丕ㄆㄧ，大。❸純：純粹。❹假：大。溢：益。❺收：受。❻駿：大。惠：德惠。此句謂文王之德惠盛大。❼曾孫：自孫之子而下皆可稱曾孫。篤：厚。此謂

虔誠守持不變。

【評析】

(1)真德秀曰：純是至誠，無一毫人偽。惟其純誠無雜，自然能不已。如天之春而夏，夏而秋，秋而冬；晝而夜，夜而晝。循環運轉，一息不停，以其誠也。聖人自壯而老，自始而終，無一息之懈，亦以其誠也。既誠自然能不已。

(2)方玉潤曰：首二句從天命總起，下乃接入文王，一氣直下，如曰皇天無親，惟德是輔之意。天與文非兩平對也，《集傳》依《中庸》以文與天對，作一截，假以下作一截，殊非語氣。

維清

這也是祭祀文王的樂歌。

維清❶，緝熙文王之典❷。肇禋❸，迄用有成❹，維周之禎❺。

【注釋】

❶維：語詞。清：清明。❷緝：續。熙：明。典：法則。謂文王之法則繼續光明，即永遠光明也。❸肇：開始。禋：音因ㄧㄣ，潔祀。此句謂自開始祭祀文王。❹迄：至今。用：以，語詞。成：成就。❺禎：吉祥。

【評析】

(1)嚴粲曰：此詩言清緝熙者，備舉文王之德。而以典言之者，謂其德寓於法也。文王有典則以貽後人，王業雖未成，而禋祀之禮，已肇始於此。遂至於後而有成焉。是文王之典，為周之禎祥也。

烈文

這是祭祀周之先公，並藉以告戒時王的詩。

烈文辟公❶，錫茲祉福❷。惠我無疆❸，子孫保之❹。無封靡于爾邦❺，維王其崇之❻。
念茲戎功❼，繼序其皇之❽。無競維人❾，四方其訓之❿。不顯維德⓫，百辟其刑之⓬。
於乎⓭！前王不忘⓮。

【注釋】

❶烈：言其功業。文：言其文德。辟公：諸先公。❷錫：賜。茲：此。❸惠：愛。無疆：無邊，無盡。❹保之：謂保此績業。❺封：大。靡：損壞。❻崇：崇尚。意謂應更奮勉使國運超過前人也。❼戎：大。❽序：緒。皇：大。謂繼承先人之緒而更光大之也。❾無競維人：無人能與之相競，意即勝於眾人。❿訓：順。故四方諸侯都能順從之。以上二語已見〈大雅．抑〉篇。⓫不：丕，大。大顯其德。⓬百辟：百官諸侯。刑：效法。⓭於乎：嗚呼。⓮不忘：不忘前王之德。

【評析】

(1)牛運震曰：①結處點出前王，倒裝法。歎前王之不忘，則戒勉辟公之意隱然言表。篇終咏歎，愴然仁孝之思。②正大竦穆。呼辟公起，呼前王結。首尾搏應，溫摯悚切。

天作

這是祭祀大王感念他開墾岐山的詩。

天作高山❶，大王荒之❷。彼作矣❸，文王康之❹。彼徂矣❺，岐有夷之行❻。子孫保之❼。

【注釋】

❶高山：指岐山。❷大：音太ㄊㄞˋ。太王：即古公亶父。荒之：奄有之也。❸彼：指太王，下同。作：開墾。❹康：安。謂使人安居。❺徂：往。❻岐：岐山。夷：平。行：大路。二句謂太王往岐山之後，岐山始有平坦之大路。❼保之：保有此績業。（蓋此為周之發祥地也）

【評析】

(1)輔廣曰：高山大川，皆天造地設也，故曰天作。大王始荒之，而亦曰彼作矣者，推大王與天同功也。祖先所以經理其始，計安其後者，既已甚艱勤矣。則子孫固宜世世保之而不失也。

(2)牛運震曰：只就岐山寫出大王文王之功，極有渾灝草昧之氣。

昊天有成命

這是祭祀成王的詩，讚美他能敬承文武功業，發揚光大。

昊天有成命❶，二后受之❷。成王不敢康❸，夙夜基命宥密❹。於緝熙❺，單厥心❻，肆其靖之❼。

【注釋】

❶昊天：上天。成命：明命。❷二后：文王、武王。❸成王：武王之繼位者。康：安寧。❹夙夜：早晚。謂勤奮也。基：始。宥：音義同又。密：讀為毖ㄅㄧˋ，謹慎。此句謂勤奮於始受之命，又很謹慎。❺於：音烏ㄨ，歎詞。緝熙：繼續不絕。❻單：舊釋單為厚，義不順。普賢按：當為殫之假借。殫：盡也。單厥心：盡其心。❼肆：語詞。靖：安。

【評析】

(1)牛運震曰：①基命宥密語極精奧，括盡一切。②於緝熙以下寫出艱難勤苦，妙在以歎息頓挫出之，篤勉後世之旨，言外可想。

(2)普賢曰：此詩甚短，句法卻很複雜。只七句三十字，而每句由三字、四字、五字以至六字不等，可說是短詩中句法變化最多的一篇。此詩讚美成王能上承文武功業而繼續勤公。姚際恆評此篇謂：「通首密練。」

我將

這是祭祀文王的詩。

我將我享❶，維羊維牛。維天其右之❷。儀式刑文王之典❸，日靖四方❹。伊嘏文王❺，既右饗之❻。我其夙夜❼，畏天之威❽，于時保之❾。

【注釋】

❶將：進奉。享：獻。❷右：助。❸儀：善。式、刑：皆效法義。典：法則。言善效法文王之典則。❹靖：治。❺伊：語詞。嘏：音古ㄍㄨˇ，大。言大哉文王。❻右：侑，勸飲食。謂勸尸使饗食之。❼夙夜：早晚用心戒懼。❽畏

天命之威，蓋敬天行事也。❾于時：於是。保之：保有天與文王所降予我者。

【評析】

(1)朱熹曰：夙夜畏天之威，然後天命可以長保矣。

(2)牛運震曰：①其者疑詞，尊之而不敢必也，故言右而不言饗。既者決詞，親之而可必也，故言右而併言饗。於天不敢加一辭，於文王則詳道其所以事天事親。精細分明如此。②我其夙夜，直如對天結誓之詞，妙甚。三句連下，妙在以拙重踈直出之，篤厚兢業之衷如見。③語拙氣柔，理專情充，如此文字，真可格天。

(3)方玉潤曰：首三句祀天，中四句祀文王，末三句則祭者本旨。賓主次序井然。

時邁

這是祭祀武王的詩，何楷以為是大武樂的第五樂章。

時邁其邦❶，昊天其子之❷，實右序有周❸。薄言震之❹，莫不震疊❺。懷柔百神❻，及河喬嶽❼，允王維后❽。明昭有周❾，式序在位❿。載戢干戈⓫，載櫜弓矢⓬。我求懿德⓭，肆于時夏⓮，允王保之⓯。

【注釋】

❶邁：行。謂武王按時巡行於邦國。❷其：希冀之詞。其子之：望視之如子。❸右：佑，助也。序：即緒，承繼，下同。此句謂天真正助惠周而使之承繼王位。❹薄言：語詞。❺震：懾。疊：懼。❻懷柔：慰安。❼喬嶽：高山。❽允：信。后：君。此句謂信哉王不愧為君。❾明昭：光明。❿式：語詞。此句謂承繼天命在王位。⓫載：則，下同。

戢：聚。⓬櫜：音高ㄍㄠ，盛弓矢於囊。以上二句言不復用兵。⓭懿：美。⓮肆：布陳。時夏：此中國。⓯允：誠然，真正。此句謂信哉王能保此周邦。

【評析】

(1)牛運震曰：一「其」字自謙自任俱有。震疊懷柔，兼德威言之，寫人鬼受職，開國規模不凡。「懷柔百神」二句正為莫不震疊作襯托，直寫得精神寂寞，性情動盪。「懿德」字渾括淵微，「求」字別有深妙之旨。寫歸馬放牛心事氣象俱出。「允王維后」，「允王保之」此自臣下頌君之詞，故《傳》以為周公作也。

(2)糜文開曰：何楷列此詩為大武的第五樂章，係成王既治，周公制禮作樂時採〈武〉、〈酌〉、〈賚〉、〈般〉、〈時邁〉、〈桓〉諸詩合成大武舞樂之考察。

執競

這是祭祀武王、成王、康王的詩。

執競武王❶，無競維烈❷。不顯成康❸，上帝是皇❹。自彼成康，奄有四方❺，斤斤其明❻。

鐘鼓喤喤❼，磬筦將將❽，降福穰穰❾。降福簡簡❿，威儀反反⓫。既醉既飽，福祿來反⓬。

【注釋】

❶此句謂執持競爭之事，指伐商也。❷無競：無人與之競爭。烈：功業。❸不：丕，大。成康：成王、康王。❹皇：嘉美。❺奄有：擁有。❻斤斤：明察貌。❼喤喤：大聲。❽磬：樂器，以石為之。筦：同管，竹製管樂器。將：音槍ㄑㄧㄤ。將將：形容聲音盛多。❾穰：音ㄖㄤˊ。穰穰：眾多。謂成王、康王之神降福於祭者。❿簡簡：大貌。⓫反

反：慎重貌。⓬來：是。反：歸。謂福祿歸於祭者。

【評析】

(1)牛運震曰：「執競」「無競」互應，句法廉奧有神。篇幅不長，卻極舖張揚厲之勢。朱《傳》以〈執競〉為祭武、成、康之詩。按三王無合祭之禮，當是一詩而各歌於三王之廟耳。若〈序〉以為祭武王，毛鄭解成康為成大功而安之，則失之矣。

思　文

這是祭祀頌美周人始祖后稷的詩。

思文后稷❶，克配彼天❷。立我烝民❸，莫匪爾極❹。貽我來牟❺，帝命率育❻。無此疆爾界，陳常于時夏❼。

【注釋】

❶思：語詞。文：文德。❷克：能。❸立：定。或以「立」為「粒」之省文。烝民：眾民。此句謂給我萬民以糧食。❹匪：非。極：極盡其心力。❺貽：給予。來：小麥。牟：大麥。❻帝：上帝。率：普遍。育：養。此句謂后稷奉上帝之命，教民稼穡，民有麥可食而得生活。❼陳：佈。常：常道。稼穡之道。時夏：是夏，即中國。

【評析】

(1)普賢曰：〈思文〉是周頌清廟之什的第十篇，一章八句，前六句句四字，後兩句句五字，共三十四字。姚際恆謂《孝經》「昔者周公郊祀后稷以配天」即指此。又因《國語》有「周文公之為頌曰『思文后稷，克配彼天』」之語，證明此詩為周公所作，係讚美后稷能播種五穀，養育萬民，而且不分疆界地域，均教之以播種之道，是其德業可以配天也。前四句虛寫，後四句實敘。全篇結構緊密，層次分明。

臣工之什十篇

臣工

這是戒農官而祈豐年的詩。

嗟嗟臣工❶，敬爾在公❷。王釐爾成❸，來咨來茹❹。嗟嗟保介❺，維莫之春❻。亦又何求？如何新畬❼？於皇來牟❽，將受厥明❾。明昭上帝，迄用康年❿。命我眾人，庤乃錢鎛⓫，奄觀銍艾⓬。

【注釋】

❶嗟嗟：重歎之詞。工：官。臣工：群臣百官，此特指農官。❷敬：敬慎。公：公事。❸釐：賞賜。成：成功，指穀物豐熟。❹咨：詢。茹：度。言詢問商討農事。❺保介：農官之副手。❻莫：同暮。夏曆三月為暮春。❼畬：音余ㄩˊ，田已墾二歲曰新，三歲曰畬。❽於：音烏ㄨ，歎詞。皇：美。來：小麥。牟：大麥。❾厥：其。明：古通成。成謂年穀豐熟。❿迄：當讀為氣ㄑㄧˋ，庶幾也。用：以。康：樂。康年：即孟子所謂樂歲。⓫庤：音峙ㄓˋ，具備。錢：銚，掘土之農具。鎛：音博ㄅㄛˊ，鋤類，除草農具。⓬奄：奄忽，謂不久。銍：音至ㄓˋ，短鐮刀。艾：音亦ㄧˋ，通刈，收穫。謂不久即可以鐮刀收穫也。

【評析】

(1)輔廣曰：命他官皆無詩，而特命農官則有詩者，周人以農事開國，故成王周公特作詩以戒敇之以重其事也。

(2)牛運震曰：嚴重真摯中間，正有閒逸生動處。

噫嘻

這是春天開始播種百穀時祈禱豐收的樂歌。

噫嘻成王❶，既昭假爾❷！率時農夫❸，播厥百穀。駿發爾私❹，終三十里❺。亦服爾耕❻，十千維耦❼！

【注釋】

❶噫嘻：猶嗟嗟，讚歎聲。成王：周成王，武王之子，康王之父。❷假：音格ㄍㄜˊ。昭假：猶昭格，神降臨。❸時：是。❹駿：疾速。發：發土，即耕田。私：民田。❺終：竟也，完成。❻亦：語詞。服：從事。❼十千：百倍。耦：二人並耕。此句謂每一對農夫有百倍的收成。

【評析】

(1)朱善曰：成王既置田官而戒命之，後王復遵其法而重戒之。率時農夫，農官之職也；播厥百穀，農夫之事也。終三十里，欲其地之無遺利也；十千維耦，欲其人之無遺力也。地無遺利，人無遺力，此豐穰之所以可必也。

振鷺

這是歌頌夏殷二王之後來周助祭的詩。

振鷺于飛❶，于彼西雝❷。我客戾止❸，亦有斯容❹。在彼無惡❺，在此無斁❻。庶幾夙夜❼，以永終譽❽。

【注釋】

❶振：群飛貌。鷺：白鳥。于：正在。❷雝：音雍ㄩㄥ，水澤。❸客：指二王之後。夏後為杞，殷後為宋。廟祭時，二王之後助祭，待之以客而不以臣。戾：至。止：語詞。❹亦、斯：皆語詞。有容：有儀表。❺彼：指神靈而言。惡：音務ㄨˋ，嫌棄。❻此：指二客而言。斁：音亦ㄧˋ，厭倦。謂二王助祭無厭倦。❼夙夜：謂敬謹。❽終：亦永。譽：樂。以上二句應連讀，意謂能早晚敬慎，則庶幾永安長樂也。

【評析】

(1)孔穎達曰：二王之後，能盡禮備儀，尊崇王室，故詩人述其事而為此歌焉。天子之祭，諸侯皆助。獨美二王之後來助祭者，以先代之後，一旦事人，自非聖德服之，則彼情未適。今二王之後，助祭得宜，是其敬服時王，故能盡禮。客主之美，光益王室，所以特歌頌之。

豐年

這是豐年秋冬祭神的詩。

豐年多黍多稌❶，亦有高廩❷，萬億及秭❸。為酒為醴❹，烝畀祖妣❺，以洽百禮❻。降福孔皆❼。

【注釋】

❶稌：音途ㄊㄨˊ，稻。❷亦：語詞。廩：音凜ㄌㄧㄣˇ，米倉。❸秭：音子ㄗˇ，萬萬曰億，萬億曰秭。言其收穫之多也。❹醴：甜酒。❺烝：進奉。畀：音必ㄅㄧˋ，予。烝畀：謂祭祀享獻也。❻洽：合。❼皆：嘉也。或釋皆為遍，謂神降福很普遍。亦通。

【評析】

(1)朱善曰：收入之多，而祭禮之無不備；祭禮之備，而福祿之無不徧。此方社之賜也，而亦田祖先農之力也。秋而報焉，則方社之謂也；冬而報焉，則蜡祭百神之謂也。以其同謂之報祭，故同歌是詩也。

有瞽

這是周公攝政六年制禮作樂，諸樂初成，大合奏於祖廟時所唱的樂歌。

有瞽有瞽❶，在周之庭。設業設虡❷，崇牙樹羽❸。應田縣鼓❹，鞉磬柷圉❺。既備乃奏，
簫管備舉❻。喤喤厥聲❼，肅雝和鳴❽，先祖是聽。我客戾止❾，永觀厥成❿。

【注釋】

❶瞽：音鼓ㄍㄨˇ，目盲。周代樂官用盲人充任。❷業：栒上之大板。栒為虡上之橫木。虡：音巨ㄐㄩˋ，懸鐘之立木。參〈大雅．靈臺〉篇。❸崇牙：古時樂器架之橫木上刻如鋸齒狀，用以懸掛鐘磬者。樹羽：插五彩羽毛於崇牙之上。❹應：小鼓之橫懸者。田：大鼓。縣：同懸。縣鼓：懸掛之鼓。❺鞉：音桃ㄊㄠˊ，同鼗，搖鼓。磬：石製敲擊樂器。

柷：音祝ㄓㄨˋ，木製樂器，如漆桶。圉：音語ㄩˇ，亦作敔，木製樂器，形似伏虎。背上刻成鋸齒形，以木具劃之作聲。周人擊柷以起樂，擊圉以止樂。❻簫：古之簫係編小竹為一排，如今之排簫。❼喤喤：聲音宏亮和諧。❽肅雝：形容聲音之和諧肅敬。❾戾：至。止：語詞。❿成：樂終曰成。

【評析】

(1)孔穎達曰：作之喤喤然和集，諸聲皆肅敬和諧而鳴，不相奪倫，先祖之神於是降而聽之。我客二王之後適來至此，與聞此樂。助祭之人多，獨言我客者，以二王之後尊，故特言之。

(2)牛運震曰：①開端有瞽云云，便有神人凝注光景。臚樂有次第有過節。「肅雝和鳴」精深雅習。我客句榮幸甚厚。②全篇淨鍊之極，自然濃緻，亦古韻琅琅可誦。

潛

這是周王專用魚類祭祀宗廟時所唱的樂歌。

猗與漆沮❶，潛有多魚❷。有鱣有鮪❸，鰷鱨鰋鯉❹。以享以祀❺，以介景福❻。

【注釋】

❶猗：讀為漪，音依ㄧ，水波動貌。與：借為歟。猗與：歎美水之波動。漆、沮：二水名。❷潛：水深之處。❸鱣：音占ㄓㄢ，黃色大魚。鮪：音偉ㄨㄟˇ，似鱣而小之魚。❹鰷：音條ㄊㄧㄠˊ，白條魚。鱨：音常ㄔㄤˊ。鰋：音晏ㄧㄢˋ。均魚名。見〈小雅・魚麗〉篇。❺享：獻。❻介：借為丐ㄍㄞˋ，求。景：大。

【評析】

(1)范處義曰：鱣鮪之大，鰷鱨之長，鰋形似偃，鯉之形俯。舉其類之多，皆可用以薦享者，亦形容萬物盛多之意也。以是備物以享祀，則神助我以大福，所以報也。

雝

這是武王祭祀文王的詩。

有來雝雝❶，至止肅肅❷，相維辟公❸，天子穆穆❹。於薦廣牡❺，相予肆祀❻。假哉皇考❼，綏予孝子❽。宣哲維人❾，文武維后❿。燕及皇天⓫，克昌厥後⓬。綏我眉壽⓭，介以繁祉⓮。既右烈考⓯，亦右文母⓰。

【注釋】

❶有來：謂諸侯之來助祭者。雝雝：和也。❷至：至於宗廟。止：語詞。肅肅：敬貌。❸相：音向ㄒㄧㄤˋ，助祭者。維：語詞。辟公：諸侯。❹天子：主祭之周王。穆穆：容止端莊恭敬。❺於：音烏ㄨ，歎詞。薦：進獻。廣：大。牡：雄牲。❻相：助。予：我。肆：陳列。指陳列祭品。❼假：大。皇考：稱亡父曰皇考，此指文王。❽綏：安。孝子：武王自稱。❾宣：明。哲：智。言皇考為人明智。❿后：君。此句謂為君則兼備文武之德。⓫燕：安。皇天：上帝。⓬昌：大，盛。以上二句謂文王能事上帝，使之安樂，故能昌大其後嗣也。⓭綏：安。眉壽：高壽。⓮介：助。繁祉：多福。⓯右：佑，保佑。烈：功業。考：稱亡父。⓰文母：有文德之母，指武王母大姒。以上二句謂上帝既保佑我有功業之父，亦保佑我有文德之母。

【評析】

(1)牛運震曰：①颯然而來，只開端二語摹出幽光靈響，讀之精神竦豎。有來至止，節奏泠泠。雝雝肅肅，映切文考德性，妙。穆穆字深渾。天子穆穆正所謂秉文之德也。想到文母，儼然二親並坐孺慕承歡光景，極真摯極溫媚。如此收法最遒古。②全篇音節遒壯，意象悚穆，全從深孝篤誠發出一段和愉祥藹之氣。

載見

這是成王初即位，諸侯來朝，始助祭於武王廟的樂歌。

載見辟王❶，曰求厥章❷。龍旂陽陽❸，和鈴央央❹，鞗革有鶬❺，休有烈光❻。率見昭考❼，以孝以享❽，以介眉壽❾。永言保之❿，思皇多祜⓫。烈文辟公⓬，綏以多福⓭，俾緝熙于純嘏⓮。

【注釋】

❶載：始。辟王：天子，謂成王。❷曰：語詞。章：典章法度。❸旂：旗上繪交龍者。陽陽：鮮明貌。❹和鈴：掛在旂上之鈴曰鈴，掛在軾前之鈴曰和。央央：鈴聲。❺鞗：音條ㄊㄧㄠˊ。鞗革：轡首之飾。鶬：音槍ㄑㄧㄤ。有鶬：鏘然有聲。❻休：美。烈光：光彩。❼昭：光顯。昭考：謂武王。周制：王七廟，太祖居中，在東三廟為昭（左昭），在西三廟為穆（右穆）。文王當穆，武王當昭。此句謂成王率諸侯祭武王也。❽以致孝子之事，以獻祭祀之禮。❾介：同丐，求。眉壽：長壽。❿言：語詞。⓫思：語詞。皇：大。祜：福。二句謂永保有大而多之福。⓬烈：功業。文：文德。辟公：先公。普賢按：此蓋指武王而言。⓭綏：安。安我以多福。⓮俾：使。緝熙：繼續。純：大。嘏：福。

【評析】

(1)孔穎達曰：周公居攝七年，而歸政成王。成王即政，諸侯來朝。於是率之以祭武王之廟。詩人述其事而為此歌焉。

(2)牛運震曰：綏福歸功辟公，意極愫摯，猶烈文之旨也。

(3)方玉潤曰：毛萇訓「載」為「始」，諸儒從者多，以下文率見昭考與首句相應故也。《彙纂》亦曰：「成王新即政，率是百辟見於昭廟以隆孝享。一以顯耆定之大烈彌光，一以彰萬國之歡心如一，有丕承王業，畏懷天下氣象。故曰始也。若泛言諸侯助祭，則烈祖有功德之廟多矣，何獨詣武王一廟而作此歌乎？」案此乃作詩大旨，亦存詩者之微意也。

有客

這是微子來朝見於周天子祖廟的詩。

有客有客❶，亦白其馬❷。有萋有且❸，敦琢其旅❹。有客宿宿❺，有客信信❻。言授之縶❼，以縶其馬。薄言追之❽，左右綏之❾。既有淫威❿，降福孔夷⓫。

【注釋】

❶客：指微子。周滅商，封微子於宋，以祀其先王，而以客禮待之。❷亦：語詞。白其馬：殷尚白，故騎白馬。❸萋：盛貌。且：音阻ㄗㄨˇ，多貌。有萋有且：即萋然且然，以狀從者之盛多。❹敦：音堆ㄉㄨㄟ，治也。敦琢：猶雕琢。精選之意。旅：眾。❺留住一夜曰宿。❻再留住一夜曰信。一宿再宿者謂留客不欲其去也。❼言：語詞。縶：繫馬之索。下一句之縶字作動詞繫用。❽薄言：語詞。追之：已去而復還之，不欲其速去也。❾綏：安。謂左右亦

安慰之，欲其多留數日也。⑩淫：大。威：德威。⑪孔：甚。夷：易。

【評析】

(1)普賢曰：朱《傳》以此詩首四句為一節，言微子之始至；以中四句為一節，言其將去；而末四句一節，為留之之辭。脈絡極分明。蓋首節寫微子之來作客，所騎白馬係殷代所尚之潔白服色，隨從之盛多，皆精選之英俊；中節寫其逗留之久，欲去而又挽留之；末節寫其既去又追之使還，並安撫其左右，挽留不成，方祝福而送別。其禮遇之隆，情意之重如此。

姚際恆評其「起得翩然」。牛運震則曰：「就白馬生情，妙！亦字豔異之甚。敦琢字新。愛其馬，美其旅，襯托入妙。」又云：「風致婉秀，絕似〈小雅〉。周家忠厚，微子高潔，此詩俱見。」

王鴻緒《詩經傳說彙纂》引朱公遷曰：「〈有客〉一詩，既足以見微子之賢，尤足以見周家之厚。」

竹添光鴻《毛詩會箋》引姜炳章曰：「晉魏以來，禪代革命之際，視故主遺育，如芒刺在身，必去後已。至有生生世世願無生帝王家者，亦可哀矣。觀〈振鷺〉〈有客〉之詩，愛敬交至，不啻若自其口出。非大公無我之聖人，何能如是哉！延祚八百，雖以秦政之暴，猶有南君之封，天道不誣也。」

武

這是讚美武王武功的頌歌。朱熹以為是大武樂的第一樂章。

於皇武王❶，無競維烈❷。允文文王❸，克開厥後❹。嗣武受之❺，勝殷遏劉❻，耆定爾功❼。

【注釋】

❶於：音烏ㄨ，歎詞。皇：大。❷烈：功業。其功業之大，人莫與競。❸允：誠然，信然。文：有文德。❹克：能。謂文王能為其後代子孫開基創業。❺嗣：繼。武：跡。步武也。或釋武為武王，謂嗣子武王承受基業。❻遏：止。劉：殺。謂武王戰勝殷紂，遏止了屠殺。❼耆：音只ㄓˇ，致也。定：成。爾：此。

【評析】

(1)嚴粲曰：文王有文德，以開其後人之基緒。然殷虐未除，武王伐紂以止殺，然後致定其功。所以歸重武王之功，明非武王之武，無以成文王之文也。

(2)牛運震曰：遏劉字深，所謂止戈為武也。

(3)糜文開曰：〈武〉是讚美武王武功的頌歌。這頌歌的演奏，有音樂，有歌辭，也有舞蹈的配合，總稱為大武舞樂。一般說來，〈武〉篇是大武的部分歌辭，但今則以〈武〉篇代表大武。其製作的時代在西周初年，作者是周公姬旦。大武樂有九章與六章的兩種主張。孔穎達主九章之說，朱熹、何楷、魏源等只說大武樂共六章。六章之說因有《樂記》大武六成的根據，為大家所採信。樂曲一終為一成，則大武為六成之樂也。何楷定一成為〈武〉、二成為〈酌〉、三成為〈賚〉、四成為〈般〉、五成為〈時邁〉、六成為〈桓〉。

閔予小子之什十一篇

閔予小子

這是武王既歿，其子誦，即年幼的繼承人成王，守喪七月而葬，奉其神主入祀於祖廟時所作的樂歌。

閔予小子❶！遭家不造❷。嬛嬛在疚❸。於乎皇考❹！永世克孝❺，念茲皇祖❻，陟降庭止❼。維予小子，夙夜敬止❽。於乎皇王❾！繼序思不忘❿。

【注釋】

❶閔：通憫，可憐。予小子：成王自稱。❷造：善。不造：猶言不淑，不幸。❸嬛：音瓊ㄑㄩㄥˊ，與煢同。嬛嬛：孤獨無依貌。疚：病。❹於乎：即嗚呼。皇考：稱亡父曰皇考，指武王。❺永世：終身。❻皇祖：指文王。❼陟：升。陟降：猶往來。止：語詞，下同。❽敬：敬慎。❾皇王：兼指文王、武王。❿序：緒，事業。思：語詞。忘：通亡。言繼祖考之緒不失墜。

【評析】

(1)糜文開曰：詩〈序〉：「〈閔予小子〉，嗣王朝於廟也。」鄭《箋》：「嗣王者，謂成王也。除武王之喪，將始即政，朝於廟也。」《魯詩》蔡邕《獨斷》文也說：「〈閔予小子〉，一章十一句，成王除武王之喪，將始即政，朝於廟之所歌也。」朱熹《詩集傳》則補充說：「此成王除喪朝廟所作，疑後世遂以為嗣王朝廟之樂，後三篇放此。」那末，這〈閔予小子〉和以下〈訪落〉、〈敬之〉、〈小毖〉三篇，都是成王居父喪期滿，吉祭於武王之廟，告除喪時所作樂歌。後來成王駕崩，康王嗣位時除成王之喪，朝廟吉祭時，就沿用此樂歌。昭王除康王喪，穆王除昭王喪，也仍用之。詩中「予小子」等語，雖為幼年的成王所專用，而後代嗣王，也沿用不改。閔予小子之什的第二篇〈訪落〉，第三篇〈敬之〉，第四篇〈小毖〉也是這樣。這四篇是同一時期作品。但清姚際恆《詩經通論》，將這四篇再加分析，謂第一篇〈閔予小子〉首三句為方在喪之辭。故曰：「嬛嬛在疚。」第二、三篇〈訪落〉、〈敬之〉則既除喪，將始即政而朝於廟，以咨群臣之辭。第四篇〈小毖〉，則成王懲管蔡之禍而自儆之辭。同一時期，而分為三層次以解之，較舊說更為精細，所以我們採用姚說。

此詩以語意哀痛惕勵、誠摯、真切勝。而全篇重心，在一「敬」字，與〈大雅·文王〉篇同。〈文王〉曰：「於緝熙敬止」，此則云：「夙夜敬止。」方玉潤謂：「周家聖聖相承，家學淵源，不外一敬字。」明人朱善則合孝敬為一理，其言曰：「自繼述而言謂之孝，自存主而言謂之敬。敬其身，即所以孝於親；孝於親，未有不敬其身者也。」

牛運震《詩志》對此詩評賞曰：「開口一閔字，多少愴痛！不造猶言無祿，遭家不造二語，寫得孤怯蒼涼。只歎皇考之孝，悚慕惻動。陟降庭止一語，靈恍溫切，依依如目。終以永歎慽摯之思，含蓄無限！」又云：「兩『於乎』頓挫慽篤，語語有孤危荒懼之神。」

訪落

這是成王除喪，始即政而朝於廟，與群臣謀政之詩。

訪予落止❶，率時昭考❷。於乎悠哉❸！朕未有艾❹。將予就之❺，繼猶判渙❻。維予小子，未堪家多難。紹庭上下❼，陟降厥家❽。休矣皇考❾！以保明其身❿。

【注釋】

❶訪：問。落：始。止：語詞。謂問教於群臣有關開始之政事。❷率：循。時：是。昭考：謂先父武王。❸於乎：歎詞。悠：遠。❹朕：音振ㄓㄣˋ，我。艾：音亦一ˋ，通乂，治才。謂我未有此才幹。❺就：成就。謂予將成就之。（盡量做好）❻猶：圖。判：分。渙：散。謂我將繼先德謀收我所失散者，以成其完美。❼紹：繼。❽陟降：指神靈之往來。以上二句謂：請求神靈不斷往來於其家。❾休：美。❿保明：保護而光大之。其身：嗣王自謂。

【評析】

(1)姚際恆曰：此成王既除喪，將始即政而朝于廟，以咨群臣之詩。

(2)牛運震曰：①俯仰跌頓，幽邃靈悚，數十字中，多少開合轉折。②陡然一歎，愾動深遠。朕未有艾，作窮蹙語，是求助真情懇結處。將予就之云云，所謂欲從末由也。寫得微至靈悅，有情有景，離合閃忽，非親歷不能道。昭庭上下倒句古，又插入皇考，寫得精神飛越。

敬之

前篇〈訪落〉，成王既咨詢群臣，接著此詩即記群臣規戒之言及其自勵的答辭，歌以告祭於廟，以示鄭重，而垂示子孫也。

「敬之敬之❶！天維顯思❷，命不易哉❸！無曰：『高高在上。』陟降厥士❹，日監在茲❺。」「維予小子，不聰敬止❻？日就月將❼，學有緝熙于光明❽。佛時仔肩❾，示我顯德行❿。」

【注釋】

❶敬：恭謹戒慎。❷顯：明。思：語詞。❸易：容易。❹陟降：往來。士：事。❺監：視。❻聰：聽。敬：慎。止：語詞。❼就：成。將：進。❽緝：續。熙：明。❾佛：音義同弼ㄅㄧˋ，輔助。時：是。仔肩：責任。❿德行：進德之路。

【評析】

(1)牛運震曰：敬之敬之，疊呼危悚，便覺通篇精神。

(2)王靜芝曰：言敬之哉，敬之哉，天道至為顯明也。天命之降，誠不易也。勿謂天之高高在上，而不能察我也。天則往來於我之前，是其所事。故日日在此監視我也。我小子，敢不聰而聽之，敬而慎之乎？我當力求，日有所成就，月有所進益；努力學之，庶幾續往者之明德，而至於大光明也。祈神助我此任務，示我顯明之德行。

小毖

武王崩，周公攝政，成王中管蔡流言之毒而疑周公，終於釀成管、蔡、武庚叛亂的大禍。周公東征平亂後，即還政成王。成王祭於廟而歌此詩以自儆。

予其懲，而毖後患❶。莫予荓蜂❷，自求辛螫❸。肇允彼桃蟲❹，拚飛維鳥❺，未堪家多難，予又集于蓼❻。

【注釋】

❶毖：音必ㄅㄧˋ，慎防。二句謂當以前事為戒而防後患。❷荓：音乒ㄆㄧㄥ，使。謂使成為毒蜂。❸螫：音是ㄕˋ，毒蟲刺人。辛螫：辛毒之螫。二句謂莫使之成為毒蜂而招致螫刺之痛。❹肇：始。允：信。桃蟲：鷦鷯，鳥之小者。❺拚：音翻ㄈㄢ，飛貌。此二句謂初信其為鷦鷯小鳥，後竟翻飛而為猛鷙大鳥。❻蓼：音了ㄌㄧㄠˇ，水紅，水中所生苦菜，以喻辛苦。

【評析】

(1)姚際恆曰：憤懣、蟠鬱，發為古奧之辭；偏取草蟲作喻，以見姿致，尤奇。

(2)牛運震曰：一句一折，一聲一痛，披瀝之詞，動人惻隱。三喻錯出，奇極！語語為親者諱，卻自躍然可想。至誠深切，雖隱文諱詞，意思自然明透。不得以艱僻目之。沉痛慘切，居然鴟鴞之志。鍾惺云：「創鉅痛深，傷弓之鳴。」古拗奧闢，此為絕調。

(3)方玉潤曰：筆意清矯，思致纏綿，四詩實出一手。至今讀之，令人想見其憂深慮遠，道醇術正氣象。

載芟

這是一篇描寫農田耕耘的樂歌。

載芟載柞❶，其耕澤澤❷。千耦其耘❸，徂隰徂畛❹。侯主侯伯❺，侯亞侯旅❻，侯彊侯以❼。有嗿其饁❽，思媚其婦❾，有依其士❿，有略其耜⓫，俶載南畝⓬，播厥百穀⓭，實函斯活⑭。驛驛其達⑮，有厭其傑⑯。厭厭其苗⑰，緜緜其麃⑱。載穫濟濟⑲，有實其積⑳，萬億及秭㉑。為酒為醴㉒，烝畀祖妣㉓，以洽百禮㉔。有飶其香㉕，邦家之光。有椒其馨㉖，胡考之寧㉗。匪且有且㉘，匪今斯今㉙，振古如茲㉚。

【注釋】

❶載：則。芟：音山ㄕㄢ，除草。柞：音作ㄗㄨㄛˋ，除木。❷澤澤：同釋釋，土質鬆散。❸耦：二人並耕。耘：去苗間之草。❹徂：音ㄘㄨˊ，往。隰：音昔ㄒㄧˊ，田間低下之處。畛：音診ㄓㄣˇ，田畔。❺侯：維。主：家長。伯：長子。❻亞：仲叔。旅：子弟。❼彊：民之有餘力來助者。以：用，謂僱用之人。❽嗿：音坦ㄊㄢˇ，眾食聲。有嗿：嗿然。饁：音頁ㄧㄝˋ，家人送至田畝之飯。❾思：語詞。媚：愛。此句謂婦人來田中送飯，其夫見之，欣然迎接，以示媚愛。❿依：愛。士：夫。謂婦人亦表示其愛依丈夫之情。⓫略：利。耜：音似ㄙˋ，農具。⓬俶：音觸ㄔㄨˋ，始。載：事。⓭厥：其。⓮實：穀實。函：包於土中。活：生長。謂穀種播種於土中，受水土之滋潤，遂有生機而發芽。⓯驛驛：繹繹之假借，苗接續出生貌。達：從地出生。⓰厭：饜字之省體，好貌。有厭：即厭然。傑：先長出之苗。⓱厭厭：苗齊等貌。⓲緜緜：詳密。麃：音標ㄅㄧㄠ，穮字之省體，即耘。此句謂仔細鋤草。⓳濟濟：眾多貌。⓴實：大。有實：即實然。積：堆積之穗。㉑秭：音ㄗˇ。萬萬曰億，萬億曰秭。㉒醴：甜酒。㉓烝：進奉。畀：音必ㄅㄧˋ，給予。烝畀：謂祭祀享獻。㉔洽：合。㉕飶：音必ㄅㄧˋ，芳香。有飶：即飶然。㉖椒、馨：皆謂香。椒形容詞，馨名詞。㉗胡：大。考：老。胡考：即年老大壽。之：是。寧：康寧。㉘且：音居ㄐㄩ，此。匪且有且：謂非此處有此豐收。㉙匪今斯今：非獨今年始有如今日之豐收。㉚振古：自古。如茲：如此。

【評析】

(1)牛運震曰：開端耕耘雙提，下分應之，章法井然。媚婦依士參入情豔語，春氣盎然，栩栩活態。一「嗿」

字寫出野人聲情。實函斯活，筆底化育，極其微妙。驛驛緜緜字法密緻，結法古勁，亦有別態。全篇樸直自然，有閒情有大體。

(2) 方玉潤曰：一家叔伯以及傭工婦子共力合作，描摹盡致，是一幅山家樂圖。

(3) 普賢曰：〈載芟〉是周頌中描寫得頗為生動活潑的詩。上半段寫砍樹除草，農夫千耦同耕，男人父子叔侄一家下田，婦女做好飯菜前來送食。一片男女老幼同心協力，從事田畝工作的情形，躍然紙上，更反映出家庭和睦，社會安康樂利太平盛世的景象來。下半段寫百穀播種後，就會欣欣向榮，有大獲豐收的希望。豐收以後，就可釀酒祭祖，而且要處處年年有此歡樂享受。於是就點出這是祝福之意來了。

良耜

這是一篇慶祝秋收的詩。

畟畟良耜❶，俶載南畝❷，播厥百穀，實函斯活❸。或來瞻女❹，載筐及筥❺，其饟伊黍❻，其笠伊糾❼，其鎛斯趙❽，以薅荼蓼❾。荼蓼朽止❿，黍稷茂止。穫之挃挃⓫，積之栗栗⓬。其崇如墉⓭，其比如櫛⓮，以開百室⓯。百室盈止⓰，婦子寧止⓱。殺時犉牡⓲，有捄其角⓳。以似以續⓴，續古之人㉑。

【注釋】

❶畟：音測ㄘㄜˋ。畟畟：鋒利貌。耜：音似ㄙˋ，刺土之臿，古用木製，後改用金屬。❷❸均見上篇注。❹或：或人，

有人。瞻：贍之假借字，供給，此謂送飯至田中。❺載：音在ㄗㄞˋ，帶來。筐：方形竹簍。筥：音舉ㄐㄩˇ，圓形竹簍。❻饟：音賞ㄕㄤˇ，同餉。指所送來之食物。伊：維，是。黍：用黍煮成之飯。❼糾：纏結。謂其笠用繩糾結於項下。❽鎛：音博ㄅㄛˊ，鋤類。趙：刺。或釋為鋒利。❾薅：音蒿ㄏㄠ，拔田草。荼：陸地之草。蓼：音了ㄌㄧㄠˇ，水邊之草。❿止：語詞。⓫挃：音至ㄓˋ。挃挃：割禾之聲。⓬栗栗：眾多。⓭崇：高。墉：城牆。⓮比：密接。櫛：梳子。⓯開百室以收藏穀類。⓰盈：滿。止：語詞。⓱寧：安。止：語詞。⓲時：是。犉：音淳ㄔㄨㄣˊ，唇黑而體黃之牛。牡：雄牲。⓳捄：音求ㄑㄧㄡˊ，彎。有捄：捄然，彎彎的。⓴似：嗣。指祭祀無已。㉑古之人：先祖。此句謂繼續古人之祭祀。

【評析】

(1)牛運震曰：田家樸陋事，寫來韻甚。衹是敘饁事，空中插「或來瞻女」四字便覺神情飛動。或字虛用，不言婦子，妙。「其笠伊糾」畫態，絕妙耘田圖。挃挃栗栗刻劃精鑿，如櫛亦自奇想。「有捄其角」點染亦佳，偏有閒筆。結法篤厚高逸。

此詩及〈載芟〉咏田家事與風雅同，別有一段谿直蒼穆之氣，此所以為頌體也。質而秀，較〈載芟〉神致更充悅。〈載芟〉詳耕略耘，〈良耜〉詳耘略耕；〈載芟〉言穫積略，〈良耜〉言穫積詳；〈載芟〉言酒醴，〈良耜〉言牲。此二詩變換處。

(2)陸侃如曰：就文學的技巧說，周頌價值是不高的。第一個缺點是堆砌，第二個缺點是頌聖的句子太多。這些都不能感動讀者，而予以深刻的印象。最佳之作，當推〈載芟〉與〈良耜〉，敘農家的生活，較之他篇，真有天淵之別。

絲衣

這是收穫後燕享的詩。

絲衣其紑❶，載弁俅俅❷，自堂徂基❸，自羊徂牛。鼐鼎及鼒❹，兕觥其觩❺，旨酒思柔❻，不吳不敖❼，胡考之休❽。

【注釋】

❶絲衣：祭服。紑：音弗ㄈㄨˊ，鮮潔貌。❷載：語詞。弁：音變ㄅㄧㄢˋ，冠。俅：音求ㄑㄧㄡˊ。俅俅：恭順貌。❸徂：音ㄘㄨˊ，往。基：堂基。❹鼐：音奈ㄋㄞˋ，大鼎。鼒：音茲ㄗ，又音才ㄘㄞˊ，小鼎。鼎類用以烹牲。❺兕：音似ㄙˋ，野牛。觥：音工ㄍㄨㄥ，酒器。兕觥：牛角杯。觩：音求ㄑㄧㄡˊ，彎曲狀。❻旨：美。思：語詞。柔：和。❼吳：音話ㄏㄨㄚˋ，大言，喧嘩。敖：怠慢。❽胡：壽。考：老。胡考：壽考。休：美。

【評析】

(1)牛運震曰：序禮儀有法度，文約而節密。

(2)傅斯年曰：〈載芟〉是耕耘，〈良耜〉乃收穫，〈絲衣〉則收穫後燕享，三篇合起來有如〈七月〉。〈絲衣〉一章，恰像〈七月〉之辭，不過〈七月〉是民歌，此應是稷田之舞。

(3)糜文開、裴普賢曰：傅孟真先生說此篇尤像〈豳風・七月〉末章，但普賢卻覺得更像〈楚茨〉篇的縮寫。短短九句，已將主祭之人、祭祀所用之犧牲、祭器、祭物，及祭時之態度及期望都寫出來了。而〈小雅・楚茨〉共六章二百八十八字，其所表達的主要各點，可說都在此詩之中。文開以為周頌〈絲衣〉年代較早，還只能簡敘祭祀燕享要點，而後來〈小雅〉的〈楚茨〉，則更加以詳細生動的描寫，所以說是縮寫有語病，應該補一句：看起來〈絲衣〉像〈楚茨〉的縮寫，其實〈楚茨〉是〈絲衣〉為骨架而加以血肉來充實了。

酌

這是讚美武王功業的頌歌，何楷以為是大武樂的第二樂章。

於鑠王師❶，遵養時晦❷。時純熙矣❸，是用大介❹。我龍受之❺，蹻蹻王之造❻。載用有嗣❼，實維爾公允師❽。

【注釋】

❶於：音烏ㄨ，歎詞。鑠：音朔ㄕㄨㄛˋ，美盛。❷遵：循。養：謂養使成長也。晦：闇昧。謂武王之師，能循其時勢，能於此闇昧之時長養壯大也。❸純：大。熙：光。❹是用：所以。介：甲兵。大介：張大其甲兵。❺龍：寵。謂我受此寵光。❻蹻：音矯ㄐㄧㄠˇ。蹻蹻：猶赳赳，武貌。造：作為。❼載：乃，則。用：以。有嗣：謂繼先人之業。❽爾：指武王。公：功。允：信。師：師法。謂武王之功信可為師法也。

【評析】

(1)朱公遷曰：此篇重在「時」字，〈武〉頌止殺，〈酌〉頌適時。蓋窮兵黷武不足以為武，違天悖時不足以成功。可謂頌所當頌矣。

桓

這是周成王時讚美武王的頌歌。朱熹、何楷以為是大武樂的第六樂章。

綏萬邦❶，婁豐年❷，天命匪解❸。桓桓武王❹，保有厥士❺，于以四方❻，克定厥家。於昭于天❼，皇以閒之❽。

【注釋】

❶綏：安。❷婁：屢。❸匪解：同非懈。❹桓桓：武貌。❺士：卿士。❻謂用於四方。❼於：音烏ㄨ，歎詞。昭：明。❽皇：皇天。閒：代。言皇天以武王代殷。

【評析】

(1)朱熹曰：大軍之後，必有凶年，而武王克商，則除害以安天下，故屢獲豐年之祥。然天命之於周，久而不厭也。故此桓桓之武王，保有其士，而用之於四方，以定其家。其德上昭于天，君天下以代商也。

(2)牛運震曰：開端二語氣局和大，看他武功詩卻如此起法，「克定厥家」所謂以天下為家也。旋乾轉坤只以家事言之，妙。

賚

這是周武王克商，歸告於文王之廟的頌歌。朱熹、何楷以為是大武樂的第三樂章。

文王既勤止❶，我應受之❷，敷時繹思❸。我徂維求定❹，時周之命❺。於繹思❻！

【注釋】

❶勤：勤勞。止：語詞。❷應：膺之假借。應受：即膺受，接受也。❸敷：展布。時：是，此。繹：尋繹，引伸，

發展也。思：語詞。謂布此文王之德而繼續發展。❹此句謂我之所往（所為）在求天下之安定。❺時：承受。謂此周之所以承受天命而為王。❻於：音烏ㄨ，歎詞。謂努力尋求發展也。

【評析】

(1)季本曰：時周之命如此，則武王本非以力爭天下，而欲後人求之於文王之德也。故再言於繹思以歎美之。

(2)牛運震曰：此明示以周當有天下之故而風勸之，直是一則檄勅，凛然懔然。寥寥六語不必盡其詞，已括諸誓誥之旨。坦白光明中藏雄武之氣，一時英雄佐命，可泣可愕。

般

這是武王巡狩祭祀河嶽的詩。何楷以為是大武樂的第四樂章。

於皇時周❶，陟其高山。嶞山喬嶽❷，允猶翕河❸，敷天之下❹。裒時之對❺，時周之命❻。

【注釋】

❶於：音烏ㄨ，歎詞。皇：大。時周：此周。❷嶞：音惰ㄉㄨㄛˋ，狹長之山。喬：高。❸允：順。猶：亦順。翕：音系ㄒㄧˋ，湁字之省體，水急流聲。此句謂順著湍急的河。或釋允為信，猶為由，翕為合，謂信乎由此可會合於黃河，亦通。❹敷：普。❺裒：音掊ㄆㄡˊ，聚也。時：是，此。對：答。❻連上句謂諸侯皆聚於是以答揚天子之美命。或解「時周之命」為此周室獲受天命。

【評析】

(1)牛運震曰：短調大氣魄，有山立雷鬱之概。

魯頌

周成王封周公旦長子伯禽於魯，故城在今山東省曲阜縣。朱《傳》云：「成王以周公有大勳勞於天下，故賜伯禽以天子之禮樂，魯於是乎有頌，以為廟樂。其後又自作詩以美其君，亦謂之頌。」故魯頌雖亦名頌，實非頌之體，而兼風雅者。〈閟宮〉篇「新廟奕奕，奚斯所作」，謂奚斯作此閟宮新廟，今文家遂謂魯頌四篇為奚斯所作，實誤。

駉

這是讚美魯侯牧馬之盛的詩。

駉駉牡馬❶，在坰之野❷。薄言駉者❸：有驈有皇❹，有驪有黃❺；以車彭彭❻，思無疆❼，思馬斯臧❽。（一章）

【注釋】

❶駉：音窘ㄐㄩㄥˇ。駉駉：良馬肥大貌。牡：雄牲，一作牧。❷坰：音窘ㄐㄩㄥˇ，遠野。邑外謂之郊，郊外謂之牧，牧外謂之野，野外謂之林，林外謂之坰。❸薄言：語詞。❹驈：音聿ㄩˋ，馬黑身白腿。皇：馬黃白色。❺驪：馬純黑。黃：馬黃中有赤曰黃。❻以車：駕車。彭：音邦ㄅㄤ。彭彭：馬蹄聲。❼思：語詞，下同。❽臧：善。以上二句謂馬有美德，無遠弗屆。

【評析】

(1)鄭玄曰：必牧於坰野者，避民居與良田也。坰之牧地，水草既美，牧人又良。飲食得其時，則自肥健耳。

(2)牛運震曰：牧馬在坰，馬既得所又不妨民田，此即思慮之遠處。

駉駉牡馬，在坰之野。薄言駉者：有騅有駓❶，有騂有騏❷；以車伾伾❸，思無期❹，思馬斯才❺。（二章）

【注釋】

❶騅：音錐ㄓㄨㄟ，馬蒼白雜毛。駓：音丕ㄆㄧ，馬黃白雜毛。❷騂：音星ㄒㄧㄥ，馬色赤黃。騏：青黑色如棋盤格紋之馬。❸伾：音丕ㄆㄧ。伾伾：有力貌。❹無期：無限期。❺才：才幹。

【評析】

(1)張耒曰：斯臧，良馬也；斯才，戎馬也。臧者言其德，才者言其用。陳於禮者尚德，用於戰者尚才故也。

駉駉牡馬，在坰之野。薄言駉者：有驒有駱❶，有駵有雒❷；以車繹繹❸，思無斁❹，
思馬斯作❺。（三章）

【注釋】

❶驒：音駝ㄊㄨㄛˊ，馬之青黑色而有白鱗文者。駱：白馬而黑鬣者。❷駵：音留ㄌㄧㄡˊ，亦作騮，赤身黑鬣之馬。雒：音洛ㄌㄨㄛˋ，黑身白鬣之馬。❸繹繹：善走也。❹斁：音亦ㄧˋ，厭倦。❺作：振作。

【評析】

(1)孔穎達曰：此章言田馬，田獵尚疾，故言繹繹善走。

駉駉牡馬，在坰之野。薄言駉者：有駰有騢❶，有驔有魚❷；以車祛祛❸，思無邪❹，
思馬斯徂❺。（四章）

【注釋】

❶駰：音因ㄧㄣ，陰白雜毛之馬（陰：淺黑色）。騢：音遐ㄒㄧㄚˊ，赤白雜毛之馬。❷驔：音談ㄊㄢˊ，馬之黑色而黃脊者。魚：馬二目邊有白毛者。❸祛：音曲ㄑㄩ。祛祛：強健貌。❹無邪：直向前。❺徂：往。

【評析】

(1)孔穎達曰：此章言駑馬，主以給官中之役，貴其肥壯，祛祛強健也。

(2)王安石曰：思無邪，一出於正。

(3)彭執中曰：夫子教人學詩之法，思無邪一言乃學者之樞要也。

(4)王守仁曰：思無邪一言，豈特《三百篇》？六經只此一言，便可該貫。以至窮古今天下聖賢的語，思無邪一言，也可該貫。此外更有何說？此是一了百當的功夫。

(5)姚際恆曰：「思無邪」本與上「無疆」「無期」「無斁」同為一例。語自聖人，心眼迥別。斷章取義，以該全詩，千古遂不可磨滅。然與此詩之旨則無涉也。學者于此篇輒張皇言之，試思聖人言「《詩》三百，一言以蔽之」，不言〈駉〉篇，蓋可知矣。

【總評】

(1)劉瑾曰：美文公之馬，則言其騋而牝者有三千之眾；美僖公之馬，則言其駉而牡者有十六種之毛色。蓋各極其盛而言，皆以見其國之殷富也。

(2)朱公遷曰：問國君之富數馬以對，故詩人以之頌美其君如此。

有駜

這是魯僖公時慶豐年，宴飲而頌禱之詩。

有駜，有駜❶，駜彼乘黃❷。夙夜在公，在公明明❸。振振鷺❹，鷺于下❺。鼓咽咽❻，

醉言舞❼。于胥樂兮❽！（一章）

【注釋】

❶駜：音必ㄅㄧˋ，馬肥強貌。有駜：即駜然。❷乘：音剩ㄕㄥˋ，一車四馬為乘。乘黃：謂一乘之四馬皆黃色。❸明明：勉勉也。❹振振：群飛貌。鷺：白鳥，此處指鷺羽，舞者所持。❺于：正在。此句形容舞時將鷺羽放下。❻咽：音煙ㄧㄢ。咽咽：鼓聲深長。❼言：語詞。❽于：語詞。胥：相。

【評析】

(1)毛萇曰：鷺以興潔白之士。

(2)鄭玄曰：潔白之士，群集於君之朝，君以禮樂與之飲酒。

有駜，有駜，駜彼乘牡。夙夜在公，在公飲酒。振振鷺，鷺于飛。鼓咽咽，醉言歸。于胥樂兮！（二章）

【評析】

(1)孔穎達曰：臣禮朝朝暮夕，不當常在君所。今閒暇無事而夙夜在公，是臣有餘敬也。君之於臣，饗燕有數，今以無事之故，即與之飲酒，是君有餘惠也。

(2)曹粹中曰：上章醉言舞，以樂成之也；此章醉言歸，以禮節之也。

有駜，有駜，駜彼乘駽❶。夙夜在公，在公載燕❷。自今以始❸，歲其有❹。君子有穀❺，

詒孫子❻。于胥樂兮！（三章）

【注釋】

❶乘：音剩ㄕㄥˋ。駽：音捐ㄐㄩㄢ，青黑色之馬，即鐵驄。乘駽：四匹鐵驄。❷載：則。❸自今以始：從今以後。❹有：謂豐年。❺穀：祿。❻詒：音怡ㄧˊ，即貽，遺留也。孫子：子孫。

【評析】

(1)何楷曰：國以民為本，民以食為天。使歲歲豐登，家給人足，是即君子之享有天祿也。

(2)輔廣曰：「自今以始，歲其有」，為庶民之慮切矣。「君子有穀，詒孫子」，為後世之慮深矣。此可謂善頌善禱也。

【總評】

(1)范處義曰：始言在公明明，則明足以善其職。中言飲酒，卒言載燕。既善其職，則朝廷無事，君臣相與飲酒而宴樂耳。始言舞，不知手之舞之，足之蹈之也。終言歸，既醉而出，並受其福也。上二章醉而舞，醉而歸，一時之樂耳；未若卒章人臣稱願，歲歲有年。君子之穀，詒孫子，其樂為無窮，不止於一時也。

(2)牛運震曰：風神動盪，節奏嶔峭。漢晉樂府中多有似此句法者。「在公明明」「君子有穀」便是燕飲詩中中正莊嚴語。

(3)方玉潤曰：此詩因飲酒而稱頌，又開後世柏梁燕饗賦詩獻頌之漸。與前虛頌良馬喻賢材者，別為一體。

泮水

魯僖公派兵征伐淮夷，取得勝利，群臣在泮宮報告戰功，淮夷派使者來朝進貢。詩人就作此詩大大頌揚僖公的才略與美德。

思樂泮水❶，薄采其芹❷。魯侯戾止❸，言觀其旂❹。其旂茷茷❺，鸞聲噦噦❻。無小無大❼，從公于邁❽。（一章）

【注釋】

❶思：語詞。泮：音畔ㄆㄢˋ。泮水：泮宮之水。泮宮之東西南三方均有水，形如半璧，即泮水也。天子學宮曰辟廱，諸侯曰泮宮。❷薄：語詞。芹：水菜。❸戾：至。止：語詞，下同。❹言：語詞。旂：旗上畫交龍者。❺茷：音吠ㄈㄟˋ，又音派ㄆㄞˋ。茷茷：猶旆旆，旗飛揚貌。❻鸞：車上之鈴。噦：音惠ㄏㄨㄟˋ。噦噦：鈴聲。❼小大：謂官員職位之尊卑。❽邁：行。

【評析】

(1)王安石曰：觀其旂，其物茷茷而有容；聽其鸞，其聲噦噦而有節。

(2)嚴粲曰：稱其儀物之美者，喜其來至之詞。如所謂「聞車馬之音，見羽旄之美，舉欣欣然有喜色」也。

(3)牛運震曰：寫出人情洶喜氣味，極似秦風。

思樂泮水，薄采其藻。魯侯戾止，其馬蹻蹻❶。其馬蹻蹻，其音昭昭❷。載色載笑❸，匪怒伊教❹。（二章）

【注釋】

❶蹻：音矯ㄐㄧㄠˇ。蹻蹻：強健貌。❷昭昭：明朗。❸載：則。色：顏色溫和。笑：面帶笑容。❹不以發怒以教化人

也。蓋其和顏悅色，足以教化人，不必發怒也。

【評析】

(1)李樗曰：教人而至於有所怒，是非所謂樂育人材也。惟其匪怒伊教，此其所以為善育人材歟！以國人之從公于邁，其喜觀之如此。僖公至泮水，又且和顏悅色，其樂教人又如此。上下各盡其樂，則〈泮水〉之中，風化之盛可知矣。

(2)牛運震曰：寫得恬暢宜人，宛然家人父子。此章拈一「教」字，點出泮宮正旨。

思樂泮水，薄采其茆❶。魯侯戾止，在泮飲酒。既飲旨酒，永錫難老❷。順彼長道❸，屈此群醜❹。（三章）

【注釋】

❶茆：音卯ㄇㄠˇ，水草名，嫩葉可食，即蓴菜。❷錫：賜。難老：不易老，即長壽。❸長道：大路。❹屈：征服。群醜：謂淮夷。

【評析】

(1)季本曰：永錫難老，欲其久於敷教以致治安也。

穆穆魯侯❶，敬明其德❷。敬慎威儀，維民之則❸。允文允武❹，昭假烈祖❺。靡有不孝❻，自求伊祜❼。（四章）

【注釋】

❶穆穆：儀表美好，容止端莊慎敬。❷此句謂魯侯敬慎修明其美德。❸則：法則。❹允：乃。謂魯侯有文德有武功。❺昭假：謂魯侯之德能感動有功業之祖先，致其神靈昭然降臨。❻孝：孝敬其烈祖。或釋孝為效，謂效法其祖先。❼伊：語詞。祜：福。謂魯侯之福乃由自己修德以求得者。

【評析】

(1)李樗曰：民之所以則之者，非在於空言，亦以僖公內焉能慎其明德，外焉能慎其威儀，民所以慕其德而化之也。凡其所行之事，無不盡其孝，故福祿是魯侯之福祿，乃自求之也。

(2)牛運震曰：此章承上起下，允文允武四字為篇樞紐：上三章言視學興教，允文也；下四章言克服淮夷，允武也。

明明魯侯，克明其德。既作泮宮，淮夷攸服❶。矯矯虎臣❷，在泮獻馘❸；淑問如皋陶❹，在泮獻囚❺。（五章）

【注釋】

❶攸：是。淮夷攸服：僖公十三年，嘗從齊桓公會於鹹，為淮夷之病杞；十六年，又從齊桓公會於淮，為淮夷之病鄫，詩所言，當指此二役之一。❷矯矯：勇武貌。虎臣：猛將。❸馘：音國ㄍㄨㄛˊ，殺敵割取其左耳以計功者。❹淑：善。問：訊問。皋：音高ㄍㄠ。陶：音搖ㄧㄠˊ。皋陶：舜臣，善於治獄聽訟。❺獻：當讀為讞ㄧㄢˋ，議罪也。囚：俘虜。言使善於聽訟如皋陶之人，訊此俘虜也。

【評析】

(1)孔穎達曰：所馘者是不服之人，須武臣之力，當殺其人而取其耳，而使武臣如虎者獻之；所囚者服罪之人，察獄之吏當受其辭而斷其罪，故使善聽獄如臯陶者獻之。

濟濟多士❶，克廣德心❷。桓桓于征❸，狄彼東南❹。烝烝皇皇❺，不吳不揚❻。不告于訩❼，在泮獻功。（六章）

【注釋】

❶濟濟：眾多。❷克廣：能推廣。德心：善意。❸桓桓：勇武貌。于征：往征。❹狄：音剔ㄊㄧ，治。東南：謂淮夷。❺烝烝、皇皇：皆形容聲勢盛大。❻吳：吴之訛，音話ㄏㄨㄚˋ，大聲喧嘩。揚：聲揚。❼訩：音凶ㄒㄩㄥ，爭訟。謂不因爭功而興訟也。或謂告與鞫通。鞫：窮治罪人。不告于訩：謂不窮治凶惡，唯在柔服之而已。（陳奐說）亦通。

【評析】

(1)牛運震曰：此章寫將士亦自雍容禮讓。

角弓其觩❶，束矢其搜❷。戎車孔博❸，徒御無斁❹。既克淮夷，孔淑不逆❺。式固爾猶❻，淮夷卒獲。（七章）

【注釋】

❶角弓：以角飾弓。觩：曲。❷束矢：一束之矢。搜：矢多貌，或云矢勁貌。❸博：大。❹徒：徒步者。御：御車者。無斁：無厭。謂均能盡力敬事而無厭倦。❺淑：善。逆：違命。❻式：語詞。固：堅定。猶：謀略。

【評析】

(1)朱公遷曰：征伐之道，用武在下，發謀在上，智勇兼濟，成功可期。亦祝願之意也。

翩彼飛鴞❶，集于泮林❷。食我桑黮❸，懷我好音❹。憬彼淮夷❺，來獻其琛❻：元龜象齒❼，大賂南金❽。（八章）

【注釋】

❶翩：飛貌。鴞：音枵ㄒㄧㄠ，貓頭鷹。❷泮林：泮宮之林。❸黮：同葚ㄕㄣˋ，桑果。❹懷：念。以上二句謂鴞為惡聲之鳥，因食我桑葚，懷我之德意而為好音矣，喻淮夷之能歸服也。❺憬：覺悟。❻琛：寶物。❼元龜：大龜。象齒：象牙。❽大：猶多。賂：遺，獻納。南金：荊、揚等南方出產之黃金。「大賂」二字貫上下文，謂多所獻納者有元龜，象齒及南金也。

【評析】

(1)輔廣曰：此章遂願其既服淮夷之後，淮夷如是來朝貢於魯，有是寶物之富。凡貢物，龜為前列，故先及之。

(2)牛運震曰：末章望淮夷之服化也。此干羽文德之旨，寫來更自春容得體。

【總評】

(1)鄒泉曰：此詩見僖公建學育才，固足稱賢者；而魯人欲其修德服遠，蓋亦寓規戒之意。

(2)牛運震曰：此魯侯修泮宮而莅幸燕飲以落之也。色笑伊教，飲酒稱壽，是本色點染；克服淮夷，來琛獻金，是餘情波瀾。妙在始終不脫泮宮，是老手得力處。淮夷之為魯患久矣，僖公未嘗有克服淮夷之事，詩人特假設而冀望之爾。朱氏以為頌禱之詞，得之。恬重和雅，魯頌四篇，推此第一。

閟宮

魯僖公修復宗廟，舉行祭祀大典，詩人就借此頌揚僖公，並誇大他的功業。

閟宮有侐❶，實實枚枚❷。赫赫姜嫄❸，其德不回❹。上帝是依，無災無害，彌月不遲❺，是生后稷。降之百福，黍稷重穋❻，稙穉菽麥❼。奄有下國❽，俾民稼穡。有稷有黍，有稻有秬❾。奄有下土，纘禹之緒❿。（一章）

【注釋】

❶閟：音必ㄅㄧˋ，幽邃。宮：廟。閟宮：指魯之宗廟。侐：音恤ㄒㄩˋ，寂靜貌。有侐：即侐然。❷實實：鞏固。枚枚：細密。❸姜嫄：姜，姓；嫄，名。后稷之母。已見〈大雅・生民〉篇。❹回：邪。❺彌月：滿月，謂懷胎足月。❻穋：音路ㄌㄨˋ。穀類後熟曰重，先熟曰穋。❼禾之早種者曰稙，音至ㄓˋ。禾之晚種者曰穉。穉：稚之或體。❽奄有：盡有。謂領有天下邦國。❾秬：音巨ㄐㄩˋ，黑黍。❿纘：音纂ㄗㄨㄢˇ，繼。緒：業。禹平洪水，得播種百穀，故云。

【評析】

(1)季本曰：此先言作廟之盡善，以見僖公崇重周公之意也；次述姜嫄生后稷之由，以推本周公相武王功業之所自始也。

(2)方玉潤曰：題本因宮作頌，故先總起二句，乃追溯祖德。

后稷之孫，實維大王❶，居岐之陽❷，實始翦商❸。至于文武❹，纘大王之緒❺。致天之居❻，于牧之野❼：「無貳無虞❽，上帝臨女❾。」敦商之旅❿，克咸厥功⓫，王曰：「叔父⓬！建爾元子⓭，俾侯于魯⓮。大啟爾宇⓯，為周室輔。」（二章）

【注釋】

❶實維：是為。大王：太王。❷岐：岐山。陽：山南曰陽。❸翦：滅除。❹文武：周文王、周武王。❺纘：繼。緒：業。❻致：執行。屆：誅殺。❼牧之野：即牧野，古地名，在今河南淇縣西南，武王敗商紂於此。❽貳：二心。虞：疑慮。❾女：汝。❿敦：殺伐。旅：軍隊。⓫克：能。咸：備，猶成也。厥功：其功。⓬王：成王。叔父：指周公。⓭建：立。元子：長子，指伯禽。⓮俾：使。謂使在魯建侯國。⓯啟：開拓。宇：居，謂疆域。

【評析】

(1)朱公遷曰：言大王文武繼世而成業，伯禽因父而受封，魯之所以有國者如此。

(2)方玉潤曰：歷敘諸系，落到分封，乃全詩總冒。

乃命魯公❶，俾侯于東；錫之山川❷，土田附庸❸。周公之孫，莊公之子❹，龍旂承祀❺，六轡耳耳❻。春秋匪解❼，享祀不忒❽。皇皇后帝❾，皇祖后稷❿，享以騂犧⓫。是饗是宜⓬，降福既多。周公皇祖⓭，亦其福女⓮。（三章）

【注釋】

❶魯公：伯禽。❷錫：賜。❸附庸：附屬於大國之小國。❹莊公之子：一為閔公，一為僖公，此謂僖公，因閔公在位僅二年，未有可頌。❺龍旂：旗上繪交龍者。承：奉。❻耳耳：華盛貌。❼春秋：猶言四季。匪解：非懈，謂祭祀不懈怠。❽享：獻。忒：音特ㄊㄜˋ，差錯。❾皇皇：偉大。后帝：天帝。❿皇祖：太祖，最高祖。⓫騂犧：純赤色之牲。⓬謂神來饗用而合宜。⓭皇祖：此指伯禽。魯始封之君。⓮女：汝。

【評析】

(1)輔廣曰：此章言封魯公之事，而遂以頌僖公之能奉祭祀。而願其祖享之，以膺受多福也。龍旂承祀，儀物之盛也；六轡耳耳，車馬之整也；春秋匪解，享祀不忒，僖公之誠也。

(2)方玉潤曰：又由受封之始，遞到僖公，乃是正位。魯用天子禮樂，得以郊天，故特題之。

秋而載嘗❶，夏而楅衡❷。白牡騂剛❸，犧尊將將❹。毛炰胾羹❺，籩豆大房❻。萬舞洋洋❼，孝孫有慶❽。俾爾熾而昌❾，俾爾壽而臧❿。保彼東方，魯邦是常⓫。不虧不崩，不震不騰⓬。三壽作朋⓭，如岡如陵⓮。（四章）

【注釋】

❶載：則。嘗：秋祭。❷楅：音福ㄈㄨˊ，又音壁ㄅㄧˋ。楅衡：將橫木架在牛角上，以防其觸人。秋祭所用之牛，夏日即將橫木架其角上防其觸人，以免不吉。❸白牡：白色雄牛。毛《傳》謂祭周公所用之牲。騂：赤色。剛：犅之假借字，牡牛，毛《傳》謂祭魯公所用之牲。❹犧尊：外形似獸，中間可以盛酒之酒具。將：音槍ㄑㄧㄤ。將將：嚴整貌。❺炰：音袍ㄆㄠˊ，正字應作炮。炮：燒。毛炮：連毛用泥裹起燒之。胾：音自ㄗˋ，已切之肉。❻大房：盛半體牲之俎，足下有跗如堂房然。❼萬舞：文武兼備之舞。洋洋：盛大貌。❽孝孫：謂僖公。慶：福。❾俾：使。熾：興盛。❿臧：善。⓫常：常守不墜。⓬以上二句謂魯國不被震動，不受侵凌，甚為安定之意。⓭三壽：上壽百二十歲；中壽百歲；下壽八十歲。作朋：齊等。謂僖公之壽可與三壽之人相齊等。⓮謂壽命永長如岡陵之固。

【評析】

(1)范處義曰：此章言僖公之受福，由祭之得禮。自牲至舞，皆言禮之備也。既言僖公盡其禮敬，遂假尸祝之言以報僖公也。

公車千乘，朱英綠縢❶，二矛重弓❷。公徒三萬❸，貝冑朱綅❹，烝徒增增❺。戎狄是膺❻，

荆舒是懲❼，則莫我敢承❽。俾爾昌而熾，俾爾壽而富。黃髮台背❾，壽胥與試❿。俾爾昌而大，俾爾耆而艾⓫。萬有千歲⓬，眉壽無有害。（五章）

【注釋】

❶英：纓也。朱英：矛上紅色英飾。縢：繩。綠縢：弓上纏以綠繩。❷謂一車之上有二矛二弓。❸每車徒（步）兵三十，千乘則有徒兵三萬。❹貝冑：飾有貝殼之頭盔。綅：音纖ㄒㄧㄢ。朱綅：紅線。貝殼以朱色線聯綴在頭盔上。❺烝：眾。增增：眾多貌。❻膺：打擊。❼荊：楚之舊稱。舒：楚之與國。懲：受懲罰，即攻打。❽承：抵擋。❾黃髮：老人髮由白而黃。台：即鮐，魚名。即河豚。台背：皮如台魚之背，形容老人消瘦之狀。❿胥：相。試：比。⓫耆、艾：均老壽意。⓬有：又。

【評析】

(1)劉瑾曰：承前章祭祀獲福之意，而美公以武功，祝公之福壽也。

(2)方玉潤曰：此頌其征伐之勞，能以昌大，皆虛詞溢美，開後世詞賦家虛夸之漸。

泰山巖巖❶，魯邦所詹❷。奄有龜蒙❸，遂荒大東❹，至于海邦。淮夷來同❺，莫不率從，魯侯之功。（六章）

【注釋】

❶巖巖：山石層疊之貌。❷詹：通瞻，仰望。❸龜：山名，在今山東泗水縣。蒙：亦山名，在今山東蒙陰縣。❹荒：擴大。大東：魯東一帶。❺同：會同。謂淮夷歸服，來朝魯國。

【評析】

(1)劉瑾曰：此亦承上章祭祀獲福之意而言，願公治其境內以服遠國也。遂荒以下，皆期望之辭，下章仿此。

(2)牛運震曰：灝然而來，氣勢自盤礴。

(3)方玉潤曰：就魯地特起有勢。

保有鳧繹❶，遂荒徐宅❷，至于海邦。淮夷蠻貊❸，及彼南夷，莫不率從。莫敢不諾❹，魯侯是若❺。（七章）

【注釋】

❶鳧：音扶ㄈㄨˊ，山名，在今山東魚台縣。繹：即嶧山，在今山東嶧縣。❷宅：居。徐宅：徐人之居處，即徐國。❸貊：音莫ㄇㄛˋ。蠻貊：蠻夷之人。❹諾：應諾，不違抗。❺若：順從。

【評析】

(1)劉瑾曰：泰山曰所詹，龜蒙曰奄有，鳧繹曰保有，皆以魯地而言也。其餘非魯所有，則皆以遂荒總發其辭，而致其願望於公也。

天錫公純嘏❶，眉壽保魯，居常與許❷，復周公之宇❸。魯侯燕喜❹，令妻壽母❺，宜大夫庶士❻，邦國是有❼。既多受祉，黃髮兒齒❽。（八章）

【注釋】

❶純嘏：大福。❷居：住。常、許二邑皆曾為齊所侵佔，至是復反於魯。❸宇：居，謂疆域。魯是周公之封國，故

曰復周公之宇。❹燕：安。❺令：善。令妻：賢妻。❻言使大夫眾士皆安適。❼有：保有。❽兒齒：兒童之齒，言其整固。或謂：老人齒落，又生細者，曰兒齒，亦老壽之徵也。

【評析】

(1)輔廣曰：八章既禱其福壽，興復故疆，於是遂言其燕喜之事。閨門之內，則有令妻壽母；朝廷之上，則宜大夫庶士，外則保有邦國焉。則祉益多而壽益固矣。

徂來之松❶，新甫之柏❷，是斷是度❸，是尋是尺❹。松桷有舄❺，路寢孔碩❻。新廟奕奕❼，奚斯所作❽。孔曼且碩❾，萬民是若❿。（九章）

【注釋】

❶徂來：山名，在今山東泰安縣東。❷新甫：山名，在今山東新泰縣。❸斷：橫截。度：剫之省體，判也。中分曰判。❹八尺曰尋。❺桷：音角ㄐㄩㄝˊ，方形屋椽。舄：音系ㄒㄧˋ，大貌。有舄：即舄然。❻路寢：正寢。碩：大。❼新廟：謂閟宮。奕奕：高大貌。❽奚斯：魯大夫公子魚之字。奚斯所作：謂祖廟由奚斯所主持建成。❾曼：長。❿若：順從。言國人皆順從魯侯。

【評析】

(1)牛運震曰：點作廟收結，與起手首尾相應，中間浩衍之詞，都有結構。

【總評】

(1)姚際恆曰：此《三百篇》中最為長篇，然序事近冗而辭亦趨美熟一路，文章風氣洵有升降也。以語句多，不無複雜之病。

(2)方玉潤曰：此詩褒美失實，制作又無關緊要，原不足存。其所以存者，以備體耳，蓋頌中變格，早開西漢揚、馬先聲。固知其非全無關係也。

商頌

商頌五篇，舊說以為商代詩。朱《傳》云：「契為司徒，而封於商。傳十四世而湯有天下。其後三宗迭興。及紂無道，為武王所滅，封其庶兄微子啟於宋，脩其禮樂，以奉商後。其地在禹貢徐州泗濱，西及豫州盟豬之野。其後政衰，商之禮樂日以放失。七世，至戴公時，大夫正考父得商頌十二篇於周大師。歸以祀其先王。至孔子編《詩》，而又亡其七篇。然其存者亦多闕文疑義，今不敢強通也。商都亳，宋都商丘。」（按：亳在今河南省商丘縣西南。商丘即今河南省商丘縣。）此說本諸《國語．魯語》與詩〈序〉。而《韓詩》、《史記》，則皆謂商頌為正考父所作以美宋襄公者。馬瑞辰云：「正考父佐戴、武、宣，見於《左傳》；其子孔父嘉，在殤公時為大司馬，亦見《左傳》；中隔莊公、湣公、新君、桓公，始至襄公，去戴、武、宣時甚遠，正考父安得作頌以美襄公？」屈萬里曰：「〈殷武〉之篇，為美宋襄公無疑，然非正考父所作。餘篇疑亦宋襄公時所作。蓋襄公修行仁義，稱霸一時，自念為王者之後，因制禮作樂，以仿有周，而作此頌，乃甚自然之事。其人其事，正與魯僖公相似也。要之，今存商頌五篇（其七篇不知亡於何時），其文辭多襲〈周頌〉及〈大雅〉；而〈殷武〉所詠史實，又非宋襄公莫屬。在在可以證知其非作於商代而作於宋國也。」朱《傳》謂今存五篇多闕文疑義，亦未必然。如有之，則〈殷武〉第三章，可能脫最後一句而已。

那

這是祭祀成湯的樂歌。

猗與那與❶！置我鞉鼓❷，奏鼓簡簡❸，衎我烈祖❹。湯孫奏假❺，綏我思成❻；鞉鼓淵淵❼，嘒嘒管聲❽；既和且平，依我磬聲❾。於赫湯孫❿，穆穆厥聲⓫；庸鼓有斁⓬，萬舞有奕⓭；我有嘉客，亦不夷懌⓮？自古在昔，先民有作⓯：溫恭朝夕⓰，執事有恪⓱。顧予烝嘗⓲，湯孫之將⓳。

【注釋】

❶猗：音依一。與：讀為歟ㄩˊ，語詞，猶兮。那：音挪ㄋㄨㄛˊ。猗那：同婀娜，美盛之貌。❷鞉：音桃ㄊㄠˊ。鞉鼓：搖鼓。❸簡簡：聲音和大。❹衎：音看ㄎㄢˋ，娛樂。烈祖：有功業之祖先，指成湯而言。❺湯孫：主祭者，或即宋襄公。假：音義同格，至也。奏假：神來曰奏假，祈神之降臨，亦曰奏假。❻綏：安。思：語詞。成：成功。❼淵淵：鼓聲。❽嘒嘒：吹管樂器之聲音。❾依我磬聲：謂鼓管聲隨擊磬聲而高下疾徐。❿於：音烏ㄨ，歎詞。赫：顯赫。⓫穆穆：和穆幽美。厥：其。⓬庸：通鏞，大鐘。有斁：盛大貌。⓭萬舞：文武兼備之舞。有奕：亦盛大貌。⓮亦：語詞。夷：悅。懌：音亦一ˋ，亦悅也。亦不夷懌：豈不愉悅而和暢？⓯有作：有所作為，意謂立有定規，指下文朝夕言。⓰溫恭朝夕：朝夕持溫恭之態朝見王。⓱恪：音客ㄎㄜˋ，敬也。有恪：即恪然。⓲顧：光顧。冬祭曰烝，秋祭曰嘗。⓳將：奉獻。

【評析】

(1)呂柟曰：〈那〉至綏我思成，總言奏樂期格乎湯也；「鞉鼓淵淵」以下，言和也；「自古在昔」以下，言敬也。可謂禮樂具至矣。湯也豈不顧汝孫之烝嘗，綏以思成乎？蓋有思先之孝，斯有和敬之發。其曰湯孫，親之也。

(2)牛運震曰：①一篇之中詳寫聲樂，商人尚聲故也。亦是詩家偏格見奇處。詩中凡三言鼓，一言管，一言磬，而樂之條理已備，樂之妙處已充然矣。故知文字著手寫處，不在多也。末章喚醒丁寧，通篇神情鼓動。②恢語極廉，平語極奧，溫語極厲，竦肅深遠，詩中有冬氣。

(3)方玉潤曰：詩雖祀湯而不言湯之功德，獨舉鞉鼓管磬庸鼓之聲與萬舞之奕者，說者謂商人尚聲，聲之盛是德之盛也。故審音以知樂，觀樂而知德。非湯盛德，孰克當此！故商頌以〈那〉為首者此爾。

烈祖

這也是祭成湯所用的樂歌，祭時先奏〈那〉，然後方奏〈烈祖〉。

嗟嗟烈祖❶，有秩斯祜❷。申錫無疆❸，及爾斯所❹。既載清酤❺，賚我思成❻。亦有和羹❼，既戒既平❽。鬷假無言❾，時靡有爭❿。綏我眉壽⓫，黃耇無疆⓬。約軧錯衡⓭，八鸞鶬鶬⓮。以假以享⓯，我受命溥將⓰。自天降康⓱，豐年穰穰⓲。來假來饗⓳，降福無疆。顧予烝嘗，湯孫之將⓴。

【注釋】

❶嗟嗟：歎美聲。烈祖：有功業之先祖，此謂成湯。❷秩：大。有秩：秩然。祜：福。❸申：重。錫：賜。謂一再賜福至於無盡。❹爾：主祭之君。斯所：此處。❺載：設。酤：音古ㄍㄨˇ，酒。❻賚：音賴ㄌㄞˋ，賜。思：語詞。成：平。謂賜我以安享太平之福。或釋成為成功，亦通。❼和羹：調和五味之羹。❽戒：謹慎。平：和，謂味調勻和也。❾鬷：音宗ㄗㄨㄥ。假：音義同格，至也。鬷假：即奏假，神來曰奏假，祈神之降臨亦曰奏假。❿時：是。爭：爭吵之聲。⓫綏：安。⓬黃：黃髮，人老髮由白而黃。耉：音苟ㄍㄡˇ，老人。⓭約：約束。軝：音祈ㄑㄧˊ，車轂。約軝：謂以皮纏束車轂，以求堅固。錯：文采。衡：車轅前端之橫木。⓮鸞：鈴。馬口兩旁各一，一車四馬故曰八鸞。鶬：音槍ㄑㄧㄤ。鶬鶬：鈴聲。以上二句又見〈小雅．采芑〉篇。⓯假：音格ㄍㄜˊ，至，謂人之來到。享：獻祭。⓰溥：大。將：長。⓱康：安康。⓲穰：音攘ㄖㄤˊ。穰穰：收穫之多。⓳饗：受用祭品。⓴以上二句見〈那〉篇。

【評析】

(1)牛運震曰：格意幽清，間有和大之筆，亦不失為簡質。古之稱商道者曰尚質，曰信鬼，曰駿厲嚴肅。讀其詩可想見其餘韻。

玄　鳥

這是宋國祭祀其先祖殷高宗武丁所用的樂歌，詩中並追敘其始祖契誕生的傳說，以及商湯初有天下的光榮歷史。

天命玄鳥❶，降而生商❷，宅殷土芒芒❸。古帝命武湯❹，正域彼四方❺。方命厥后❻，奄有九有❼。商之先后，受命不殆，在武丁孫子❽。武丁孫子，武王靡不勝❾。龍旂十乘❿，大糦是承⓫。邦畿千里⓬，維民所止⓭，肇域彼四海⓮，四海來假⓯，來假祁祁⓰。

景員維河⑰，殷受命咸宜，百祿是何⑱。

【注釋】

❶玄鳥：鳦（音乙ㄧˇ），即燕鳥，相傳高辛氏妃簡狄吞燕卵而生契。❷契為堯時司徒，佐禹治水有功，封於商，賜姓子氏，是為商之始祖，故曰「生商」。❸宅：居。殷：地名。芒芒：大貌。❹古：昔。帝：上帝。武湯：有武德之湯。❺正：治。域：封域。謂治彼四方之域。❻方：遍也。后：君，謂諸侯。❼奄有：擁有。九有：九州。❽武丁：高宗。以上三句謂：商之先后，受天命而不怠，故其所成之福，降於武丁孫子。❾武王：湯之號。以上二語謂凡武王所為，武丁無不能為也。❿龍旂：旗上繪交龍者。⓫糦：音至ㄓˋ，饎之或體，酒食。大糦：猶言盛饌。承：供奉。⓬畿：音基ㄐㄧ，王畿，京師四周天子直轄地區。⓭止：居。⓮肇：開，言王畿之外，又開拓疆域至於四海。⓯假：同格，至。⓰祁祁：眾多貌。⓱景：大。員：音元ㄩㄢˊ，通員，指幅隕。幅謂寬度，面積，員謂周遭，幅員謂疆域。河：黃河，商境三面皆河，故云。⓲何：音賀ㄏㄜˋ，同荷，負荷，即承受。

【評析】

(1)朱公遷曰：此詩首尾皆以天命為重：謂先王因天命而得天下，故有以詒子孫之福；後王因天命而不失乎地利，故天下諸侯皆畏威而助祭者，即先王所詒之福。

(2)牛運震曰：①景員維河，寫盡山河形勝，確是殷都，那移不得。②武湯正域，武丁肇域，皆居中制外規模。此作頌本旨也。詩格全以樸悍勝。恢拓雄駿，寫出中興氣概。

長發

這也是宋君祭祀成湯的詩。

濬哲維商❶，長發其祥❷：洪水芒芒❸，禹敷下土方❹。外大國是疆❺，幅隕既長❻。有娀方將❼，帝立子生商❽。（一章）

【注釋】

❶濬：睿之假借，音瑞ㄖㄨㄟˋ。濬哲：明智。商：指商世代之君。❷長：久。謂商之發祥已久。❸芒芒：即茫茫，廣大貌。❹敷：鋪，平也。下土方：下國。❺外大國：王畿以外之諸侯。❻幅：寬度，面積。隕：周遭。幅隕：謂疆域。❼娀：音松ㄙㄨㄥ。有娀：國名，此指有娀氏之女契母簡狄。將：迎娶。❽上帝命燕遺卵使簡狄吞之而生契，故云。

【評析】

(1)牛運震曰：開端八字，籠罩通篇，全神灝然以長。

玄王桓撥❶，受小國是達，受大國是達❷。率履不越❸，遂視既發❹。相土烈烈❺，海外有截❻。（二章）

【注釋】

❶玄王：契。桓撥：剛勇。❷達：通達。此二句謂契治小國大國皆能通達得宜也。❸率：循。履：禮。越：踰越。❹遂：就。視：觀察。發：感發。謂觀察人民皆能為契所感發（而擁護之）。❺相土：契之孫。烈烈：威盛貌。❻截：截然，謂一致服從。

【評析】

(1)牛運震曰：元（玄）王文教之祖，卻言桓撥，看得深厚。「遂視既發」寫來氣色駿厲。

帝命不違，至於湯齊❶。湯降不遲❷，聖敬日躋❸。昭假遲遲❹，上帝是祗❺。帝命式於九圍❻。（三章）

【注釋】

❶齊：讀如濟ㄐㄧˋ，成功。❷降：生。不遲：適逢時會。❸躋：音基ㄐㄧ，升。謂其聖明敬謹之德，日有升進。❹假：同格，至。昭格：祈神之降臨。遲遲：長久。❺祗：音支ㄓ，敬也。❻式：法式。圍：域。九圍：九域，即九州。此句謂帝命湯為九州之典範。

受小球大球❶，為下國綴旒❷。何天之休❸，不競不絿❹，不剛不柔。敷優政優❺，百祿是遒❻。（四章）

【注釋】

❶受：受之於天。球：法則。❷下國：畿外諸侯之國。綴：音墜ㄓㄨㄟˋ，表也。旒：音流ㄌㄧㄡˊ，章也。綴旒：表章，即表率。❸何：音賀ㄏㄜˋ，同荷，承荷。休：讀為庥ㄒㄧㄡ，福祥。❹競：爭。絿：音求ㄑㄧㄡˊ，急躁。❺敷：布，施。優：溫和貌。❻遒：音酋ㄑㄧㄡˊ，聚。

受小共大共❶，為下國駿厖❷。何天之龍❸，敷奏其勇❹。不震不動，不戁不竦❺，百祿是總❻。（五章）

【注釋】

❶共：讀如拱ㄍㄨㄥˇ，亦法則。❷駿：大。厖：音旁ㄆㄤˊ。駿厖：庇護。❸何：同荷。龍：同寵。❹敷：布。奏：告。敷奏：猶言布陳。❺戁：音難ㄋㄢˊ，恐也。竦：懼怕。❻總：聚合。

【評析】

(1)李樗曰：不戁恐，不竦懼，毅然以天下自任，無有恐懼之心，此百祿所以總聚而歸之也。

武王載旆❶，有虔秉鉞❷，如火烈烈，則莫我敢曷❸。苞有三櫱❹，莫遂莫達❺。九有有截❻。韋顧既伐，昆吾夏桀❼。（六章）

【注釋】

❶武王：指商湯。載：設。旆：音沛ㄆㄟˋ，旗。設旗將用兵也。❷有虔：虔敬。秉：持。鉞：音越ㄩㄝˋ，斧類兵器。❸曷：同遏，音頁ㄧㄝˋ，阻止。❹苞：根，以喻夏代。櫱：音孽ㄋㄧㄝˋ，樹木斬伐後復生之芽。三櫱：喻韋、顧、昆吾，夏之三與國。❺遂、達：皆謂順利生長。莫遂莫達：謂被湯所滅。❻九有：九州。截：截然一致服從。❼以上二句謂韋、顧、昆吾夏之三與國及夏桀均為湯所消滅。

【評析】

(1)鄭玄曰：上既美其剛柔得中，勇敢不懼，於是有武功有王德。及建旆興師出伐，志在誅有罪也。

(2)牛運震曰：「有虔秉鉞」，所謂恭行天罰也，四字簡嚴可畏。

昔在中葉❶，有震且業❷。允也天子❸，降予卿士：實維阿衡❹，實左右商王❺。（七章）

【注釋】❶中葉：中世。謂湯未興時。❷震：驚動。業：危殆。❸允：信。允也天子：謂信哉名副其實之天子，謂湯也。❹實維：是為。阿衡：官名，謂伊尹。❺左右：即佐佑，謂輔佐幫助。

【評析】

(1)牛運震曰：帶點阿衡便住，不更作收結，亦文筆樸老處。

【總評】

(1)牛運震曰：遒勁精嚴，敘事處儉切不浮。

殷武

這是頌美宋襄公功業的詩。

撻彼殷武❶，奮伐荊楚❷。罙入其阻❸，裒荊之旅❹。有截其所❺，湯孫之緒❻。（一章）

【注釋】

❶撻：音踏ㄊㄚˋ，勇武貌。殷武：殷之武力。宋為殷之後，故在春秋時猶有殷商之稱。❷奮：奮起。❸罙：音彌ㄇㄧˇ，深也。阻：險阻之地。❹裒：音抔ㄆㄡˊ，取。旅：眾。❺有截其所：截然而平其地。❻湯孫：指宋襄公。緒：功業。

【評析】

(1)牛運震曰：直敘伐荊楚，樸老，筆法亦廉悍。只「罙入其阻」一語，真有搗穴奪壘之勢。

維女荊楚❶，居國南鄉❷。昔有成湯，自彼氐羌❸，莫敢不來享❹，莫敢不來王❺。曰商

是常❻。（二章）

【注釋】

❶女：汝。❷鄉：同向。南鄉：南方。楚在宋之南，故云。❸氐、羌：皆西方夷狄之國。❹享：獻，進貢。❺王：音旺ㄨㄤˋ，遠方諸侯一世一見天子曰王。❻曰：語詞。常：通尚，崇尚也。

【評析】

(1)朱公遷曰：此舉遠者，以戒近者之當然也。

(2)牛運震曰：借氐羌責荊楚，精神震動，是一篇爭勝處。末綴「曰商是常」一語，便生動森然。

天命多辟❶，設都于禹之績❷。歲事來辟❸，勿予禍適❹。稼穡匪解❺。（三章）

【注釋】

❶辟：君。多辟：諸侯。❷都：城。績：通蹟。謂立國於禹所治之地。❸歲事：歲時朝見之事。來辟：猶來王。❹禍：讀為過ㄍㄨㄛˋ。適：通謫。禍適：施譴責。謂祈湯王不予譴責。❺匪解：非懈。

【評析】

(1)季本曰：稼穡民事之所急者。稼穡匪解，則能安民，而諸侯之職修矣。所以免禍適在此而已。曰勿予禍適，據諸侯免禍之心而言。

天命降監，下民有嚴❶。不僭不濫❷，不敢怠遑❸。命于下國，封建厥福❹。（四章）

【注釋】

❶下民：在下之民。嚴：威嚴。以上二句謂天命有嚴，降監下民。❷僭：音賤ㄐㄧㄢˋ，越分。濫：妄為。❸遑：暇。不敢怠遑：不敢懈怠偷懶。❹封：大。厥：其。

【評析】

(1)朱公遷曰：畏天在於畏民，公賞罰，勤政事。畏民以盡畏天之實，如此則得天而得民矣。

商邑翼翼❶，四方之極❷。赫赫厥聲❸，濯濯厥靈❹。壽考且寧，以保我後生❺。（五章）

【注釋】

❶商邑：商之都城。此當指宋都商丘，今河南商丘縣。翼翼：整飭貌。❷極：中。❸赫赫：顯盛貌。❹濯濯：光明貌。以上二句謂商之祖先有顯赫之聲威，有光明之英靈。❺此二句互換義乃通。謂商之祖先保佑其後生壽考且寧，後生謂宋襄公。

陟彼景山❶，松柏丸丸❷。是斷是遷❸，方斲是虔❹。松桷有梴❺，旅楹有閑❻。寢成孔安❼。（六章）

【注釋】

❶景山：山名，在商丘附近。❷丸丸：平滑條直之貌。❸砍斷而遷之他處。❹方：是。斲：音卓ㄓㄨㄛˊ，用斧砍。虔：截斷。❺桷：音角ㄐㄩㄝˊ，方形屋椽。梴：音攙ㄔㄢ，木長貌。有梴：梴然。❻旅：眾。楹：堂室前之立柱。閑：大貌。有閑：閑然。❼寢：廟。孔：甚。謂寢廟築成，神居之甚安。

【評析】

(1)牛運震曰：丸丸寫出松柏神色，移不動。但點作廟，不及祀事，高甚。

【總評】

(1)鍾惺云：商頌簡奧嚴峻，雍雍歌舞中，讀之有肅殺之氣。

附錄

詩經圖片

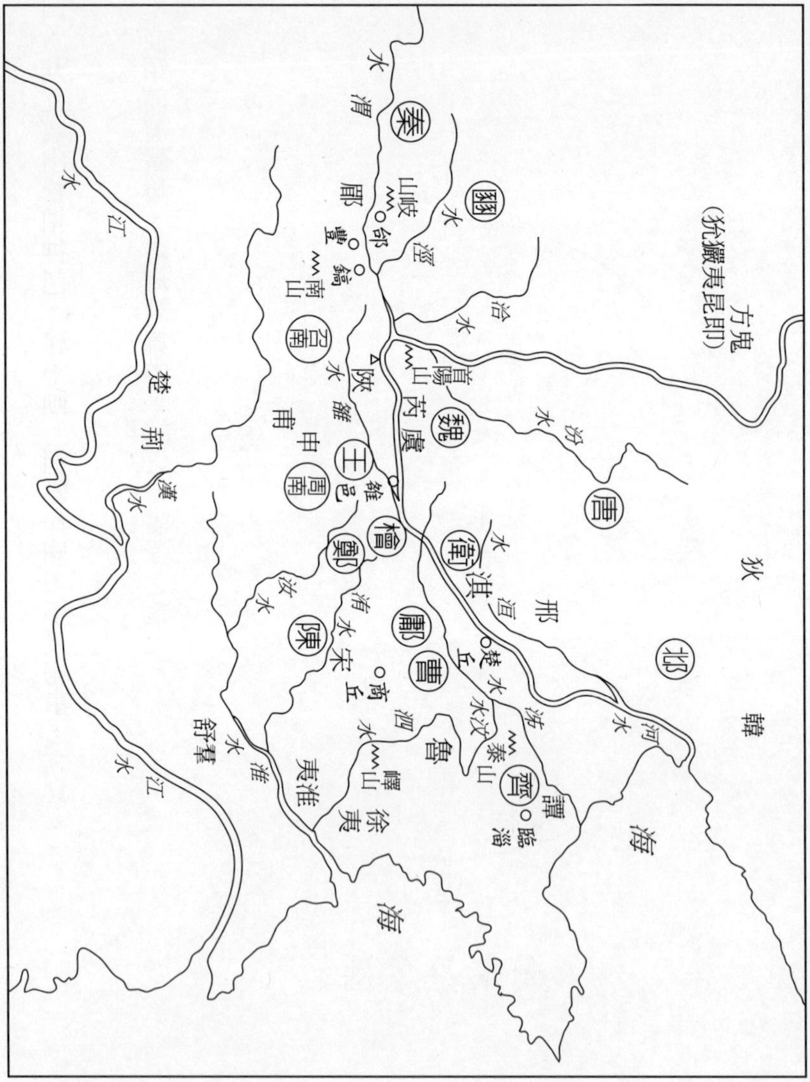

秦
豳
涇水
渭水
岐山
豐
鎬
南山
召南
洽水
鬼方
首陽山
芮
虞
魏
汾水
唐
王
周南
申
陝
雒水
雒邑
檜
鄭
衛
淇水
邢
狄
邶
韓
汝水
洧水
陳
宋
鄘
曹
商丘
楚丘
泗水
汶水
泰山
魯
嶧山
淮夷
淮水
徐夷
齊
臨淄
譚
河水
海
江水
漢水
荊楚
羣舒

詩經地圖

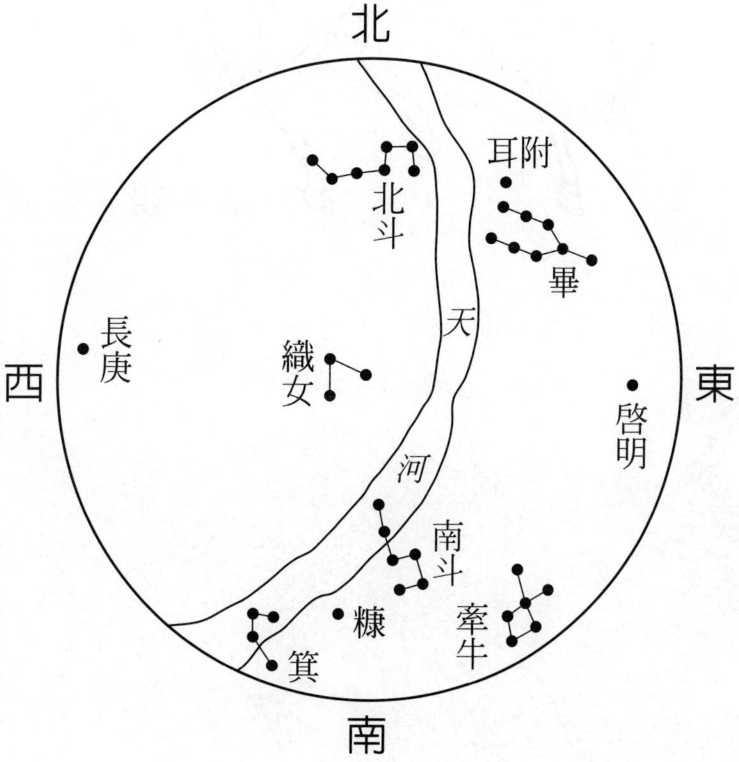

大東星象圖

動物圖片

麟

麕

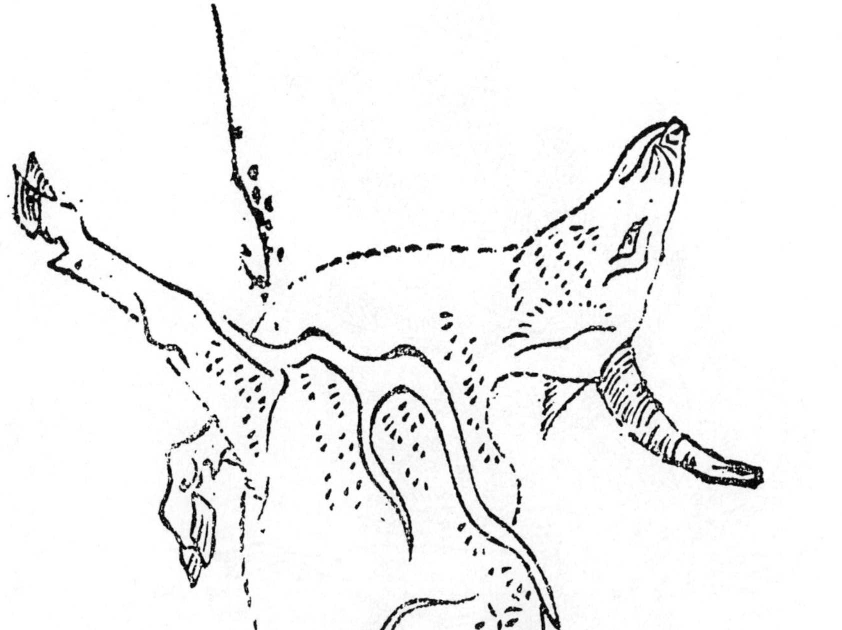

兕

鳳凰

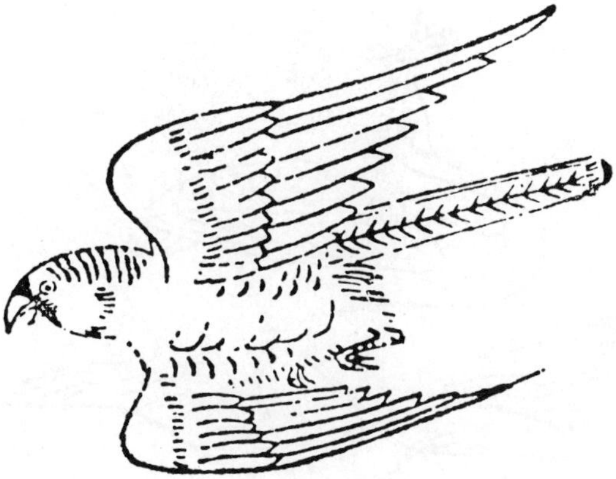

隼

雎鳩

鷺

鵜

鷸

晨風

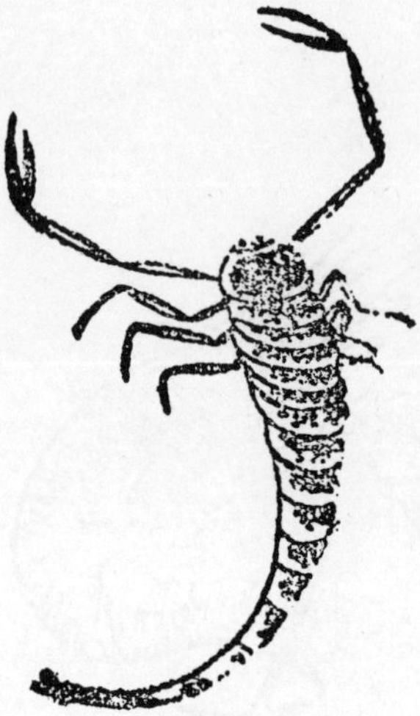

蠆

蠐螬

蜮

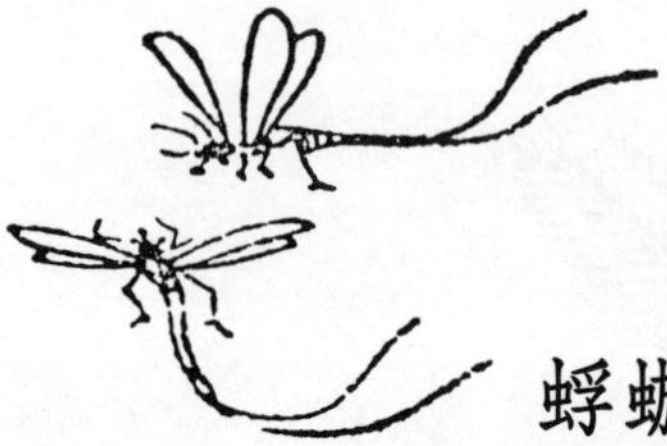

蜉蝣

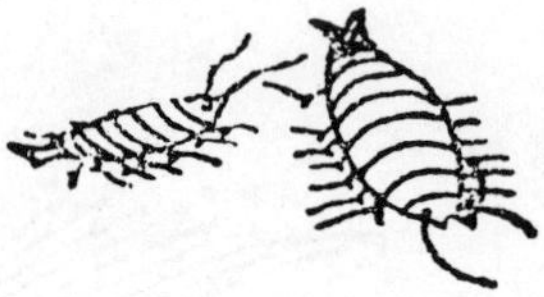

伊威

蠨蛸

蓷

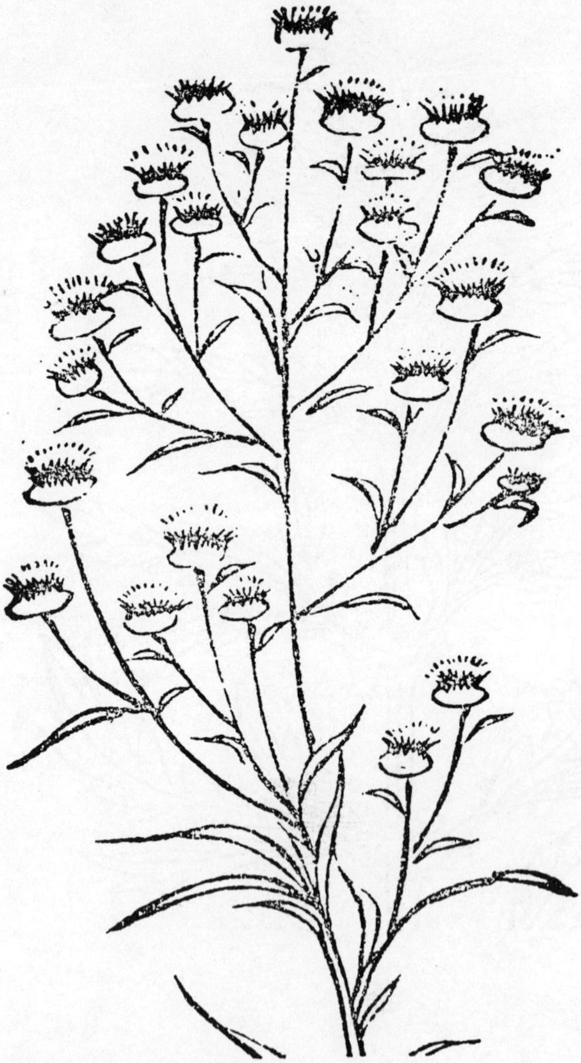

蓬

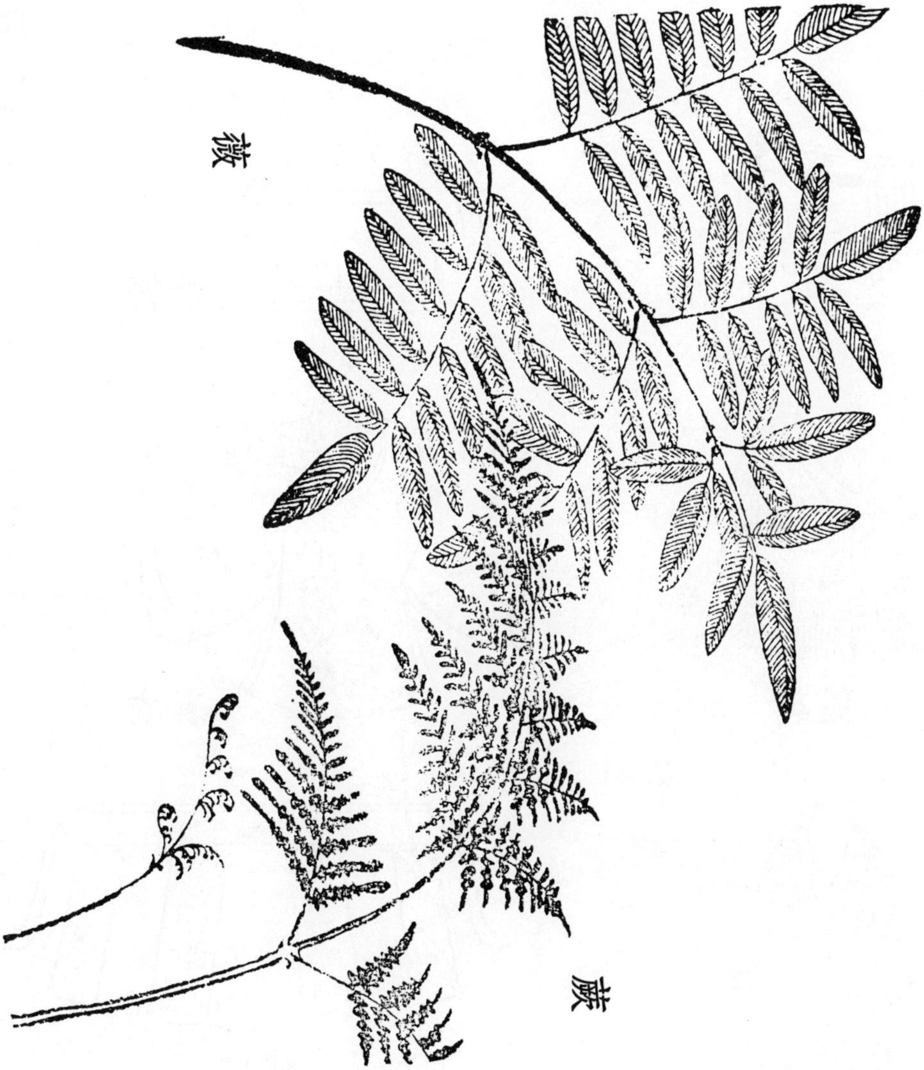
薇
蕨

冠服圖片

緇撮

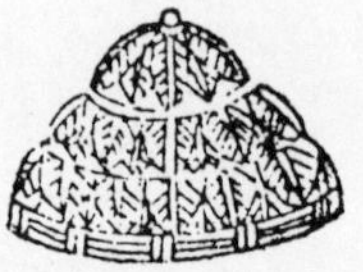
臺笠

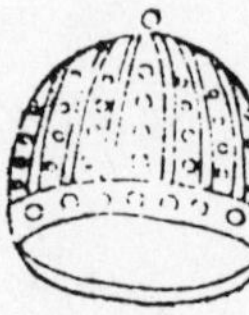
弁

冔

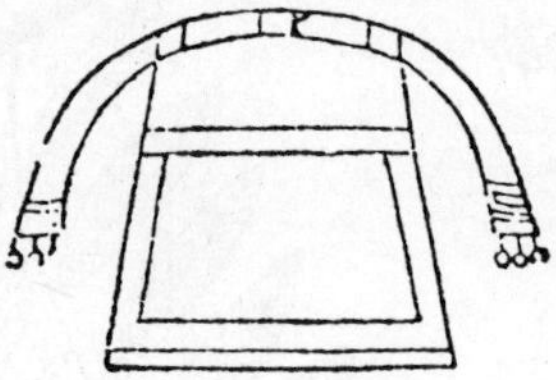
芾韠

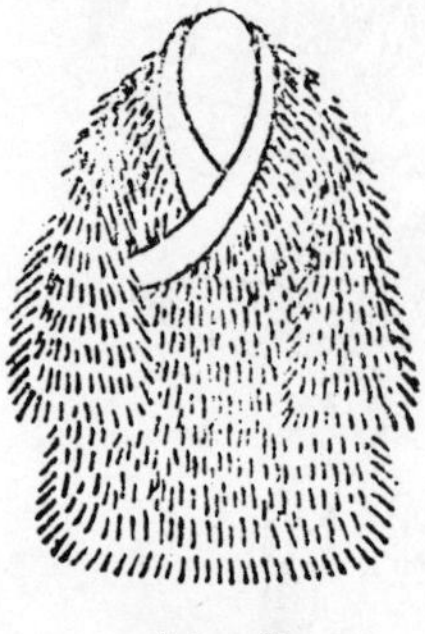
狐裘

衮衣

羔裘豹飾

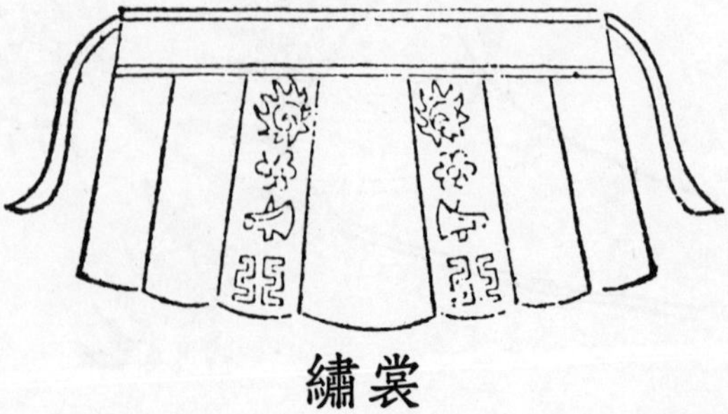
繡裳

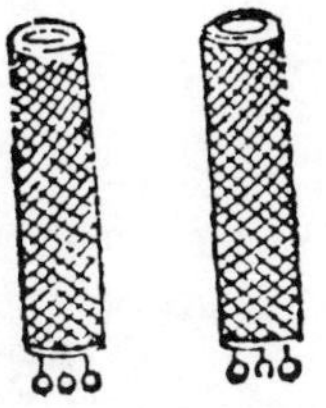
瑱

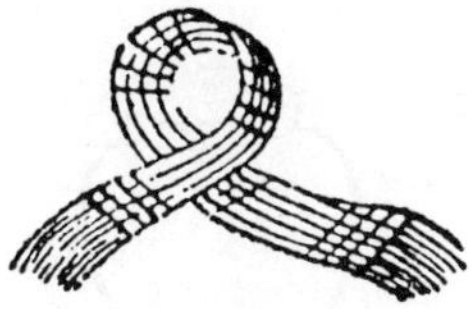
帨

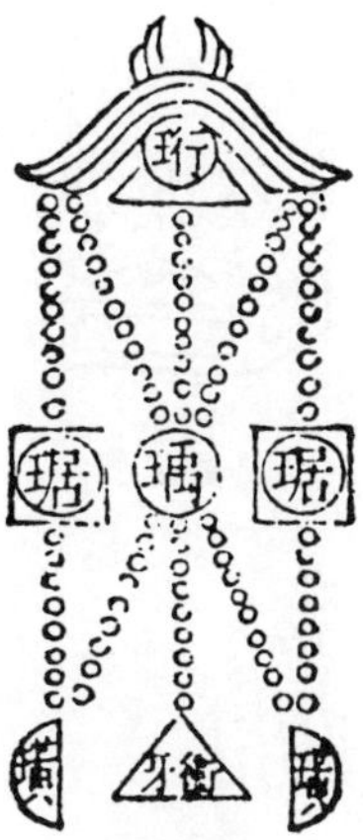

雜佩

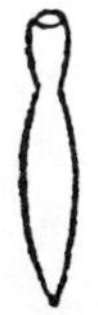
揥

笄

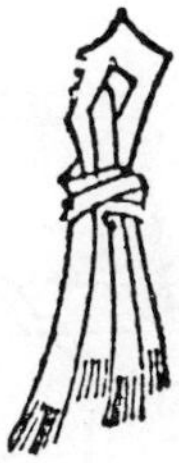
縭

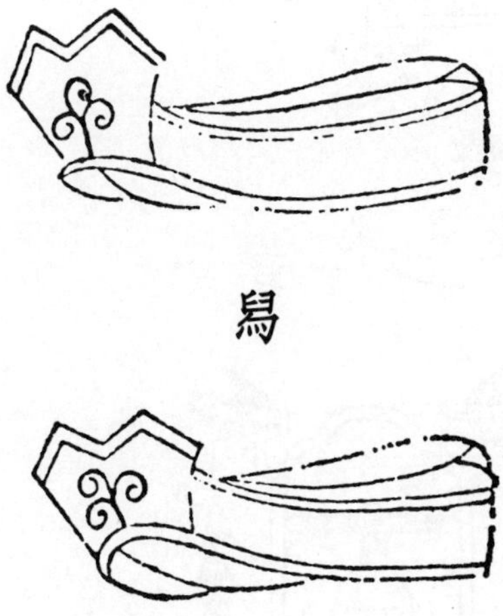
舄

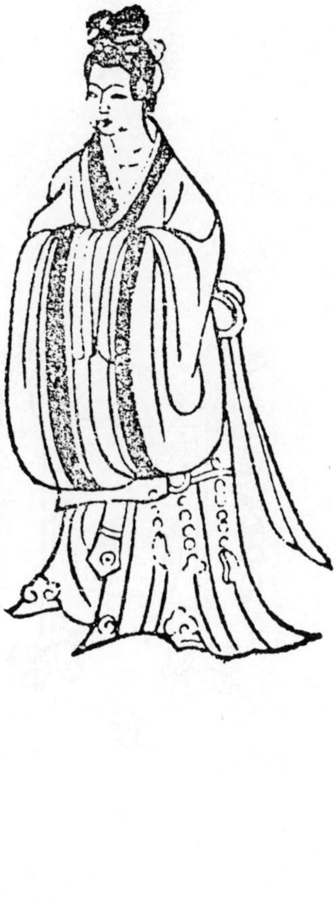
展

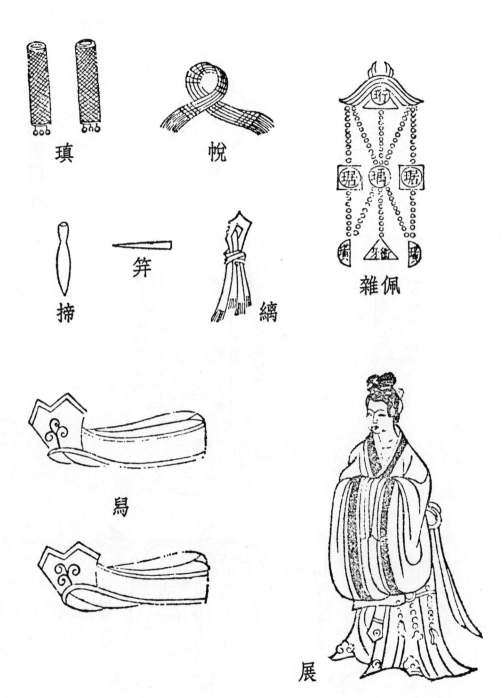

樂器圖片

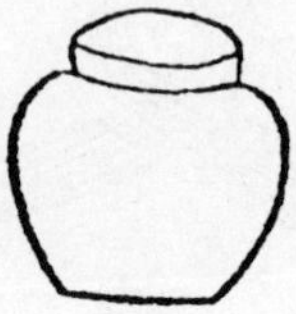
缶

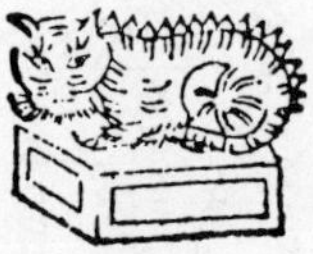
圉

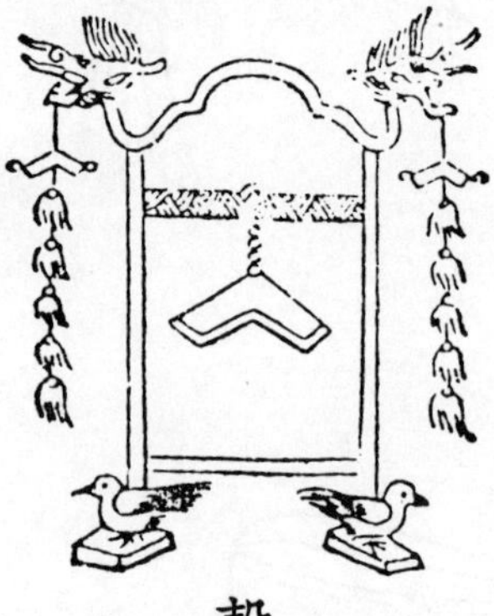
磬

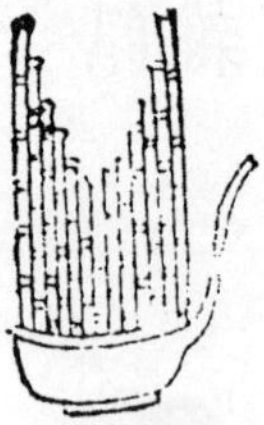
笙簧

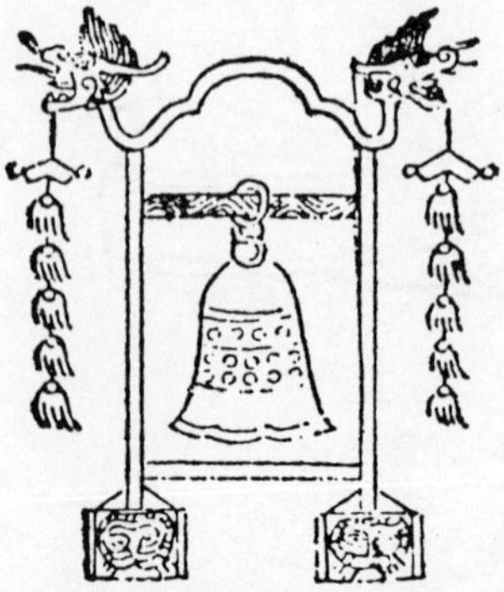
鐘

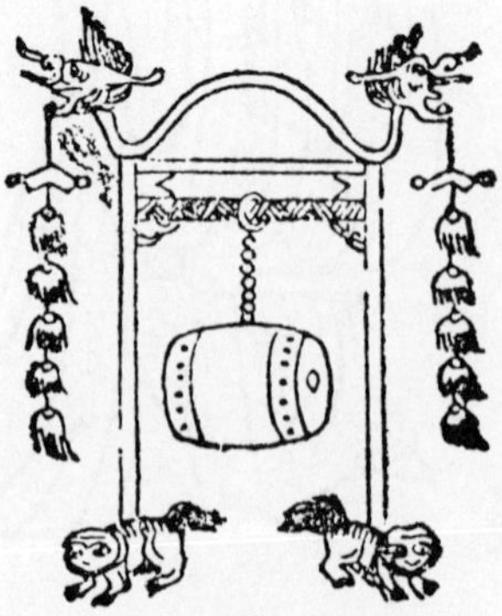
鼓

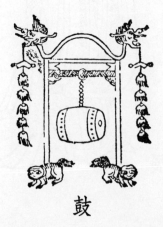

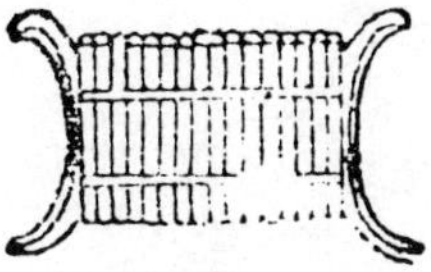

簫

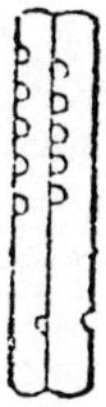

管

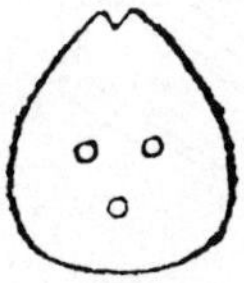

塤

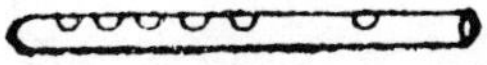

籥

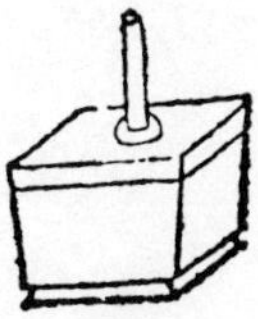

柷

篪

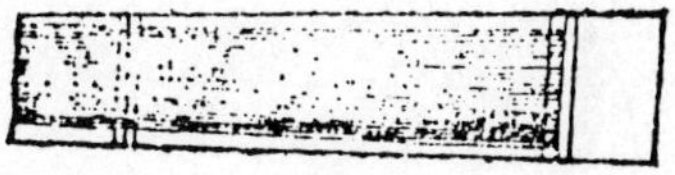

瑟

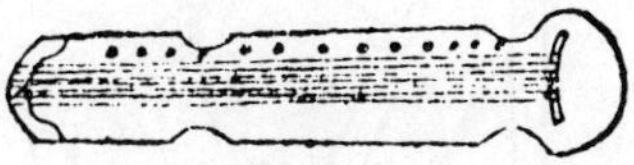

琴

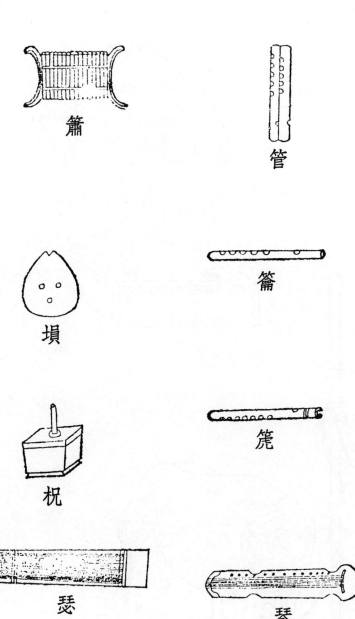

器物圖片

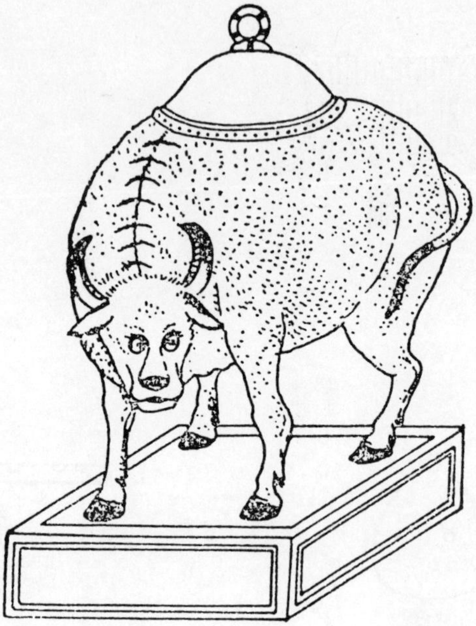

犧尊

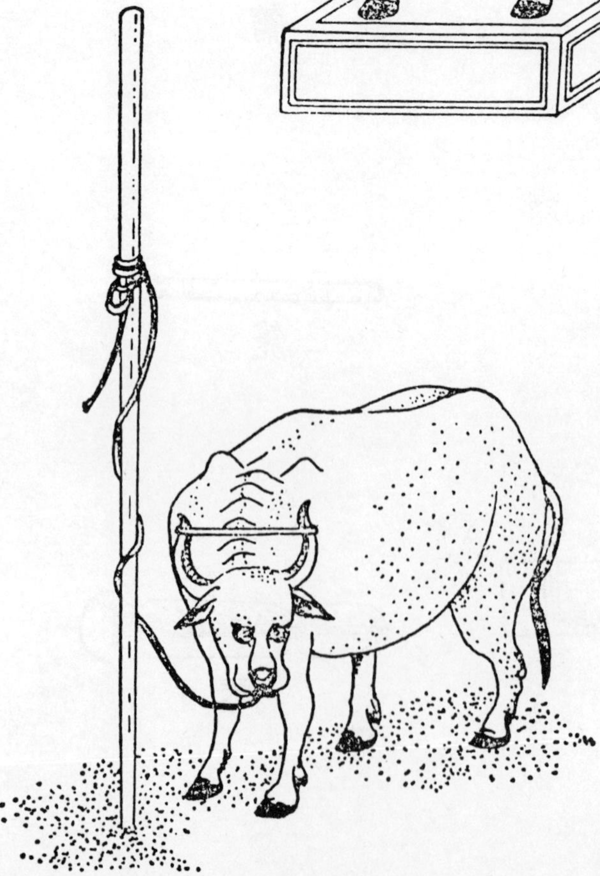

楅衡

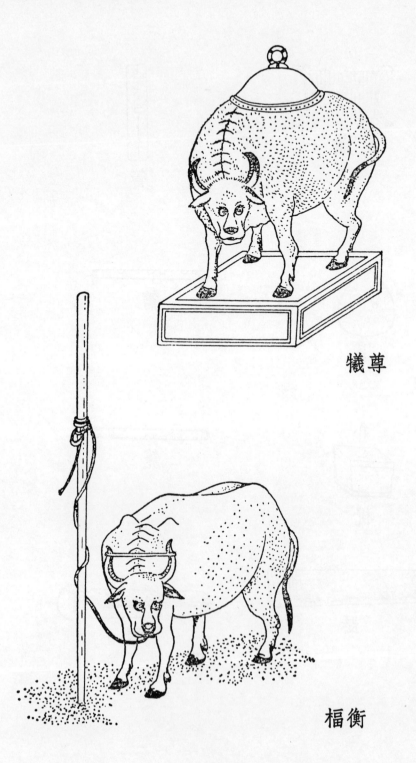

登

豆

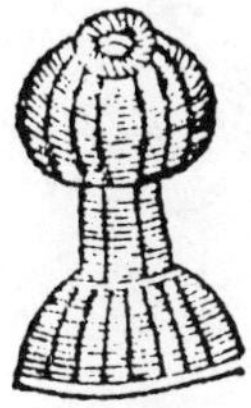

籩

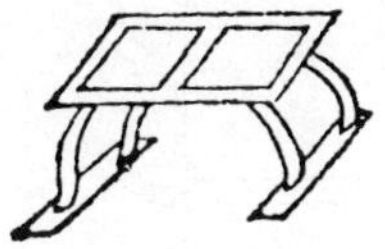

俎

爵

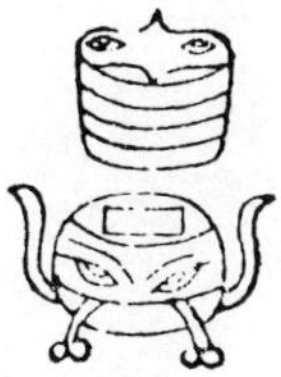

簋

罍

鼎

斝

瓚

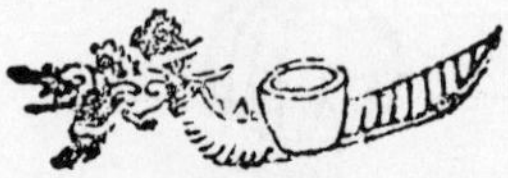

圭瓚

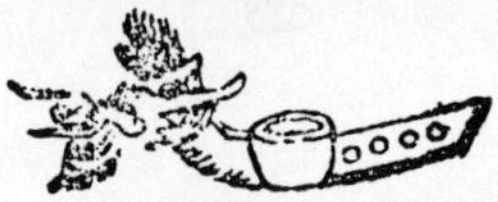

璋瓚

璧

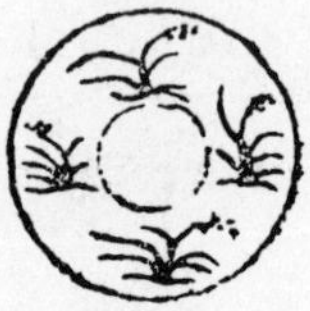

穀璧

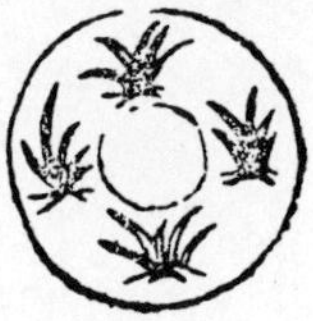

蒲璧

圭

躬圭　信圭　桓圭

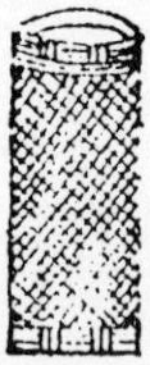

筥

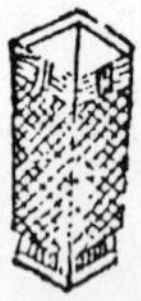

筐

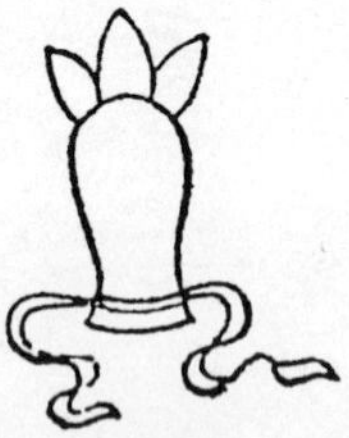

韘

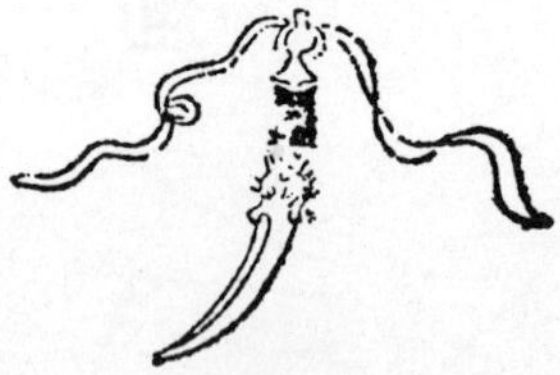

觿

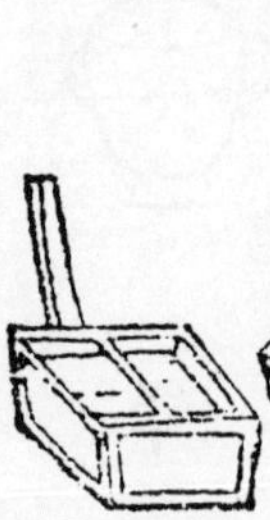

斗

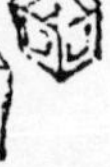

升

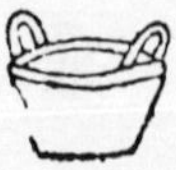

釜

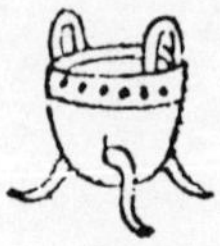

錡

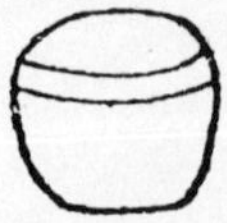

鬵

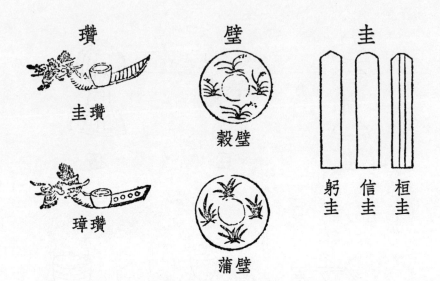

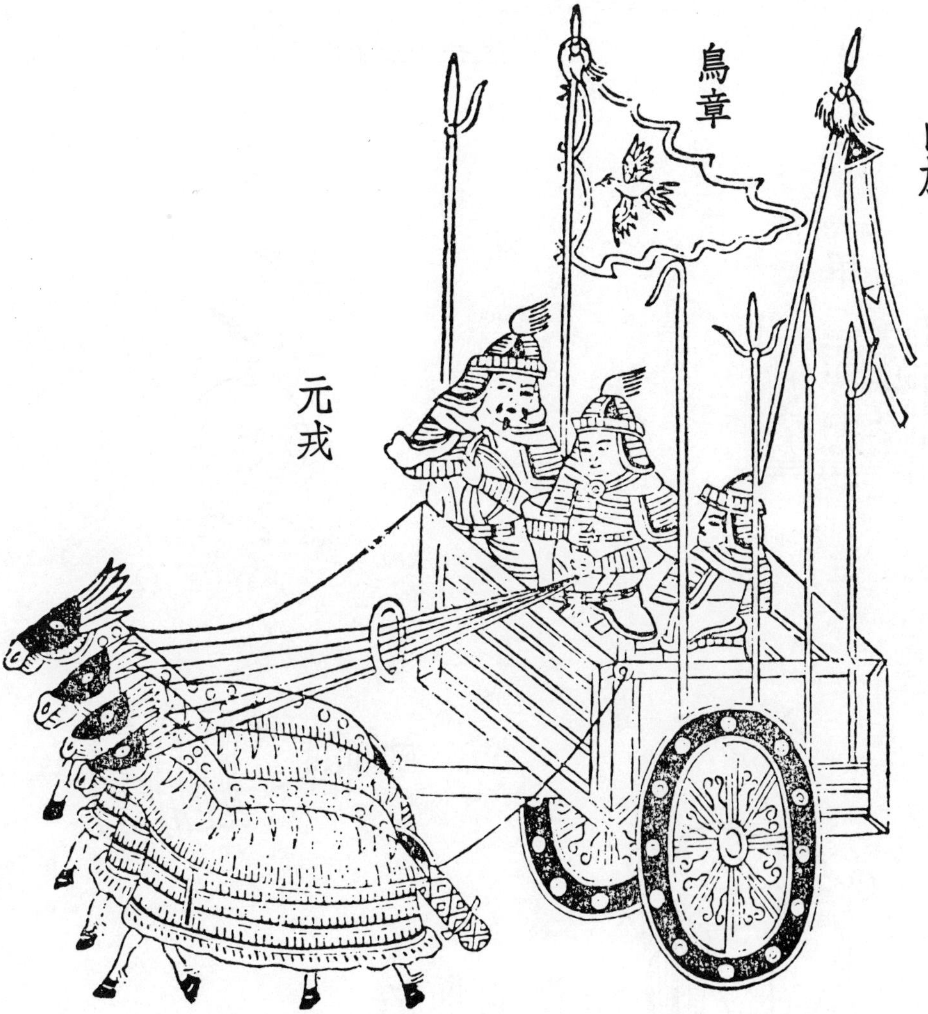
鳥章
白旆
元戎

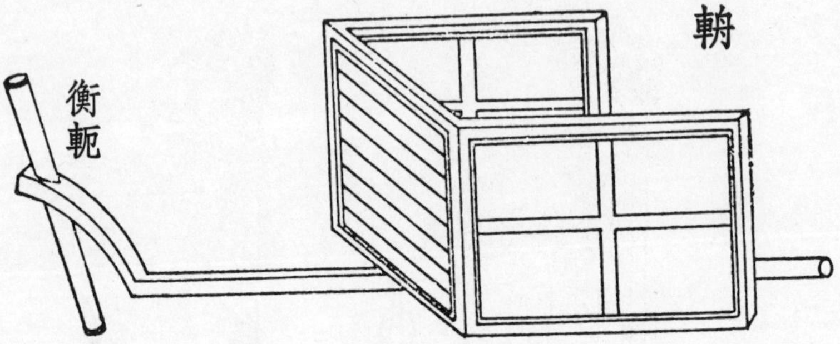

甲

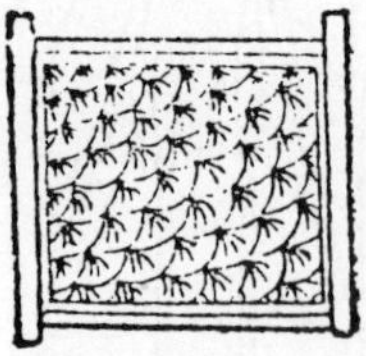

冑

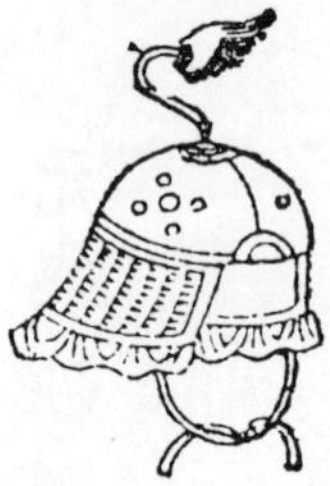

轂

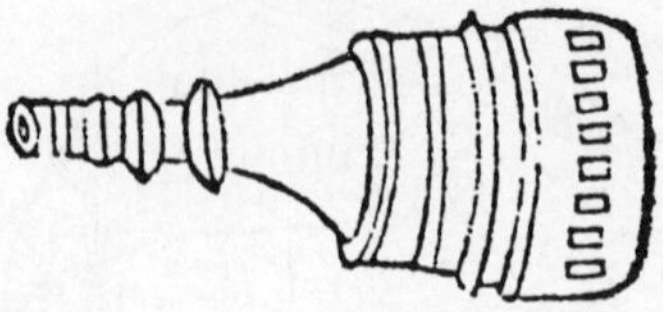

輦

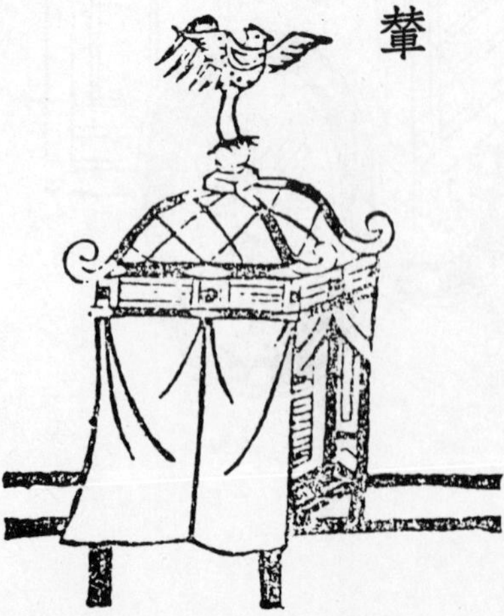

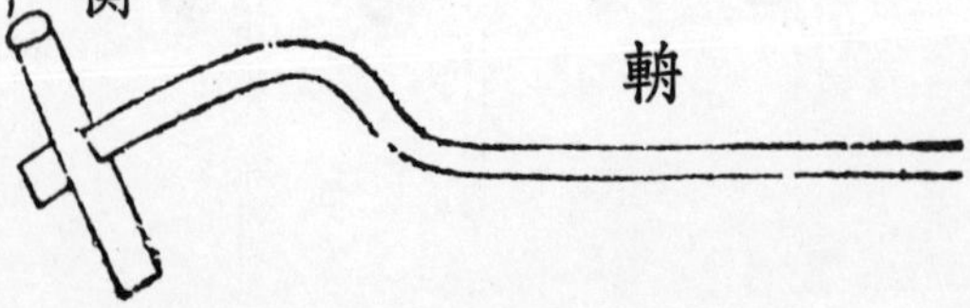

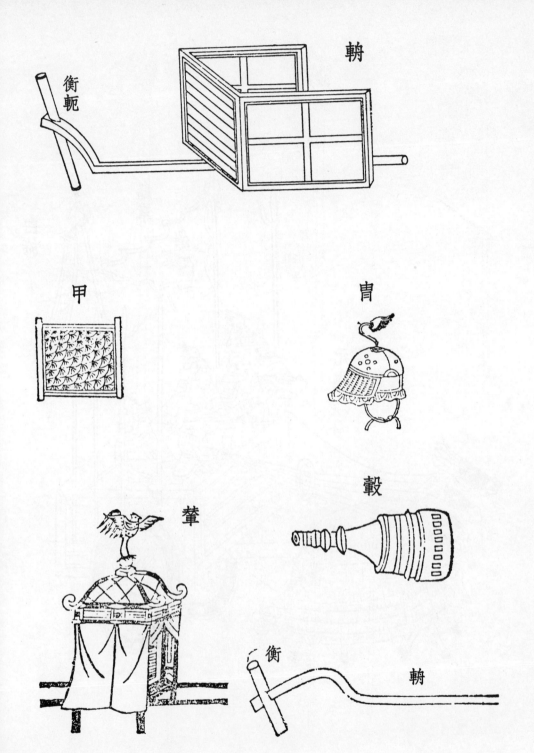

旟

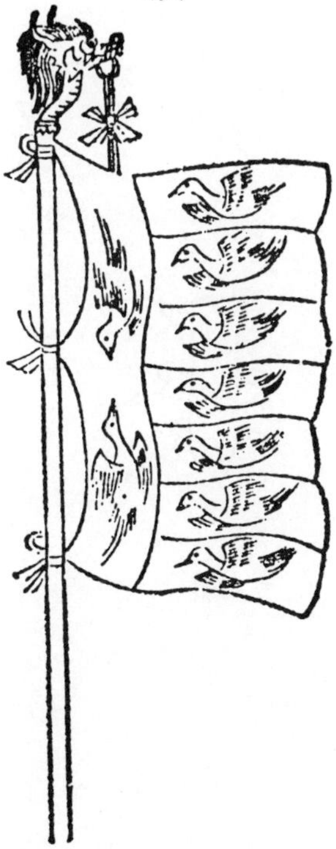

旐

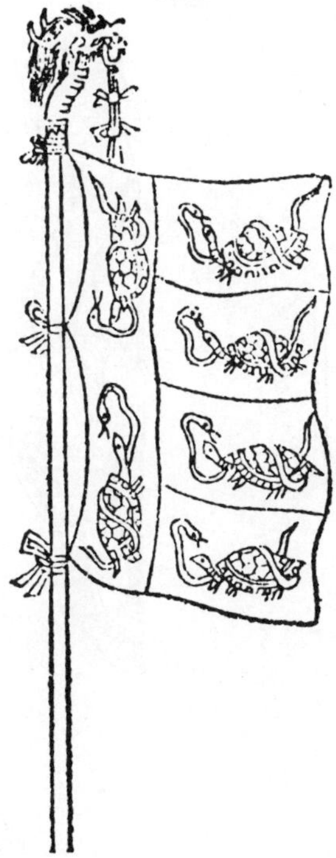

旂

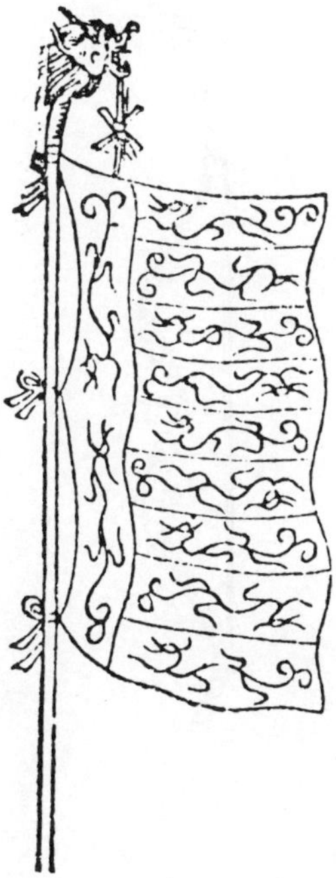

旄

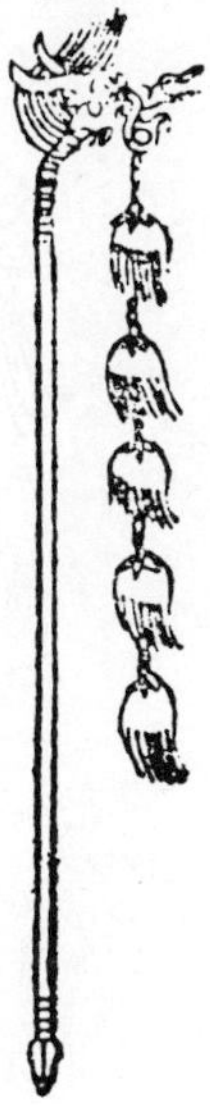

旌

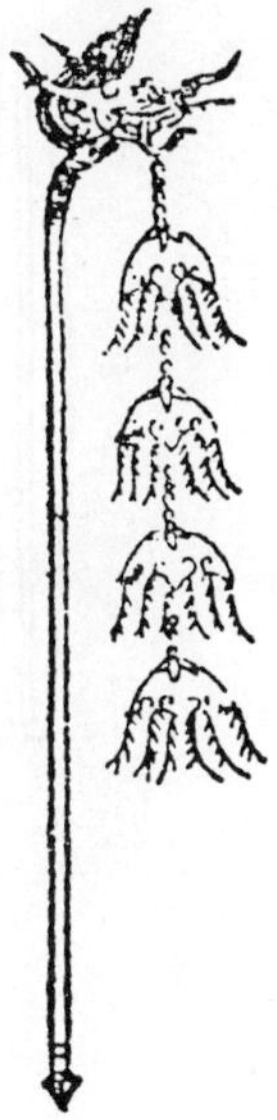

干

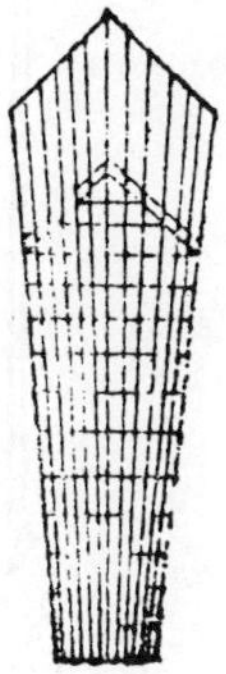

戈

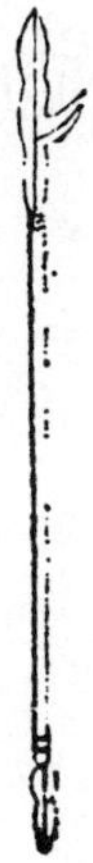

戚

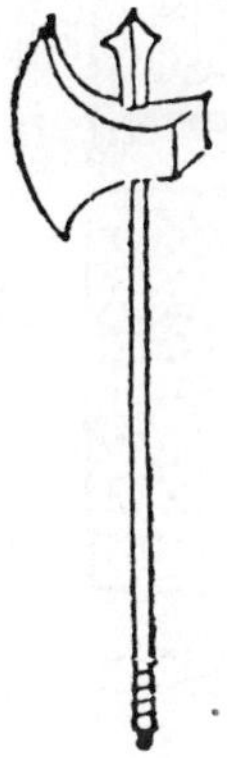

揚

弓

虎韔

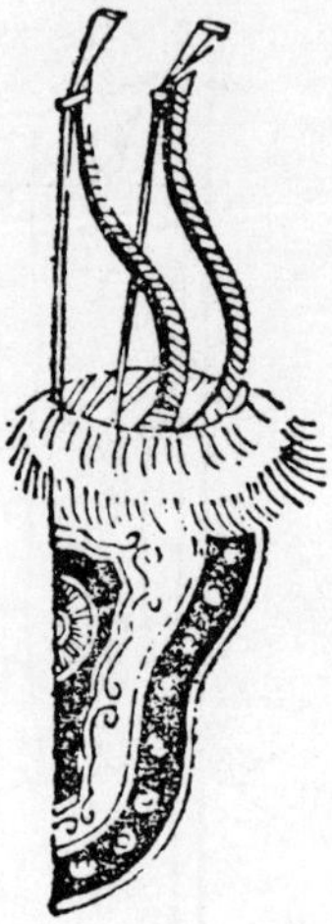

夬

拾

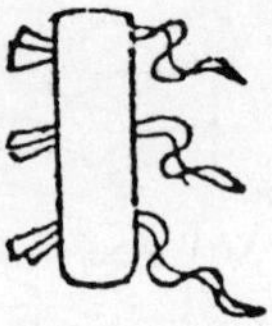

矢

魚服

矛

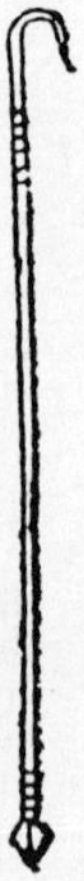

殳

鞞

建築圖片

靈臺

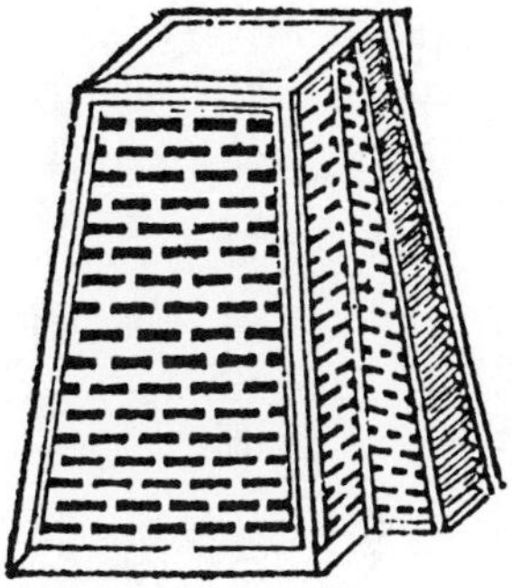

辟廱

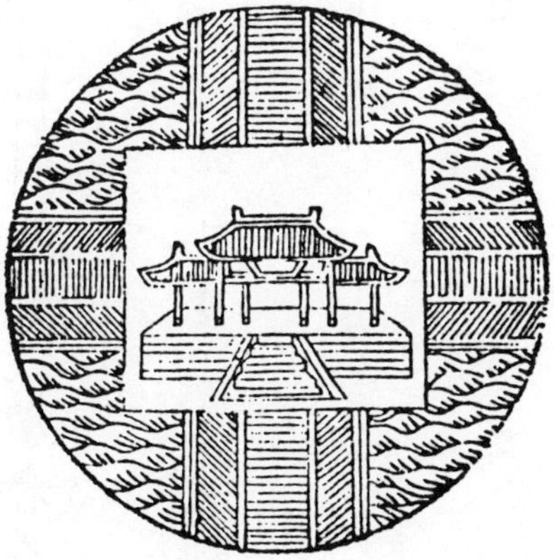

泮宮

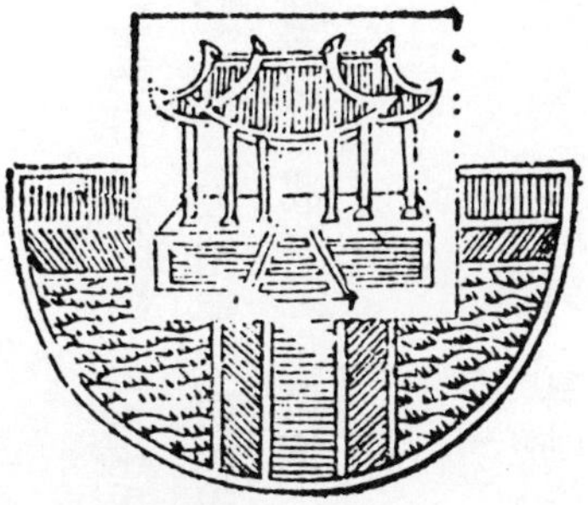

皋門應門圖

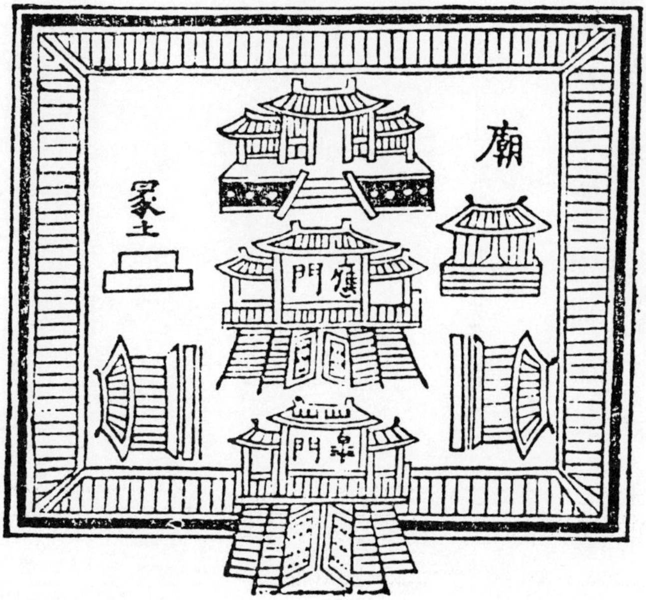

評析引用歷代學者名錄

漢代八人

賈誼 韓嬰 毛萇 董仲舒 劉向 揚雄 鄭玄 王逸

三國二人

王肅（魏人） 陸璣（吳人）

晉代一人

杜預

唐代一人

孔穎達

宋代四十人

歐陽脩 劉彝 張載 曾鞏 王安石 程頤 范祖禹 蘇轍 呂大臨 陸佃 張耒 謝良佐

陳祥道 陳暘 胡安國 董逌 鄭樵 鄭伯熊 曹粹中 陳鵬飛 李樗 范處義 朱熹 張栻

陳傅良 呂祖謙 王質 黃櫄 輔廣 濮一之 真德秀 魏了翁 段昌武 嚴粲 劉濟 謝枋得

王柏 劉辰翁 王炎 彭執中

元代十人

胡一桂 熊朋來 陳櫟 許謙 劉瑾 曹居貞 吳師道 李公凱 朱公遷 蔣悌生

明代五十人

朱善　何英　王鏊　陸深　呂柟　季本　黃佐　唐順之　薛應旂　鄧元錫　許天贈　黃洪憲

姚舜牧　朱得之　汪應蛟　薛志學　朱謀瑋　鄒泉　吳瑞登　趙一元　黃一正　陳推　徐常吉

郝敬　向楫　張彩　顧啟元　馮復京　徐光啟　沈守正　張榜　沈萬鈳　唐汝諤　鍾惺　鄒忠胤

魏浣初　朱道行　錢天錫　何楷　陳際泰　方應龍　陳組綬　王志長　韋調鼎　顧夢麟　胡紹曾

范王孫　陳鴻謨　徐鳳彩　凌濛初

清代十一人

顧炎武　王鴻緒　陳啟源　姚際恆　崔述　牛運震　陳僅　馬瑞辰　魏源　方玉潤　王先謙

民國十三人

胡適　竹添光鴻（日人）　俞平伯　陸侃如　傅斯年　顧頡剛　錢穆　屈萬里　糜文開　高葆光

王靜芝　白川靜（日人）　裴溥言（普賢）

難以割捨的中國情結

——國學大叢書系列

從古典文學到現代文學，從經史子集到文字聲韻
邀集各家名師精心撰述，伴您學習之路不再徬徨躊躇
三民國學大叢書值得您期待

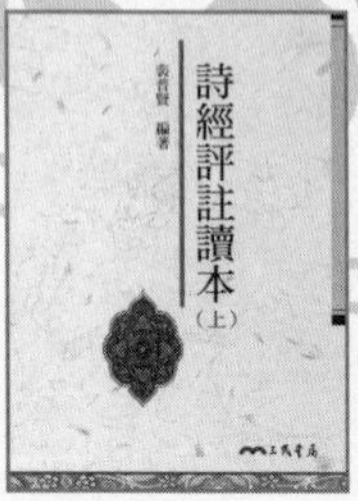

詩經評註讀本　裴普賢／編著

本書共分上、下二冊，依十五國風、小雅、大雅，周、魯、商三頌順序排列，各單位之前，冠以扼要之說明；各篇篇名之後，先作小序性之簡介；各章原文之後，加以注釋，採集解態度，不拘一家之說，可直解者多採直解，就各篇本文探求其本義，並力求簡明，不作詳細之考證，實為輕鬆一窺《詩經》堂奧的最佳讀本。此外，特別搜羅自漢以來歷代學者之評析，附錄中更有珍貴的詩經地圖、星象、動植物、器物、衣冠等圖片，不僅使讀者對《詩經》有更深入的理解與欣賞，也是研究《詩經》不可或缺的工具書。

文心雕龍析論　王忠林／著

作者就《文心雕龍》整體來分析其結構，再就各篇文辭實際分析其細節。既不膠著於注釋與語譯，也不空泛談理論；既顧及全書的整體性及其相互聯繫，也注意精析其條目，求其細密詳盡，使讀者能直接的瞭解劉勰的意見，精確的認識其理論。對研究中國文學原理、創作技巧及文學發展史的讀者，都有很大的幫助。

李杜詩選　郁賢皓、封　野／編著

李白與杜甫是中國古代詩歌史上最璀璨的兩顆明星，兩人同處於盛唐時代，又有深厚情誼，他們以各自特有的稟賦與成就，將中國詩歌藝術推上了頂峰。本書精選李杜詩各七十五首，多為代表性的作品，力求各體兼備，並顧及各個時期，期使讀者能從中領略李杜詩歌的精髓。

蘇辛詞選　曾棗莊、吳洪澤／編著

全書選錄蘇軾詞七十四首、辛棄疾詞八十七首。本書入選作品，以豪放詞為主，同時也兼顧其他風格的代表作，以期展現詞壇大家不拘一格之風範。本書緊扣蘇辛時代背景，剖析入微，在展現蘇、辛獨特風格之外，也力圖再現其心靈的歷程。本書注釋力求簡明地闡釋原文，賞析注重對寫作背景、思想內容與藝術風格的點評，集評則匯聚歷代對該詞的主要評論。前有〈導言〉，末附蘇辛詞總評、蘇辛年表，是將學術性、資料性與鑑賞性集於一體的難得佳作。

中國文學概論　黃麗貞／著

本書是一本論述中國從古到今各種文學體類的著作，全書共計三十五萬多字。精確詳盡地論介各文類涵義特質、形式內容與發展過程中所產生的變化與流派，並選擇名家的代表作詮釋欣賞。經過這樣精詳妥善的論述，中國各類文學發展的源流、脈絡與歷史，作家在所處身的時代、社會中所感發的情懷思想，所凝結成的各種文學作品成就，便非常清晰明白的呈現在讀者的眼前。作者又將自己研究的心得新見，融入各章節中，是一本內容最充實的《中國文學概論》，是中文系學生及研究、愛好中國文學人士都應一讀的好書。

現代散文　鄭明娳／著

本書為作者長期研究現代散文之系列著作之一，然與作者前此各種理論著作不同，避免談論玄奧之文學理論，特從各種不同角度切入現代散文核心、以散文實例分析文章之優劣，讀者可以全面認知現代散文諸種風貌，亦可單篇鑑賞散文特色。文字深入淺出，足以引導初學者進入現代散文堂奧，亦可為研究者參考運用，書中實例與分析並列，尤適合教學講授之用。

現代小說　楊昌年／著

著者系統地提供有關現代小說的理論說明、題材分類擷取的原則與示例、創作藝術講求的分項示例。具體指出創作指導途徑，自極短篇、意識流、小說體散文到短篇創作，提供七種創作手法，分別說明創作要領並示例析介。是有志於小說研究、創作者不可或缺的參考書籍。

民間故事論集　金榮華／著

這是臺灣地區第一部專門討論國內外民間故事的論文集。書中介紹及討論中外故事三十餘則，探源察變，考訂異同，從中國的故事、古代神話、比較民間文學、韓國民間故事，到民間故事的整理、分類和情節單元的編排，有系統地帶領讀者領略民族經驗與智慧之美。

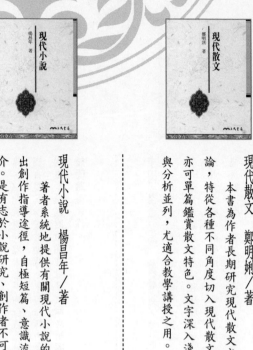

國文教學法　黃錦鋐／著

本書作者結集數十年來教授語文教學法的心得，提出實用教學法的理論根據和教學實務建議：改變呆板、機械、背誦、記憶的教學法，提供學生思考的空間，以達到創造的境地。實為教師及自學者參考、自修的最佳讀物。

當代戲曲　王安祈／著

「當代戲曲」指1949以降海峽兩岸的戲曲創作，是當代政治、社會、文化背景下戲曲劇作家情感、思想、美學觀的整體呈現。本書當代新戲的評選範圍以京劇為主體，但兼及崑劇、越劇、黃梅戲、徽劇、漢劇、豫劇、贛劇、梨園戲、莆仙戲等不同劇種，企圖普遍呈現「當代」與「近代」(1840-1919)、「現代」(1919-1949)時期傳統戲曲之間質性的整體轉變。作者試圖以編劇藝術、劇作析論為核心，呈現一個臺灣觀眾對於當代戲曲的審美觀與詮釋態度。

細說桃花扇　廖玉蕙／著

探討《桃花扇》研究的狀況、桃花扇的運用線索、人物形象與史實的關係、關目的因襲與劇作的創新，及孔尚任寫作歷史劇的虛構點染，對號稱清代傳奇雙璧之一的《桃花扇》作出全新的詮釋，為喜愛戲劇的讀者開闢了全新的視野。

聲韻學　林　燾、耿振生／著

本書為聲韻學的基礎性教材，包含聲韻學的性質及其在傳統語文學與現代語言學中的地位；漢語字音結構的特點、現代標準音音系、各大方言語音特徵及其代表點的音系；從先秦到《切韻》、《中原音韻》乃至現代北京音的演變脈絡。對聲韻學的基本知識有全面的介紹，為中文系學生和初學者必讀。

治學方法　劉兆祐／著

本書旨在為研治文史學者提供正確的治學方法。作者在大學中國文學系（所）任教長達三十餘年，所講授課程，多與研究方法及文史資料之討論有關，教學經驗豐富。且著述繁多，計有專著十餘種、單篇論文近兩百篇。本書即就其講稿增訂而成。全書共分〈緒論〉、〈治學入門之必讀書目〉、〈研讀古籍的方法〉、〈善用工具書〉、〈重要的文史資料〉、〈治國學所需具備的基礎知識〉、〈撰寫學術論文的方法〉等七章，大抵治文史學者所應知的方法，都已論及，適合大學及研究所同學閱讀。如能讀畢此書，必能獲得治學的正確途徑。

佛學概論　林朝成、郭朝順／著

本書以佛教的發展史為經，基本義理為緯，呈現佛學思想的概念與流變。內容依佛陀的基本教法、緣起思想、心識論、無我思想、佛性思想、二諦說、語言觀、修行觀、慈悲觀、生死智慧與終極關懷等十個主題，闡釋佛教的觀念史脈絡與宗教旨趣。本書通盤地介紹佛學思想，同時也反映了當代佛學的研究成果，讀者可以透過本書適切地了解佛教義理，並藉以重新檢視自己所知的佛教信仰內容。